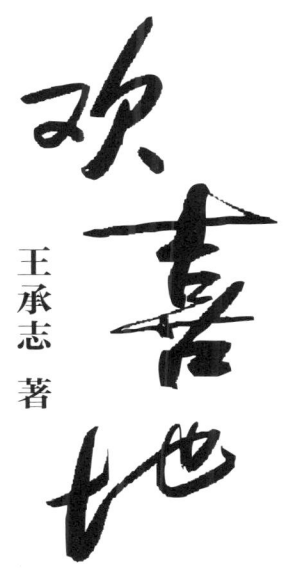

王承志 著

上海文艺出版社

第一章

　　我后来对伯富说,要是那个自以为目光犀利的老女人不多嘴,而是由长得比较秀气的姓苏的医生处理,你大概就可以逃过一劫了。

　　伯富在厂医务室门前转来转去转了几天。当然不是从早到晚在那里转,是抽空从铆焊班里溜出去的。每次都是鼓足勇气过去的,一路走一路泄气,走到医务室门口,气基本上就泄光了。这次和前几天一样,差点就要原路返回了,十分懊丧之时,他和一头驴撞了一下。这地方不像别的地区,驴子不稀罕,这里驴子很少见,估计是附近农村的驴子没拴牢,逃出来了。伯富心想,这头驴子心思蛮野的,竟然跑到厂区里来溜达了。平白无故被撞了一下,那头驴似乎相当恼火,瞪着驴眼看伯富。伯富有点慌,连忙朝着驴子笑,尽量笑得很诚恳。驴子见他并无恶意,喷了下鼻子就走了,几点白沫喷在伯富的身上。伯富拿手擦了一下,湿嗒嗒还有点黏性的。

　　那次女朋友徐巧灵对他说,她肚皮里有了。他脱口而出"对不起"。徐巧灵眉毛一挑说,讲句对不起有啥用啊,你惬意快活的时候怎么没有想到过对不起我啊?你横冲直撞的时候怎么没有考虑到后果啊?轻飘飘讲句对不起有啥用啊,你要负责到底的懂吧。伯富懂的。约好第二天到谷里去打胎。不敢在板桥的职工医院做手术,怕碰到熟人。第二天去接徐巧灵,家里没有别人,徐巧灵穿着睡衣睡裤,笑盈盈地说,一样要吃苦头的,索性再来一次好了。两个人就钻进小房间。因为无所顾忌,两个人都很放开,不来白不来,两个人都带着白占便宜的心理欢呼雀跃地上上下下,结果不是来了一次,而是三次。伯富第二次做好已经饱了,打饱嗝了,徐巧灵还意犹未尽,他只好强打精神,硬撑,完全是凭意志力完成了第三回合。还好年纪轻,吃得消。出门去赶公共汽车的时候,伯富脚步明显发飘。徐巧灵容光焕发,情绪很好,坐在公共汽车上啃着苹果看窗外,巧笑倩兮,美目盼兮,像是去春游一样。做好刮宫手术,徐巧灵还要在里面躺一歇,女医生把伯富叫到楼梯口说,你太自私了,太不注意了,女同志的子宫很娇嫩的,不是钢铁做的,经不起的。不好再刮了,刮过这么多次,子宫壁已经很薄了,再刮以后就不能生育了。伯富说,我们这是第一次来做手术。女医生说话一点不客气,笑着说,她和你是第一次,她和别人呢?说完就去忙别的事了。

　　伯富一下子觉得胸口很闷。

　　伯富一直到十一岁,才被父母从乡下接回上海。在乡下的时候,舅公是杀猪猡的,杀好猪猡,猪下水就截留下来了,自家不舍得吃的,加工成卤菜拿到集市上卖钱。伯富放了学,经常要做些杂活,其中包括剖腰子清洗猪肚猪大肠。和谷里那个女医生的一番交谈后,伯富夜里经常做同一个梦,把猪肚翻个面,撒点砻糠,拿一把铝皮调羹刮里面的油,不停地刮,一直刮到猪肚被刮穿,梦也就醒了,醒过来一身虚汗。

和驴子撞了一下,伯富的勇气倒撞回来了。此时医务室里正好是空当,只有两个女医生,年纪大的那个戴副眼镜,皮肤像砂皮一样粗糙,都叫她老宁波的。这种女人二十岁的时候看上去就像个老太婆,真的当了老太婆,也不过还是老太婆。老宁波拿着饭盒正打算去食堂了。另一个是眉眼含笑的姓苏的医生。苏医生接过病历卡,问他哪里不舒服。伯富面孔涨得血血红。苏医生看他穿的是白颜色的厚帆布工作服,天热不透气,容易闷出湿疹,以为他是来看下身湿疹的,湿疹一般都长在大腿内侧和根部,他不好意思开口,便也不问,等着他自己说。老宁波已经拉开门了,重新关好,在门口等,还很阴险地把饭盒晃了晃,里面有把调羹的,弄出点金属声音,像是在催促。伯富豁出去了,到这个地步也没有退路了,硬硬头皮轻声说,我来领避孕套。

事先打听过,医务室可以免费领避孕套的。女朋友说过了,不戴套子就不给他了。伯富说,你不是说过,可以测基础体温,算排卵期,避开危险的几天,在安全期里可以做的。女朋友差点发火,说,这不是百分之一百保险的懂吧,万一豁边怎么办?吃苦头的是我又不是你。伯富老实,说,那就等到结婚以后再做。徐巧灵说,你憋得到结婚吗?伯富心里说,我憋不到,你也憋不到的。不过这句话他不敢说出口。这次到医务室,他是属于逼上梁山了。

苏医生问他,结婚了吗?他摇摇头,面孔开始红了。苏医生看着他轻笑一下,似乎有意网开一面,继续问,开过结婚证书了吗?伯富心领神会,强作镇定地点点头,因为心虚,他已经从面孔红到脚趾头了。苏医生从抽屉里拿出一本簿子,叫他在上面登记。他开始发抖了,名字写上去那还了得,白纸黑字,将来一查就查出来是假的,欺骗组织,乱搞男女关系。伯富要逃了,刚刚想逃,只听苏医生体谅地轻轻一笑,说,用不着难为情的,提前采取措施,总比将来惹出麻烦来好。说着起身走向药品柜。伯富这时最想做的一件事,是跪下来朝苏医生磕头。长得好看的女人,一般来说心肠也好。

立在门口的老宁波始终目光犀利地盯着他,这时说了一句,给他小号的。

苏医生依言给了他几个扁平的塑料包装,小号的。

伯富一点没有意识到,老宁波的那句话对他意味着什么,他好端端的人生将要有噩梦降临了。他欣喜若狂地奔出医务室,冷不防又撞了一下,还是和刚才那头驴子,好像那头驴一直在外面等他,等着撞第二下,撞好了,那头驴才心满意足地回家了,撒开蹄子一路小跑。伯富一直到很久以后依然没有搞明白,老宁波说"给他小号的",是要惩罚他,还是根据他的身材推算出来的。

后来他又去过几次医务室,等机会,等只有苏医生一个人的时候才进去。苏医生没有再为难他,直接问他,上次领的是什么尺寸?他回答是小号。于是苏医生继续给他小号。

西洋乐器里有个金光灿灿的家伙就叫小号,声音昂扬又雄壮,不过伯富自从吹起小号,就再也昂扬雄壮不起来了。不仅不适应,而且不适意,原来那种天马行空信马由缰的感觉没有了,像是被人掐着脖子,越掐越紧,越掐越痛,掐得他青筋暴突,因为缺血而青紫,完全是缺氧的感觉,完全是窒息的感觉,觉得器官要坏死了。第一次是这样,以后依然是这样。

以前盼星星盼月亮一样候机会,一有机会就钻徐巧灵的小房间。从门口到小房间,从小房间门口到徐巧灵的小床,都只有几步路。以前这几步路走得就像梅花鹿的步点,走花步,要是配上京剧的鼓点,就是急急风。现在脚步滞重,不像梅花鹿,像在走梅花桩,就像脚上绑了两只浇注过铅的轴瓦,一步步挪过去。每次要徐巧灵来拖,拖他到小房间。两个人的关系颠倒过来了。一开始是他热,徐巧灵冷。他猴急,徐巧灵纹丝不动。他花言巧语,哀求苦恼,徐巧灵冷冰冰地像是施舍。不过,就像一块荒地,犁过了,施过肥了,开垦出来了,绿油油或者金灿灿的庄稼长出来了,农民伯伯要是想不管了,扭头离开了,不愿意再照料庄稼了,这时候就由不得农民伯伯了,庄稼化被动为主动了,枝叶藤蔓根须果实会死死地缠住他,不放他走,把他紧紧地束缚住,让他深深地陷在里面。徐巧灵兴致越来越高,乐此不疲,像蛇一样缠牢他,逃也逃不掉。伯富就像上刑罚一样,讲得再确切一点,有点像上法场,生无可恋,视死如归。以前做的其实也是苦役,现在做的是同样的农活,依旧是犁地施肥浇水,但感觉和以前完全不一样,除了痛苦,没有丝毫的欢愉。

伯富把上面的事情原原本本地讲给我们听。有些我们以前就知道,有些他没有说,譬如和谷里女医生的那番交谈。还有些,他自己也不明所以。

这个时候,我们四个人躺在雁头矶的山顶上。顺着雁头下来,有一块舒缓的平地,长满青草,我们就躺在青草上面,干爽而柔软,清新并且带点湿润的味道。湿润是风带过来的江水的气息。支起身子,就能看到底下的长江。这一段江面很开阔,但因为是枯水期的缘故,水势缓慢滞迟,有种凝重感。稍微远一点的草地上,有几对谈恋爱的男女,吃着零食,做着暧昧的小动作,彼此之间互不干扰。

雁头矶靠近厂区,骑自行车过来,一刻钟左右。从山下爬到山顶,脚头健的,差不多十分钟。厂里谈恋爱的男女都喜欢到这里来。从山腰到山顶,乱石嶙峋,怪树丛生,野草没膝,有无数隐蔽幽深的所在。伯富和徐巧灵第一次行苟且之事,就是在一块屏风般的巨石的掩护下进行的。这个不知廉耻的家伙,居然还带我们来看那块巨石,说是他和徐巧灵的定情石,很恶心的是,那里竟然还留着这对狗男女苟且时的残留物,恨得我和子良当场请他吃了一顿老拳。事实上除了这里,厂里的职工和家属也没有别的地方可逛,要么你乘郊区长途车,去北面的谷里,或者南面的金陵,算是大一点的城市。

我们四个人,我和伯富,还有小辫子和子良,是一起从上海分配过来的,关系也最要好。伯富名字起得老气,这要怪他那个没有什么文化的阿爸,陈伯富三个字听上去像是四十多岁的老梆瓜,其实他年纪只比我们大了一岁。他是小学三年级的时候才转学过来的,而我和小辫子还有子良,除了出生的时候,我们的母亲不在同一个产房里,基本上是从穿开裆裤的时候就在一起玩了。小辫子不是女的,裤裆里也是荡着一把茶壶的,是我们四个人中身形最高吨位最重的,只是他后面的发根长得特别低,还延生出一个狭长的尖角,看上去就像垂着根小辫子,于是这个绰号从弄堂里开始叫起,叫到小学中学,再叫到板桥钢铁厂。子良的情况比较复杂,一言难尽,要好归要好,潜意识里我们三个都有点鄙视他。

今天的聚会,是伯富发起的,他说他实在太苦恼了,无法承受了,逼上绝路了,也没有谁可以诉说,只能对我们说,在宿舍里说怕被别人听到,到这里来,离长江近,要是我们不帮他出主意,他就直接跳下去了。我们见他哭蘑菇啦说得很煽情,都开心地笑了。伯富见我们一脸坏笑,使出杀手锏,说他山区出来的,不会游泳的,跳下去马上淹死。说到这里,他居然露出几分得意,料定他的决绝,对我和小辫子还有子良是无法承受的痛楚。一看到他这副表情,我们三个飞快地交换了一个眼神,然后一起盯着他,说,还酸溜溜地啰嗦个毛啊,直接跳下去算了,我们很愿意当你飞身越崖的见证人。我们料定他没有这个种。

伯富叹了口气说,现在只要接到徐巧灵的电话,叫我到她家里去,我就心荡。以前心也荡的,以前是浑身发痒发酥的心荡,现在是怕,心别别跳,浑身起鸡皮疙瘩,就像是要大祸临头了。这种感觉太吓人了。

我说,你给我们说得这么详细做啥,我们又不是医生。谁给你避孕套的,你就去找谁。避孕套的另外一个叫法是什么知道吧,阴茎套,就是套阴茎的,就像孙悟空的紧箍咒一样的,只要套上去了,就不许你乱来了。不相信你去问问孙悟空,紧箍咒套上去以后适意吗?肯定不适意的,痛的,痛起来要在地上打滚的。你这种情况太正常了,否则让你太适意了,国家的计划生育还搞得起来吧。

子良说,伯富,今天你有点发糯米嗲,就像北方人讲的,得了便宜还卖乖,所以我要给你上上课。做这种事情,只有女人喊痛,痛到后来习惯了,就不痛了,就适意了。男人喊痛,我还是第一次听到,属于标准的摆飔劲。伯富你是自讨苦吃你知道吧,没有人同情你的。年纪轻轻,不把精力放在工作学习上面,不把精力放在苦练基本功上面,脑子里装的全部是黄色思想,出花头,出花头就要吃苦头,就像林冲闯白虎堂一样。我说,《水浒》里闯白虎堂的好像不是林冲,是杨志。子良说,不管是林冲还是杨志,白虎堂是禁地,闯了白虎堂就是自寻死路。伯富你闯的那个地方叫什么你知道吧,医学书上写的是两个字,阴道,那是简写,全称是阴森恐怖的道路,或者叫阴险无比的道路。这种地方你也敢闯进去,你死定了。你大概想问,老师傅也闯禁区闯白虎堂的,为啥一点不痛苦,还笑眯眯。因为老师傅开过结婚证。结婚证就是营业执照,允许你开业了,菩萨保佑你,一路畅通。

我们几个还没听完就已经笑得瘫倒在地,小辫子笑得把牙床全部露出来,一边笑一边说,伯富,我们四个人里面,只有你有女朋友,而且开荤也开过了,现在叹苦经了,要帮帮你了,不帮你,你就要跳长江了。吓人是吧?好,你跳,你有种你就跳,保证不拦你,看你跳。你不跳,我们就推你下去。国钧你讲对吧。

我点点头。

子良说,小辫子你不要把我算进去,你和国钧没有女朋友,不等于我没有女朋友。我不缺女朋友的,随便找找就是一个。只怪板桥女的太少,也怪我眼界太高,看来看去看不中,看来看去都是老阿姨。

那时候我们都忽略了一个情况,或者说我们根本就不知道有那个重要的情况。伯富应该知道的,但是他其实也不知道。医务室的老宁波更加不知道。老宁波没有学过哲学,不知道普遍性和特殊性的关系,她一向是凭经验目测的,以此决定尺寸大小。辅料车间有个开抓斗行车的家伙,身高一米九,发育的时候正好碰上三年自然灾害,骨骼发育好了,有的地方没有发育好,缺了一口气,外强中干。那家伙回家探亲前,也来领免费产品。老宁波扫了一眼,说,给他大号的。除非老宁波不上班,只要她在医务室,有关尺寸问题的决定大权就由她掌控,一口准,别人必须听她的。开抓斗行车的朋友哪里知道此中的利害关系,开开心心回家了。回到家里和老婆亲热,尺寸不配套,做到一半脱落了,老婆计划外怀孕了。那老婆后来很倒霉,被村干部押送着去打胎。

　　老宁波只知道伯富矮墩墩瘦精精,不知道他是十一岁才离开乡下的,更不知道伯富的老家在山区,那里山的背阴处长着一种叫驴球草的植物,满山遍野都是,而且生命力极为旺盛,割掉以后很快就又疯长起来。当地人穷,拔了驴球草开水一烫,拌上盐,下饭。男女老少都吃。女的吃了什么事都没有,男的吃了提神壮阳,那物件铁棒一样。山区很穷,年轻女人嫁进来之初,都嫌婆家穷,哭哭啼啼,要死觅活的。时间长了就不闹了,就乐不思蜀了,难得回一次娘家,住不了几天就心急火燎地赶回来。中老年妇女也都满面春色,家家户户春意浓浓,多少年来从来没有闹离婚的,分外和睦。老宁波怎么会知道,伯富牙齿还没长全就开始吃驴球草了,早饭是驴球草叶子切碎了,拌包谷粉搓成的烙饼;午饭是一碗苞米粥,一碗盐拌驴球草;晚饭奢侈点,酱油拌驴球草,还有一碟黑乎乎的酱,一直吃到十一岁,脑子未必发育好,某个器官发育得特别好。可怜的伯富,活生生被一个自以为是的厂医给坑害了。顺便提一句。若干年后,那座山,那片茂密旺盛无比的驴球草,终于被外人发现了,被外人开发成了新药,风靡一时。为了和西洋的壮阳药"伟哥"抗衡,取名就叫"驴哥"。但那已是后话了,和我们也没丝毫的关系,我们都很健康,用不着吃"驴哥"。

　　我们一点都没把伯富的苦恼当回事,都说他身在福中不知福,没有毛病瞎喊鸡巴痛,喊个毛啊,摆飚劲。其实我们曾经帮过伯富,帮他到医务室去偷避孕套。那天只有苏医生一个人在。我假装肚子疼,哇哇乱叫,小辫子仗着人高马大在我身后晃来晃去,挡住苏医生的视线。伯富乘机到药品柜那里去偷,毕竟是第一次做贼,心急慌忙没找到,胡乱抓了两瓶药就走。回去一看是多酶片,淡粉红的,尝尝有点甜,我们三个人就分了,每天吃几片,当补药吃。那段日子肚皮特别会饿,本来粮票钞票就不够,平白无故开销增加了。后来才知道多酶片是吃消化积食的。

  不远处的草地上,有对男女动作幅度有点大了。我喊了一声,注意点影响好吧,动作小一点,这里是公众场合。那个女的嘀咕了声,神经病。我走过去说,你骂人,不太好吧。你是女的,我不和你计较,我教训你男朋友。我在那男朋友的头上抽了一下,就像拉了只弧圈球,然后头也不回地走回去。那男的似乎想冲过来扳回一分,被女的死拉硬拽地拖走了。小辫子忽然没头没脑地来了句,要是板桥附近有个女子农场就好了。我们不明白他是什么意思。小辫子依然沉浸在他的憧憬里,说,女子农场全部是小姑娘,全部没有结过婚,连男朋友也没有。这家农场被洪水淹掉了,或者被雷劈了,房子全部烧光了,农场要关门解散了,这些女的全部投奔板桥钢铁厂,厂里全部收下来,厂里小青年讨老婆难的问题马上解决。每个人都能分到一个,身体好经济条件好的,可以分到两个三个。小辫子经常会胡思乱想,说出些莫名其妙的话,很天真。

  我说,不要做梦好吧。又不是旧社会,地主资本家,想讨几个老婆就讨几个老婆。现在是一夫一妻制,懂吧。你身体好,就去加班,或者到小剧场里去讲评法批儒小故事,每天去讲,西门豹治水,商鞅变法,孔老二四体不勤五谷不分。一帮农村来的老头老太在下面听你讲。你经济条件好,就捐钞票捐到非洲去,非洲穷人多,吃不饱穿不暖。

  子良说,小辫子钞票全部存了银行里,不肯拿出来的,将来讨老婆用的。那句顺口溜就是说小辫子的,吃饭不吃菜,为了谈恋爱。一毛二分,留着结婚。哈哈,小辫子每天在食堂要么买半斤白饭,要么买五只淡馒头,不买菜的,去舀大众汤,大众汤不要钞票的,一碗连一碗,还兜底舀,舀底下的肉骨头。

小辫子发急了,面孔通红,说,你再瞎讲我也不客气了。你有什么资格讲我,算你有钞票,你的钞票都是敲竹杠敲来的。子良面色已经难看了。小辫子还想讲下去,我掐住他头颈不让他讲,再讲下去两个人就要打起来了。

一人一辆自行车骑回去,直接骑到厂里的食堂。因为是伯富把我们请出来的,就吵着叫他请客。伯富心里不情愿,摸饭菜票摸了半天还没摸出来,拿他一点办法也没有。后来是子良请客,子良大方,而且喜欢充阔佬。一人四两饭,给小辫子买了半斤,一人一客大排菜底。大排菜底是食堂菜单上最贵的菜,一块大排加一蓬青菜一角五分。大概是星期天的缘故,食堂里大众汤的油水比平时足,我们一人舀了一碗。小辫子技术娴熟地在桶里兜底翻,真的被他舀上来几块小排骨。

第二章

我们都有点嫉妒伯富,也怪自己运气不好,找不到女朋友只能怪自己运气不好。运气好,可以进各种名单,大名单小名单。在板桥,这些都不是秘密。

我们厂的劳资组组长老包有个女儿,女大当嫁,老包托隔壁机修分厂的劳资组组长老徐寻找作风正派有上进心的男青年。两个组长既是同行也是酒友。机修分厂劳资组的老徐就打开职工的档案卷宗,看青工的档案,坐这个位子,这是有利条件。档案里面有照片,不光看相貌,还要看家庭出身,老徐从中挑了几个出来,让我们厂的老包挑选。经过一番比较,老包选中了一个。机修分厂的劳资组组长老徐,就是徐巧灵的爸爸,也让我们厂劳资组的老包提供候选名单。两个组长觉得在自己厂里招女婿,影响不好,将来也难以处理翁婿关系,就采取隔山打牛的方法,互相帮助。据说板桥只要家里有女儿的干部,都采取这种隔山打牛的形式招亲。老包提供给老徐的候选名单上,起初子良也在列的。淘汰到最后,只剩伯富和子良了。子良相貌英俊,伯富长相忠厚,各有千秋。之所以伯富最终胜出,据说是因为子良父母成分不够好,而伯富的父母双职工,父亲是仪表厂电工,母亲是纺织厂挡车工,响当当的工人家庭。其实伯富取胜还有一个重要原因,那就是他走路的姿势。

说明一下,上面提到的劳资组,相当于劳资科,以前叫科,后来也叫科,但这个时候叫组,组长相当于科长。特殊时期,叫法不一样。比如总厂领导,那时候叫指挥、副指挥。总厂下面的处室,叫大组,诸如生产大组、供销大组、后勤大组等等。分厂的领导也不叫厂长副厂长,叫委员会主任、副主任。就此提过,不再赘述。

我们厂劳资组的老包曾经在老徐的要求下,安排了一场秘密的面试。他把伯富叫到他的办公室谈话,老徐就坐在一边的椅子上暗中观察。伯富听到老包叫他去,有点受宠若惊。除了进厂报到那次,他再也没有跨进过厂部大楼,当下免不了会有一番胡思乱想,难道要调动工作了,要提拔他当干部了,以工代干?即便内心波涛汹涌,伯富表面上依然不悲不喜,两臂自然摆动,迈着沉着稳健的步子走进去。老包不咸不淡地和伯富聊了几句,然后拍着他的肩膀送他出门,鼓励他好好干活,前途大好。老包回头问老徐:怎么样?老徐两眼放光说,看他走路的样子,觉得这小青年不错,牢靠。一个二十岁刚出头的青工,走路的步态如此稳重大方,做人也一定是稳重妥当的。我拍板了。老包说,还要不要再看看赵子良?老徐回答得爽气:不看了。两个老朋友当即大笑着击掌相庆。

伯富最得意的,就是他走路的姿势。伯富是冷作工,出去干活要和电焊工搭档,有时要帮着推氧气瓶和电石桶。这种时候他比较无奈也比较痛苦,他的两只手要握车把,受拘束,不能摆动。只要一放下推车,他就活了。伯富说他走路的姿势是跟电影《南征北战》里的高营长学的，专门下过工夫的。伯富学的是老版的《南征北战》里的高营长。这部电影后来重拍过，我们也都去看了，伯富看到一半就逃出去了，重拍片的高营长换了个演员，完全是另一种走相，走得毫无章法，伯富受不了了。伯富说他不敢再看下去了，再看下去，他走路也要走不来了。那部老版的《南征北战》他一共看了几遍已经无法计算了，就是为了学习高营长走路，亦步亦趋。他说我和小辫子的走相太难看了，一点派头也没有。说我走路时肩胛一高一低还晃来晃去，太吊儿郎当，男人走路要稳重，不可以这样轻飘飘的。说小辫子肉背太厚，走路的时候两只脚不肯抬高，在地上拖，看上去像是只狗熊。说子良的走相比我们还要难看，两只手插在裤袋里，眼珠骨碌碌四处看，腿还有点抖，立定不动的时候腿还是抖，一副贼腔，好像偷了东西随时随地准备逃走。伯富说他研究过，《南征北战》里高营长的走相，是东方男人最标准的走相。他就是高营长的走相，基本一模一样。他说着就示范给我们看，两肩平垂，挺胸收腹，头摆正，不能歪，下巴稍微朝里收一点，脖子要带一点点僵直，这样就可以了，然后朝前走，两臂左右自然摆动，摆动的幅度要一样。这样走路特别神气。

我不想伤伯富的自尊心，像他这种头型，典型的铲刀头，就像泥水匠在他后脑勺抹了厚厚一层水泥，然后找好基准用瓦刀刮平。高营长的头被水泥抹过刮过吗？伯富最应该研究的其实不是走相，而是发型。我看到小辫子两臂摆动，学得十分认真，走出一圈很华丽的内八字，更加像只狗熊，实在忍不住了，朝他飞起一脚。

我和伯富、小辫子在一个车间，炼球分厂的检修车间。我没写错，是炼球分厂。板桥四大主要生产单位，炼铁分厂，炼焦分厂，还有我们炼球分厂，还有铁矿。不过我们出去一般都不说自己是炼球分厂的,炼球这两个字听起来有点怪,别人会笑的。有次碰到个熟人,嘲笑我说,炼球分厂？炼个球啊。

伯富是冷作工,我是钳工,小辫子开始是行车维修工,后来改行当管子工。我们三个都是技术工种,上常日班。子良比较倒霉,分在辅料车间当操作工,三班倒,日夜颠倒。

有一阵厂里抓劳动纪律,组室干部轮流,半夜两点半在厂里集合,然后呵欠连天地到几个生产车间去检查,抓在岗位上睡觉的人。每次都抓住子良。把他拍醒,他眼皮惺忪地抬一下头,说,不要吵,让我继续睡。说完倒头继续睡,再喊就喊不醒了。屡教不改。这种人不能留在生产岗位,弄不好要出生产事故的,就把他调到食堂。食堂里也有夜班的,轮到他做夜班,要把几袋面粉倒到搅拌机里打成面团,发酵,等早班来接班了,做馒头,菜馒头肉馒头豆沙馒头。早班来接班了,几袋面粉连口也没有打开,子良靠着面粉袋还在睡,其中一袋面粉上面沾了不少口水,面粉都结块了。子良脾气好,食堂管理员再骂他,他依然笑嘻嘻,不顶嘴。他的人缘好,食堂里几个老阿姨都喜欢他,为他打掩护。后来子良调到大五金仓库去,老阿姨们还不舍得他,流眼泪,一路抹着眼泪送他到大五金仓库去报到。到了大五金仓库,子良交好运了,碰到好人了。师傅苗发对他说,你的事情我都听说了。你是瞌睡虫投胎,不能怪你的。到了这里你放心睡,一觉睡到天亮。厂部派人半夜里来查劳动纪律,我不开门。阿三在,厂部的人不敢硬闯的。阿三要咬人的。

阿三是苗发养的狼狗,跟苗发一起看仓库的。

子良碰到个好师傅。

伯富也碰到个好师傅。伯富的师傅是冷作工段的工段长。伯富肯钻研技术，上手快，他师傅很喜欢他。只是有一点，他师傅不太满意，就是伯富走路的样子。有时他师傅叫他把廿四磅大榔头拿来，制作好的工件要敲几下，整整形。也就几步路，小跑过去拿了榔头过来就是了。伯富不一样的，绝不马虎，不走寻常路，依旧一路高营长，走回来的时候因为拖着一把大榔头，技术动作有点变形。除此之外，他师傅对他很满意。

我也碰到个不错的师傅。师傅是钳工一班班长。师傅经常请我和师兄到家里去吃饭。其实不是师傅请我们去，是师娘请我们去。师娘人长得难看，但人好，烧的菜也好吃。

说起来，我师傅不是钳工出身，属于半路出家。师傅部队复员后，在上海一家设计院的传达室看大门。那时在干部中提倡"四个面向"，面向工矿面向边疆什么的，其实就是下放劳动，户口跟了人走。设计院有二十多个人要"四个面向"到板桥钢铁厂。出发那天，排队点名的时候，有个设计师把行李往传达室一放，人逃走了。设计院门口停着大客车，人基本到齐了，就差一个人。带队的工宣队师傅不停地四处张望。大客车司机也不停地按喇叭。师傅提着那个逃掉的家伙的行李，跑上前去想说明情况。带队的工宣队骂骂咧咧，一脚把师傅踢上车，师傅一点解释的机会都没有。所以师傅是拿着别人的行李，顶着别人的名额来板桥的。门卫本来是工人编制，到了板桥因为是"四个面向"来的，师傅就算是干部编制了。也说不上是因祸得福，干部编制不见得有什么好处，而且干的也还是工人的活。师傅先去东北的一家钢铁厂实习了半年，算是速成班。师傅肯吃苦，肯用心，到板桥后，技术并不比别人差多少。我进厂的时候，师傅也像其他老师傅一样，教徒弟练锉刀，练钢锯，练凿子，这是钳工的基本功。师傅没有吃过钳工三年学徒的萝卜干饭,他的锉刀是锉不平的,中间高,两头低;师傅锯出来的钢板也是斜的,不像别的老师傅锯出来的笔直,一条线;师傅的凿子也凿不平,像狗啃的一样,一个个缺口。这方面我完全得到师傅的真传。在我们这批学徒里,我的基本功是最差的。我本来还有点情绪低落,师傅安慰我说,我们是检修钳工,锉刀钢锯用不着的,会用榔头扳手就可以了,设备坏了就换个新的上去,都是现成的。师傅用宁波官话又强调了一句:基本功差点,没有关系的,关键是工作态度。我扭头看师兄,师兄郑重其事地点点头。

  我本来以为,看了电影学电影里的人走路的样子,大概只有伯富一个人,想不到还有一个人,就是我师傅。那时候正好在放一部电影《火红的年代》,描写炼钢工人的。里面有个炼钢炉炉长叫赵四海,男主角,三四十岁了还没有讨老婆,英雄人物。因为我们也是钢铁企业,专业对口,所以那部电影在板桥电影院连续放映了两个月。师傅看得入迷了,前前后后看了十多场。电影里的赵四海身材魁梧,我师傅身高只有一米六三,是个矮胖子,但这一点也不妨碍他学赵四海走路的样子:两只手虚握成拳,手臂张开和身体形成三十五度角,走起路来不看人的,朝天看,带一股杀气。我师傅厉害的地方是,他不光学赵四海走路的样子,连面部表情也学。每天早上开班前会,分派检修任务,师傅以前是坐着主持的,但看了电影就不一样了,站着主持,一条腿踩在凳子上,瞪着眼睛把班组里的所有人都扫视一遍,扫视的速度很慢,然后眯缝起眼睛做出沉思状,威风凛凛,气势逼人,弄得大家都很紧张,好像有什么不好的事情要发生了。这种时候,我总是在心里暗暗为师傅喝彩。师傅是浓眉大眼,连腮胡子,这点很重要,弥补了他身形矮胖的缺陷,真的很有赵四海的神韵。师傅姓许,本来他的绰号是"许大马棒",从此以后大家都叫他"许四海"。我师傅对此表示认可。你喊他许四海,他答应得快。

再说小辫子。小辫子换过一个师傅。小辫子开始是行车修理工,带他的师傅是个女的,叫牛玉芬,脸很白净,身材凹凸有致,三十多岁。那天牛玉芬带小辫子去修露天堆场的行车,行车离地有三十多米高。其中一道步骤是调整卷扬机钢丝绳的松紧,调整好了,只要把基座的几个螺栓扳紧就可以了。小辫子说,师傅,我来。牛玉芬说,不要换来换去了,就几个螺栓,我来吧。行车天桥上地方局促,周转不便,小辫子就没有再坚持,站在师傅对面看。牛玉芬蹲在地上紧螺栓,小辫子居高临下,看到随着扳手一下下扳动,牛玉芬的胸口也一下一下地抖动。后来究竟发生了什么,说实话已经很难考证了。据小辫子说,他从牛玉芬敞开的衣领里看进去,看到两坨白肉一抖一抖,上面落了一根长头发,像是两座山峰之间搭了一座独木桥。小辫子说,师傅,一根长头发。牛玉芬哦了一声,没有在意。小辫子就伸出熊掌过去捞头发,第一次没有捞到,第二次也没有捞到,第三次才把长头发捏在手里。这时牛玉芬抬起头看看他。小辫子这才意识到什么,慌了,就逃了。三十多米的高空,一路都是贴着墙用角铁圆钢和网格钢板烧焊出来的简易梯子,小辫子虎背熊腰逃得飞快,那样笨重的身躯居然没有失足摔死。那天小辫子躲在一个谁也找不到的角落里,知道大祸临头了,再怎么解释也解释不清了。牛玉芬是自己师傅,自己像是被鬼摸过头了,稀里糊涂做出了大逆不道的事,简直是十恶不赦,拖出去枪毙也不过分。

牛玉芬修好行车回来,直接去了车间办公室。小辫子躲了一阵,没有手表,也估算不出时间,正好一大片云层遮住太阳,天色有点晦暗,他以为快下班了,便偷偷溜出来打探消息,正好看到他师傅牛玉芬走进车间办公室。小辫子的心一下子就沉到底了,没有丝毫犹豫耽搁,回宿舍换了身干净衣服,直接就逃回上海了。

其实事情并没有小辫子想象的那么严重。牛玉芬走进车间办公室,对车间主任卸克说,卸克,小辫子这个徒弟我不带了,退给你们。卸克问她为啥?牛玉芬说,不要问为啥,跟你讲也讲不清楚,反正我不要了,每个月五块的师傅津贴我也不要了。

牛玉芬后来和一个要好小姐妹闲聊,说,我最恨这种小男人,看上去身材魁梧,其实是个缩货,男人不像男人。男人就要敢作敢当,占了一点小便宜就逃,算啥个男人啊,气煞人。那个小姐妹和牛玉芬一样,也是思路不清的女人,顺着她的话说,你还想怎样啊,把你扑倒啊?他是你徒弟,传出去难听吧。牛玉芬说,至少说明他是个正常男人。小姐妹坏笑着说,要是真的把你扑倒,你会怎样啊?牛玉芬说,要死了,我这天是刚刚换上去的干净的工作服,躺在地上工作服还不要龌龊的啊。而且天桥上铺的是网格钢板,把我当肉垫啊,我这种细皮嫩肉还不要卡出血槽来啊。说完,两个女的一起放肆地笑了。

小辫子赖在上海不敢来上班。按照规定,事先不请假,就是旷工,旷工三天,就开除出厂。工人阶级是有纪律的。小辫子已经旷工五天了。车间准备打报告,把他除名了。

我和伯富商量,想叫伯富的师傅帮忙,伯富的师傅毕竟是工段长。想不到伯富的师傅看上去仪表堂堂,实际是只缩卵,不肯担肩胛。我只好去求师傅。

我师傅那时候还没有出工伤,在车间里说话是有分量的。师傅曾经差一点点就成为冶金部劳模,是师傅一时冲动,让事情黄掉了。

当时师傅评冶金部劳模已经铁板钉钉了,还要走个形式。总厂那边来了个人,在我们厂开了个座谈会,听取意见,不过是走个过场而已。师傅只要端坐不动就可以了,最后再谦虚几句,这顶劳模的桂冠就是他的了。座谈会嘛,大家都是瞎说的,认识不认识都给师傅提意见,啰里吧嗦一大堆。师傅一只耳朵进去,另一只耳朵出来,很沉得住气。回收车间有个家伙,从到板桥第一天就是做长夜班的,一直做到现在,从来没有机会和我师傅碰面,两个人完全不认识,不知怎么把他也叫来参加座谈会。这家伙晚上盯着几个阀门看,白天在家里睡觉,一天轮不上说几句话,所以十分珍惜这次发言机会。他问坐他旁边的人,今天评议的人姓什么。旁边的人告诉他,姓许。他点点头,就开始说了,说老许这个人总的来说还不错,但有点傲,他每次在路上见到老许,都主动上前打招呼,但老许从来不理睬他,眼睛朝天上看。这家伙说到这儿,我师傅的眼睛还真的开始朝天花板看。总厂来的人就在本子上记了一笔,觉得老许不虚心。那家伙刚才那番话只是开场白,接下来滔滔不绝,说,要说老许的缺点嘛,好像有点斤斤计较,经常看到老许在农贸市场和人吵架,有一次还为了几分钱和摊贩打起来。那天他虽然站得远,但老许的身材比较有特征,他不会看错的。他说老许看到女同志特别会献殷勤,眼神特别暧昧,通俗点说就是色眯眯,这就不是工人阶级应有的品质。那家伙接下来打算举例说明,但我师傅已经站了起来,一拍桌子,大怒道:

无中生有,胡说八道。我许某人堂堂正正,不受冤枉气。这个劳模我不要了。

师傅不要,别人要的。后来不知道给谁了。

后来厂里和车间里的头头看到师傅,都觉得欠他的。

师傅眯缝起眼睛,做沉思状。我知道师傅开始装了。电影里的赵四海,好像也有这个镜头。电影里是特写镜头,我站在师傅面前,看到的也是特写镜头,连师傅鼻孔里的鼻毛也看得清清楚楚。我看着师傅装。还好,师傅只装了一分多钟,就不装了,同意了。我激动得想拥抱师傅,被师傅一把推开了。

师傅虚握双拳,略微张开双臂,两面的胳肢窝像是各夹了一把油布雨伞,向车间办公室走去。那天是师傅发挥得最好的一次,可以说,完全是赵四海附体了。正好是午休时间,几个车间头头在喝茶抽烟聊天,看到师傅进来时的凛然气度,都一愣,几秒钟后才认出是我师傅。车间主任卸克要给师傅搬凳子,师傅没理他,扫视了一下众人,沉声说道,牛玉芬不要小辫子,我要。把小辫子调到钳工一班来,我带他,我来调教他。几个车间头头不接腔。师傅说,小青年犯错误,要给他机会改正,何况也不算啥个大问题,最多是生活作风方面经验不足。回过头来讲,正正经经的老师傅,女同志,带男徒弟出去检修,会奶罩也不戴吧?这不是勾引小青年犯错误嘛。师傅顿了顿又说,小辫子缺勤的天数,算我的。说着从口袋里掏出一沓加班单,一共有三四十张,一张加班单可以调休一天。师傅把那沓加班单一撕两半,手腕一抖,抛撒在地上,动作极其潇洒。

几个车间头头看到我师傅这股气势,不同意也只好同意了。

加急电报打到上海,小辫子就回来上班了。

小辫子最终没有到我们钳工一班来,调到管子班去当管子工。他的新的师傅绰号叫"温吞水"。温吞水看上去死样怪气,但性子暴烈,说翻脸就翻脸,不过人很好,处处护着小辫子。有次一个开刨床的家伙当众开玩笑,拿牛玉芬和小辫子说事,添油加辣,玩笑开过头了。温吞水闻讯，拿了一根一米长的白铁管冲过来，要敲开那个家伙的头，几个人拦都拦不住。温吞水说，敢欺负我徒弟，太猖狂了，大概眼乌珠戳瞎了。今天不放点血出来，我不会放他过门的。一边说一边用白铁管敲刨床的底座，敲得嘭嘭响。开刨床那个家伙吓得当场放软档，几乎就跪下来了。从今以后，车间里再也没有人提那件事。

小辫子最终还是付出代价的，他比我们晚了半年才学徒满师。我们已经学徒满师当一级工了，工资调整到三十六块，他还在拿廿一块八角四分。我们经常看到他一边喝大众汤，一边吐血。

分析原因，归根结底是小辫子没有女朋友，要是有女朋友，他可以帮女朋友捞头发，而不会多管闲事，去捞牛玉芬的头发。

第三章

到了这个年纪,你会莫名其妙地觉得身体很潮,心里也很潮,说不出的潮。我就是个潮人,但这个潮人不是几十年以后的那个意思。我们那个年代,潮是一种很难形容的感觉,只可意会,不可言传。潮是很难描写刻画的,你唠唠叨叨地说上半天,别人也未必会明白。你不到这个年龄,你不知道什么是潮。你过了这个阶段,你也再难体会到潮的况味。潮不是渴,渴了你会想喝水,水喝下去你就舒展了,身体不再板结成块了。潮也不是饿,饿是一种提醒你进食的信号,你补充了食物,你的身体就安稳了,不再骚动了。潮不一样的,没有具体形态的,只是一种感觉,说是骚动也不准确,芒刺在背,你却找不到一根芒刺。你浑身难受,翻来覆去地折腾,脸色潮红,心跳紊乱,血压升高,甚至无缘无故胸口堵了一股无名火,完全地莫名所以。

潮不像是潮水,潮水有具体的形态,一排排潮水澎湃而来,气势汹汹,激浪拍空,撞了岸墙也不罢休,还有碰头潮,还有回头潮。阴历八月十八,你到浙江海宁去看看,就知道潮水是怎么回事了。潮不一样。潮更加像是上海的黄梅天,地面是湿的,墙壁是黏的,橱里的衣服也不再干爽,到处返潮。潮就接近于黄梅天的感觉,你的皮肤是湿漉漉的,你的手心也是黏湿的,你的瞳孔看出去一片湿润。你隐隐约约听到身体里有暗流汇集的声音,左冲右突,你表面上却还要装出若无其事的样子,这就是潮。晚上洗脚的时候,脱下来的袜子是湿的,以前以为是脚汗,其实不是,是潮。

潮也并不是完全不可触摸的。譬如女人从你身边经过的时候,会带起一股咸湿的风,于是你的身体就潮了。女人的身上和清晨的花瓣相似,上面是沾染着露珠的,当然是指年纪轻的女人,不是老阿姨,老阿姨身上沾染的只会是酱油渍,油耗气。太阳底下,年轻女人身上的露珠会慢慢蒸发,于是空气里到处弥漫氤氲着这样的雾气水汽,于是你就被浸润了,洇湿了,你就潮了。

我有时候眼泡浮肿地去上班,行车班的牛玉芬会仔细地数我脸上的青春痘,说是比昨天又饱满发达了,然后补一句,你昨天夜里画地图了。这种三十多岁的女人要多少下作就有多少下作,倒过来吃男人豆腐,吃没有女朋友的小青年豆腐,特别是我这种气宇轩昂类型的小青年。

我有时照镜子,发觉自己的脸虽然有点凹,侧面看像只茄子,但从正面看,凹得不明显,依然有一种百看不厌的风采。每次照镜子,我都会赞叹不已,心想镜子里这个光芒万丈的美男子是谁啊,要是认识他就好了。后来一想,他就是我呀,于是便兴奋得手舞足蹈。后来看到小辫子在照镜子的时候,比我还陶醉,我十分怀疑他的眼光。再后来,看到比小辫子的等级还要低一档的歪瓜裂枣,照镜子的时候居然也是挤眉弄眼瞳仁放光陶醉不已,我才明白一个道理,镜子中的你和别人眼中的你,未必是吻合的。

我问牛玉芬,你懂什么叫画地图吗?牛玉芬笑着说,阿姐是过来人好吧。

我不再理睬她。

这时候我还不认识丹娘,也不认识三妹。我对女人充满好奇,但我对女人的了解也仅限于两本书,一本是《赤脚医生手册》,还有一本是《新婚必读》。

前一本书是在图书馆借的。我不想当赤脚医生,也没有兴趣钻研医术治病救人,我感兴趣的只是里面的一幅插图,女性构造图,局部的,是我感兴趣的那个局部,旁边有详细说明的。这本书很热门,借书的人其实都是冲着这张图去的。好不容易借到了,我也就不客气了,把那张图撕了下来,再去借这本书的人,只能让他们失望了。那张图我压在枕头底下,夜深人静之时给了我不少遐想和慰藉。我充满想象力,能把那些简单的线条幻化成真实具体的器官,清晰而可以触摸。我的眼睛甚至像一架摄影机,沿着铺设好的轨道向前推进,里面是幽深迷蒙的甬道,神秘无比,温暖无比。可惜的是,这样的遐想和慰藉被无情地剥夺了,藏在棉花胎夹层里的那张图不知被谁偷走了。

宿舍里就四个人,我,师兄,还有一个木讷的姓张的老师傅,另一个就是锻工班的阿彪。师兄沉浸在歌词创作中,性意识觉醒得比较缓慢,很迟钝,可以排除。姓张的老师傅面白无须,就像一只剥了皮的芋艿,说起话来有气无力。听班里的老约克说,张师傅生了一种病,俗称"大卵泡小肠气"。别的老师傅积攒了几张加班单,就迫不及待回上海夫妻团聚去了,他一年只在春节时回去一次,一点不猴急,说明他这方面的功能已经退化了,也可以排除。剩下的就只有阿彪了。阿彪脸上的青春痘和我差不多茂盛,而且那几天他的眼睛躲躲闪闪,不敢和我对视,非常可疑。有一次我乘他不在,搜查了他的床铺,没找到那张图,却在棉花胎夹层里发现一张女人照片,农村照相馆的风格,彩色的,当然不是真的彩色照片,只是在黑白的照片上涂抹些色彩。这股风上海也刮过,用毛笔蘸着粉彩,在人的腮帮上涂点桃红,在嘴唇上涂点鲜红,冒充彩色照片,后来就不流行了。不过农村照相馆的师傅更加大胆更加彻底一些,不光脸颊和嘴唇处涂了红,连脖子上也涂,那段脖子就像灌过烧酒的鸭脖子,整个风格很土。照片上的女人剪短发,很难判断年纪,不难看也不好看,眼睛里似乎带几分忧伤。我顺手撕了扔了。

好在我已经把那张插图印在脑子里了,就等着有一天与实物对照了。

以后的几天,阿彪显得失魂落魄,一直在棉花胎里翻找什么,翻找一阵,发一会呆。我猜他在找那张照片。我不知道那个农村妇女和他有什么关系,看到他那种茫然到痴傻的表情,我很有快感。

班里有个大学生。大学生也是"四个面向"来的。大学生其实大学毕业很多年了,不过像他这种干部又不是干部,工人又不像工人,文不文武不武的人,你还能叫他什么,只能叫他大学生。大学生刚刚结婚,新娘子是设计院里的老姑娘,也是大学生。洞房花烛夜,大学生对新娘子说,我们性交吧。这是很文雅的说法,符合大学生的身份。车间里的老师傅说的是另外两个字,开口闭口都是那两个字。那两个字会写的人不多,但是写出来让你看,你就明白是怎么回事了,会意字,那两个字简直抵得上一堂生理卫生课。大学生肯定不认识那两个字,要是认识他就开窍了,他只会干巴巴地说性交。新娘子闻言娇羞地点点头。在此之前大学生还没有摸过新娘子的手,不敢摸,怕摸了以后新娘子怀孕。两人钻进被窝,手拉手平躺在一起,开始"性交"。隔了一会,新娘子怯生生地问,要交多少时间啊?大学生说,起码要一节课的时间吧。新娘子是个很严谨的人,问丈夫,一节课,大课还是小课?大学里小课是四十五分钟一节课,大课是在阶梯型大教室里上的,要连续上两个小时。大学生很认真地思考了一下,说,第一次性交,保险一点,上大课吧。于是两个人相对无言静默安宁地躺了两个小时。

有次开班组民主生活会,每个人都要发言的,大学生憋了半天不说话。我师傅就启发他,说要是对班里的老师傅没有意见,也可以对班组建设提点建议,或者敞开思想,和大家交流一下自己的心得体会。于是大学生就抱着和大家交流心得体会的谦虚态度,说了他和老婆性交的事,说不知道为什么,老婆到现在还没有怀孕。本来大家都觉得大学生木讷甚至有点呆傻,读书把脑子读坏掉了,想不到他原来是这么幽默的人,都乐得哈哈大笑,纷纷上前拍他肩膀撸撸他头表示赞赏,说,这只玩笑高级的。笑了一会,看到大学生的神情很茫然又很真诚,完全是一副虚心讨教的样子,不像是在开玩笑,大家反而不笑了。师傅觉得在这种严肃的场合讨论这样的问题不太妥当,就把话题扯开了。那以后,班里的老师傅经常寻大学生开心,问他昨天晚上上的是大课还是小课。说他老婆到现在还没有怀孕,普通教室不解决问题,阶梯教室也不解决问题,上课地点应该改到大礼堂去。说归说,却没有人向大学生指出他复习的范围错了,也没有人把上课的内容透露给他。这个笑话后来传到总厂的计划生育办公室,那里专门派人过来,给大学生送书,一本《新婚必读》,想让他开窍。

大学生还没来得及看,我就从他的更衣箱里把书偷走了。我不想让他这么快就开窍。那本书很薄,我翻开来,跳过前面的形势部分和树立正确的恋爱观婚姻观的部分,剩下的就没几张纸了。我又看到了那幅图,和《赤脚医生手册》里的一模一样,估计两本书的插图是同一个人,也可能天底下的女人那地方长得一模一样。有句古诗就是这么说的,年年岁岁花相似,岁岁年年人不同。花都是相似的,只是人不同而已。我觉得没什么意思,新鲜感没有了,只是张图片,又不是立体的模型。我把那本书送给了伯富。我对伯富说,回去认真学习,重点是看前面部分,认清形势,树立正确的恋爱观和婚姻观。伯富把书卷起来插进裤袋。我发现他的脸色比以前好了很多,像个活人了。我们走到车间后面的空地上去抽烟。我觉得伯富有话对我说。果然,伯富说,他以后用不着再吹小号了,有个新办法,据说很灵的。说是每天把下面的两只蛋浸在七十度的热水里,浸十分钟,能够杀死绝大部分的精子,再做那个事情,女的就不会怀孕了。伯富说他打算试试。我撩起就是一记,打在他扁平的后脑勺,清脆,响亮。我说,你不要再对我讲这种下流话,你有人试,大伯没有人试的,听了难过吧,潮吧。伯富很憨厚地笑笑,说,国钧对不起。我说,你怎么控制水温?七十度,你还买了支温度计?伯富说,哪有那么讲究,水开了,倒面盆里,按比例掺点冷水,大概七十度就可以了吧。我说,精子都烫死了,以后生不出小孩了怎么办?伯富很鄙视地看着我说,你不懂的。这一批烫死了,下一批新生出来的精子又是活的了。我说,那不还是会怀孕的嘛。伯富说,那就再浸在热水里烫呀。等到想生小孩了,就不浸热水了。

　　我对他表示佩服。

过了几天在大世界那里,我对伯富说,这几天怎么没在浴室里看到你啊。伯富凑在我耳边告诉我,他的两只蛋烫伤了,皮烫破了,搽了药膏包了纱布,不能洗澡。我回过味来,忍不住狂笑起来。难怪伯富这几天走路很怪,一点没有高营长的派头,两条腿扒得很开。我能想象伯富烫蛋时候的滑稽场面,越想越觉得好笑。小辫子和子良问我笑什么,我指着伯富笑得说不出话来。伯富叫道,国钧不要讲出来。

我没有说。

下了班,我们也无处可去,就到大世界去。伯富有女朋友以后,偶尔会缺席,但大部分时间还是和我们在一起玩。这时候正好是夏天,天色暗得晚。马路这边一字排开是十几家商店,百货店,食品店,新华书店,水果店,理发店,中药店,还有供销社开的小饭店。转角那里是邮局。马路对面是个小公园,小公园旁边是电影院。这里是板桥最热闹的地方了,属于市中心,大家都把这里叫做大世界。大世界其实在上海的西藏中路,和板桥一点关系也没有,之所以这样叫,有点寄托思乡之情的意思。

我们是到大世界去看女人的。

这种时候出来的都是年轻女人,都是不开伙仓吃食堂的年轻女人。老阿姨不会出来的,老阿姨在家里烧晚饭。女人打扮得花枝招展,也是来给我们看的。板桥地区男女之间的比例是七比一,钢铁企业总是男的比女的多。那些女人平时分散在各个角落,这个时候出来算是放风,透气。从面前依次经过的女人,我们都要给她们打分。普通姿色三分,中上姿色四分,绝色五分。整个板桥地区没有绝色。也有打两分的,属于看了第一眼不敢再看第二眼,否则要做噩梦的那种。有的是正经女人,有的是不正经的女人。正经的女人一般来说长得都难看,不正经的女人相对来说好看些。我们关注的是不正经的那个群体,一路走来搔首弄姿,扭腰摆臀,浪声浪气,媚眼乱飞,让我们感觉到很潮。这种女人,各个地方的叫法不一样,比如东北那边叫破鞋,上海叫赖三,也叫煤饼,不过赖三属于比较正式的称谓,在全上海通用,煤饼比较小众,只在中心城区流行。所不同的是,破鞋没有年龄限制,只要你肯破罐破摔,到了五十岁依然可以混在破鞋队伍里。当赖三是有年龄限制的,必须是年轻女人,年龄上去了,就不叫赖三了,叫姘头,叫烂糊三鲜汤。当赖三也是要有资质的,你起码要有几分姿色,没有姿色你也混在赖三的队伍里,你就不是正牌赖三,你是垃三,全称垃圾瘪三。所以姿色平庸的女人大都选择另外一条道路,做贤妻良母。

　　子良突然叫了一声,大众汤。小辫子马上扭头朝子良翻白眼。小辫子有点神经过敏,听到大众汤三个字就像阿Q听到光,听到亮。其实子良叫的是一个女人的绰号。那个女人走过来,湿漉漉的长头发用根蓝丝带一把扎在后面,好像还在滴水,好像还闻得到她头上香皂的气味;无袖方领衫配睡裤,一双光脚拖鞋,很随意。大众汤走路像是坐在秋千上面,轻飘飘荡来荡去的,分外妖娆。荡妇这两个字大概就是这么来的。伯富看的是胸,把大众汤和徐巧灵作比较。小辫子看的是肚脐以上的部分。子良专注的是肚脐以下的部分。我看的是手。我只对女人的手感兴趣。我说,四分。平时我们也是给大众汤打四分。子良说,今天不一样,今天就像白水鱼刚刚从水里捞出来,水灵灵蛮新鲜的,可以打四分半。

　　大众汤算是开路先锋,后面是走油蹄髈,炒什锦,咕咾肉,双酿团,一路嬉笑。这几个都是后勤大组大食堂的,所以绰号也有职业特点。大众汤走到我们面前说,朋友,香烟带了吧?子良马上把香烟掏出来,一边给她点香烟一边乘机朝领圈里看。我们的头也伸过去朝领圈里看。赖三不戴奶罩的,带奶罩的就不是赖三了。威武一点的赖三,裙子里短裤也不穿的。子良笑着说,小阿妹,陪阿哥到对面看场电影,《毛竹》《对虾》,两部纪录片。大众汤朝子良喷了口烟,说,阿姐老朋友来了,陪了你,你要触霉头的。我嬉笑着说,不要急着走,无非就是血光之灾,大伯不怕的,大伯欢喜闯红灯。大众汤媚眼朝我一瞥,说,你想送死,阿姐要命的。再会。

我们哈哈大笑,目送着她们离开,一起唱:

　　长鞭哎——,一甩哎——,啪啪地响哎——,哎嘿吆。

这是一部当时很红的电影里的插曲,但从我们嘴里唱出来,基本就走样了。大世界马路两边,像我们这样的青工很多,那些女的一路乱抛媚眼,接受检阅。看到好看点的女的,大家就一起吹口哨,怪叫。要是哪个女的旁边有个男的,我们就像说快板一样唱,三三摸亮,摸到天亮。翻来覆去唱。其实我们也不清楚这是什么意思,反正看到一男一女就这么唱。那个男的气愤不过,最多朝我们瞪瞪眼睛,不敢发火。我们巴不得他发火打一架才好呢。

像大众汤双酿团这种宝货,板桥每个分厂都有的,绰号也是各有各的特点的,行业特点。比如木模分厂的,就叫八仙桌、圆台面、皮沙发、弹簧床。像隔壁机修分厂,叫冲床、钻床、分厘卡、油泵。炼铁分厂有高炉的,就在炉字上面做文章,叫取暖炉、洋风炉、烘脚炉、火油炉。像运输分厂的,叫公共汽车、双排座、万向接头、一吨半。每个绰号都不是随便起的,是有名堂有出典有象征性的,你仔细品是品得出味道的,你仔细想是会拍案叫绝的。不过那个叫双酿团的,我始终参详不透其中的含意。邮局里的两个女的,绰号就起得比较直白,一目了然,一个叫明信片,一个叫邮筒。比较起来,我们炼球分厂的人缺乏想象力,受了一部叫《鲜花盛开的村庄》的朝鲜电影的启发,电影里有个胖女人一年能挣六百工分,便根据高矮胖瘦,同时也参考容貌的评分,从六百工分五百工分一路排下去,整数排不过来,允许带零头,回收车间一个女的就叫两百五。后来从农场里调过来一批女的,其中有两个女的也加入进这支队伍。一个屁股特别大,就封她七百工分。还有一个屁股比特别大的还要大,就封她八百工分。

这种女人你只能跟她们搭讪搭讪,调戏调戏,给你当老婆你会要吧?不会要的。

那天不巧,我们几个的香烟都抽完了,正好站在供销社开的小饭店门口,里面几张方桌,像是在办喜酒,看上去是附近的农民。我们便满脸堆笑地进去讨喜烟,说是沾点喜气。他们也很高兴,给了我们一人一支雪峰,是当地最好的香烟,三角五分一包。我们说了不少吉利的话,他们更高兴了,让新娘子给我们点烟。新娘子肚子已经隆得很大了。新郎新娘都在金陵工作,办过喜酒了,这次回来补请新娘老家的长辈,桌上也就六七碗家常菜。第二次进去讨喜烟的时候,里面的人脸色就不那么好看了,不过还是勉强给了我们香烟。我们也不太会看脸色,吵着要新娘子点烟,新娘子死活不过来,我们也只好算了。第三次进去讨喜烟的时候,场面非常难看,几桌人都对我们横眉竖目,坚决不给。我们觉得很没有面子。桌子上有烟,我们又不能抢，便靠在门边浪声浪气。我说，怪不得大热天办喜酒，原来肚皮里已经有了，瞒不过了。新郎官看上去很老实的，也不知道肚皮里的是不是他的种。子良说，新娘子屁股特别大，像是已经生过小孩的。这次不知道是第几胎了。伯富忠厚，叫我们别瞎说。小辫子说，六月里办喜酒的人，生出来的小孩会生尾巴的，真的。我们哈哈大笑。小辫子虎背熊腰，说出来的话总是很天真。新娘子哭了。那几桌人被激怒了，七大姑八大姨的朝我们泼茶水，抓起桌上的骨头扔过来。有个老娘们特别彪悍，端起一大盆冒热气的汤朝我们泼来。我们慌忙躲避。伯富因为下身缠着纱布转身慢了，那盆热汤正中他裤裆，属于两次伤害。伯富发出很怪的一声嗷，像是达到高潮了。

我们觉得无趣，打算走了。这时门口经过七八个年轻人，办喜酒那家便冲出来一个老头喊住那些年轻人说话，同时朝我们指指点点。那些年轻人显然和办喜酒这家是一个村的，闻言便快步朝这边过来。老头指着我说，就是这个麻皮带头的。我说，农民伯伯你看看清楚，这不是麻皮好吧，是青春痘。那边一个身形雄阔的家伙说道，什么青春痘，骚包子，骚豆子，骚麻子，欠揍的骚货。说着朝我吐了口口水。我吹了一声口哨，浑身皮肤开始痒了。伯富和小辫子还有子良也是按捺不住的兴奋。那些年轻人虽然精干粗壮，手里并没有拿锄头铁搭，完全不在话下。上海大木桥出来的，会怕哪个，别的本事没有，打相打的本事有的，而且欢喜干这个事。我说，另外找个地方，还是就在这里解决？话音未落，那些家伙已经扑上来了。那个老头事先预测到会有一场大战，早已闪躲在一旁。

尽管是夏天，我们依然都穿着圆头厚底的工作皮鞋，老开皮鞋，好像时时刻刻准备着打一架的。那些家伙都穿着布鞋或者解放跑鞋。太小意思了,我们甚至都不想用拳头,饶他们两只手,用手护着头,用脚踢,踢他们的小腿,只要踢中一个,基本上就趴下了,丧失战斗力了。所以虽然他们人多,没多少工夫,除了那个雄阔的家伙,全趴下了。雄阔的那个没倒下,是因为被小辫子熊抱着,小辫子像站在咸菜缸里踩踏咸菜一样踩踏他的脚。后来小辫子一松手,那家伙就瘫倒了。

说起来这也算是打群架,不过打得一点也不过瘾。

第四章

　　这天师傅开好车间调度会回来,召集我们开班前会,布置任务。师傅这几天发流火,腿有点浮肿,抬不起来,所以那个招牌动作摆不起来,就站着说话,目光依然很凛冽地扫视大家。因为已经有一段时间了,大家基本适应了,不再害怕。我们围坐在一起,只有两个人例外。师兄站在窗口遥望青天。上了班,换好工作服,他就一直保持这个动作。还有一个是老法师,一个干瘪老头。他的更衣箱在一根厚实的方形立柱旁边,所以他的更衣箱是缩进去的,很隐蔽。老法师在闭目养神。

　　师傅说,今天没有检修任务。惠明和国钧去巡回检查,其他人待命。大家都松了一口气。惠明就是师兄。我以为师兄神游天外了,谁知他听见了,头也不回地说,我灵感来了。师兄就说了这几个字,都懒得多解释。换个人这样说,会被人一顿乱拳活活打死的。你是个工人呀,你以为你是设计师工程师啊?你以为你是作家诗人啊?还说什么灵感来了,这不是讨打嘛。不过师兄倒真的不是寻常之辈,师兄写过一百多首歌词,其中一首《炉台炉台我爱你》,收进新近出版的《革命歌曲三百首》。师兄在板桥属于知名人士。师兄写的一百多首歌词,都和高炉有关,和炉前工有关。比如《炉台放歌》《炉台就是我的家》《我是光荣的炉前工》《炉前工之歌》《我的炉台我的战场》《我的炉台我做主》《炉台的火光照万里》《我在炉台看世界》《我在炉台望北京》《我在炉台放声唱》等等。还有一首歌词气势特别豪迈,《毛主席来过我的炉台》。其实毛主席没有来过。

炼铁分厂工会的人不开心了,说你是炼球分厂的,只能写写炼球,你霸占的是我们的题材。你写高炉写炉前工倒也算了,可是你连炉台都没有来过,你连炉前工都没有当过。除非你调到炼铁分厂来,让你名正言顺地写。我们给你一个人住一间宿舍,给你配写字台,一个月给你五支圆珠笔、五本报告纸。这种条件很诱惑人的,不过师兄不肯去,师傅也不舍得,我们厂的工会也不肯放。放跑了师兄损失就大了,以后总厂开赛诗会,炼球分厂就没有人写朗诵诗了。自从炼铁分厂来挖过师兄以后,厂工会破例给师兄配了个写字台,每个月也给他五支圆珠笔、五本报告纸。所以师兄在厂里的地位是很特殊的,是受重点保护的,他要是哪天在宿舍里睡懒觉不上班,一定是灵感来了,没有人管他的。

师傅听师兄这么说,点点头,打算指派别人。杨家将说,惠明灵感来了,不能影响他,我去,我带国钧去巡回检查。师傅同意了。杨家将是马屁精,拍师傅马屁。杨家将的老婆身体不好,长病假,杨家将是吃补助的,每个月五块,是靠师傅帮他去争取的。

我背好工具包,跟着杨家将出去。无非是到我们班负责检修维护的设备那里兜一圈,听听操作工反映。几个地方浮皮潦草地看了看,杨家将直奔抽风机房,我跟在他屁股后面。跟其他老师傅出来,基本上检查的重点都是抽风机房。倒不是说抽风机房特别重要,其实其他设备也一样重要的,只不过,画眉毛是抽风机房的操作工,除非画眉毛这天不上班。

班里的老师傅,只有老约克与众不同,轮到老约克巡回检查,老约克总是绕开抽风机房,这也是我佩服他的地方。老约克姘头多,但是他眼界比较高,画眉毛这种货色大概不在他眼睛里面。

杨家将看了看插在轴瓦外盖上的温度计,又拿出把旋凿听了听,然后把旋凿塞到我手里说,仔细听听,有什么问题回去汇报。我接过旋凿,金属一头贴着轴瓦盖子,木柄的那头贴着耳朵,听,听听轴瓦的转动有没有异响。我装模作样地贴着旋凿的木柄听,很入神的样子,其实这么些年下来,我承认,我从来没有听出来过什么名堂。走到三号抽风机时,我侧过头,看到杨家将已经走进操作室,和画眉毛去打情骂俏了。

画眉毛的眉毛是精心描画过的,眉梢画得挑上去,像两把钳子的尖角,伸出来专门钳男人的眼睛。要知道在这个时候,是没有女人画眉毛的。不像后来,全世界一半的女人都画眉毛,另外一半不画眉毛的,要么是你的眉毛长得确实好看,不需要加工了;要么就是,你自暴自弃了,知道再怎么加工也加工不好了。在那个时候,赖三也不画眉毛的,赖三年纪轻,皮肤紧绷,眉毛细密,不需要画眉毛,再说那个时候也不流行画眉毛。整个板桥只有画眉毛一个女人画眉毛。画眉毛三十六七岁,眉毛开始稀疏了,女人到了这个年纪,一朵花开始谢了,继续谢下去,就不是一朵花了,是老菜皮了。画眉毛到这个年纪还有男人围着她转,不仅仅因为她眉毛画得好,说明这个女人是有一套花功的。

我走进操作室的时候,看到两个人谈得十分热络,杨家将不知说了句什么,惹得画眉毛吃吃地笑,还在杨家将肩膀上拍打了一下。杨家将很得意。我不知道杨家将有什么可以得意的,老婆长期睡在床上,他还有心思和别的女人调情。不过也可能是,老婆派不上用场了,只能另外寻寻开心,调剂调剂精神。画眉毛属于公共资源,专门给人调剂精神的。

班里的老师傅基本上都有绰号,但是有的绰号起得比较莫名其妙,听不懂。比如杨家将。我刚到班里的时候,听别人喊他杨家将,他答应得快,我也就喊了他很长一段时间的杨师傅。后来我看考勤表,他姓周,名字也再普通不过的了,而且看他的长相就是只缩卵,无论如何联系不到杨家将的神勇英武的。我偷偷问老约克,为啥大家叫周师傅叫他杨家将。

那时我和老约克已经比较熟了。我崇拜老约克。老约克其实不老的,也只有四十岁左右,但是腔势浓,人长得挺括,穿的衣裳也挺括,皮鞋铛铛亮,有派头,还喝咖啡,上海牌罐装咖啡。老约克样样都懂,世界名著也基本全部看过,所以有底气纵横捭阖信口开河。他说有本《斯克达巴里思》,写角斗士的,写得很精彩。还有本《千悔录》,是卢俊写的。里面有个细节令人印象深刻,卢俊和一个陌生男人坐在公园的长椅上,各自玩自己的生殖器,互不干扰。其实我也看过几本书的,心想,你怎么不讲是玉麒麟卢俊义写的啊。不过我不敢顶撞老约克,检修车间的人没有谁敢顶撞老约克。我问他那本《斯克达巴里思》是谁写的。老约克想了想,说是齐奥塞斯库写的。这名字我听着耳熟,好像是东欧某个国家的首脑。我总觉得哪里不对,但自己肚子里货色有限,也不知道究竟是哪里不对。他有次还提到西哈努宾亲王。我问他西哈努宾亲王是哪里人。他说是柬埔寨的。我试探着说,柬埔寨有个西哈努克亲王,还有个叫宾努亲王,不知你讲的是哪一个。他说,无所谓,那个地方的人喜欢改名字。

这些不说明什么,最多说明这不是老约克的专业领域。总的来说,老约克还是值得敬仰钦佩的。

老约克看看我,说,要是我告诉你其中的原因,我就是在放毒,教坏小青年。我不告诉你吧,显得我小气。不过你迟早点也会晓得的。我便又问了一遍,说周师傅身板单薄,没有那种英勇善战的气度的,为什么喊他这个绰号?老约克说,人不可貌相,一开始他还是很英勇善战的。

原来,最早,杨家将的老婆还没有调到板桥来,是上海里弄生产组的。结婚后,老婆到板桥来探亲。总厂在码头那边的空地上盖了几排简易房,供来探亲的夫妻团聚居住。每排房子有十几间,每间之间砌堵空心墙隔开,砌到后来砖头不够了,基建队就拆烂污了,中间的隔墙没有砌到顶,和屋顶空了一截,十几间房间的空气是自由流通的。偏偏杨家将的老婆是个十三点女人,每天夜里会主动报数字的,说,明天日子不过了是吧,怎么穷凶极恶的啦,第七趟唻,我不要睡觉啦?怎么比我在生产组踏缝纫机还要吃力啊。太吓人了,下次不敢到板桥来探亲了。虽然是压低声音说的,但左右隔壁都一直竖着耳朵在听,听得清清楚楚。老约克说,杨家将的绰号一开始是叫杨七郎,一夜七趟。后来改叫杨六郎,一夜六趟。再后来就叫杨五郎了。杨家将叫杨五郎的时候,他老婆每天夜里只报数字,不再抱怨了,语气里还充满了鼓励。再后来杨家将就叫杨四郎了。我听了闷头乱笑。老约克问我,你笑什么?你知道杨四郎什么意思吗?我假装害羞地点点头,这太容易理解了,就是个很简单的减法。老约克笑着说,你理解错了。你看过《四郎探母》这出戏吗?你这个年纪应该不会看过的。我不想显得太无知,便说,我看过批判《四郎探母》的大批判文章的,报纸上登的。老约克笑笑,意味深长地说,杨四郎被番邦辽国俘虏以后,就很少再回到中原探亲了。

我一下子就找到杨家将老婆长期生病的原因了。一开始是暴饮暴食,毫无节制的大吃大喝,把你的胃撑大,胃口撑足,几乎要撑爆,然后一点点减少,到最后又让你节食,让你的胃长时间空磨,泛胃酸,再健康再正常的女人也要生毛病了。

老约克说,之所以叫他杨家将,一方面是让他的绰号有延续性,另一方面也是带着发展的眼光,看他是否还有变化。

画眉毛回头看到我走进操作室,笑着说,许胖子的徒弟是吧,和他师傅一样装腔作势。平常到这里来,明明想看我,假装正人君子,从玻璃的反光偷看,乘我不注意的时候偷看,好笑吧。

我心里暗好笑,老菜皮自我感觉太好了,我又不是班里的那几只老梆瓜,我对她一点兴趣也没有,不过我不想驳斥她。

杨家将笑着说,说明什么问题?说明你吸引力大。说明你是名副其实的板桥一枝花。画眉毛很得意,说,一般男人看女人,先看什么地方的啊?杨家将说,先看面孔,番丝。我插进去说,我看女人先看她的手。画眉毛和杨家将一起笑了。画眉毛伸出一只手说,那么你看看,我这只手好看吧。我没有朝她看,说,白蛮白的,皮肤已经皱了。画眉毛说,小鬼头,你还嫩咪,你不懂女人的,不要乱插嘴。杨家将嬉笑着说,你不要小看他,现在的小青年成熟得早,你以为他不懂,其实样样都懂。这种季节,又是你这种年纪的女人,吃童子鸡最补。

说着去摸画眉毛的手,被画眉毛打了一记。画眉毛说,再乱说乱动,请你吃点苦头。

画眉毛说,这种小鬼头我不要的。女人看男人和男人看女人一样的,要看味道的。男人看女人,就看屁股翘不翘,胸部挺不挺,皮肤嫩不嫩,面孔好看不好看。这就是味道。女人看男人也是看味道,不过女人比男人口味重,不欢喜吃豆腐,欢喜吃乳腐。像许胖子徒弟这种,还不是乳腐,还是块豆腐,嫩豆腐,味道还没有腌进去,还不好算男人。女人要的是糟方乳腐,红方乳腐,玫瑰乳腐,哪怕是臭乳腐也可以,味道浓,又咸又入味,下饭。好的男人,厉害的男人,上档次的男人,不是乳腐了,是醉麸了,底子不一样,不是豆腐做的,是水面筋做的,咬劲好,有弹性,还有股酒味道,尝过一趟还想尝第二趟,吃不厌的。这种小男人,不在我眼睛里的,还没有腌过发过在缸里闷过,淡刮刮的,手一捏,一泡水。

杨家将听了哈哈大笑,连声说妙。

我也觉得画眉毛的这番比喻很精彩,老约克大概就属于她讲的醉麸。这种比喻一般的女人说不出来。牛玉芬肯定说不出来。师娘肯定说不出来。食堂里那帮老阿姨也肯定说不出来。只有成精的坏女人才说得出这种话。画眉毛已经修炼成精了。妖精。

一开始画眉毛不像现在这样无赖,烂糊三鲜汤,百搭。刚刚到板桥的时候,画眉毛不画眉毛的,很端庄的,不和男人乱开玩笑的,男人也不敢吃她豆腐的。后来画眉毛碰到一个男人,据说那个男人也是炼球分厂的,画眉毛被他花得头头转,完全迷失方向了。两个人经常偷偷约会。所以说,女人是经不起勾引的,再端庄的女人也是经不起勾引的。女人有没有变坏,不是取决于你的意志有多少坚定,而是取决于有没有人勾引你,或者说勾引你的那个男人的魔力大不大。男人的魔力足够大,女人就乖乖地跟着走了。那个男人说,等画眉毛离了婚,就和她结婚。画眉毛相信了。有的女人之所以一辈子平平安安守身如玉,和她的道德观抵抗力一点关系也没有,只和她的魅力有关系,她要感谢父母给了她一副平庸的容貌,男人乐于成全她当个贤妻良母。画眉毛不知是属于幸运还是不幸,她潜藏在内心的骚劲被开发出来了,她尝到了偷情的刺激,这种刺激她的老公从来没有给过她。

有次画眉毛和那个男人乘着夜色掩护,在厂里的废料场幽会。那里堆着更换下来的废旧设备,还有一大卷一大卷换下来的旧皮带,堆得很高,里面会有空隙,两个人钻进去,像地道战一样,神不知鬼不觉。事情完毕,等到想钻出来的时候,一道手电筒光射了过来。有个家伙站在高处,冷笑着。下面的两个人簌簌发抖。那个家伙关闭了手电筒,走下来。画眉毛认出来了,是抽风机房的班长。那个班长看她的眼神一直不大对头,色眯眯的,有时还盯她梢,这次大概也是盯梢跟过来的。画眉毛跪了下来,哭了,抱着班长的腿,求班长放她一马,不要把这件事宣扬出去。和画眉毛轧姘头的那个男人乘机逃掉了。班长笑着说,放你一马可以的,说出去对我也没有什么好处。这样吧,很简单的,你刚才和他怎么做的,和我也做一趟。好吧?女人嘛,做一趟也是做,做两趟也是做,无所谓的,而且可以尝尝不同的味道。你不同意,我只好说出去了。

画眉毛愣了一愣,站起身,掸掸身上的灰,擦掉眼泪,突然提高嗓门骂了句五个字的切口,×××××。这句五字口诀通常只有男人骂出来比较顺口,女人向来是听的,一旦从女人的嘴巴里冲出来,石

破天惊,说明这个女人到境界了。画眉毛说:

××××,看我好欺负是吧?想上我腔是吧?你老婆长得像白骨精,身上没有四两肉,你嫌鄙了是吧,看到别的女人就馋了是吧,想换换口味了是吧。你去找别的女人呀。你看得中我,我看得中你吧。想动我的脑筋,骚公鸡,你做梦,想也不要想,一根毛也不会让你碰的,一根手指头也不会让你碰的。你去放喇叭好了,你顶着帐篷去放喇叭,去呀,××××,骚死你,馋死你,就是不让你碰。随便你去讲,我不怕的。

这一刻的画眉毛简直有点大义凛然。

班长恼羞成怒,先一步钻出废料场,回去就大肆宣扬,看到人就说,各到各处去放喇叭,放野火,添油加辣。第二天继续说,进一步扩大范围。第三天继续说,争取在板桥家喻户晓。他是现场目击者,说出来有画面感,有感染力。

画眉毛请了几天病假,不敢去上班。老公在家陪她,同甘共苦。老公戴了顶绿莹莹的帽子,也不敢去上班。都以为画眉毛可能要自杀了,可能上吊,也可能跳长江,也可能吃安眠药,一瓶安眠药统统吃下去,吃了就死过去。哪知道,画眉毛来上班了。画眉毛是从这一天开始画眉毛的,像是变了一个人,眉梢伸出来两根触须,看上去眼角向斜上方吊,本来细声细气的女人,声音突然亮起来了。一上班,就指着班长的鼻子骂,骂班长骚卵,下作坯,单相思,跟踪女人,拆白党,骂得豪气万丈,什么难听的话都骂得出来。骂到后来翻不出花样了,画眉毛随口编,说班长偷女人奶罩,偷女人短裤,偷看女厕所,偷看女浴室,还翻墙头偷看配种场里猪猡交配。班长一条条否认,越否认别人越当是真的。画眉毛从上班骂到下班,骂得班长像个灰孙子,骂得班长像只缩头乌龟。班长到车间去告状。车间里的头头说,你讲班里的女同志轧姘头,女同志脸皮薄,还不跟你拼命啊。骂你还是客气的,没有找个人戳你几刀算你运气好。班长到保卫组去揭发画眉毛轧姘头。保卫组的人说,捉贼捉赃,捉奸捉双,你有证据吗?班长拿不出证据,只好继续回去挨骂。骂了几天,班长受不了了,不当班长了,主动要求调到料场去铲矿粉。那个地方没有人愿意去的,一天矿粉铲下来,人像赤佬一样,只有眼白和牙齿是白的,其他地方全部是黑的,吐出来的口水也是黑的,擤出来的鼻涕也是黑的。不过,那家伙觉得在那里就像是到了天堂,很安宁,没有人骂他。

大家都知道画眉毛轧姘头了。这个名声很难听,换个说法依然很难听,搞腐化,乱搞男女关系,除此之外没有别的选项。女人的名声一旦变得很难听,其他男人不是惟恐避之不及,而是觉得有机可乘了。阿Q先生有句名言的,和尚摸得,我摸不得。都想轧一脚,摸一摸。画眉毛就是这时候开始破罐破摔了。她最伤心的,那个答应和她结婚的男人隐身了,不再出现在她身边了,在她最无助的时候,最需要有人给她靠一靠的时候,他退缩了。

有时候,从偶尔轧一次姘头到放荡,只是一步之遥。跨出这一步,就无所顾忌了,天下无敌了。画眉毛一开始是有负罪感的,觉得最难熬的时候,老公和她患难与共。她觉得已经做了对不起老公的事情了,如果再对老公隐瞒,那就十恶不赦天理难容了,所以每次幽会回来,都对老公坦白,连细节也一个不漏。她老公总是很体谅地听着,看到她掏心掏肺地把整个过程无比详尽地描述出来,很多动作和细节都是夫妻之间从来没有做过的,老婆像是在拿别的男人当试验品,她老公无比感动,感动得用切菜的砧板敲自己脑门,敲得血肉模糊,不停手。

有次在菜场,子良指着一个和菜贩讨价还价的男人,悄声说,这就是画眉毛的老公。我们绕过去看,看到那男人目光迷离,毫无神采,脑门上贴着纱布,隐隐有血渗出来。子良说,那男人一年四季脑门上都贴着纱布。别人觉得好奇,问他怎么回事。那老公说,间歇性的皮肤溃烂症,遗传的,看不好的,没有药医治的。

画眉毛在放荡的女人里面,属于比较贤惠的。为了不让老公担心她是不是会移情别恋,经常换男人。如果和某个男人见过面了,那么一个星期里面就不会再和他碰头了。这一切就为了不伤害到老公。画眉毛在一个小本子上做记号的,画上三角、圆圈,有时会写上限制级三个字,有时是数字代号,只有她看得懂。她老公也看过,看不懂。和画眉毛交往的都是彬彬有礼的男人,懂礼数的,每次分手都会对画眉毛说,回去别忘了向你老公问好。这样的问候在转达时,总是能让那老公的心里荡起一阵温暖的涟漪,接下来再用砧板猛敲一记脑门。有时候临出门了,某个男人粗心,忘了说分手语。画眉毛会双眼熠熠闪光地问,你不想再说些什么吗?那男人肯定会充满歉意地说,回去向你老公问好。画眉毛这才翩然离去。她总是给老公一种他倍受敬重的感觉,这也是她的贤惠之处。画眉毛这时候已经明白兔子不吃窝边草的道理了,她交往的男人都是外单位的,所以她很少再被当场活抓。设备分厂有个家伙,很年轻,也是"四个面向"来的,十分迷恋画眉毛,一天一封情书,不通过邮局,直接塞进门缝。画眉毛总是和老公一起看,一起点评,一起哈哈大笑。这是夫妻俩最和睦的时候,只有在这个时刻,老公不需要用砧板表达情感。有几次那老公雅兴勃发,假冒画眉毛的口气给那家伙写回信,通过邮局寄过去。这样的鸿雁传书一直持续了一年多,始终停留在纸上谈兵的地步,直到设备分厂那家伙彻底绝望,心灰意冷,最终娶了谷里供销社的一个售货员。

  我曾经向老约克打听,那个本来答应和画眉毛结婚的男人是谁。老约克脸色很难看,不说话。我说,这种男人不肯担肩胛,缩卵,否则画眉毛不会变得这么坏的。老约克的脸色变得更加难看。

第五章

　　晚上和师兄在师傅家里吃饭。小师妹噘着嘴巴做功课,很不开心的样子。我问她怎么啦。小师妹说班里有个男生欺负她,拉扯她辫子,还摔她的书包,把铅笔盒子都踩坏了。那个男生把班级里的女同学欺负遍了,这几天盯上她了。我说,你有没有告诉老师。小师妹说,告诉了,没有用的。以前老师把他爸爸叫到学校里来,他爸爸不讲道理,比老师还凶,说男孩子调皮捣蛋是正常的。老师讲不过他爸爸,气得哭了。他爸爸是烧大炉的,手臂很粗的,拳头像只汤婆子那么大。我说明天国钧哥哥来学校里接你。师傅说,国钧,你去了跟男同学好好讲道理,不要去闯祸知道吧。我说师傅放心好了。

　　小师妹乖巧可爱,我很喜欢她,我不许有人欺负她的。我以前在学校里也欺负过女同学的,但是欺负得比较有腔调,以唱小调吹口哨为主,从来不动手的。这种小霸王,必须要给他个教训。第二天,看看时间差不多了,我去讨了些氯丁胶,装在一只小盒子里,另外找了一段绳子。氯丁胶粘性足,是胶接皮带的,我打算连绳子一起粘在小霸王的头上,让小师妹他们整个班的女生轮流来拉绳子,让他尝尝被拉小辫子的味道。绳子粘上去就拿不下来了,除非把头发剃光。这个计划蛮好的。

我在学校门口等。我看到小师妹朝我奔来,后面有个男生在追。小师妹尖叫道,国钧哥哥快来救我。我一把揽过小师妹,让她藏在身后,另一只手兜胸抓住那男生,说,为什么欺负女同学。那男孩果然横行霸道惯了,说,关你屁事啊。我说你爸爸妈妈怎么教育你的。他说,我爸爸妈妈讲,碰到面孔上长赤豆的,肯定不是好人,朝他吐口水。说完还真朝我吐了口口水。我先前还有点犹豫,觉得对小孩下不了手,这时一点心理负担也没有了,把男生的头按过来,在胸前胡乱地转了一圈,把口水擦干净。我穿的是工作服,上面有油污的,这一来等于把那男生涂了个大花脸。我拿过装氯丁胶的小盒子,打算实施计划,发现时间长了,上面结了一层硬皮,只好算了。那男孩边哭边说,你有本事不要逃,我叫我爸爸来收拾你,把你腿打断。我说我就在这里等,叫你爸爸快点过来。我让小师妹先回家,小师妹不肯走,问我,国钧哥哥你打得过他爸爸吧。我说打得过的。小师妹这才回家了。

我坐在校门口的花坛,边抽烟边等。

隔了一会,一辆自行车骑过来,那男孩就坐在前面的三角架上。我看那烧大炉的家伙果然身坯结实,比我要高半个头。那男孩已经告过状了,所以那家伙停好车,直接朝我冲过来。我跳开几步说,我不是来和你打架的,我是来和你讲道理的。你要是把我肋骨打断了,你也没有什么好处是吧。那男人骂了声,缩货。转身对儿子说,儿子,过去抽他耳光,抽得重,他不敢还手的。那男孩不敢过来。我说,怪不得你儿子在学校里无法无天,原来是跟你学的。将来你儿子犯了法抓进去住牢监,你后悔也来不及了。烧大炉的家伙跨了一步就到我面前了,撩起手,一记耳光打过来。我觉得小师妹有点言过其实,烧大炉的手没有汤婆子那么大,或者说,是规格小一点的小汤婆子。我看个真切,侧过身,两只手一起迎上去,一只手抓住他手腕,另一只手按住他手掌,朝下一按,烧大炉的大叫,我的手要断掉了,我的手要断掉了,身体一下子跪在地上。那男孩也很有血性,冲过来咬我手。我眼疾手快,腾出一只手抓过装氯丁胶的盒子垫在手上。那男孩一口下去,用了狠劲,居然把氯丁胶的硬皮咬开了个口子,沾了一嘴胶。我说小朋友不要紧的,赶快回去叫你妈妈用棉花棒蘸着汽油擦擦,能擦干净的。快跑,跑慢了你就中毒死了。我是吓唬他的,果然小孩经不起吓唬,哭着跑了。

先前我只知道氯丁胶能粘橡胶和木材皮革什么的,不清楚粘人的头发会怎么样,后来证明,效果也是不错的。我手上加了点力,那男人吃不住痛,向我靠拢过来。我便把开了口子的氯丁胶挤在他头上,他的头发带点鬈,非常漂亮,我一边挤一边赞叹,说这下可惜了。我把挤空的硬皮壳子在他头上揉了揉,以便涂抹均匀,然后放开他。烧大炉的抚摸着手腕,嘴里抽冷气。我说今天到此为止了好吧,我还要赶到厂里去的。那家伙怨毒地看着我,蠢蠢欲动。我说你还想怎样,告诉你,你占不了便宜的。四周围了不少人看热闹。烧大炉的想找回点面子,说,我回家去,要是我儿子有什么事,你死定了。说着就要走。我说,我说过让你走了吗?我小师妹的铅笔盒子被你儿子踩坏了,要赔的。而且氯丁胶是国家财产,不是让你当金刚钻发蜡擦头发的,要算成本的,估计至少四块钱。一共五块钱,付了钞票让你走。烧大炉的摸口袋打算掏钱,我看他的眼神,知道这家伙是在做假动作,早有防备。果然,那家伙突然朝我扑来,速度很快。我抓住他的双手,屁股朝地上一坐,来了个赖狗三脚,左右脚连环踢,两脚踢他裆部,最后一脚踢屁股,让他朝前冲,来个狗吃屎。这种打法比较低级,不上台面,但是实惠。对付流氓,只好比流氓还要流氓。我打的就是流氓拳的套路。

我站起身说,事先提醒过你,你不听,只好怪你自己。烧大炉的家伙这下服帖了,乖乖凑了五块钱给我。

小师妹其实没有走远,躲在一棵树后面看,全看到了,回去告诉师傅师娘。我给小师妹买了个新的铅笔盒子和一些零食,送过去。一进门,师傅就上来抽了我两记头皮,说,关照你不要去闯祸不要去闯祸,你还是去闯祸。打来打去开心啊。他假使来报复你怎么办。我撸撸头皮傻笑,说,师傅放心好了,他不敢来找我的。师娘一把推开师傅,说,你有毛病啊,打国钧做啥。师娘又说,烧大炉的老婆好像是总厂哪个部门的干部,据说蛮狠的,要防她一脚的。

我以为那蛮狠的女人会找到厂里来告状,不过没有来,估计也觉得理亏。倒是小师妹告诉我,那男生第二天来上课,嘴巴有点肿的。还说老师让她谢谢我,帮老师解决了一桩麻烦事。那男生现在老实了,不再欺负女同学了。

隔了几天我和小辫子去大世界,看到那男人带着老婆孩子也在逛商店。那男的剃了个光头,因为他的头型长得比较好,剃了光头依然显得很英俊潇洒。那男人看到我们,马上就把眼神移开了。倒是那小孩指着我说,妈妈,就是这个人。那个老婆眉清目秀,眼光却十分毒辣,死死盯着我,我几乎能读出那里的潜台词,意思是你要是犯在老娘手里,老娘要你好看。我想你又不是我们厂里的领导,我怕你做什么。哪知道冤家路窄,后来我还真的犯在她手里了。当然这是后话了。

这天没什么事,在外面晃了一圈回到班里,离吃午饭还有一会。师傅一个人蹲在地上,拆修一只换下来的电动滚筒,满手油污,满脸是汗。钳工班班长不是好当的,特别是像师傅这种半路出家的,技术不是很过硬的班长,你要坐稳这个位子,就要比别人多吃苦,多流汗。我拿了块毛巾给师傅擦汗,又把师傅的茶杯拿过来,喂他喝了几口,然后戴好手套给师傅搭把手。

因为没有检修任务,大家都围拢在休息区的桌子边聊天。老约克捧着一把紫砂茶壶,坐在中间位置。出去检修,老约克会缩在后面,大家回来的时候一身油污,乌漆墨黑,老约克的工作服依然是山青水绿干干净净的。像这种聊天的场合,老约克永远是中心人物。因为老约克是用紫砂茶壶喝茶的,钳工一班很多人也都用紫砂茶壶喝茶。反正那个时候紫砂壶也便宜,几块钱就可以买一把,随便买,不稀奇。只是老约克的紫砂壶温润莹亮,造型也好看,其他的壶看上去灰头土脸,童养媳一样。壶里面的茶叶也不一样的,老约克只喝龙井的,一瓣瓣叶子有的插在水中,有的横着漂浮,看上去就像一幅画,清香一阵阵传出来。你买茶叶末子买三级旗枪的朋友能泡出这种效果吗。就算你难得买一次龙井充派头,老约克到了下午咖啡罐头捧出来,泡咖啡,你能继续跟风吗?所以老约克是无法模仿和超越的。

有次总厂的人下来检查工作,炼球分厂的主任黄坤山陪着他们专门到钳工一班来,来看望老法师。哪知道老法师正巧不在,没见到,见到的是另外一个壮观浩大的场面,十几个工人师傅一人捧着一把紫砂壶,一起笑眯眯地迎接检查组。检查组的人看到这种阵势,目瞪口呆,以为走错地方了,不知道说什么好。黄坤山瞬间感觉到一阵天旋地转。过了一会,检查组里年纪最大风度最好的那个领导才打破僵局,笑着说了句:工人师傅很高雅啊。其他人于是一起附和,是的,工人师傅很高雅,很高雅,哈哈哈哈。黄坤山紧绷的肌肉这才放松下来。

老约克斜过茶壶啜了一口,动作很飘逸潇洒,就这个动作一般人就很难学会。刚巧行车班的牛玉芬从钳工一班经过,裤子后面凸起一块,不太雅观。杨家将笑着说,牛玉芬月经来了,衬里布没有放服帖,凸出来了。另一个姓赵的老师傅说,牛玉芬向来不讲究,正正经经买根月经带多少好,又不是买不起。大热天,出洋相。大家还想讲下去,因为这种话题一旦挑起来,大家的兴趣都比较浓,不过被老约克打断了。老约克说,为什么女人每个月要来老朋友,男人没有老朋友。知道这里面的奥秘吧? 老约克把月经替换成老朋友,这也显示出他的涵养。大家都摇头说不知道,意识到现在是增长学问的时刻,都巴巴地望着老约克。老约克笑着说道,这是一种强制性的阻断。听得懂吧。家里的小火表,一般只有三安培,火表上面有只白料,里面有软铅丝的,电压太高,比如你电熨斗电炉一起上,软铅丝就会烧断,这就是强制性的阻断。否则,收音机就会烧坏,严重点的,还会引起火灾。女人来老朋友,就是发出强制性的信号,斯道泼,停止,歇搁。这是保护男人的健康懂吧,给那些疲于应战的老公一个休养生息的机会,也给夫妻之间带来小别重逢的新鲜感。否则不得了,男人吃不消了,一个个瘫倒,女人胃口越来越大,越来越疯狂。杨家将你最清楚了,你为啥杨七郎不当要当杨四郎,免战牌挂出来,你知道再弄下去要送命了对吧。

大家听了哈哈大笑。杨家将也尴尬地跟着大家一起笑。师兄也把凳子拖过来一起听，跟着一起笑。

老约克说，这是浅层次的说法。再深一步讲，女人来老朋友，就是让她放点血，消耗点元气，杀杀她威风。让她脑子放明白，这道伤口不会愈合的，每个月要裂开来的，要流血的。她就拎清了，不会爬到男人头上来了，知道这个社会还是男权社会，男人说了算。等到老朋友不来了，女人也老了，没有精神和男人搞了，就彻底太平了。

大家疯狂大笑，佩服得不得了。这种有深度的话，整个板桥大概只有老约克说得出来。同样是说女人的月经，下三路的话题，老约克谈起来就上档次，就有文化，你不得不佩服。哪怕是猜谜，老约克出的谜面都是"春雨连绵妻独宿""无边落木萧萧下"一类的，一派雅士风范。杨家将和其他老师傅出的谜面都是"一把粗，一掌长，脱下裤子毛茸茸""朝天一只洞，进去硬邦邦，出来软融融"之类的，粗鄙不堪。真要是把谜底说出来，其实也很稀松平常，味道就在谜面上，让你想入非非。而且这类谜语，老师傅都让女的猜。碰到面皮薄的女人，红着脸骂一声"十三点"，落荒而逃。碰到面皮厚的老阿姨，就喊，有本事你脱呀，你脱呀。你来呀，你来呀。于是哄堂大笑，男男女女一起乐不可支。

这边笑声喧天，老法师依然无动于衷，依然坐在立柱旁边缩进去的地方，闭着一只眼睛在挖耳屎。他几乎从早到晚在打理自己的身体。有次挖出来薄薄的一片耳屎，我看着他掏出一个小的百雀羚圆盒，小心翼翼地装进去。他很懂得分门别类，剪下来的手指甲，他装在一个大的百雀羚圆盒里；脚趾甲则是装在一只透明的小瓶子里。他的工具箱里这种小瓶子小盒子很多，估计他从上海机床厂调到板桥来，这些宝贝就一起带过来了。我不知道这些东西他是从什么时候开始积攒的，积攒起来有什么用。卖钱，还是收藏？难道是传家，一代代传下去？这个也可以的？

像这种猥琐的干瘪老头，我要是在马路上碰到，根本就不需要理由，上去就是一记头塌。刚刚进车间的时候，听大家都喊干瘪老头为老法师，不明所以，以为老法师的意思就和游方道士癞头和尚差不多，属于装神弄鬼的那种人。我对老法师特别看不顺眼，看他老是在做很恶心的动作，而且没完没了，我一点耐心也没有了，就想着在他那只触目惊心的酒糟鼻上抡一拳。有次老法师脱了袜子在剪脚趾甲，剪下一条装进旁边的小瓶子里。他的脚趾甲很硬，有时剪下来以后会爆得很远，他会走过去捡起来。有次一小块剪下来的脚趾甲飞进我的领口，很恶心。老法师让我把衬衣从皮带里拉出来，在地上跳，一直跳到那块脚趾甲掉落到地上为止。碍于新进厂，不敢轻举妄动，我只好听他摆布，不敢反抗。我奇怪班里的老师傅怎么耐心这么好，忍受力这么强，没有隔三差五地把这干瘪老头拖出去打一顿。过了几天，老法师的老婆来班里找他，大概要商量什么事情。那个老婆比老法师还要矮上一截，两个人站在一起，就像是小人国里出来的，十分滑稽。老法师很过分，有天来上班，说是屁股上长了个疖子，去医务室转了一圈，回来拿出块红纸黑膏药，要我师傅帮他贴在屁股上。师傅居然很听话，拿出打火机在膏药上烘烤，老法师拉下一半短裤翘起屁股候着，好几个老师傅赶过去排成一行，算是搭人墙。就像皇帝春猎冬狩，到了野外要出恭，几十个太监搭起人墙帮他遮挡一样。师傅把膏药烤软贴上去的时候，老法师发出一声舒坦无比的呻唤。

我觉得老法师太放肆了。我觉得尊老敬老也是有分寸有限度的。我觉得师傅太憋屈了，我必须替师傅出口气。乘人不注意，我走到老法师的身边，在他光亮的秃顶上随意撸了撸，还用手指弹了弹，我觉得这样非常有趣，就像买西瓜的时候弹弹瓜的生熟一样，声音有点清脆，顺便把他四周的稀疏的杂毛揪了揪，向中间那块光亮的空地集中。这种动作非常轻薄而且充满藐视，甚至带点侮辱，我觉得这种干瘪老头就是个小丑，可以随意欺负玩弄的，我要压压他的气焰。我还得意地朝桌子那边看，哪知道突然之间，桌子那边原本说得很热闹的，一下子安静了。班里的老师傅都很吃惊地看着我，所有的眼神里都蕴含着复杂的意味，其中好像包含着愤怒。我的手僵住了，不知道发生了什么。老法师倒是一脸平和，把头主动在我手掌里蹭，轻声说，我正好头痒了，你刚才那几下搞得我很舒服，别停，继续撸，想怎么撸就怎么撸，适意。我只好将错就错，顺势给他挠头，顺时针逆时针地画圈，时不时地再揪一下他的头发。老法师再次发出舒坦无比的呻唤，歪在我身上昏昏欲睡。我看到班里的老师傅都松了口气，有几个还对我竖了竖拇指。

要不是老法师给了我一个台阶下，我差点犯下大逆不道之罪，触犯众怒。

要知道老法师不是凡人，是神仙，在炼球分厂他是被当神仙一样供起来的，大家喊他老法师，因为他是神通广大无所不能的。老法师是八级钳工。不光在炼球分厂，整个板桥，也只有他一个八级钳工。他的工资比炼球分厂的主任还高。这不是浪得虚名，不是靠混工龄就混得上去的。绝大部分钳工，到六级钳工就到顶了，上不去了。七级钳工已经十分罕见了，已经可以耀武扬威了，在厂里可以吆五喝六不把工段长车间主任放在眼里了。八级钳工,在工人里面就是人中凤凰了,钳工中的极品了,皇冠上的明珠了,理所当然可以接受香火接受膜拜了。在任何地方,工程师不稀奇的,随便撸撸一大把,熬资历熬年份就熬到工程师了,八级钳工永远是独一无二的,鹤立鸡群的,车钳刨焊冲铣钻样样精通的,设计图随便画画的,偶尔还会夹几句洋泾浜英语的,比如把轴瓦说成婆司,把轴承说成培林,把毫米说成迷离。过了几十年,很多年轻人都不会好端端说话了,说着说着就来上一句英语,卖弄一番,以为这就是时髦了,要是不在一句话里夹杂一两个英文单词,就好像没有面孔见人了。老法师比较有分寸,不是出于卖弄,是自然而然脱口而出,一点不露痕迹,不生硬,所以没有几个人听出来他里面夹杂着英语,我就一直以为他夹杂的是崇明话。

老法师真人不露相,虽然比我师傅还要矮两公分,但是他的高度,绝大部分的人一生一世也够不到。

那以后,只要老法师剪脚趾甲,我就负责在地上捡。

和人打交道,你必须知道对方的底牌,如果不知道,就要想办法偷看他的底牌,否则你会输得一塌糊涂。那个新调来的生产组副组长就死得很惨,他死了都不知道自己是怎么死的。当然,他不是真的死了,不过那种死法,和真的死了也没有多少区别。他千不该万不该,不该得罪了老法师。

我说过,我们是炼球分厂,烧料车间就是炼球的,把铁矿粉熔炼成小球状的烧结矿,通过皮带机输送到炼铁分厂去,投进高炉,炼出来的就是生铁了。有段时间,下料口的传送皮带经常撕坏。厂部就叫生产组牵头,开了个事故分析会。我跟着师傅去了,老法师也被车间主任请去压阵。

主持分析会的是生产组的副组长,刚刚从西北一家钢铁厂调来,很急迫地想扬名立万。那天会上他是第一次亮相,神气活现,满口专业术语,我们都没怎么听懂。这家伙说一会就打几下响鼻,就是闭着嘴巴引一股气流贯穿鼻腔,发出一连串爆破音,原理和驴子喷鼻差不多的。他几次提到一个叫帕累托的外国人,好像是意大利人,也可能是南斯拉夫人,也可能是莫桑比克人,没听清。这家伙说了半个小时,还没有说到皮带为什么被撕坏的事。这时他在黑板上画了个图,说,从坐标的这里引一条虚线,与帕累托曲线相交,就可以找出主要的原因。我听到这个时候禁不住昏昏欲睡了。我师傅也摆出一副老僧入定的架式。老法师已经发出了轻微的打呼声。这家伙走到老法师面前,打了一个异乎寻常的响鼻,把老法师惊醒了。我一直没弄清,房间里围坐着这么多人,他为什么偏偏瞄上老法师,很可能是老法师的酒糟鼻格外引人注目,也可能是老法师那种人畜无害的神态吸引了他。他问老法师,为什么要在这里引一根虚线?老法师很迷惘,完全没有料到这家伙突然之间开启了互动模式,当下便重复了一句,为什么要在这里引一根虚线。那家伙说,你这个问题提得好,很有趣,有探讨价值。不过我遗憾地告诉你,我无法回答,这里面涉及一系列复杂的运算,还要用到微积分,你估计听不懂。老法师羞愧地点了点头。

那家伙说,老师傅贵姓?老法师说,姓姚,姚德芳。说罢老法师扭捏了一下。那家伙说,哦,姚师傅。姚师傅要是对帕累托曲线感兴趣,下班以后我登门拜访,和你好好探讨。姚师傅住在生活区几幢几零几室?老法师没有回答。那家伙又问,在座哪位老师傅知道姚师傅的家庭地址,请告诉我,我今天晚上就登门拜访。

没有人回答。

大家都听得出那家伙话里面的嘲弄的意味。生产车间的人还没有什么，检修车间的人已经愤怒了，手指的节骨捏得出声音了。那家伙木知木觉，一点没意识到危险逼近。

上海方言里有句切口，叫"塞根"。上海人要是嘲弄某个人，把他嘲弄到极致，把他逼到墙角退无可退，让他脸面丢尽无力反击，那就是塞根了。那家伙不是上海人，未必知道塞根这句话，但他准备"塞根"老法师了。

那家伙说，姚师傅，我登门拜访，你不会不欢迎吧。顺便问一声，你的老爱人也在板桥吧，你的老爱人不会反对你研究帕累托曲线吧。为了保险起见，也为了我们两个人的探讨顺利进行，我想问姚师傅，你学过微积分吗？不要不好意思，说吧。你说你不懂是正常的，不丢脸的，你说你懂倒是不正常的了，是吧姚师傅，嘿嘿。那家伙顺手捏了捏老法师的酒糟鼻，打算退到黑板那里继续上课了。

这时候只听到一声结结实实的脆响，我师傅一巴掌打在那家伙的脸上。师傅和那家伙其实隔着两台车床的距离，而且我师傅腿短，但我师傅身形一动就像一道白光闪了过去，手起掌落，清脆无比，甚至还有回声。这记耳光打得痛快淋漓，那家伙猝不及防摔倒在地。检修车间的人一拥而上，朝那家伙连踢带踹。我也上去补了几脚。臭知识分子太猖狂了，昏头了，竟敢嘲笑老法师，不要命了。以为工人阶级是吃素的是吧。昏头了。这样的场合照理是很严肃的，不会发生打人事件的，但要看是谁动手打人，为什么事情打，被打的是谁。冒犯了老法师活该挨打，打了白打。会开不下去了，老法师先一步出门，我们都跟在后面。厂里主管生产的副主任赶紧追出来，敬了一支烟给老法师,要老法师消消气。我把副主任的烟盒接过来,给其他老师傅一人发一支,完了自己也叼上一支,剩下的还给副主任。副主任先恭恭敬敬地给老法师点烟,又稀里糊涂地给我们每个人点烟。老法师像是什么事也没发生过,吸了一口烟,沉声说道:

把下料口皮带机两边的密封挡板改成镂空挡板,增加散热。挡板不要换新的,上次大修换下来的那批旧挡板叫冷作工整整形,完全可以用。一边整形一边钻孔。挡板上面每隔三公分,钻一只廿迷离的孔,不影响挡板强度。换三十米长度的挡板就可以了,节省时间,节省钞票。加个班,这点事情今天全部可以搞定。

老法师杀伐决断,思路清晰,你不服帖不行。八级钳工的高工资不是白拿的。平常的时候老虎不发威的,关键时刻才发威。

大家一边听一边点头。任务派下去,分头去做。整形的整形,气割枪加热,廿四磅大榔头挥起来,乒乒乓乓。冷作工整形好一块拖过来,给钳工,钳工量好尺寸,划线,钻孔。廿迷离的钻头下去,冷却液哗哗地流,帮助钻头冷却,进刀又快又爽气。钻好一只钻下一只。钻好一块钻下一块。热火朝天。然后拖到现场去安装调试。到了晚上九点钟,事情全部完工。试车。恢复生产。

从那以后,下料口的皮带再也没有撕坏过。

那个很会打响鼻的家伙一直赖在地上,等别人去扶他起来,等了半天没有人来扶他,就自己爬起来了,满心委屈,无人诉说。再后来,那家伙身上的淤青还没完全消退,生产组副组长的头衔被撸掉了,调他到露天料场去了,和抽风机房以前的那个班长搭档,一起铲矿粉。

第六章

　　一开始,板桥只不过是个毫不起眼的小镇。后来碰到全民大炼钢铁,这里也依葫芦画瓢,竖起了土高炉。农民把家里的铁锅铰链菜刀剪刀统统捐献出来当原料,再后来,锄头铁搭镰刀犁车也喂炉子了。反正也不种田不开伙仓了,在公社食堂吃香喷喷的大锅饭,敞开肚皮吃,享新社会福了。好日子过了没几天,就过不下去了,大食堂没有米了,土高炉也没有米了,手指甲脚趾甲长了也没有剪刀剪了,只好用牙齿啃了。走投无路之时,应了那句天无绝人之路的老话,省冶金勘察院的一彪人马赶到,说是板桥地底下铁矿石的蕴含量有十亿吨。于是板桥镇变成了板桥铁矿,农民也摇身一变当了矿工。再后来,板桥铁矿变成采掘冶炼一条龙的板桥钢铁厂,同时也改换门庭成为上海企业了。这种情况不稀奇的,上海在外地有好几块"飞地",就好像旧上海的租界一样。上海实力强,隔开几百公里一千多公里手照样伸过去。假使不是这个变化,我们也不会离开上海到板桥来。

　　虽然是像模像样的钢铁企业,但因为前面有板桥两个字,显得乡土气息十分浓郁。十多年后,乡镇企业遍地开花。那时,板桥钢铁厂已经改名为板桥冶金公司了,我们总经理走出去,别人一看名片,都以为他是乡镇企业家,围着他打听乡镇企业的税收减免政策,交流避税漏税的诀窍,把我们总经理气得卵也要气爆了。

我后来问丹娘,那天夜里你在干什么?我说了那个年份,那个上海气温最低的暴冷的日子。一长列绿皮火车,三十几节卧铺车厢,把我们两千多个学生拖出上海,拖到板桥。板桥有自己的码头,也有自己的铁路线,道岔扳一扳,火车直接开进板桥。丹娘想了半天,问我,那天上海下雪了吗?我说没有。丹娘说,那天夜里金陵下雪了,雪下得很大。她趴在窗口看雪,看着看着就睡着了,后来就冻醒了。

火车经过戚墅堰的时候,我们看到外面下雪了。火车在这里停了十分钟,为某趟快车让道。我们都跳下床铺,挤在窗口看外面。说好不能开窗,免得漏掉暖气,隔着玻璃看。这时候听到一声极为凄厉的尖叫,然后有个男生哭声,说他的两只蛋被挤碎了。大家都慌了,要不是车厢里没有开灯,大家的脸色一定被吓白了。这是要出人性命的事,蛋压碎了,做男人的武功就废了,好日子还没开始就到头了。带队的工人师傅慌忙从车厢另一头赶过来。刚才被挤在最底下的是伯富,伯富没有捂着下身做出一脸痛苦状,而是一脸痛苦状地从棉袄口袋里摸出两只白煮蛋。那两只蛋果然被挤碎了。余下的时间,大家都围着伯富,看他从容地把蛋壳和蛋白蛋黄做分离,一边分离一边吃,最后把棉袄口袋翻过来,把里面黏着的蛋白蛋黄舔干净。

伯富的所有故事,几乎都和两只蛋有关。

整个板桥钢铁厂,除了当地征地进厂的农民,还有一些苏北过来的复员军人,大部分是从上海过去的,所以黄浦江的风也跟着一起刮了过来,刮得这里到处都有上海的味道。譬如前面说过,板桥最热闹的商业中心,是叫做大世界的。那座公园就叫人民公园,电影院就叫大光明,码头就叫十六铺,货车编组站叫北火车站,篮球场叫风雨操场,农贸市场就叫八仙桥菜场。铁矿西边有座土地庙,香火不继,破败不堪,改叫城隍庙。这样的命名改名都是在嬉笑中完成的,大家都觉得好玩,然后就约定俗成了,其实并没有经过文件的确认。板桥还真的有座千年木桥的,还是座廊桥,桥上面有遮蔽风雨的廊棚,板桥镇就是由此得名的。木桥和廊棚几经修缮,虽然满目疮痍,却也屹立不倒。唯有这座桥的名字不能改,不能胡乱改成泥城桥九曲桥横浜桥,也没人敢改,改了还能叫板桥钢铁厂吗。到后来农贸市场的农民耳濡目染,也会说上海话了,不会说上海话的摊贩生意明显清淡。

看起来我们似乎乐不思蜀,但有的苦是说不出口的,说不出口的苦才是真的苦。我们这批人来的时候,三十几节车厢只有四节车厢装的是女的,这些女的到了板桥,就像雨滴掉落到河浜里,一下子就消失不见了。这意味着什么是不言而喻的。像我一样潮的人,或者说比我更潮的人,都在魂不守舍地游荡。当然对那些天生喜欢当媒人的女人来说,这个事情从来没有被忽略过。我师娘常常以悲悯的眼神看着我的青春痘蓬蓬勃勃地生长,除了眉毛底下还没被蔓延到,我的青春痘一直长到脖子。师娘想让我和小辫子的灵魂早一点有个安放之处,只是师娘爱莫能助。

师娘手上没有货。师娘一直想尝尝做媒人的味道。

师娘对我和小辫子一视同仁,同样喜欢。小辫子懂得知恩图报,小辫子差点被开除,师傅救过他,所以他对我师傅师娘比对他亲生的师傅师娘还要好。师娘不喜欢师兄,觉得师兄装腔作势,觉得师兄阴阳怪气。有次过中秋节,我们都聚在师傅家里吃饭。师兄提早离席回宿舍了。师娘喝了几杯丹阳封缸酒,有点醉意了,说,她一直怀疑师兄是个"雌孵雄"。我和小辫子哈哈大笑,师傅也笑了,知道师娘喝醉了。雌孵雄这个名称太好玩了,就是阴阳人的意思,就是太监的意思,就是不能尽人事抖不了男人威风的意思。小师妹只有九岁,听不懂,就问师娘,妈妈,雌孵雄是什么意思啊。师娘说,就是怪胎,男人看了触气,女人看了也触气。我们又哈哈大笑,不过师傅笑得比较克制。以后洗澡的时候,我特意关注过师兄,但是在浴室里看是看不出什么名堂的,况且我又没有医务室老宁波那种犀利的眼神。我偷偷比较了一下,觉得师兄和我的差别不大。有次我和师兄为什么事吵架,我说不过他,就骂他"雌孵雄"。师兄惊呆了,眼眶都红了。我知道自己过分了,赶紧赔礼道歉,安慰他说,这话不是我说的,是师娘说的。师兄听了眼睛里就含泪了。我想既然已经说到这个地步了,没有必要再藏着掖着,索性把话说个明白,就告诉师兄说,师娘还对小师妹说,你是个怪胎。我说师娘后面还有几句话,你听了会受不了的,我就不说了。于是师兄就被我彻底打败了,蹲在地下双泪长流,完全不是以前那个不可一世的模样。那以后,师兄有半年没到师傅家去。

  后来师娘给我介绍了一个女朋友。师娘对我说这事的时候,好像不是特别兴奋,好像有点实在拿不出手的意思。我会鉴貌辨色,我觉得师娘的意思不是为了帮我,而是让我帮她,让她过过做媒人的瘾,我就同意了。师娘欲言又止。我问师娘还有什么事。师娘说,让你受委屈了。我知道师娘话里有话,等着她说下去。师娘说,那女孩眉清目秀,知书达理,是征地进来的,现在在炼焦分厂做统计员,一点看不出以前当过农民。其他都蛮好的,就是背上有一块骨头凸出,不是很大的一块骨头,半包香烟大小,大概是小时候睡相不好造成的。夏天的时候能看出来,要是穿上一件两用衫就不明显了,冬天的时候一点都看不出来。

我把这事对子良说了,子良伸手就是一巴掌打我头上,说,你太不要面孔了,你连驼背女人也要啊?我赶忙解释说,不是驼背,只是一块骨头,不注意看,看不出来。子良又给我来了一记头塌,说,我和你断交。以后出去,不要讲你认识我。我没有面孔和你做朋友。

当天晚上我就在师傅家里见到了那女的。那女的一直坐在靠墙边的椅子上,不动,我没机会看到她背上那块骨头。师傅和师娘给我们倒了茶,陪着说了一会话。师娘很兴奋,因为板桥的特殊原因,她还从来没有当过媒人。师娘倒不是贪图十八只蹄髈的谢媒礼,师娘和所有中年女人一样,都有做媒的嗜好。为了满足这个嗜好,她不惜拿我做牺牲品了。聊了一会,师傅师娘就借故出门了。

我东拉西扯了一阵,就凑过去说,我给你看看手相吧。那女的说,不要来这一套,我懂的。我见过的男人都这样,都说会看手相,好像你们都专门去学过的一样,其实都不是什么好人,肚子里一包坏水,就是想摸摸女孩子的手。我心里说,我不摸你的手,难道我摸你背上的那块骨头。不过她还是把手伸出来给我。说实话,我对女人的长相身高什么的真的不是很在乎,我在乎女人的手,只要手长得好看,其他都可以降低要求。这女人的手长得不好看,连指甲都没修剪成漂亮的圆弧,太不讲究了,手指的关节太粗,肯定是握过锄头柄镰刀柄的,皮肤也不光洁细腻,指肚上的茧饱满坚硬。我细细体会了一阵,一点感觉都没有,她倒是显得羞涩起来,说,还没摸够看够吗?第一次见面就这样贪心,坏蛋。你说说,你看出什么来了?我说,你的生命线很长,一直拖到手腕,将来你会活得很长寿,板桥没有一个女人活得过你,估计你能活到一百多岁。她听了很高兴,嘴里还是说了句,就会甜言蜜语哄女人开心。继续说下去,我的爱情线怎么样?我只好又胡扯了一通。在这个环节,我要是看中这个女孩,会把那根爱情线朝自己身上连,现在我尽量把那根线扯得离自己很远。说着说着我又把话题扯到生命线上去了,我宁可谈长寿的问题,而不想和她谈爱情。那女的把手抽了回去,说,不能再给你摸了,再摸下去指不定你会干出什么过分的事情呢,我看你眼神都不对了。今天对你已经很优待了。老是谈长寿长寿的有什么意思,要是没有爱情的滋润,就算活到一百多岁也是白活。

  到这个时候,我只想着怎么找个借口逃走。这女的说,以后我们见面,不能老是说些很无聊的话,要说些有意义的话,谈谈国内外的大好形势,谈谈我们能为板桥做什么贡献,谈谈学习革命理论的体会。我们还年轻,不能浪费时间,要多学点东西。她说着从包里拿出一本书,问我,这本书看过吗?我一看,白色的封面,书名是红字,《反杜林论》。我说从来没有看过,我的意思是我连封面都没看到过。她说,这本书借给你看,我家里还有一本。下次见面,我们就交流学习这本书的体会。要是你看得认真,能说出深刻的学习体会,我会有奖励的。你猜猜,我的奖励会是什么。看你聪明不聪明。说到这里,这女人还把眉毛扬了扬。

  我这时候已经连开煤气自杀的心思都有了。我只想尽快逃离,便说,我能摸摸你背后那块骨头吗?这女的起初没听清,问我,你说什么?我就重复了一遍。这女的就抽了我一个耳光,坐在椅子上抽的,手劲很大,就像她锄地的时候用锄头锄土坷垃那样用劲。还好我自小练过太极拳,练过十大形,练过三十六路流氓拳,否则很可能被她扇晕过去。

后来师娘问我怎么样,我说不怎么样。师娘说,回去用热水敷敷脸,有点肿了。这女孩手劲大,让她当统计员委屈她了,应该让她去开载重车翻斗车挖掘机的。师娘没有再说什么,转手就把那女的介绍给小辫子了。师娘做媒的次数又增加了一次。

小辫子和那女的见面,没有约在师傅家里。那女的要求在她家里见面,还说小辫子只能一个人去,不能有人陪。师娘不能一起去,有点失望,叮嘱小辫子,到别人家里,不能空手去,要有礼节。小辫子懂的,买了两瓶乙种白酒,一块三角一瓶的,又买了一瓶糖水橘子,然后加了两条云片糕。云片糕不是买的,是小辫子从上海带来的。小辫子的姐姐在运输公司开大客车,经常有单位或者私人来租用,他姐姐专门跑殡仪馆那条线。每次出车,都能拿到一条云片糕,算是客人的酬谢。打扫车厢的时候,也会发现一些零星的云片糕,都是客人弃下的,偶尔也有寿碗寿筷毛巾什么的。他姐姐全部收拢带回去,云片糕大半都给了小辫子。小辫子饭量大,晚上饿了可以垫饥。小辫子对我们很慷慨,去他宿舍玩时随便吃。小辫子本来还想买一条雪峰香烟,师娘说不必了,够了,意思到了就可以了。师娘不看好这门亲事。我和子良还有伯富一起骑车送小辫子到村口。小辫子看我们的神情很悲壮,好像去了就回不来了。我们挥着手祝他好运。

那天晚上小辫子的遭遇非常悲惨,走进院子的时候迎接他的是一条土狗,对着他叫,扯着他的裤腿朝堂屋里拖。屋子里坐满了人,都是那姑娘的叔伯老舅七大姨八大姑一类的人。有个五十左右的女人从小辫子手里接过酒瓶和其他东西,直接拿进里屋。屋梁上吊着一盏煤油灯,就吊在小辫子头顶。其他人一直盯着他看,不说话,看得小辫子心里发毛。然后有个家伙拿着一张纸看了看,问小辫子的爸爸是干什么的。小辫子作了回答。那家伙点点头,把纸条递给旁边的人。旁边的那个看着纸条,问了第二个问题,问好以后把纸条继续传下去。一个个发问,问的都是小辫子的家庭情况,严格按照纸条发问,没有超出范围自由发挥。上半场非常难熬,好不容易熬过去了,小辫子前胸后背都湿透了。

下半场开始,气氛才缓和一点。有人给小辫子端来一个搪瓷茶杯,让他喝水。那只茶杯有些年头了,上面印着"抗美援朝,保家卫国"八个红字,杯口的搪瓷都磨掉了,小辫子喝了一口,没放茶叶,冷的,像是直接从水缸里舀的,用明矾沉淀过的河水,入口很阴凉。不过小辫子惊喜地发现,杯子底下有朵白木耳。这是上等滋补品啊,小辫子听说过白木耳,但是从来没有吃过。小辫子觉得这家人看着贫寒,其实倒是殷实之家,居然用白木耳招待他,看来是很重视这桩婚事的。小辫子晃了晃杯子,那朵白木耳依然沉在杯底。小辫子一心要吃到这朵白木耳,大口喝水,猛灌一气,终于杯底朝天了。奇怪的是,那朵白木耳依旧沉在杯底,像是黏住了。小辫子不甘心,伸进手去捞,却是涩涩的腻腻的感觉,黏在底下。小辫子此时发现周围的人都盯着他看,忽然心有灵犀,意识到这是当地的风俗,考验上门来的毛脚女婿的,看你灵巧不灵巧,能不能吃到这朵白木耳,吃到了,就过关了。心念至此,小辫子用手去拉,拉不动,白木耳好像已经生根了,手里一使劲,把白木耳连根拔了起来。凑近了一看,是块浸泡多时涨开来的棉花,这时他也看到杯子底下显露出一个光点,却是个破洞,原来这团棉花是塞破洞用的,幸好没有直接朝嘴里塞,否则就出洋相了。

此时那个收礼物的女人再度返场，端出一个竹编的大圆箩，里面是烤熟的土豆，很烫。于是大家围着圆箩一起吃烤土豆，不再说话。小辫子也一起吃。从头到尾没有看见那姑娘。小辫子剥土豆皮的时候偶一抬头，看到堂屋侧门有个姑娘探出半个身子在看他，随后一闪就不见了。吃完土豆众人就散了。小辫子呆坐了一会，见没有人来招呼他，也就走了，临走朝堂屋里面的空气鞠了个躬。

离开的时候，小辫子发现自行车的两只轮胎的气被人放掉了，他只好推着车走，推了一段路，头上忽然挨了一砖头。还好他头硬，也可能砸他的家伙手下留情，没有被砸晕。小辫子架好车回头看，看到一个身板雄阔的家伙站在后面，手里举着块板砖，打算加点力再给他来一下。小辫子认出来了，就是在大世界小饭店门口见过面的那个家伙，曾经被小辫子像踏咸菜一样踩踏过脚。小辫子盯着他看，那家伙也盯着小辫子看，隔了一会，那家伙心虚，一瘸一瘸地逃掉了。

我们都在师傅家里等回音。小辫子进来的时候，都看到他头上在流血。师娘气愤不已，一边给小辫子搽红药水包纱布，一边说明天要去找那姑娘的单位领导告状，太不像样了。师娘觉得自己很没面子，难得做了一回媒，算是两回吧，一次被人打脸打得肿起来，一次头被人打破。那家人一点礼数都不懂，临走也不给个话，也不送一送。小辫子倒觉得没什么，反过来说那家人土豆烤得蛮好吃的，正好肚皮饿了，吃了好几个。

这次做媒，对师娘来说，很有挫败感。师娘后来也没去难为那姑娘，那边也一直没有回话过来，这事也就算了。就在我们都以为这事彻底黄掉了的时候，女方那边传话过来，说姑娘对小辫子印象不错，愿意再接触接触。师娘不是很起劲,毕竟离那次见面已经过去二十多天了,再来给回音,师娘觉得这里面有蹊跷,要小辫子自己拿主意。小辫子觉得花出去几块钱了,连个人都没见到,说不过去,还是见见吧。师娘便也由着他,只是叮嘱小辫子控制成本,别再乱花钱。

后来我们四个人在一起分析此中原因,决定小辫子是不是要去和那女的见面。

伯富说,小辫子那天去,女方召集了那么多人,排场很大,给足了小辫子面子,小辫子这次必须见面,也要给对方面子。对方那次来了那么多人,人多嘴杂,意见不容易统一,所以耽搁了一些时间,这二十多天是在统一思想。现在思想统一了,一致认为小辫子不错,所以小辫子和那姑娘的事成功的可能性非常大。

子良觉得那女的用的是撒大网捕鱼的方法,估计这段时间她每天都在家里相亲,她躲在暗处偷看,让家里的长辈站在前台提问。那张纸条就是她事先拟定的提问的提纲。小辫子上次去了以后,不知又有多少男的去过了。反正板桥男的多,女的少,随便挑选。这女的没有什么损失,接待一个男的,最多损失一圆箩的烤土豆,损失有限。男的上门,多多少少会买些东西过去的。就像《龙江颂》里说的,堤内损失堤外补。这女的不是脚踏两条船,而是脚踏十几条船。试下来,有的船太破,有的船漏水,有的船太难看,最终看中小辫子这条船。

我说,我倒是有另外的想法。要是像子良讲的,每天安排男的上门见面,每天搞那么大的场面,在村里面影响也不好。农民伯伯农民婶婶很淳朴的,不会这样做的。那个女的我见过面,不像是那种心机很深的女人。她叫我看一本恩格斯写的书,要反对一个叫杜林论的人,杜林论肯定也是外国人,外国坏人,就说明这一点,她思想很好,要求进步,大概当过妇女队长的,至少当过生产队小队长。思想好的人不会脚踏几条船的。隔了这么长时间再见面,最大的可能是,她在等待合适的机会。上次和我见面的时候,她坐在靠墙壁的地方一动不动,打我耳光的时候也没立起来,所以发不出力,打了不痛。为啥不立起来啊?她怕暴露后背的那块骨头。现在天气冷了,穿两用衫了,背上的骨头可以遮住了,所以她出来见面了。

大家一起点头,认为我说的有道理。

小辫子一锤定音,说,我不嫌鄙她后背的那块骨头的,师娘讲过的,不明显的。我觉得胸口的两块肉更加重要,只要胸口有两块肉,背后多一块骨头不要紧的。

第一次见面,两个人一起看了场电影。散场的时候小辫子有意落后一步,看那女的背,果然不明显,就放心了。

第二次再见面,那女的说要去小辫子的宿舍看看。小辫子便换了干净的床单,花了点代价,事先把同宿舍的老师傅都请出去。到时候那女的来了,很文雅,脸也还比较秀气,只不过皮肤有点粗糙暗淡。小辫子给她冲了一杯麦乳精,看得出那女的闻到香气很想喝,但犹犹豫豫一直没有喝,小辫子端到她面前让她喝她也不喝,只是眼神疑惑地盯着杯子看。小辫子粗中有细,看出她有点不放心,就端起杯子自己喝了一大口。那女的一直看着小辫子,又不时地看看表,过了十分钟,看到小辫子没什么异常,就把那杯麦乳精喝了。

我们事先都警告过小辫子,不要看手相,不要提那块骨头的事,小辫子记住了。小辫子扬长避短,重点发挥自己体型的优势,说会保护她一辈子的,不会让别人欺负她的,说了几遍就翻不出新的意思了。女的没说什么话,含笑沉静地看着小辫子,似乎很满意。后来女的问小辫子为什么脸色很黄,小辫子回答说住在集体宿舍心里苦闷,而且身边一起玩的几个都是流氓习气很重的人,所以更加苦闷,抽烟抽得多了,把脸熏黄了。那女的要小辫子少抽点烟,说轧道很重要,不要结交不好的朋友。小辫子敞开心扉说,自己运气不好,交的朋友都很差。一个叫伯富的有女朋友了,很小气,不是一般的小气,是特别小气,一分钱看得比圆台面还要大,一分钱夹在屁眼里走三里路也不会掉下来。那女的这时捂着嘴笑了,说这个比喻太形象生动了。小辫子受到鼓励继续发挥,说还有个叫子良的虽然出手大方,但人很阴险,作风不正派,主要是家庭教育方面有问题的。还有个叫国钧的很粗鲁,从小就不学好样,跟一个老流氓学打拳,动不动就挥拳头。小辫子说自己看着粗鲁,其实很文雅的,也不喜欢打架,打架都是那个叫国钧的家伙挑头的。小辫子后来把那些话告诉我们,被我们三个合力痛打了一顿。按小辫子的智力,他在复述整个过程的时候,来不及把不该说的话剔除。

临走时,那个女的从包里拿出了一本书,白底红字的封面,给小辫子,要他好好学习。那本书她曾经是打算给我的,现在成了小辫子的学习材料。小辫子接过书,说一定会好好学习,明天就去买本小簿子,写学习体会。小辫子送那个女的回家,临分手,小辫子想让两人的感情加加温,说了一句很感人的话。小辫子说,你放心,我不会嫌鄙你后背的那块骨头的,我觉得蛮好的。我觉得那个地方凸出一块,和胸口凸出两块一样好看。那女的听完,就激动得一路疯跑回家,此后再也没有下文了。

小辫子后来总结经验,说那句话讲还是应该讲的,只是讲得早了些,要是在结婚的前夜讲就好了。他说要是在宿舍里,他把一张五百块钱的存折甩在姑娘的面前,说不定姑娘就跟定他了。可惜他的存折里没有五百块钱。其实他连存折也没有。

那以后,小辫子的云片糕我们就不能随便吃了,我发现他在卖给宿舍里的复员军人和征地工人,不收粮票,价格比市场价便宜一半。销路很好。

第七章

写到这里,不得不提到一个叫陈老三的人。这家伙先前是在金陵城里走街串巷骟鸡的。骟这个字比较生僻,其实也就是阉的意思。谁家养公鸡的,养到半大不小,正巧陈老三在门前经过,喊了声:骟——鸡哦。这声叫唤很特别,前面一个字音调拖得很长,悠扬高亢,然后果断利落地收住,就像一刀斩到底。于是那家人就把陈老三叫住了,叫他骟鸡。陈老三便取出折叠凳坐安稳,再把一块帆布铺在腿上,把那只半大不小的公鸡夹在腿上。那只小公鸡闻到陈老三身上的气味,不会做徒劳的挣扎,它知道还不到送命的时候,只是施行宫刑而已。所以也可以这么理解,骟过的鸡就是公鸡里的太监。陈老三揭开鸡的翅膀,薄刀在鸡身轻割一刀,用钩子把两边皮拉开,然后取出一根线和一柄探针,探进去,不一会,那根线便吊出一个半颗腰果大小,形状也与腰果相似的白物来。再揭开另一个翅膀,再度割刀取物。不必缝合伤口什么的,只消把翅膀恢复原样,盖住创口即可,不消几日自会愈合。取出那两个蛋,那只公鸡便成骟鸡了,不会再追逐母鸡,一点花头花脑的心思也没有了,你把再漂亮的母鸡放在他面前,他也坐怀不乱,只知道一个劲地长肉,疯吃疯长,长出来的肉鲜嫩无比。江浙沪一带的人,过年过节都喜欢买骟鸡来吃。

陈老三做的是无本生意,纯粹的技术活。骟一只鸡一毛钱,一天下来也能赚个两三块,日子过得去。只是有一件憾事,婆娘过门好多年了,肚皮一直不见隆起来。陈老三年轻力壮,那婆娘也是百般迎合,可每个月老婶子还是按时来。老婶子是当地的土话,当地女人每个月来红,不叫月经,不叫老朋友,不叫大姨妈,叫老婶子。那婆娘恨透了老婶子,无亲无故的,每个月要来,来什么来。西医中医都看过,看不出名堂。后来陈老三在夫子庙碰到个长须白髯的算命先生,上前讨教。算命先生问陈老三是干什么营生的,陈老三回答说是骟鸡的。算命先生捻须沉吟半晌,说,你这营生虽不是伤天害理的事,却也是绝门绝户的活。你让公鸡断子绝孙,那些公鸡短短一生,尚不及享受一丝快活,便被你去势,这口怨气咽不下,岂能饶得过你,还不天天咒你啊。此后但做行善积德之事,或许尚有转圜。

陈老三如梦初醒,大汗淋漓,当天就把那套骟鸡的吃饭家什丢进河里了。过了几年,陈老三成了板桥种猪配种场的场长。一开始不叫这个名字,叫板桥配种场。经常有疯疯癫癫不孕不育的女人找上门来求诊,啰里吧嗦地说上一大堆,说结婚多少多少年了,肚皮还是不见隆起,特意来求土方妙方的;解释都没法解释。后来便加了两个字,改成板桥种猪配种场。从绝种到配种,一百八十度的大转弯,陈老三的人生成功转型,证明了那句事在人为的老话。陈老三坚信自己从事的是积德行善的事业。遗憾的是,几年下来,婆娘的肚子依旧没有变化。陈老三毫不抱怨,觉得自己做得还不够,还需继续努力。这时候,板桥钢铁厂的蓝图铺展开了,种猪配种场也在征地范围。陈老三进了厂。按照级别套过来,陈老三当了总厂劳动工资大组下属的劳动调配组副组长。因为他具有手艺人的狡黠和勤劳,也因为他那种近似于赎罪的工作态度,他很快就当了组长。

陈老三手上有整个板桥地区的职工名录。他总隐隐觉得这里面有什么问题。横竖睡不着,他就翻来覆去地看,又用算盘拨拉,终于看出问题来了,板桥钢铁厂男女比例严重失调。其实并不是陈老三慧眼独具,他发现的问题在钢铁企业普遍存在。

这时候,板桥发生了一件稀罕事。

一个弹棉花的手艺人来到板桥,从早到晚啪啪啪声不断。居民们都把旧棉胎拿出来让他弹,弹好的棉胎变得十分松软,重新行上线,像新的一样。手艺人有个帮手,是他女儿,十八九岁,模样周正,脸上带着笑。机修分厂有个男青年老是出现在弹棉花的摊位边,先是在一旁呆呆地看,看父女俩弹棉花,主要还是看那女儿。那女孩儿偶尔也会带着笑意瞟他一眼。熟稔些了,男青年便给父女俩送几盘蚊香过去。晚上,那父女俩就在靠墙角的地方支块篷布休息。到后来,男青年常常从食堂里买了饭菜给父女俩送过去。再后来,男青年就上手了,身上挂着竹编的弓,弹棉花,那女孩时不时地纠正他的动作,两个年轻人嘻嘻哈哈地打闹,手艺人坐在一边笑眯眯地看,抽烟。渐渐地,男青年弹棉花便弹得像模像样了。有时,男青年把饭菜票塞到女孩手里,让父女俩去食堂吃,想吃什么点什么,随便点。那女孩走到半道会回头看,朝男青年挥挥手。男青年也朝女孩挥挥手,满脸幸福,满头满脸的棉花絮,独自一个人继续弹棉花。起先是弹棉花,弹着弹着,那男青年就和那女孩谈恋爱了。几个月后,弹棉花的父女俩离开了,那男青年也打起背包跟着一起走了,连招呼都没跟单位打。那男青年是机修分厂的车工。这是不久前刚发生的事。或许正是这件事,促使陈老三给总厂领导写报告。

陈老三花了两个多月在下属分厂摸底调查,然后用了几个晚上,给总厂领导写了份报告,《关于解决板桥地区未婚男职工婚配问题的建议》。那份报告写得非常翔实,有数据,有临时救急措施,也有长远规划。摘要如下:

> 本人冒昧上书各位尊敬的指挥副指挥,真诚地向领导提供一个令人震惊的数据,那就是,板桥地区未婚适龄男女之间,存在七比一的悬殊比例(特别说明,此处的板桥地区特指板桥钢铁厂范围,不包括板桥钢铁厂周边的农户)。此报告将是这一数据的首次披露。板桥地区未婚适龄男职工中,30岁(指周岁,下同)以上的有381人,27岁至29岁的有1457人,20岁到26岁的有3839人。未婚适龄男职工总计5677人。另需注明,35岁以上的未婚男职工有42人,大多在地区福利工厂上班,有不同程度的智力残缺和身体残缺,没有统计在内,不在本次解决范围之内,待适当时候再行解决。另,后勤大组小食堂有一男职工,34岁,时而正常时而痴傻。据其同事反映,此人正常与否与其喝酒的度数有关(但此说法没有得到其他同事的认可),因没有医生明确诊断,存疑,暂时没有把他归入5677人的名单,待会同医院对此职工进一步检查后再考虑添加与否。
>
> 另外,板桥地区20岁以上(含20岁)未婚女职工中(包含丧偶女职工,但不包含一意孤行单身到底的女职工,也不包含离婚以后明确表示不再结婚的女职工。例,动力分厂一名41岁的女

职工,离婚多年。在女工座谈会上,当某领导对女工表示关怀,问大家有没有需要组织上帮助解决的困难,此女工突然大叫:我不要你们给我介绍对象,我受够了,我永远也不会再结婚)31岁以上的18人,27岁到30岁的208人,20岁到26岁的591人。总计817人。

把未婚适龄男职工总数和未婚适龄女职工总数相减,为4866人。因为存在一些不可预测的因素,比如某些男职工或女职工在板桥以外的地区谈恋爱,但这些都是无法确定的因素,只能排除在外,忽略不计。总之,板桥地区存在未婚适龄女青年的巨大缺口,如不及时关注解决,将有4866个未婚适龄男职工的婚姻问题得不到解决,此事将严重影响到板桥职工队伍的稳定。

当务之急,是先行采取一定的措施,从临近的农场调拨女职工,以解燃眉之急。板桥地区方圆四十公里之内,有三个农场,分别是隔江的海陆农场,临近谷里的达丰农场,以及靠近金陵的大陆农场。其中海陆农场的直线距离最近,规模也最大,但据初步了解,该场女职工人数虽多,但大多已婚并且生育,暂时不予考虑。达丰农场属于外省,属于跨省调动,手续上存在相应的难度,暂时放弃考虑,但可以作为下一步的备用考察单位。比较理想的是大陆农场。板桥钢铁厂虽然隶属上海,但在地理上属于金陵郊区,与金陵各方面的关系一直相处融洽。大陆农场是金陵农委下属单位,而金陵农委对板桥钢铁厂的农副产品支援,多年来一直是不遗余力。当然,板桥方面也给了对方丰厚的回报,特别是计划外生铁的供应,只要对方提出,我方总是有求必应。基于这样的良好关系,从大陆农场调拨五百个未婚女职工的请求,一定会得到金陵农委方面的有力支持(据调查,大陆农场女的多,男的少,抽调五百名女职工,不会在该农场引起骚动)。一旦得到金陵农委的首肯,可采取如下简便可行的方法,只要有农场开具的未婚证明,即以解决夫妻团聚的名义调入板桥,成为板桥正式职工,农村户口转为城镇户口,农场的工作年限也计算为板桥的工龄。以此显示板桥的诚意。

走出上述第一步,虽不能完全改变板桥地区未婚男女的悬殊比例,但能把未婚女职工的缺口数降低到4366人,同时也为彻底缓解这一严峻局面争取了时间。我们可以继续采取如下切实可行的步骤:一,依凭板桥培训部的校舍和师资力量,从速开办板桥卫生学校(简称卫校)。生源从板桥周边地区招收,年龄在18至25岁的未婚女性都可报名。主要开办护理学和卫生保健两个专业,每个专业各开办三个班,每个班40名学员,每期将有240名学员。五年以后,卫校在读和毕业的女学员将达到1200人,这是个令人振奋的前景,相信板桥的未婚男性都会对此充满期盼和渴望。此事一举两得,既为板桥职工医院的护理力量提供源源不断的新鲜血液,也为板桥地区未婚男职工提供了择偶人选。二,开办职业技校,主要开办统计、财会、质检和烹饪点心四个专业,这四个专业都比较适合女性,也是板桥各分厂需要的工种。依然面向板桥周边地区招收,只招女的,年龄在18至24岁之间。每个专业开办两个班,每个班45名学员,每期将有360名学员。五年以后,将达到1800名毕业和在读学员,这将是一个可观的数字。相信板桥的未婚男职工都将笑逐颜开,奔走相告。上述两大措施,虽说远水不解近渴,但只要有耐心,假以时日,一定能从根本上改变板桥地区未婚女性短缺的局面。三,铁矿西面的古庙村,地处铁矿采掘断层,下面基本已经采挖一空,绝大部分古庙村村民已经在当地政府的安排下,搬迁他处作了安置。据调查,古庙村现在尚有13户村民留在该处,且都为未婚或丧偶的单身女性村民,年龄在25岁到35岁不等。拒绝搬迁的原因不详。虽然只有13名女性,但都是适婚而且处于生育年龄的女性,聊胜于无,可以派人动员其到板桥工作,撤离该地区。四,号召板桥地区的未婚男职工充分发挥主观能动性,投亲靠友,四面出击,自寻门路,自找对象。这里面大有潜力可挖。

几个月前,机修分厂一名青年车工随来板桥生活区弹棉花的父女俩出走,未知总厂领导是否知悉此事。有关此青年车工出走一事的详情,另附报告,与此报告一并呈上。有鉴于此,也考虑到板桥的地理位置特殊,毗邻国道、长江,且有铁路线与外界相通,整个板桥地区并无围墙耸立,完全是开放式的厂区和生活区,进出人员庞杂,建议在生活区设立巡逻队,由派出所和联防队抽调人员组成。巡逻队要对进入板桥的手艺人密切关注,如果与该手艺人同行的有18至25岁的年轻女性,必须予以重点关注,派专人看护。若有年轻男职工长期逗留在摊位边,须及时上前劝阻离开,以免再度发生未婚男青工见色起意的出走事件。

陈老三写完后,又润色了一遍,然后工工整整地誊抄在报告纸上。誊写题目的时候,他按当地的习惯把婚配写成了配婚,在写下那

个配字后,因为当过十年配种场场长,积习难改,下意识地把种字也带出来了。所以他交上去的报告,标题是:

《关于解决板桥地区未婚男职工配种问题的建议》

总厂办公室的人阴差阳错地把陈老三的报告交到了军代表的手里。那军代表是个嫉恶如仇的铁血将军,只看了个标题就气疯了,拍着桌子说,解决未婚男职工的配种问题,把我们的工人阶级当成什么了。把那个叫陈老三的混蛋给我拖来,我一枪毙了他。当然没有人真的去把陈老三拖来,军代表手里也没有枪,那句话只是他表达愤怒的口头禅,说过以后也就忘了。

过了些时日,军代表就离开板桥了。办公室整理遗留文件时,发现了陈老三的那份报告。本来丢到字纸篓里也就算了,偏偏那办事员是个惟恐天下不乱的家伙,心想军代表当初如此震怒,换个领导不知是怎样的表达方式,他想试试。于是给了指挥。指挥是总厂领导里年纪最大风度最好的一位,看到标题也禁不住皱了皱眉,用红笔把配种两个字圈出来,在旁边批示:此人思想意识不健康,不能重用。接着往下看,看着看着猛一拍案。那个惟恐天下不乱的办事员躲在门缝后面窥视,看到这里窃喜不已,觉得接下来又会有一场风暴。哪知指挥很长一段时间沉寂无声。隔了好久,指挥让办事员去把陈老三请来。是的,指挥用了个请字,让办事员很意外,要是没有这个请字,他是打算把陈老三按着头押过来的。陈老三进门的时候,指挥已经把原先的批示用红笔涂掉了。

那以后,板桥新设立一个部门,婚姻工作协调组,组长是陈老三,独立开展工作,负责与各大组各分厂的协调。指挥给陈老三的指示是,大胆设想,放手工作。工作组起初挂靠在供销大组,仔细想想有点别扭,有点贩卖人口的意味,过了两年改为挂靠在计生委下面,行政级别比计生委矮半级。

我们当然不知道有陈老三这么个人,我们也没看过那份报告,我们更不知道上面的那段过节。我们倒是听说机修分厂有个青工出走了,是跟一对弹棉花的父女走的,还有很多人羡慕他,说他交桃花运了。这里面包括我。我想象不出还有什么比这更加浪漫的事了,跟着喜欢的女人浪迹天涯,风餐露宿,一边弹棉花一边谈恋爱,那把弹棉花的竹弓就像一把琴,啪啪啪,弹出来的声音要多少好听就有多少好听。要是突然之间下大雨,还要赶快逃,找地方避雨,朝桥洞里钻,朝瓜棚里钻。太浪漫了。

不过,过了几个月,那出走的青工又回来了,十分落魄,精神也有点不正常。弹棉花的手艺人没打算收他做徒弟,更没打算把女儿嫁给他,在他把身上的钱花完以后,他就被弹棉花的父女俩赶走了。那家伙下场很惨,回来时已经被厂里开除了,赶出宿舍。幸运的是他已经学会了弹棉花的手艺,于是就继续在板桥混,帮人弹棉花,只是生意很清淡,毕竟手艺不精,还经常被人骂,说他弹出来的棉花胎不紧密,松,厚薄也不均匀。一挨骂,那家伙就失声痛哭,弄得骂他的老阿姨都不好意思继续骂下去。

后来,便听到传闻,说是板桥要来一批女职工,五百多个,全部是女的,全部是年纪轻的,全部没有结过婚。我们都不太敢相信,这样的好事不会落到我们头上来的。况且那段时间谣言很多,谣言传不了几天,就会出来辟谣。断断续续传了几个月,终于传闻变真的了,说是真的要有五百多个女人要来，是从米坊桥那边的大陆农场调过来的，千真万确，来的日子都定下了。大家都禁不住欢呼雀跃，扳着手指头计算日子。

板桥历史上，大概还从来没有出现过这么轰动的场面。那天本来并没有安排欢迎仪式，哪知道自发去了两三千人，把道路两边都挤满了。那种雀跃的心情就像是去看新娘子，准确点说是去接新娘子，而且这新娘子说不定会被自己接回家。有句成语叫望眼欲穿，以前没有体会，这个时刻体会得无比深刻。到了说好的时间，却不见车子的踪影。有个消息灵通的家伙说前方传来消息，第一辆车子在米坊桥那边爆胎了，在修。于是继续等。等到那十几辆大客车终于开过来的时候，一片欢呼，山摇地动一般。我和小辫子还有子良都去了，占据前排有利位置。伯富也去看热闹了。伯富那几天正和女朋友闹别扭，他们始终不能正确处理小号的问题，伯富用七十度热水烫两只蛋的实验也失败了。也许伯富潜意识里觉得如果看到合适的，不妨考虑更换一个女朋友。大客车发出刹车声响的时候，人群开始骚动了，一片混乱。那种场面以前在上海也见过。米店到了一卡车山芋，大家都提着铅桶篮子去买，定粮不够，一斤粮票可以买七斤山芋，机会难得。但是山芋数量有限，规规矩矩排队是买不到的，你讲规矩，别人不讲规矩，只好抢字当头，奋勇争先。所以只要刮到风声，米店要来一批山芋，每家都把最强壮的人派出去。

此时原来的秩序完全被挤乱了，我们几个被挤到车头前面去了，只求自保，根本回不到车门那边去。大家全拥上去抢着拎行李。那些个从农场里来的女人，再怎么皮糙肉厚骨节粗大，哪见到过这样的阵势，一个个吓得花容失色，惊叫不已。那天本来有十几个警察维持秩序的,但根本不管用,警察都被挤得丢盔弃甲,挤惨了。混乱的场面一直持续了十几分钟,才有所好转。五百多个女青年被簇拥着去了招待所。

招待所床位不够用,所以事先都把床拆了,打地铺,统统睡地铺,接受艰苦朴素的传统教育。没有马上分到下属各个单位,先集训,每天都到电影院去上课,了解板桥的历史沿革,树立正确的恋爱观和婚姻观。后面三天集中讲计划生育、优生优育、孕产期、哺乳期、断奶期,一直讲到女子绝经以后的注意事项,三天里面浓缩了女人的大半生。那些女人都听得呵欠连天。好不容易熬到散场,电影院外面黑鸦鸦地挤满了人,还有人照相的。那些女人都知道自己来板桥肩负的使命,而且知道自己到了这里属于稀缺品种,起先还落落大方地接受观看,后来便变得趾高气扬不屑一顾起来。最后一天,围观人群里投来的不是仰慕的目光,而是一迭声地起哄喝倒彩。大家心里都明白,板桥僧多粥少,这碗粥未必轮得到自己喝,喝不上粥,就喝倒彩,反正喝的是别人将来的老婆。

集训完了,那批女人才分到下属单位。这次分配,事先已经明确,政策向主要生产分厂倾斜,后勤部门和生产辅助部门,一个不分或者少分。后勤大组属于一个不分的单位,很不服,在底下嘀咕。木材分厂的头头说,你老兄就知足吧,你底下的大食堂二食堂三食堂还有小食堂,还有被服厂,女人够多的了。我们才分到几个?十五个。后勤大组组长说,大众汤有人要吧,炒三鲜有人要吧,双酿团有人要吧?指挥很威严地说,不要在底下嘀咕,服从大局。大家就都不响了。

炼铁分厂和铁矿是重要生产单位,分到的最多,各有一百个。炼球分厂和炼焦分厂也属于主要生产单位,各分到六十个。我们车间只分到一个女的,叫白玉兰,听上去像朵花,但看上去不像花,像是化好妆的女包公。白玉兰被分配当了电工,整天被电工班那帮自轻自贱的家伙围着宠着,连那个电工用的专用皮带都不舍得让她围在身上。那根电工皮带也就十来斤重,上面连着个皮的小插袋,插电工笔老虎钳绝缘胶带什么的,都抢着围在自己身上,没抢到的还对那个下手快的怒目而视。那个白玉兰从进厂到休产假,几年里面没有干过半点活,享尽了福。你见过一个肩膀很宽身材壮实浓眉大眼的女人发嗲吗?白玉兰就是。要是谁整天被一帮男人围着转,还争相向你献殷勤,你都不用学,你就知道发嗲怎么发了。比如你问她中午吃什么,她嘟着嘴巴说赤眉——眉的音调上扬,那是她回答你,她中午吃面。赤眉就是吃面。你听了会浑身起鸡皮疙瘩。眼看着一天天过去,白玉兰的皮肤像是蛇蜕皮一样,一点点变得白净起来。

我们白白高兴了一场。我们几个,谁都没摊上一个。不过我们很快就幸灾乐祸起来。这次声势浩大的调配,完全是失败的,换句话说,这就是一次失败透顶的策划。请原谅我用了策划这个词。这个词在几十年后,相当时髦并且有格调,但在我们这个时候,这是个货真价实的贬义词,凡是和策划沾上边的,基本上都要倒霉的。从大陆农场来的女人,绝大部分在农场里都是有男朋友的,分别的时候,女的都发过誓的,不会变心的,男的也加紧播了种。那些女的到了板桥,就被人盯人战术包围了,而且有的还是几个人盯一个,盯得连气也喘不过来。毕竟板桥这边占有主场优势,适合开展死缠烂打的打法。那些女人也有动心的,却又表现出恨不相逢未嫁时的决绝,倒不是说她们如何守身如玉坚贞不屈,只不过因为肚子里已经有大陆农场那边的骨血了。板桥的追求者得知真相后,都理智地退出,免得拆散别人一家骨肉。也有一些如愿以偿的,不过在女方稳定下来把小孩接到身边后,那些男的也退出了。人是非常奇怪的动物,总是想坐享其成,唯独在做父亲这件事上,不想占别人便宜。真正移花接木嫁给板桥男人的,没有多少,五分之一都不到。

白玉兰是少数的例外,最终嫁给了板桥人。白玉兰并没有被电工班的人追到手,反而跟了钳工三班的长脚。长脚家里经济条件好。长脚是后来从武汉调到板桥,调到钳工三班的。长脚来的时候,白玉兰已经完成了蜕变的过程,活脱脱就是个肤白貌美手不沾水的女人,而且肩膀也好像变得窄了不少,发嗲也发得不生硬了。长脚一下子就迷上她了。

第八章

这年月流行用"抢"这个字，时髦，显得工人阶级豪迈粗犷，气吞山河。比如抢修设备，抢进度，抢时间。其实时间是抢不来的，就像你不能在马路上随便抢钞票随便抢个女人当老婆一样，抢走的只是我们的睡眠而已。有次抢修抽风机，连续干活七十二个小时，人也弄得像抽风了一样。现场靠墙铺了一排草垫子，大家轮流去躺一会，基本上头还没靠上草垫就睡死过去了。被叫醒后，擦点万金油，打着呵欠眼皮瞌睡继续去刮婆司。你能想象，大多数人一辈子打的呵欠，都没我在那三天里打的呵欠多。师傅总是要我和师兄去草垫子那里睡觉，自己却很少去躺一会，比真正的工人阶级还要工人阶级。班里其他师傅都劝师傅去躺一会，师傅说出了一番壮志凌云的豪言：我在设计院看了十年大门，大部分时间是上夜班，睡足了。

除了"抢"，另一个字也很时髦，"搞"。搞革命，搞斗争，搞生产，搞运动，搞场电影看看，搞顿饭吃吃，搞包好香烟抽抽，搞个女朋友搞搞，什么都可以搞，搞得越轰轰烈烈越好，除了不能搞腐化，不能搞男女关系。男女关系也不是不能搞，结了婚的老师傅每天都在家里搞，一天搞几次都没关系,但不能乱搞。乱搞是要捉进去的。我起先天真无知,望文生义,以为乱搞男女关系,乱搞嘛,就是恶狠狠地搞,把女人往死里搞。后来才知道不是这么回事。

说实话,我倒是很享受这样的抢修。白吃白喝。一天三顿饭菜送到抢修现场,不要付饭菜票的,油水还很足,特殊待遇,走油肉葱烤大排红烧狮子头肉饼子炖蛋轮流上,但是没有鱼。据说这是总厂指挥特意关照的,不能给抢修工人吃鱼,吃鱼要挑刺,费时间,影响抢修进度。到了夜里十二点钟,还有一顿加餐,夜点心,菜泡饭和肉馒头。时不时的还有各级领导到抢修现场来发香烟,满脸堆笑,对待我们就像对待菩萨一样敬重。

吃好饭,不急着干活,能抽烟歇一会。饭后一支烟,赛过活神仙嘛。这当口,大家偶尔也会找点乐趣玩玩。有次杨家将突发奇想,说比比看,谁的头发粗,说着就从头顶拔了一根头发下来,拿在手里扬一扬。想了想,杨家将又说,没有刺激就没意思了,来点小刺激,赌半斤饭票,头发最粗的人把饭票都赢走。大家都觉得有趣,活到现在,真还不知道自己的头发粗细,于是纷纷应和,每人拿出半斤饭票放在工具台上,然后各自拔下一根头发拿在手里,等着测量。老法师不参加的,老法师大部分时间在草垫子上睡觉,你有事情要请教,才去把他叫醒。师傅当然不会参加这种无聊的赌博,但他也蛮有兴致的,就当公证人,拿着把分厘卡量粗细。杨家将其实是有备而来,他的头发有八丝,算粗的,一般的老师傅只有六丝七丝,五丝粗的也有。和我住一个宿舍的姓张的老师傅,头发测量下来只有四丝,标准的缩卵,于是大家不得不给他新起个绰号,叫张卵毛。我乘人不注意,抓了把黑毛刷藏在身后,偷偷拔了一根毛下来。那把毛刷是铲刮婆司时,蘸红丹粉研磨用的,是用猪鬃做的,又硬又粗,看上去颜色长短和头发差不多。轮到我时,我装模作样从头上拔了一根,然后把猪鬃递给师傅。师傅用分厘卡一量,吃了一惊,说,九丝。班里老师傅一起哈哈大笑,说,这么粗啊,九丝,创纪录了,超过杨家将,杨家将瘪脱。这只小卵皮凶的,头发粗,血气旺,怪不得小卵皮平常头皮蛮撬的。杨家将不相信,抢过师傅手里的分厘卡,重新量,依然是九丝。杨家将觉得这里面有蹊跷,却又看不出蹊跷在哪里,闷了一歇,要从我头上再拔一根头发下来,再量一遍。我早已把工具台上的饭票撸进口袋,按着工作帽不让他拔。杨家将想来硬的,我就绕着工具台逃。师傅说,好了好了不玩了,抓紧干活。大家便一哄而散。

这天,我去农贸市场,想用粮票换几个鸡蛋。我不乱搞男女关系的,想搞也没有人搞,只能自己搞搞,每天夜里荷尔蒙分泌旺盛,消耗很大,需要补补身体。荷尔蒙是个捉摸不透的玩意,你水龙头关得再紧没有用的,半夜里自己也会松开来,很伤脑筋。

我们宿舍对面是行政大组的女宿舍,走廊里从早到晚挂满了暧昧的衣物,诸如花短裤和白色的奶罩。我没说错,那时候确实叫奶罩,不像后来叫得比较文雅,叫胸罩、束胸、内衣、文胸或者束身什么的。那时候流行直白坦荡的风格。奶罩花裤一类已经对我构不成挑逗了,看得多了,麻木了,免疫了。只是最近出现了一个新的状况,对面四楼走廊出现了一块红肚兜,上面还绣着花的。到了晚上红肚兜就消失了,第二天又会出现一条红肚兜,只是上面绣着的花略有不同。这个东西以前没有出现过,充满了青春洋溢的农村风味,对面四楼似乎是新住进来了一个年轻女人,而且是农村来的,要不就是前一阵从农场来的。不过农场里的都是从城市里去的知青,不大可能用肚兜。我能想象得出她小麦般的健康肤色,健硕浑圆的腿肚,肚兜里面的两坨肉也一定是结结实实有弹性的。如果你以为肚兜兜的是肚皮,那你就洋盘了,肚兜要兜的是这两坨肉,肚皮是顺便一起兜的。我之所以说这是个年轻的女人,因为上了年纪的农村妇女不会戴这么考究的红肚兜,身子松弛得差不多了,也用不着戴肚兜了。这块随风飘荡像火焰一样跳动的红肚兜,让我一点抵抗力都没有,只要瞥一眼,就想入非非,就激情似火,就很潮。只是我一直没见到过红肚兜的主人。

前些日子,师兄不知从哪里搞来个苏联军用望远镜,草绿色的,高倍数。我猜想他是用来看对面女宿舍的,说不定他也对红肚兜发生了兴趣。师兄却说他是用来看星象的,说像他这种级别的诗人词人,必须懂星象。诗词和星象是相通的,诸葛亮就是上观天象下通地理的。我说诸葛亮好像不写诗的。师兄说,诸葛亮写过诗的,写过不少。你层次太低不懂的,跟你讲了也白讲。有次我回宿舍,屋子里没有开灯,师兄趴在窗前用望远镜窥探。我一下子扑上去,摇着师兄的肩膀兴奋地说,看到了吗看到了吗,那个晾红肚兜的女人长什么样,好看吗?师兄说,别下流好不好,我在夜观天象。我说,你刚才这个角度好像看不到天空的。师兄打了我一拳,说,你懂什么懂。要是灯开着,我想师兄的脸一定涨得通红。

我在农贸市场转了一会,最终看中了一个女人,准确点说是看中她的鸡蛋。女人的前面有个竹编的篮子,上面盖了块印花的毛蓝粗布,半遮半掩,里面的鸡蛋白里透红,还有血丝,属于头生蛋,听说营养比一般的要好。我说,粮票换鸡蛋,换吗?她点点头。她戴着顶草帽,我看不清她的脸,只看到草帽在晃动,我相信草帽底下长着一头干枯的头发,说不定衣裳里面也系了个红肚兜。我说五斤粮票换十个。我事先打听过行情。她说,五斤粮票换九个。我的鸡蛋大,还是头生蛋。她没说谎。她的声音带点沙,就像熟透的西瓜,一刀下去,开出来的是沙瓤,而且刚刚起沙。熟过头的西瓜,开出来就不是沙瓤了,而是倒瓤了,水分也没有了,换成女人的声音,就是沙哑的暗壳了。她的声音刚刚好,沙而甜。我猜想她的年龄不会超过三十岁。我给了她五斤粮票,拿了九个鸡蛋,想想有点不甘心,手又伸了过去。女人飞快地打掉我的手,同时把篮子朝旁边移了移。我第二次伸手过去,她又把我打掉了,轻轻骂了声流氓。我笑了,觉得这样的游戏很有趣,何况她打得一点也不痛,而且我没想到居然还有人能把流氓这两个字骂得这么好听。我又把手伸过去,等着她来打,这个动作带点调戏的性质,意思是你来打我呀你来打我呀。她没打我,只是把毛蓝粗花布盖住篮子,盖得严严实实,同时两只手按在毛蓝花布的上面,防止我去抢。

这一刹那,我像被雷击中了。我看到了一双好看的手。手指既不修长也不粗短,正正好好,关键是,这是整个农贸市场里唯一一双指甲缝里一点污垢也没有的手。她的手是象牙那样的嫩黄,也像象牙那样光洁细腻,你能清晰地看清楚皮肤上的细致的纹理,而不是在某些女人手上你会看到的汗毛和毛孔。这双手就像是刚刚从水里探出来的,或者说是刚刚涂抹了一层甘油,你都无法形容那样的滋润,而这样的滋润竟来自于卖鸡蛋的农村女人之手。她的手指根部还有一个个窝,浅浅的窝。长在脸上的是酒窝,长在手上的叫什么。应该也叫酒窝。这么说,她有十个酒窝。绝色啊。令人震撼的是,她的右手背上有一道细细的伤痕,一寸多长,年代似乎很久远了,略略凸起,但依然显现出惊心动魄的暗红。这道疤痕似乎不是瑕疵,不是缺陷,不是美中不足,而是一种衬托,显得这双手更加美丽而珍贵,让你情不自禁地想去亲吻,想去抚平那道疤痕。

我说过,我比较在意女人的手,而不太在乎她的脸长得是不是好看。我将来找老婆,我不会在乎她的脸是不是比我还要凹,不会在乎她两面的颧骨高耸就像两块磨刀石,不会在乎她一脸的雀斑如同一张星云图,但她必须有一双好看的手。要是某个女人长着一双好看的手,你还会在乎她的脸长什么样吗?换一句话说,要是她长着一双好看的手,她的脸还会难看吗?你在女人堆里找一个五官端正的女人并不难,但要在里面找出一双好看的手,你基本上会失望的。好看的手的标准是什么,我也说不清,因为我还没见过,但不管是丰盈的还是纤秀的,一定是滋润细腻温润如玉的,指甲盖透着嫩红的光泽的,而不是长着瘢痕长着疙子骨节粗大皮肤粗糙的那种。

女人小的时候,五官面容就定好了,一点点长大,不过是轮廓的放大,细微的修正。手就不一样了,千变万化。你一不小心长过冻疮,十几年后就成了胡萝卜手;你一不小心被火烫伤,十几年后就长成了鸡爪。脸是遗传的,该怎样长就怎样长,不会受外力的影响,只要你不是吃饱了撑着了从早到晚挤眉弄眼做怪腔伤害自己,只要没人丧心病狂地从小到大一直在你脸上捶打搓揉,你的脸总是正常发育的。手不一样,你每天都在使用,每天都在经历磨难,冷水热水碱水里浸泡。遇到陌生或者危险的地方,你不会把脸伸过去试探,而只会用手去试探,手受到伤害的几率很大,每一次伤害都会在你手上留下记印。哪怕你天生丽质,二十年后你的手依然完美无瑕的可能性几乎没有。

若干年后,出现了一部蛮不错的电视连续剧《红楼梦》,扮演那些大观园里的女孩的,都是百里挑一选出来的,一个个妆容精致,无可挑剔。只是,但凡有小姐们手部的特写,不说不忍卒睹,也是大煞风景,那完全不是贾府这样的官府人家的小姐的手,自小锦衣玉食不沾阳春水的手,手指手背哪有那么些皱褶。手是没法化妆的。那些女孩何曾想到,有朝一日她们会被挑选出来演大户人家的千金。知道了又能怎样,整天浸泡在牛奶里?何况,很多女人天生就长着一双短平锉,还有的体态婀娜却手指骨节粗大,还有的先天一双焦黄枯槁缺乏弹性的手,好像她时时刻刻都在经受烟熏火燎。还有的手你触摸过一次便会痛不欲生,分明比男人更孔武有力像是练铁砂掌出身。还有的女人干脆就是一双肥厚结实的肉掌,每个手指都圆头圆脑鼓鼓突突,这种手适合在食堂里掌厨,拿把朴刀杀鸡拆骨头斩蹄髈。这种肉手长在三四岁的小女孩身上,肥嘟嘟的你会觉得可爱好玩,赏心悦目,忍不住会抓过来抚摸一番亲上一口,要是二十岁的女子长着这样的肉掌,你还会觉得可爱吗?她男朋友有胃口一把抓过来亲上一口吗?所以,女人的手要丰润而不是肥硕,要纤秀但绝不是干瘪。

在板桥,在此之前,我没见到过一双好看的手,今天算是见到了。不过她像流星一样闪了一下就不见了,我却被那道光辉烧灼了。我还在发呆,那个女人拎起篮子走了,她显然察觉到了我的花痴神态。事后我极力回想,依稀记得她拎着篮子逃离时说了句,犯嫌哦。

犯嫌哦是当地的土话,基本上是女人在骂她厌憎的男人时的常用语。

那以后,我经常在农贸市场转悠,一天总要转上几个来回,有时则会骑车在板桥周边的农村游荡。我在寻找那个女人。我不知道她的名字,不知道她住哪里,甚至不知道她的脸长什么样,我只记住了她的手。只要一闭上眼睛,那双手就会浮现出来。我曾经离这双手那么近,却没能抓住。当然,我们有过肌肤接触,我被其中的一只好看的手打了两下。那几天上班上得心灰意冷,浑浑噩噩。老法师回上海探亲去了,我常常鸠占鹊巢缩在他通常呆的位子里,头靠着立柱,竭力回想当初被打的那一刻,就像是慢镜头回放,不厌其烦地一遍遍回放,回味。每挨打一下其实只是短暂的肌肤接触,也许只有零点零几秒的接触,我却有本事让那一刻无限延长,细细体会,那感觉应该是滑腻的,浓香四溢并且经久不衰的,同时在心里引发一阵瘙痒和震颤的。

那个女人就是三妹,只是那时候我不知道她叫三妹而已。

这期间接到独眼老太婆的电报,说我师父死了。所谓的师父是曾经教过我打拳的那个老家伙。我便请了假急匆匆赶回上海。回到大木桥已经是后半夜了,赶上为老家伙守了半夜灵。老家伙直挺挺地躺在铺板上,换了一身黑的香云纱的宽松衣衫,一双黑的圆口布鞋,头发也梳理过了,感觉比他活着的时候更像是个人,和善很多,也神气很多。老家伙活着的时候一天到晚一副邋里邋遢凶神恶煞的样子。我盯着他看了好一会。我的一个师兄知道我的心思,说,我们都验过尸了,死透了,死翘翘了,身板硬得和菜场里半爿头的猪猡一样硬了。你现在就是扇他几个耳光他也不会爬起来还手了。我这才放心地和几个师兄一起打牌说笑。我随口问独眼老太婆,师父怎么死的?我的一个师兄一边发牌一边说,管他怎么死的,死了就是死了。早死早升天。独眼老太婆说,我去捅开煤球炉,给你们烧点菜汤面疙瘩吃。我们一起欢呼起来。我们一点都不觉得伤心,独眼老太婆好像还时不时地在偷笑。她是师父的老婆,她的那只眼睛就是被老家伙打瞎的。老家伙要独眼老太婆去氽点油氽花生米,下酒,独眼老太婆正在忙别的事情,慢了一刻,老家伙的拳头就挥上去了。

比较起来,我不像几个师兄那么恨老家伙,或许是因为我跟他学拳的时间短,挨打挨得少。何况,我也并没有正儿八经地拜过师门。那时候大概十岁左右,经常逃学,也无处可去,便到和我家隔开几条横马路的东安公园去,不买门票的,翻墙头翻进去,东荡西荡。老家伙就在小树林里打太极拳。一开始我只是在一边看。东安公园里打太极拳的人很多,别人打太极拳都是慢慢吞吞阴气森森,这家伙一招一式却是凶相毕露杀气腾腾。我看着看着兴致被吊上来了,便站在他对面依样画葫芦,跟着学。我离开他五六米远的距离,不敢靠得太近,一方面怕被他的掌风刮到伤到内脏,一方面也怕他万一来抓我来不及逃跑。我模仿力强,过了一阵,自以为学得有模有样了,回到弄堂里学给别人看。一整套太极拳,很流畅地打下来了。那时候还不知道行云流水这个成语,但我得意洋洋,潜意识里觉得自己已经够得上这个意思了。弄堂里的大人都说我打拳的架子蛮好的,只是有点怪,但他们又说不出怪在哪里。倒是子良看出名堂来了,说我打拳的姿势和别人不一样,是反的。那些大人这才恍然大悟,笑了个半死。

想想也是,我学的时候,是和老家伙面对面站着的,他抬起这边的手,我也抬起这边的手,只不过他抬起的是右手,我抬起的是左手,完全颠了个倒。不过我不在乎,在乎也来不及了,想改也改不过来了。大概过了一年,老家伙才和我说话。他说的第一句话是,小把戏,算你凶,全上海,大概只有你一个人是反过来打太极拳的。乖乖,你本事大,没得气血倒逆,没得走火入魔,没得五脏六腑爆裂,没得眼乌珠瞎掉,还鲜龙活跳地活到现在,不容易。我佩服你,我朝你磕头,我喊你师父,喊你祖宗。

我不知道这家伙说的是反话,还以为世界上最谦虚和气的人让我碰上了。我也想客套几句,却想不出什么该说的客套话,只是笑着摇头摆手,表示不敢当。哪料到接下来这家伙卡着我的脖子,瞪着我说,小把戏懂不懂规矩,偷学拳路是犯法的,要抓起来杀头的。你偷学了这么长时间,我没得喝过你一口酒,收过你一分钱,你说怎么办,要不要意思意思?我懂他的意思,慌忙逃回家,偷了家里一块钱,找了个空瓶,拷了一斤五加皮给他送过去。这家伙很不要脸皮地把我剩下的几角钱也搜走了。

从这天开始,老家伙算是收我当徒弟了,我也认识了独眼老太婆和师兄们。我们背后都叫师父老家伙。师父对我语重心长地说,你继续颠三倒四打拳,也不要改过来了,难看是难看的,别人不知道你是在打拳,还当你在发羊癫疯。你就继续发羊癫疯,发到最后,哪个看到你都害怕。有些电影演员,天生长了一副贼相,演好人演不像,只好演坏蛋,走反派路线,反倒出名了。你也一样,歪打正着,颠倒乾坤,哪一天和人打架推手,你就反着来,倒着来,哪个也吃不透你的路数,你就多了几分胜算。嘿嘿,说句文绉绉的话,这就叫出其不意,出奇制胜。当然,这样下去,迟早有一天,你会气血倒逆,经脉一根根崩断,一口接一口吐血,血吐光了就翘辫子了。乖乖隆地咚,韭菜炒大葱,这个场面蛮吓人的,不过这也是你的命,怪不得我。

现在老家伙死了。对老家伙,我还是怀有几分感激之情的。我跟他学了太极拳,学了十大形,学了三十六路流氓拳。特别是三十六路流氓拳,可以说是师父的毕生绝学,学了以后最大的好处就是,你可以在学校里耀武扬威惹是生非对好看的女生吹口哨,可以在大木桥心安理得地横着走路对好看的女生吹口哨,对好看的女生吹口哨一路吹到她家门口被她阿爸或哥哥追打时从容不迫地逃,即使被追上了你可以反手一掌然后继续逃。

第九章

　　车间摊到两个名额,借到联防队一个月。一般都派那些技术比较差,在设备检修上派不上什么用场的人去。车间副主任老秦本来是让师兄去的。说实话,师兄比我更合适,但是师兄说这段时间他的老朋友来了,老朋友是指灵感,不是女同志的月经。师兄拒绝了,只好把我替补上去。另一个是电工班的白玉兰。

　　联防队都是各个单位临时借过去的,只有队长老苏北实战经验丰富,已经在这个位子做了几年了。混了几天,大家都熟悉了,我和一个叫大头的特别投缘,我看到他常常会想到小辫子,他和小辫子基本上是同一类型的。若干年后,社会上出现了很多专业人士,诸如专业屋顶补漏、专业铺设下水道、专业预测股票走向等等。联防队也属于专业人士,专业捉奸。除了捉奸,大家就在大本营里打牌、下军棋、练哑铃,还有就是轮番和白玉兰掰手腕。这批联防队员里只有白玉兰一个女的,一枝独秀,一花独放。白玉兰以为还可以像在电工班一样,作威作福,享受特别待遇,想不到如意算盘完全落空。这时候的白玉兰还没有向婉约那个方向蜕变,还属于典型的粗放型豪放派,所以大家根本没有把她当女人看待。因为白玉兰手臂力道特别大,大家都叫她大力士,而且大力士前面连个女字都省略了。只要有人提出和她掰手腕,她来者不拒,说,三秒钟。的确只要三秒钟,最多也只要三秒钟,她就取得压倒性胜利。

白玉兰在农场里是开拖拉机的,她说她只用一只手扶把手,另一只手在头上身上捉老白虱,用不着看的,凭感觉捉,在头发根部搜寻,在衣服的贴边里搜寻,在领圈里搜寻,捉一只掐死一只,捉一只掐死一只。看到大家露出疑惑的眼神,她说,农场里条件艰苦呀。放心好了,本姑娘现在身上没有虱子,身上溜光水滑,头上也清清爽爽。我说,说溜光水滑有点用词不当,身上没有癞痂疮是可能的,但是看看你的面孔和手就知道了,溜光水滑可能吧。白玉兰说,不要出口伤人好吧。说溜光水滑就是溜光水滑。赌吗?赌五块钱。你敢赌,我就撩起衣服露后背让大家看。老苏北说,好,我来做公证人。我说,依什么标准。白玉兰说,就依女人的标准,溜光水滑的标准。大家都起哄,叫我赌,老苏北比任何人都起劲。我倒是想赌一把,大头拦住我,说,国钧不要冲动,农场里出来的女人神出鬼没,路子歪的,你赌你肯定输,五块钱还不如买点甜的咸的吃吃。不相信,你先和她掰手劲试试看。我试了试,运足气,但是没有卵用,三秒钟不到,败下阵来。

每天上午,联防队会派几个人出去,在生活区里巡逻,这是上面布置下来的新任务。主要是观察那些手艺人,修棕绷的弹棉花的,是否带着年轻女助手,要是有的话,就密切观察旁边有没有年轻男职工在围观,如果有,就上前劝说男青年离开,不听从,就强制驱赶。板桥这一阵出现了不少补袜子的女人,要是长得苍老丑陋,就随她去了。有一个补袜子的女人看上去只有二十岁出头,长得还不难看,我们挟持她离开板桥,叫她到别的地方去补袜子,一点商量的余地都没有。女人哭哭啼啼离开的时候,还恐吓她,要是再在板桥出现,就要抓进去办学习班了。

捉奸一般是在下午,全体出动。板桥所有集体宿舍的建筑构造一模一样,六层的红砖房,一条长走廊,门就在走廊这边,挨着门的是两扇窗子。这样的结构,为我们的工作创造了很多便利。似乎当初房屋设计师在设计集体宿舍的时候,也考虑到了这一点。老苏北说,根据他多年积累的经验,下午是奸情多发时段,捉拿成功的概率最高。不仅如此,联防队还有线报的。每个集体宿舍的看门房间的朋友,几乎都是联防队的卧底,有什么异常会主动报告。年底的时候,联防队会把他们请来开茶话会,花生随便吃,一人还发几粒话梅糖,所以这些看门人的警惕性和积极性都特别高。这天到后勤大组的集体宿舍去捉奸。看门的老头猥琐地笑着说,五零三房间,一男一女刚刚进去。

那天我们是兵分两路,老苏北带一路,副队长老方带我们这一路。老方是个很内向的中年人,对捉奸缺乏应有的工作激情,看看我和大头,意思是要我们看着办。我和大头绝对是队里的骨干积极分子,对捉奸充满了热切的向往,而且很快便熟悉了业务,表现出较高的专业素养。我说,等十分钟,等他们上床。大头提着晾衣竹竿跃跃欲试。晾衣竹竿是我们配备的专业捉奸工具。其他几个队员也摩拳擦掌兴奋不已。

我们在底下抽了一根烟,便悄悄摸上去。到了五零三门口,我点头示意,大头用竹竿连捅几下靠走廊的窗子玻璃,玻璃碎片纷纷掉落。大头的竹竿长驱直入,看准床位,直接挑起蚊帐。我们厉声呼喝,不许动。我从窗子破洞里伸进手去打开房门,然后众人便冲了进去。屋里,一个女的躺在床上,一个中年男人穿着衬裤坐在床沿。我们拿出绳子准备绑人了,大头打算掀被子了。那男人说,你们冲进来捉人,我犯法了吗? 我抽了他一记头皮,说,乱搞男女关系,还不犯法啊。男人说,我是行政组副组长,领导找女职工谈心可以吧。我又抽了他一记头皮,说,谈心谈到女宿舍来的啊,还要叫女的睡在床上,你穿短裤陪她啊。男人一副无赖腔,说,乱搞男女关系要上床的,我上床了吗? 我短裤脱了吗? 没有规定谈心不可以到女宿舍吧,没有规定谈心不可以穿短裤谈的吧。规定有吧,拿出来看看。我说,好,你是领导,你上面也还有领导的对吧,我打电话叫你的领导过来,让他讲,你这样和女职工谈心正常吧。他说,你要把事情搞大可以的,我以后也没有威信开展工作了,我马上从五楼跳下去,变成一摊肉饼子,你们称心了吧。老方怕了,出来当和事佬,说算了算了,然后把我们拉到外面,说,没有上床,没有脱光,还没有开始搞,不算乱搞男女关系。只怪我们早来了一步。走吧。我们只好灰溜溜地走了。

跟老苏北出去,情况就不一样了,每次捉奸,对象就像揿在鳌里的蟹一样,当场活捉。关键是老苏北经验丰富,时间掐得准。最让人佩服的是,老苏北不是急吼吼冲上去,而是从容不迫地去捉奸,完全是上境界了。前几天电影院刚刚放过一部越剧小戏《半篮花生》,他现学现卖,一路走一路笃悠悠地唱:

> 好比是咸菜缸上加了盖,
> 不知道腌的是瓜还是菜,
> 揭开盖子看一看,

正确的结论答出来。

所以走廊上传来越剧小调,就像是丧钟敲响了。耳朵尖的就知道捉奸队来了,祸事要降临了,唱是唱掀咸菜缸盖子,实际上是来掀被子的,基本上都吓得屁滚尿流了,手脚快的就慌不迭地穿衣服,不过已经来不及了,长竹竿捅进来了。大部分男女是经不起这种场面的,女的稍微好一点,男的经此一役,阳痿的比例相当高。你想啊,几秒钟里面,从激情似火到跌落冰窖,反差太大了,一般的人受不了的,人就像死老鼠一样了,底下的那个物件也像死老鼠一样了,而且死过去就彻底死了,彻底变死老鼠了,再也不会还阳了。不过也有例外,危难时刻依旧顽强不屈坚持到底的。有次大头捅破窗子,挑起蚊帐,一帮人一起冲进去。那个男的回头看看,有点慌张,女的在下面鼓励他说,到这个地步还慌个屁啊,不要停,不要停。于是男的也就镇定下来,继续,两个人像共振筛一样剧烈抖动。我们觉得这对奸夫淫妇太嚣张了,就把他们的衣服鞋子统统丢到窗子外面,然后站在床前等他们结束。一结束,就扯下蚊帐把两人纠缠捆绑在一起,拖下楼。到了楼下,搬到黄鱼车上,拉到联防队去。哪知道这对狗男女借着一路颠簸,居然在黄鱼车上又做了一次。具备这种出色的心理素质的男女,我只见到一次,就是这对宝货。

捉回来的奸夫淫妇,老老实实的,就分开关在联防队的小房间里写检查。头皮撬的,先打一顿,打得服帖了,再关小房间写检查。检查要写得深刻,要有详细过程,不能漏掉任何细节,开始怎么样,中间怎么样,做的时候说了什么话,都要写下来。写得不好,重写。今天写不好,明天再写。过关了,再打电话叫本单位的保卫组派人来领回去。所以凡是进过联防队的男人女人,回去以后都深有体会,觉得写作水平有很大的提高。我和大头曾经看过几份检查,简直比黄色小说还要黄色小说,看了以后浑身难熬,火烧一样,只好拼命喝冷水。本来已经够潮了,看了以后潮水就泛滥了,不是自寻烦恼嘛。从此不敢再看。

这天临下班,老苏北把我和大头还有另外两个人叫到一边,说,明天星期天,想叫你们四个人出趟公差,可能是去谷里,也可能是金陵,还不确定。车费实报实销,饭钱补贴一个人五角,公差补贴一个人一块。去吗?我们说去的。老苏北说,一切听炼焦分厂保卫组的老袁指挥。任务蛮艰巨的,必要时可以采取强硬手段。我说,对付几个人?老苏北说,就对付一个人。大头问,是山上下来的还是精神病院逃出来的。老苏北说,不要想得太复杂,是板桥的职工,知识分子。老苏北把大概情况跟我们说了说。

我们要去对付的那个家伙,是板桥专门从兄弟钢铁厂挖过来的,炼焦方面的专家,生产上很有一把刷子。这家伙一个星期里,六天是正常的,文质彬彬,举止得体。到了第七天,星期天,他好像是灵魂出窍,魔鬼突然附体,一大早就乘郊区公交车到谷里去,或者到金陵去。到了某条僻静的马路,迎面过来个女人,这家伙就抖出下面的家伙。女人要是大声尖叫,那就如他愿了,立刻达到高潮。要是不巧碰上个深度近视眼的女人,看到就像没有看到一样从他身边走过,那对他几乎就是致命的打击,只好换个地方再打一枪。一般在中午前后,板桥会接到谷里或者金陵方面的电话,这家伙在哪里落网了,于是赶紧开车去保他回来,每次回来基本上是鼻青脸肿,有次鼻梁骨也被打断了。要是换个普通人,早就送去劳动教养了,但他不是普通人,是专家,技术上面有一套的,而且医生说了,不能简单地把他归结为耍流氓,这是一种病,露阴癖。去请教的人问医生有什么办法治疗,医生回答得十分干脆,要么电击治疗,要么割掉。

总厂的分管副指挥曾经找这家伙谈话,说总厂决定给他分配一套三居室的大房子,前面是绿地草坪,十分敞亮开阔,动员他把老婆调来,总厂会给他老婆安排合适的工作。同时告诫他注意影响,不要斯文扫地,星期天尽量别外出。这家伙正色道,听到什么闲话了是吧,都是造谣,侮辱我的人格。副指挥都没法和他继续谈下去。到了星期天,他依然会出走。不能强制不让他出门,这家伙毕竟不是被限制人身自由的"四类分子",况且还要顾及他的脸面。让他出去转一圈,回来就面貌焕然一新了,一切恢复正常。于是只能采取保护性措施,派人跟着他,不让他受到伤害。一个星期一个轮回。这次因为炼焦分厂那边人手紧张,临时让我们去救场。

按照约定,是在车站碰面。我们到的时候,老袁已经到了。此时离头班车发车还有几分钟。听老袁说,以前是在宿舍门口守候,后来有几次那家伙爬水漏管从后面逃走,便改在车站蹲守。老袁要我们散开一些,说这家伙警觉性很高,既要盯紧,又不能盯得太紧。谁知这家伙一直没有出现,直到九点多,他才在车站现身。我以为要出动五个人跟着他,一定是个身板雄壮的家伙,其实是个戴眼镜的孱弱中年人。我们跟着他上了去谷里的郊区线。一路上,这家伙在女人身边蹭来蹭去。我们在人缝里密切观察。事先说好的,只要他亮出家伙,就一拥而上,把他押回板桥。但这家伙像是在考验我们耐心,迟迟不亮家伙。

到了谷里,这家伙奔跑着上了对面去市区的公交车。我们分别从前后门上车。谁知他前门上车,挤到后门又下了车。老袁他们跟着下车。他绕着车转了一圈,又从前门上了车,车接着就开走了。这家伙甩掉了三个人,露出诡谲的微笑。现在就剩我和大头跟着他了。到了市区,这家伙在小巷子里穿来穿去,跑得飞快,然后闪身进了乌衣巷。我们到这里来过,知道巷口狭小,里面很开阔,还有家电影院。这家伙正暗自得意,以为甩掉了所有人,谁知一回头,发现我和大头把左右的路都堵住了。我和大头不打算等他操家伙了,准备直接把他押回去了。

但见他面目青紫,已是处在箭在弦上不得不发的境地了,冷眼瞥见电影院门口有个卖瓜子的农村妇女,大概四十岁左右,此时他也顾不上挑选猎物了,边解皮带边朝那女人冲过去。事出突然,我和大头愣了一愣,赶紧追过去,已经迟了一步。这家伙站在卖瓜子女人面前,裤子水银泻地一般地褪到脚面上,等着卖瓜子女人尖叫。谁料那女人却是见惯风雨临阵不乱,脸上不带一丝羞赧,似乎是早有准备,伸手一把拽住这家伙底下那家伙,连连使劲,像拔萝卜一样想连根拔起。这家伙显然已经慌了神了,没想到一个娘们竟然主动接招,还使出了阴招,别人没叫他自己尖叫起来。我们想掰开那女人的手,又投鼠忌器,怕造成意外的损伤,不敢轻举妄动,只好连声喊大姐,求她放手。女人口气强硬,说,不放。敢对老娘来这一手,老娘读过初中,也是有文化的人,想坏了老娘一世的清白,做你的大春梦去吧。老娘为民除害,叫你从今以后断子绝孙。一边说,一边不依不饶地继续拔萝卜。我们好说歹说,答应把她扁箩里的瓜子全部买下来,那女人才松手。香瓜子包成一个个三角包,五分钱一包,点了点,一共四十包,我给了她两块钱。此时大头已经给那家伙拉上裤子系好皮带了。

我给总厂保卫组打了电话,说人已经控制住了。在此之前他们接到老袁的电话,说人逃掉了,正着急呢,接到我的电话,松了一口气,说马上派车过来,让我们在原地别离开。我们三个人就坐在电影院门前的台阶上嗑瓜子。此刻那家伙已经神志清醒了,显得十分羞愧,也不说话,但嗑起瓜子来却是一粒连一粒,速度丝毫不比我和大头慢。那女人十分威武,就像什么事情也没有发生过,也不洗手,拿出裁好的纸,继续包瓜子。

不可思议的是,那家伙回板桥以后,这个怪毛病居然好了,星期天不再乱跑了。炼焦分厂保卫组的老袁因此还立了个三等功。而我呢,一点便宜没占到,还倒贴了两块钱。报销的时候,我说了四十包香瓜子的事情。老苏北说,没有发票,不能报销,何况瓜子也是你们自己吃的。我只好自认倒霉。

一个月期满的时候,联防队里开了个告别座谈会。大家都觉得时间过得太快了。来的时候还有点勉强,不情愿,现在个个乐不思蜀,充满了留恋。听壁脚算什么,偷窥算什么,太小儿科了。我们用不着偷偷摸摸,我们可以明火执仗地杀进去,近距离观察,近距离对话,而且不会遭遇任何反抗,对方不说倒屣相迎,至少每次都是和我们赤裸裸地坦诚相见。有句话叫做"不出钞票看白戏",我们白看了一个月的戏。我们再也想象不出世界上还有比捉奸更有趣更有意义的工作了,既增强了对敌斗争的经验,也锻炼了意志品质,还陶冶了情操。大家都说,要是能借在联防队借个三年五载就好了。难怪上面几次要调老苏北到武装部去,老苏北死也不去,说是这里的工作更需要他,更适合他。

大家依依不舍,期待来年再相见。大头说,国钧,以后要什么药,你到医院来找我好了,一句话。我送了他一只不锈钢的美女开瓶器,说,以后有女朋友了,不要忘记请我吃喜酒。大头搂着我差点流眼泪。我那时不知道大头在医院里做什么的,要是知道他是在太平间里抬死尸的,我不会和他拥抱的。

我们都已经走出大门了,我说,好像还忘了什么。大头眨眨眼睛说,是呀,差点忘了这件大事。大家都笑着附和道,是的,差点忘了,这件大事还没做呢。于是一大帮人又拥了进去。

老苏北说,还有什么要紧的事啊。话正说着,眼睛已经被蒙住了,不知是谁把一只麻袋套在他头上。老苏北大声喊叫,但很快被推倒在地,随即众人像叠罗汉一样扑倒在他身上。副队长老方为人忠厚,叫大家别闹了,当心伤了人。没有人听他的。大家随意发挥,把老苏北的袜子扒下来,塞进他嘴里,然后就开始扒裤子。因为白玉兰在,不好意思进一步动粗,还比较文雅,否则就连衬裤一起扒下来了。接着便是你一脚他一拳地,还有两个家伙一人捉住老苏北的一只脚,搔他的脚底心,搔得老苏北浑身抽筋,口被堵住了,笑也笑不出来。其实对老苏北并没有什么深仇大恨,就是想发泄一下,开心一下,热闹一场,否则就这么分手了,显得太冷清了,缺乏回味。白玉兰开始还是当旁观者,后来也被这种热烈的气氛感染了,也参与进来了。农场出来的女人,发起疯来别具一格,扑上去骑在老苏北身上,嘴巴里还喊,驾,驾,像是骑在马上;还大声喊叫,快去拿把剪刀来,快去拿把剪刀来,我剪他一戳毛下来,留作纪念。大头乘乱掀起白玉兰后面的衣裳,叫我看。我一看吃惊不已,还好没有和她赌,否则五块钱就没有了。白玉兰的后背居然一片细嫩洁白。我把手放在白玉兰背上,细细抚摸,细细体会那种细腻滋润。白玉兰像是脑后也长眼睛的,说,沈国钧,我数到三,你要是手还不拿开,我抄你裤裆,叫你变太监,你相信吧。

我慌忙抽手。

第十章

这天,子良到车间来找我。子良经常来的。

子良在大五金仓库上大夜班,夜里睡足了,白天在宿舍闲得无聊,就到厂里来找我和伯富小辫子,不过他大部分时间是在食堂,和一帮老阿姨聊天,一起拣鸡毛菜刮带鱼刨萝卜。他和其中一个叫杨彩芹的离婚女人关系最要好。子良是小白脸,讨女人喜欢,老阿姨都喜欢子良,都想给他介绍女朋友,遗憾的是手里缺货。等到吃了午饭,子良把食堂所有餐桌上的骨头和剩饭扫进铅桶,带到仓库里去喂阿三。给阿三张罗饭菜的事情以前是他师傅苗发做的。

子良把我拉到一边,朝我口袋里塞了包雪峰,又给我点上一支。我看他这副贼忒兮兮的面孔,就知道他有事求我。子良叫我给他做一把卷发钳。我朝他看了看,知道子良有花头了。卷发钳是给女人用的。理发店不许烫头发,所有的理发店都没有这个业务,因为女人只要一烫头发,思想意识就要起变化了,危险的。女人要好看,就土法上马,自己烫头发。看样子子良有女朋友了。我说,我帮你做一把可以的,代价是一条雪峰。子良是有钱人,我们明知道他的钱来路不正,但这和我们又有什么关系,我们只知道一有机会就敲他竹杠。子良说,一条雪峰就一条雪峰,卷发钳做好了,一手交货一手交香烟。我们笑着击了一下掌。

在此之前我听伯富说起过,有一次他和徐巧灵去看电影,子良和一个女人就坐在前面几排,电影看到一半,那个女人就把头靠在子良的肩膀上。我怀疑伯富看错了,因为子良要是有女朋友了,我不可能一点风声也没有刮到。伯富说千真万确,没有看错。我问伯富,那个女人是谁,长什么模样的。伯富说没有看清,电影院里太暗,散场的时候,子良和那个女人一闪就不见了。伯富说,人虽然没看清,不过看背影那个女人蛮壮的。我起先不知道这个壮是什么意思,以为单纯指女人的身体很结实,肉头很厚实,就像大陆农场来的那帮女人,肩宽体壮的那种。后来才明白,伯富这个字用得再准确不过了,没有办法用别的字替换。这个字就是专门用来形容结过婚的女人的。结过婚的女人和没有结过婚的女人是不一样的。女人结了婚,身体就舒展开了,本来像一块铁,收缩起来的,紧绷绷的,密度很高的,结婚以后被焐热了锤炼了,就松软成一团棉花了,身体就铺开来了,就丰满而且有风韵了,就壮了。伯富的那个徐巧灵就正走在向壮的方向发展的路上。

我说,有女朋友了,不可以瞒住兄弟的。什么时候带到宿舍里来让我看看,长得好看吧。子良一面孔尴尬,不回答。我继续盯着子良,希望他自己坦白。子良还是咬紧面部肌肉不开口。我就心虚了,不敢再问,免得子良反唇相讥,说我和驼背女人都见过面,不许他谈女朋友啊。

要不是后来发生的那件事,我们不会这么快就知道和子良相好的女人是谁,更不会想到子良和那个女人的事后来会在板桥引起轰动。

卷发钳是剪刀形状的,一头是个圆棒,另一头用薄的不锈钢板敲成圆弧,放在火里烧上一会,夹住头发顺势一卷,隔一会再放开,头发就卷了。先前已经做过一把,给师娘了,师娘很喜欢。师娘毕竟也就四十岁左右,虽然容貌不怎么样,也是要好看的。不过师娘打扮起来很有分寸的,只卷前面的头发,后面的头发不卷,说要是满头都是小卷卷,那就变蓬头狮子了。我基本功不好,圆棒和圆弧面的贴合不是那么熨帖,造成头发容易烤焦。师娘的头发就经常被烤焦。

子良刚走不久,有个眼尖的家伙说,长豇头进车间了。我们都伸头张了张,看到长豇头走进车间大门。师傅向我使了个眼神,我便把手里的活收起来了。

长豇头是厂里的保卫组组长。这家伙的头很长,你看到他,就会自然而然地跳出长豇头这种蔬菜。在板桥,我没见过第二个这么长的头。脸长得很长,甚至被人说成是马脸驴脸的,也有,但不是长豇头这样的。长豇头不是脸长,是头长,这有区别。过了若干年,我离开板桥,此后又阅人无数,再也没有见过这么长的头。有些孕妇难产,需要借助于产钳把婴儿的头钳出来,有时难免用力过度,把婴儿的头颅钳夹变形,哪怕这样,也很难钳出长豇头这样的头型。

这家伙是在炼球分厂工作岗位调动得最频繁的,就像是演员在体验生活一样。他是板桥钢铁厂征地时征进来的,当过板桥公社副主任,按级别套过来,当了安全组的组长。有次有个电工检修时忘了挂检修牌,差点酿成重大事故。开事故分析会的时候,长豇头问那电工,你上班前喝酒了吗?那电工畏畏缩缩地说没有。长豇头问,你昨天喝酒了吗?那人摇头。长豇头问,你前天喝酒了吗?那人依然迷惑地摇头。长豇头继续执着地问,你大前天喝酒了吗?大大前天喝酒了吗?就这么一天天问下去,一直问到那电工被问得酒意上来了,才依稀记得半个月之前喝过一次酒。长豇头问他,喝的是什么酒,白的还是黄的?那电工说是白的。又问是什么牌子的白酒,双沟还是洋河?那电工说不是双沟也不是洋河,是最便宜的乙种白酒,七角五分一瓶的那种。长豇头说,那玩意涩嘴,我喝过一次就反胃。你说说喝了多少。电工说,大概半瓶吧。长豇头敲着笔说,不能说大概,要准确,半瓶还是六两,还是七两,这是要记录在案的。那电工到这时候彻底崩溃了,吼叫道,你说几两就是几两,你说一瓶也行,你说两瓶也行,你鸡巴说了算,老子不回答了。

那电工后来受了记过处分,长豇头也调到我们车间来当主任。这家伙来了以后,要在车间里推行生产队的那一套,要给每个人记工分,几个工段长忍无可忍,写联名信,上面就把这家伙调走了。这家伙又没有犯政治错误,连生活错误都没犯,级别摆在那儿,正好保卫组组长是空缺,就让他去当了。

长豇头在车间里不怀好意地巡视的时候,大家也都不怀好意地盯着他。长豇头一边走,一边像是无意地掉下一支白粉笔,然后继续走,突然之间一个甩头,看谁把粉笔捡走了。走到车间后面的大铁门,那家伙粉笔已经掉了一路,有七八支,他也甩了七八次头,因为头长,甩起来很累。长豇头也不走,躲在铁门那边偷窥。隔了很久,仪表班的文工团把粉笔捡走了。

到了临下班的时候,我们才听说,厂里出现了反动画,是用粉笔画在地上的。具体画的是什么不清楚。联想到白天长豇头来车间的举动,都觉得好笑。长豇头是到车间里来钓鱼破案的,这家伙破案就这个水平。

第二天上午还是艳阳高照,但是吃好午饭就风云突变了。我说的不是天气变化,而是厂里的气氛。一下子来了很多人,有总厂公安组的,板桥派出所的,还有金陵公安局请来的专家。长豇头和保卫组的几个家伙跳进跳出,如临大敌,脸色都很难看。食堂后面已经拉起警戒线了。

下午,班组长都被叫到车间里去开紧急会议。

师傅回来的时候面色铁青,都没来得及装一下赵四海,我们就知道事情严重了。师傅问大家上午有没有去过食堂后面,师傅问的时候眼睛瞟了瞟我。大家面面相觑,都摇头说没去过。老法师在一块木板上钉了块粗砂皮,在上面磨脚,刚刚磨好,我把木板端起来到水池那边拍打干净,又把木板竖着插在老法师的更衣箱旁边。我去洗手的时候经过师傅身边,注意到师傅的目光,便说,我没去过。去食堂吃饭都走正门,食堂两边用竹篱笆挡着,绕不到后面去的。当然,那篱笆遮挡得并不严实。大家问师傅发生了什么事。师傅这时候才想起,刚才忘了装赵四海了,便聚拢双眉,眼睛也略微眯缝以便聚光,沉声说,今天又发现反动画了,和昨天一样的内容,画在食堂西面的水泥地上,几乎把那块地画满了。食堂西面有扇小门的,平时就在那里斩杀鸡鸭什么的,这几天食堂没有进活物,就没开那扇小门,也没人注意那个地方。长豇头敌情观念强,一直在捕捉蛛丝马迹,吃饭前特意绕到食堂后面去观察,被他发现了。

杨家将问师傅,有字吗?师傅摇摇头。

有字可以对笔迹,没有字,就大大增加了破案的难度。大家都好奇地问师傅,画的是什么。师傅说还在保密阶段,还只传达到他这个级别,还没传达到普通群众,不方便透露。大家便东猜西猜,自己想到了什么却也不敢说出来,怕别人去汇报,却希望别人说点什么出来。

师傅和师兄在角落里聊了一会,我们没听到他们说什么。师兄自从上次听我说了师娘说他是雌孵雄以后,自尊心受了伤害,这段时间迁怒于师傅,都不怎么理睬师傅。听师傅说了一会,师兄好像显得很委屈。

我们当时都还不知道,师傅刚才在车间开会的时候大拍桌子,还朝卸克摔了一个茶杯,踢翻了一个凳子。让师傅如此愤怒的原因是,上面经过初步排摸,列出了四个嫌疑人,其中一个是我师兄。师兄以前曾经去过食堂后面,食堂后面是个土丘,很安静,师兄常常爬到土丘上面去,一呆就是半天,等候灵感降临。等候的时候师兄常常向灵感发问:今天你会不会来?

还有一个嫌疑人是暑假里留在厂校值班的汤老师。能够把食堂后面的空地画满,需要不少粉笔,厂校有足够的作案工具。不过汤老师怀有身孕,快临产了,平时走楼梯都很困难,要她长时间趴在地上画画,笨重的身子还要在地上移来移去,明显力不从心。而且,当汤老师得知自己被列为嫌疑人后,一惊一急,下面当场就见红了。长豇头吓得赶紧叫车,把汤老师送去医院。所以汤老师是第一个被排除嫌疑的。

另一个嫌疑人是仪表班的文工团,女的。之所以叫她文工团,不是因为她真的是从部队文工团里出来的,这点谁也说不清楚,而是她喜欢穿列宁装,看她穿列宁装,会把你带到五十年代初。她有好几件列宁装,双排纽扣的,领子翻出来的,衣服都洗得发白了,不过穿在她身上样子真的很好。文工团是从文艺单位"四个面向"来的,据说以前有老公的,老公失踪了,文工团到板桥以后又结了婚。文工团四十岁出头了,身段一点不走样。文工团昨天捡了好几支粉笔,有作案工具,而且文工团负责出车间的黑板报,经常使用粉笔,具备作案技能。不过调查下来,仪表班所有人上午都在辅料车间测试仪器,文工团也在,中间只出去了两次,估计是撒尿,作案时间不够。经过进一步核实,那几支粉笔还搁在她的更衣箱上面。于是文工团也被解除嫌疑。

师傅在车间办公室大发雷霆以后,师兄的嫌疑也被排除了。

还剩一个嫌疑人,是吉民。

本来还有一个嫌疑人,是子良。子良经常去食堂,和老阿姨说说笑笑,惹怒了食堂管理员。管理员汇报上去,说赵子良不是食堂职工,但是每天到食堂里来,这天上午也到过食堂,吃了午饭才走的,有重大作案嫌疑。管理员回到食堂,斜了杨彩芹一眼,意味深长。杨彩芹轧出苗头,就走上去问他,你去汇报过了是吧?是不是去污蔑赵子良的?管理员得意地点点头。杨彩芹面色铁青,说,赵子良每天到食堂来,是来打扫餐桌的,剩饭肉骨头拿回去是要喂狗的。这个大家都知道的,你也知道的对吧。管理员嘴巴里咬着香烟,看也不朝她看。杨彩芹说,为啥要去冤枉赵子良。你现在马上再走一趟,再去汇报一趟,讲你冤枉好人了。管理员冷笑一声说,你把关系理理清爽好吧,我是领导还是你是领导啊?我去汇报,是我的责任。我倒搞不懂了,你这么激动干什么。你这么起劲要帮赵子良,是不是和这只小卵皮有特殊关系,讲出来让大家听听。管理员话音未落,杨彩芹撩起就是两记耳光打上去,刮辣松脆。管理员愣住了,说,你竟敢打我?说着扑上去想动手,被其他老阿姨拖住了。老阿姨拉的是偏架,明里是劝架,实际上是控制住管理员,杨彩芹乘机又上去朝他裤裆踢了一脚。杨彩芹说,你讲我和赵子良有特殊关系,好,我承认。你去借只电喇叭来,我来喊,喊给全厂听到。我是离婚的女人,赵子良没有结过婚,我就是和他困在一张床上,也不算乱搞男女关系吧。事情一桩归一桩。你到底去还是不去,去对保卫组讲,讲你冤枉赵子良了。你不去,我去,我去了就把你做过的龌龊事情统统讲出来。管理员知道杨彩芹不是和他开玩笑,拔脚出了门。于是子良的名字也从嫌疑人里划掉了。

最终,这笔账就算到吉民头上了。吉民是厂里的监督劳动分子。他究竟犯过什么罪孽,没有人在乎,关键是谁都可以打他,拿他出气。我到了板桥也没荒废了拳术,抽空经常练,总觉得有一招转身搬拦捶打出去不够凶狠,便叫过吉民,拿他练手。我让他还手打我,至少要抵挡,但他不敢还手也不敢抵挡,任我打,一直被我打到吐血,打得我一点兴致也没有。后来被长豇头看到了,很严肃地告诫我说,你可以打,随便你打,但看到他吐血了就要适可而止了,万一打死了,厂里的厕所堵塞了就没人疏通了。厂里厕所堵塞了,清洁工不管的,去叫吉民,吉民来了就光着膀子手伸进去捞。大冷天也让吉民脱光了膀子去捞,反正吉民脱衣服的时候毫不犹豫,像是不怕冷的。女厕所堵塞了也是吉民去捞。吉民在前面疏通,后面几个坑位照样有女人进去蹲,一点也不受影响。吉民经常通厕所,身上太龌龊了,所以绝对不许他去食堂吃饭的,让他蹲在食堂左边的篱笆那里,拿着碗等着。等到没有人来吃饭了,食堂里的人也都吃过了,才有人想起他来,出来给他一勺饭,胡乱给他点剩菜。要是食堂里的人想不起来这事,吉民就只好饿一顿了。因为吉民经常靠在篱笆那里,而且篱笆被他靠出了一个洞,人可以随意钻进钻出,所以吉民的嫌疑就加重了。吉民被总厂保卫组的人带走了,那时他正在疏通厂部办公楼的女厕所。临上车的时候,吉民很留恋地望了望办公楼厕所的方向。

临下班的时候,我们都知道画的内容了。昨天在汽车班那边的地上,用粉笔画了一个戴大盖帽的,拿着枪追另一个拿枪的。长豇头正巧路过,看出问题的严重性了。国民党军队戴大盖帽的,解放军不戴大盖帽。长豇头就定性了,反动画。今天事件升级了,在食堂后面的空地上,画了好几个戴大盖帽的军人,在追几个不戴大盖帽的兵。

谁也不会想到,这个案子反倒促成了一对男女。那以后,子良和杨彩芹的关系就半透明了。杨彩芹一开始是想给子良介绍女朋友的,结果把自己介绍出去了。我没想到,子良的口味这么重。

过了一些日子,车间门前的篮球场上,很多孩子拿着粉笔在地上涂涂画画。放暑假以后,经常有小学生到厂里来玩,喝汽水酸梅汤,把肚皮灌得膨膨胀。有时下午还有百合绿豆汤吃。等到下了班,再坐在父母的自行车后面回去。开始还有人管,觉得小孩在厂区奔来跑去不安全,后来大家都学样,来的孩子多了,管不过来了,上面只好眼开眼闭。其他孩子画着画着都放下笔,看一个头特别长的小孩画,那小孩画得最像样。我们隔着玻璃窗都笑了,那小孩的头和长豇头几乎就是一个模子里浇注出来的,遗传的威力太强大了,超过产钳的威力。反正闲着没事,杨家将和几个老师傅都说想去摸摸那小家伙的头,试试手感。一行人便都去了。地上已经画了个戴大盖帽的军人了,小长豇头在画倒拖着枪逃跑的小兵。我们看了都哈哈大笑,说这小长豇头看上去也就小学三四年级的样子,画得真不错。笑到后来我们突然之间刹车了。这事情太怪谲太具有戏剧性了。

吉民放回来了。厂里好几个厕所都堵塞了,尤其是女厕所,据说脚都伸不进去了。吉民一回来,大家都松了口气,一切都恢复正常。我以后练拳就很有分寸,要隔一段时间才去找吉民,先问他,最近吐血吗?吉民便朝地上吐一口痰,让我检验,我看看没有血,就练几下,练到他吐血为止。

长豇头受他儿子拖累,调到联防队去了,降级使用。卸克接替长豇头,去当保卫组组长。卸克当我们的车间主任其实也就一年多点。他是启东过来的退伍军人,原先是起重工。有次钢丝绳突然绷断了,连接钢丝绳的卸克飞了出来,砸在他腿上,当场就把他的小腿胫骨砸断了,钢丝绳甩过来,甩在他后脑,把他甩昏过去。他醒过来的第一句话,感动了所有人。他说,其他同志没事吧?在得到肯定的回答后,他又晕了过去,同时脸上露出幸福的微笑。后来厂里领导和工友去病房里看望他,每次他都在聚精会神地看红宝书,旁边还有一本《反杜林论》。他出院以后,就当了我们车间主任。我们都很亲热地叫他卸克,以此纪念他的英勇事迹,时间长了都忘了他以前叫什么。车间的业务还是由副主任老秦抓的。老秦是钳工出身。检修车间主任按理必须由钳工出身的人来当,但谁能料到关键时刻钢丝绳会崩断卸克会飞出来啊。现在老秦总算熬出头了,转正当车间主任了。

卸克离开检修车间的时候,大家都很开心,车间里两百多个人,都上去和他握手拥抱,满面笑容地表示欢送之情。卸克感动得不停地擦眼泪。

第十一章

又回了一次上海,是去给师父落葬的。独眼老太婆没有子女,所以有什么事情都是我们师兄弟几个帮忙做的。师父的老家是上海郊区奉贤的,我们就在奉贤那边找了个荒丘,把师父的骨灰盒埋了。办完事情,我就回板桥了。火车是上海到金陵的,到了金陵还要乘郊区公交车金板线到板桥。

那天的火车很空,我就坐在车厢的最后面,靠着厕所,走道两边的位子就我一个人,头靠着窗子这边,脚搁在对面的椅子上,很适意。美中不足的是,只要有人上厕所,门一开一关,有股骚气传出来。比较起来,我宁可闻厂里的汽油味机油味铁锈味矿粉味。要是列车员有吉民那样的劳动态度,或者说每列火车配一个吉民那样的坏分子,厕所的味道不会那么难闻。坐在我前面那排位子的,是几个金陵女孩。金陵话在各地方言里,肯定不属于好听的那类,但你也不能断言是最难听的那种,有点特别吧。特别之处就在于,年轻漂亮的女孩子说金陵话你会觉得分外悦耳缠绵,叩人心扉;其他类别的金陵人说金陵话,你恨不得拿起椅子朝他们抡过去。车厢的椅背很高,我看不到她们,只是在她们笑得特别癫狂的时候,身子耸动起来,我才能看见她们中某人头顶的些略秀发。我猜想她们十七八岁或者十八九岁,因为只有那个年龄的女孩,才会觉得任何事情都是有趣的都是值得笑的,才会发出那种肆无忌惮的疯笑,才会在笑声里不含一丝杂质。那种清纯得碧波荡漾的笑声让我十分着迷。我听着她们说笑疯闹,根据声音判断,背面应该有五个女孩。她们互相叫唤着彼此的名字,我根据那些名字想象着那个女孩的高矮胖瘦,好看还是难看。她们说到某件事,很平常的一件事,一点都不好笑,她们却爆发出一阵笑声。不是因为那件事情多好笑,她们就是想笑。

她们的笑声刚刚止歇,我已经站到她们面前,彬彬有礼地说,不好意思,这个位子是空着的吗?我能坐在这里吗?她们五个女孩,占了六个位子,的确中间有个空位。要是在平常,这几乎就是无法拒绝的请求,但这时候整节车厢大部分都是空着的。她们惊诧地看着我。我不给她们拒绝的机会,紧接着说,认识一下,我姓沈,沈国钧,你们也可以叫我国钧。我一边说一边挤进去落座。落座后,我马上感受到一股热烘烘痒兮兮的气息,这应该就是年轻女孩的青春气息。我猜想,在这五个女孩的一生中,再也不会有哪一刻,眼睛睁得像现在这么圆。她们没有人表现出想和我搭话的意思,但我从她们圆睁的双眼里看出,除了惊讶,还有无法掩饰的欢呼雀跃。我笑着说,自我介绍一下,我是个工程师,在板桥钢铁厂工作。女孩子们显得十分疑惑,因为她们怎么也不会想到,居然会有这么年轻英俊的工程师。她们的印象里,工程师应该是那种戴深度近视眼镜满脸苦恼毫无神采的中年人。我笑着说,怎么啦,不像啊,你们以为我是干什么的,以为我是个钳工啊?哈哈,其实我就是个钳工,板桥钢铁厂的钳工。她们吃吃地笑起来。我对一个白净并且有点婴儿肥的女孩说,假如我没有猜错的话,你应该叫马丽华。搭讪是要有点技巧的,一般来说丰腴一点的姑娘的脾气好,不大会生气,容易打开缺口。那姑娘笑的时候很像一只温驯可爱的猫,她既不承认也不否认,双眸春水盈盈,似乎随时打算扑到我怀里但又没有这个勇气。我逐个扫视,寻找一个叫丹娘的女孩,那女孩的声音很好听,而且说话一点不做作,我觉得她也应该是长得最好看的那个女孩。谁知那些女孩个个都是绝色,就连那个猫脸的马丽华,要是按板桥的标准也可以打四分半。哈哈,我跌落到美女堆里了。我故伎重演,说,我给大家看看手相吧。五个女孩争先恐后地把手朝我伸来,叫着我先来,我先来。我说,别急,一个一个来。火车刚过镇江,到金陵还有一个多小时呢,不用着急,我会给每个人都好好看看手相的。

我就近端起了一只手,感觉有点粗糙,细细一品味,肉背很厚,指肚上还有很硬的老茧。这是女孩子的手吗?这女孩是铁匠的女儿还是烧炭出身?我有点糊涂了。这时耳朵边响起一声霹雳:小杆子你摸什么摸,摸什么摸,噎里巴怪地,犯嫌阿是啊。我睁眼一看,一个凶神恶煞的列车员站我面前,恶声恶气地说:查票。原来我捏着的是列车员大妈的手。我慌忙撒手,掏出车票给她看。大妈在火柴盒大小的车票上打了个缺口,扭身离开的时候似乎不解气,又嘀咕了声:犯嫌哦。

是的,我在座位上安坐不动思绪飞扬,刚才和女孩搭讪的一幕,完全是我闭着眼睛的遐想。我经常会这样胡思乱想。过了一些年,我得知这种胡思乱想还有另外一个叫法,叫意淫。意淫的次数多了,以致到后来,我都分不清某些场景是不是真实发生过。

这个世界的奇妙之处就在于，你永远不知道下一刻会遇见什么。

前面的椅子背上，突然出现了一只白皙的手，像是不经意间搭在那里的。我只能看到四个手指和半个手背，但已经够了，余下没有出现的部分我用想象补全了，甚至包括一小截圆润的手腕。在此之前也看到过女人白净的手，但都是那种软弱无力的苍白，软塌塌的死老鼠一般，毫无生气。但眼前的这只手，充满光泽和弹性，滋润而且细腻，就像是用上等的板油熬成清香扑鼻的猪油，在手上均匀地涂抹了薄薄一层的那种润泽，每个手指都精心地修剪成圆弧，只留下四十五丝到半迷离的指甲，已经不能用好看来形容了，只能说是完美，美轮美奂。我觉得这段时间有点鸿运高照，不久之前见到的卖鸡蛋女人的手，已经够惊艳了，可惜错过了。这次，细细端详之下，我有种身体酥软的感觉。有句话叫机不可失，时不再来。我缩着头，悄悄地移到对面的座位上，这样离这只手更近一些。我慢慢地向那只手靠近，深吸一口气，我闻到的不是百雀羚雪花膏防裂油蛤蜊油的气味，而是煮熟的荸荠的气味。真的是煮熟的荸荠的气味，那东西上海人叫地梨，生的时候有清香，嚼起来略有渣，煮熟以后甜度不减，十分爽口，吃完齿颊留香。这只芊芊玉手散发出来的就是这样甜丝丝的清香。

记忆里，这是我比较真切地闻到的第二个女人的气味。前一个女人其实不能被叫做女人，只是个小女孩，我小学的同桌，叫姚淑华。姚淑华一年级的时候就已经显露出她话痨的潜质，而且喜欢凑到我跟前说话，嘴巴离我不到十公分，简直是热气腾腾，就像是一盆刚刚烧好的菜直接端到你面前。我被逼无奈，只好问她，中午吃的是什么菜，她回答我是龙头烤。第二天我又问她，中午是什么菜，她回答我是霉千张，或者是梅干菜，或者是霉豆豉臭豆腐臭冬瓜臭乳腐千张包糟毛豆苋菜梗，偶尔也有鲞冻肉咸带鱼黄鱼鲞鳗鱼鲞等比较上档次的菜。升到二年级的时候，我已经把所有绍兴家常菜都品尝了个遍，而且是反复品尝。到四年级的时候，性别意识觉醒了，姚淑华刻意和我保持距离，改成我主动向她靠拢，凑过去对她说，让我猜猜你中午吃什么菜。她觉得盛情难却，便向我呼出一口气，我准确地报出菜名。姚淑华含笑点头。如果照这样的势头发展下去，姚淑华很可能成为我的老婆，而且我们夫妻之间最喜欢玩的游戏，一定是一方呼口气另一方报出菜名，可以一直玩到地老天荒。可惜好景不长，后来不读书了，想读也没地方读。

后来进了中学。坐在我旁边的女同学手上长了不少肉刺，她不是用指甲钳把肉刺剪去，而是用食指和拇指的指甲掐住了肉刺一把扯掉，于是便渗出血来，她便把手指含在嘴里，含一节课，还时不时地啜。下课后，我注意看她的那截手指，特别白，胀胖了，皮肤皱巴巴的，很容易联想到黄浦江里浮尸的手。后来换了个邻桌，两只手像是得了鸡爪疯，还蜕皮。有次我骂她鸡爪疯，她竟然很认真地更正我说，我不是鸡爪疯，是鹅掌风，我每天晚上在家里搽药水的，我姆妈说这种毛病会好的。再后来又换了个邻桌，两只手一共长了四只疣子，点点滴滴回想起来也是大倒胃口。

我在中学里也经常逃课，逃到东安公园里去跟师父练太极拳流氓拳，很大的原因和我几个邻桌的手有关。后来我特别在意女人的手，也和我那几个邻桌留给我的心理创伤有关。这不是怪癖，是心病。

不知不觉间，我离那只好看的手大概只有一公分的距离，这个距离我的眼睛已经无法聚焦了，只是鼻子在发挥作用。我怕我还是在神游,反正左右无人,我便用鼻尖在其中一个手指上轻轻碰了一下,沾染一点熟荸荠的气息。那只手毫无反应。这下鼓励了我,我凑上去想碰第二下,谁知那只手突然发力,狠狠抓了一把,随即迅疾地缩了回去。有个女孩问,你怎么啦?另一个女孩的声音说,没什么。那边继续说笑。确实没什么,只是我的鼻子被抓出几道血痕而已。还好她没有抓到脸,否则很可能挤爆几颗青春痘。

此时一阵踢踢踏踏的嘈杂声从车厢的连接处传来,一下子涌过来好几个年轻人,看装束腔调,典型的金陵小杆子。那伙人勾肩搭背在经过女孩身边时,嘻嘻哈哈地挤眉弄眼,随之朝车厢中部走去,不过很快又折了回来,在女孩旁边那四个人的座位上落座,不过还多出一个人来。站着的那家伙长相十分恶劣,两边的鼻毛拖出来很长一撮,大概有五个迷离,而且是修剪过的。我见过留胡子的,还真没见过留鼻毛的。只听鼻毛说:阿是有缘啊,五个男的对五个妹妹,打八十分可以开两桌来,多出来两个人到一边谈朋友去阿是快活啊。一口抑扬顿挫的金陵土话。坐着的那帮家伙一阵哄笑。鼻毛也很得意地笑。

女孩的说笑声早就停止了。

鼻毛对女孩们说,请问,这个位子没得人吧,我能坐在这里不?

我很恼火,这分明应该是我的台词。

有个女声高叫道,你不能坐,这里有人的,走开了,马上就回来了。这是马丽华的声音,我一直假定马丽华是个婴儿肥的女孩。鼻毛说,哦,走开了,是上茅厕了阿是啊。他探头张了张说,茅厕里没得人哎。另一个女声没好声气地说,她去哪里管你什么事啊,噫里巴怪的。鼻毛笑嘻嘻地说,要是五分钟还么得人来,我可是要坐这里的哦。说完又对坐着的那些人说,我们浦口地方太小哎,水土硬,没得水色的妹妹。要找水的要去鼓楼新街口。看这几个妹妹,够水阿是啊。坐着的起哄说,二皮哥阿是有目标了,指给兄弟们看看,哪个是二皮嫂?剩下的给我们兄弟吊马子。一帮人起先还在笑,后来咳嗽咳得上气不接下气。我猜他们分泌了太多的口水来不及咽,被口水呛住了。鼻毛好不容易缓过气来,装模作样看看表,惊叫道,五分钟到来,失陪了,我要到你们二皮嫂那边去了。说着身体一纵就朝女孩那边歪倒下去。女孩都尖叫着跳起来,向车厢另一头逃去,一叠声地骂:犯嫌呕,耍流氓,窝赖,噫里巴怪地。有个女孩落在后面,被鼻毛扯住了手,挣脱不得,那边的女孩赶回来,有掰鼻毛手的,有拖人的,双方像是拔河一般展开争夺。那个被扯住的女孩已经吓得哭了,鼻毛仍不放手。列车员大妈从休息室探了探头,又缩了回去。鼻毛和他的伙伴开心得哈哈大笑。

这时一个很闷的声音响起来,说,把手放开。光天化日之下,调戏女孩子,还要不要脸啊。

鼻毛下意识地松了手,女孩赶紧逃得远远的。

我话一出口,自己也吃了一惊。这好像不是我的台词,我这种一脸青春痘的货色好像说不出这种正义凛然的话的。这应该是那种长着两道剑眉一张国字脸的家伙说的话,而且国字脸上胡子刮得铁青,说的时候气势上有一种压迫感。我刚才说的时候明显气势不够。

鼻毛扭头四顾,发现了我。我假装贴着窗子看风景。鼻毛骂道,哪里冒出来个脸上种赤豆的小狗子。你会种赤豆算你来事阿是啊,硬出头阿是啊,显活丑阿是啊。我继续装糊涂,看风景。鼻毛脸上青春痘稀疏,不如我浓密,我把他的话当作是妒嫉。鼻毛说,种赤豆的小狗子,来,过来练练。你不过来我过来,我把你脸上的赤豆一颗颗揪下来,捏得稀巴烂潮的,炖一锅赤豆汤,你看阿来事。你朝我磕个头,我就放你一马哈。你不磕头,我不吓你,就怕你待会裤裆里济湿烂潮就来不及了。那家伙搌了把鼻涕,朝地上一甩,顺手朝旁边的椅子背上一抹,又在自己身上一擦,整套动作干净利落,随即头发一甩,算是准备好开打了。

  我站了起来。他不讲卫生乱甩鼻涕倒也算了,抢我台词我也可以不计较,但是三番五次地说赤豆赤豆,这很伤人自尊,我最忌讳别人当我面说赤豆说骚粒子说赤豆粽子说赤豆八宝粥;何况不远处还有几个女孩看着。不过我记着师父说过的话,动手之前,先麻痹对方。我笑着说,你是二皮是吧,我听他们叫你二皮哥,这名字响亮,在浦口肯定是个撑市面的人物,我好像听我朋友提到过的。我那朋友叫二皮脸,也是浦口的。鼻毛没有回过味来,哼了声说,不认识。我胡扯道,二皮脸啊,你不会不知道啊。你可能一时想不起来,见了面肯定认识。鼻毛说,别他妈鸡巴啰嗦,你要是服软,磕个头,死一边去哈,我放你个码头。别耽误我找妹妹说话。这几个可都是我的好妹妹,阿是啊。那帮家伙又是一阵连笑带咳嗽。大约十年后,会出现一首歌,其中一句很应景的,可惜我那时不知道,否则我就会对着鼻毛唱,问他:你究竟有几个好妹妹?我摸出一包上海出的飞马牌,笑嘻嘻地抽出一支,说,来,交个朋友,抽根烟。他要是伸手来接,我便抓住他的手一扭身一使力,把他一个背包摔出去。哪知道这家伙不接香烟,反而闪电一般揪住了我的头发。我没料到这也是个不按套路出手的人。此时我腰眼里挨了一记重拳,是坐着的某个人打的黑拳。腰部是软肋,我痛得身子一抽。

  我要挣脱并不难,可以双手抓住他的手臂,把他的肘关节往反方向一扭,迫使他松手,不过这样一来我的头发会被揪下一撮,而且我的背部暴露在他的同伙面前,难免会吃亏。我本能的反应是两只手托住他的腰,用力朝前一撞,我和他同时倒在地上,我在他上面。我用膝盖对他腹部狠狠一顶,他当即撒手,脸色发白。我踩在他肚皮上从他头上跳了过去,一个转身,老开皮鞋踏在他的脖子上,皮鞋外侧卡在他气管和颈动脉的位置。整个过程行云流水,至多两秒钟。这一招叫"踩尸"。师父说过,用力过猛,颈动脉爆裂,人当场就报销了。我不是杀手,也不是流氓,我是工人阶级,我不想杀人。我只是稍稍用力,让他难以喘气,无力反抗。其余那四个人都站了起来,呆呆地看看鼻毛,又看看我。一年四季,我都穿老开皮鞋,单位里发的,前后左右都包着牛皮,底也厚,打起架来很占便宜。僵持了一会,我发现鼻毛的脸色近乎灰白,瘫软无力,本来手是握成拳头的,现在松开了,像是死过去了。我有点慌了,老开皮鞋太笨重,难以控制力度,估计用力过猛了,我赶紧抬起脚,踩在他肩膀的位置。一众人都死死地盯着鼻毛,我不知道别人的心思,但最不希望他死的那个人,肯定是我。鼻毛的脸渐渐泛起血色,大家都舒了口气。

  我对鼻毛说,还想继续打吗?还想打,大伯奉陪。鼻毛的头左右摆了摆。我想到最开始说的那番话气势不够,一样要装英雄好汉,索性装得像一点,便厉声说道,还敢耍流氓欺负小姑娘吗?鼻毛又摆了摆头。我大喝道,不要摇头,嘴巴说。说完我把老开皮鞋朝他气管那里压了压。鼻毛有气无力地说,不敢了,打死我也不敢了。我说,还说不说赤豆了?他说,不说了。我觉得意犹未尽,但想不出还有什么可说的,还好看过《水浒》,帮了我大忙。我说,你这个鸟人,经不起大伯一顿打。回去以后,把你鼻子里这两撮鸟毛剪掉。再让我看到你留这么恶心的鸟毛,大伯见你一次打一次。记住了吗?他说记住了。我退后两步,朝那边招了招手。那边四个人一起过来,扶起鼻毛,把他搀扶到座位上。

我说,你们去把东西收拾一下,坐到车厢这边来。去吧,我看着,他们不敢对你们怎样的。我没回头,但却是对女孩们说的。女孩子行李并不多,听了我的话,一阵风似的过去,几秒钟后又一阵风似的逃回来。经过我身边的时候,我听到几声轻微的莺声燕语,谢谢。

当英雄好汉的感觉真的很爽。

车厢里人不多,原先坐得散散落落,大家都不想惹事,都收拾收拾集中到车厢另一头,那边就剩下鼻毛几个。我点上烟,望着窗外。我以为事情过去了,起先还带几分警觉,后来就开始松懈了,看看窗外什么的。本来是趟愉快的旅途,期待会有个完美的收官,说不定真有机会和女孩搭讪几句,看看那个手上是很好闻的熟荸荠味的女孩长什么样。现在去搭讪肯定不行了,变成和鼻毛是一路人了。

等到我听到急促杂乱的脚步声,已经晚了,与此同时女孩们的惊叫声也一起响起。我抬起头,脸上已挨了一拳,鼻血喷涌。鼻毛举着个玻璃瓶朝我劈来,事后依稀想起那瓶子贴着鲜橘水商标。我要闪躲已经不可能了,只能尽力向窗口那边偏一下头。这时有个家伙对我当胸一脚,我忍痛不过俯下身体,这当口玻璃瓶也正好落下砸我头上,发出寺院里和尚撞钟时的那种带金属声的闷响。我能感觉到脑子里一阵连绵不绝的回声,仿佛我的头颅是只共鸣很好的喇叭箱。一撞之下,那只瓶子没有碎,我的头也没有塌陷一块,看样子两样东西的质量都很好。

册那,大伯以为已经休战了,哪知道刚刚拉铃,第二场又开始了。

第二轮打击落下之前,我迅疾滑下座位,脚在对面的椅子底座上用力一蹬,人朝前滑去。滑动的过程中,我的腿挨了一脚,右脚也被重重踩了一下,还好老开皮鞋坚固异常,帮我抵挡掉大半的力量。期间我翻了个身,在地上奋力爬了几排座位,站起转身后,看到一幕令人动容的场景:

五个女孩冲在前面,手挽手站成一排,昂首挺胸,不让鼻毛他们过来。

要不是她们的阻挡,后果难料。

我抹了把鼻血,转了转脖子,原地跳了几下,觉得问题不大。我对女孩们说,谢谢你们,现在该轮到我上场了。女孩们转过身,我觉得她们看我的眼神充满了悲悯和不舍。我的脸上身上手上都是血。我笑着说,放心,我不会有事的。她们慢慢朝两边散开,空出中间的走道,叮嘱我小心点,关切之情溢于言表。无形之中,我和她们已经成了战友。

我看到站在最前面的那个黑皮,就是在鼻毛揪住我头发时,朝我腰眼打黑拳的那个家伙。我朝他们嘿嘿嘿笑,笑得他们浑身发毛,以为我被橘子水瓶子打傻了。这帮浦口小杆子怎么会知道,这是流氓拳的第十招,叫"笑面马后脚",笑容后面是带杀机的。当时教这一招,老家伙叫我回去对着镜子练,必须练到目光和善人畜无害的境地,才算成功。我对着镜子反复练,练到肌肉抽筋为止,自以为水到渠成了,便跑到弄堂里检验成果。结果我一笑,弄堂里的孩子全都哭着飞奔而逃。我很清楚,这属于先天缺陷,像我这种面孔比较凹的人,再怎么练也练不出和善的笑容,于是便改走痴傻路线,傻笑。我离开黑皮还有几步,忽然指着他们身后说,呦,不好了,乘警过来了,还带着枪。他们一愣，不约而同地回头去看，却不知是计。这也是套路，故布疑云，声东击西，让我赢得一秒钟的先机。打持久战我打不过他们的，必须上来就下狠手，一招制敌。我飞身上前，左腿弓，右腿蹬，两只手自下而上变成拳头，拳头高过头顶时，对着黑皮的太阳穴来了记"双峰贯耳"。这是太极拳的招数，但不是公园里老头老太死样怪气慢吞吞地打，而是和我师父一样，迅疾凌厉，恶狠狠地打。双击之下，我中途变招，双手顺势向后搂住黑皮的后颈向下按，左腿跟上，抬高膝盖给黑皮脸部来了一下。这不是太极拳的路数，是流氓拳的路数。照《水浒》里的说法，这小子的脸上应该开酱油铺或者绸缎庄了。挨了这几下，黑皮可以退出战场了。

我后来很得意地对伯富小辫子他们说，接下来的一幕基本属于表演性质了。撂倒黑皮，其实也是在瞬息之间。黑皮旁边的两个家伙刚回过头来，时间和距离都刚刚好，我叉开五指左右开弓，用手掌推两个人的下颚，五个手指正好扣上对方的双眼，那两个家伙连连后退，只顾着捂住眼睛，顾不上别的了。

我和鼻毛面对面。

鼻毛手里还举着那个鲜橘水瓶子，打算在我头上再来上一下。那道弧线只划了一半，他的手腕被我托住了，我顺势来了个僵尸跳，想双脚同时落在他的脚背上，踏步踏。因为小时候在弄堂里帮生产组的老阿姨踏过咸菜，在一米高的咸菜缸里跳进跳出，所以我对这一招特别有心得。哪知人算不如天算，我忘了地上躺了个黑皮，落地时居然差点被绊倒。我招式未老借势来了个鹰扑，扯着鼻毛一起倒在地上。鼻毛忙中偷闲对着我鼻子又来了一拳。本来血已经止住了，这一下又是热血奔流。我顾不上擦血，来了个"赖地十八滚"，起身时顺便把他的瓶子夺了过来，对着他的鼻子上不轻不重来了记，想看着他的鼻血汩汩流淌。哪知血流得不多，估计是被浓密的鼻毛堵住了，那两撮触目惊心的鼻毛染成红的了，更加令人恶心。我站着，鼻毛在地上坐着，我的老开皮鞋踩在他的脖子上，我们互相用眼神热切地交流。我说，大伯给你个机会，你讨饶，大伯就放过你。鼻毛哼了一声，一副宁死不屈听天由命的腔调。我忽然觉得兴味索然。

先前被我左右开弓，一招托腮双扣眼治住的两人，依然用手捂着眼睛，只是手指微微张开，从指缝里偷窥我。我知道这两个人不足为虑，此时他们的眼睛依然酸麻，还有重影，你邀请他们打，他们也不敢打了。我忘了他们是五个人，还有另外一个家伙没有收拾。那个家伙其实有机会给我来上一顿乱拳，因为这时候我门户大开，毫无防备。不过这家伙已经吓傻了，等我眼睛扫向他时，这家伙如梦初醒，一转身逃进厕所。火车到金陵的时候，列车员大妈想打扫厕所，用钥匙都打不开。那家伙在里面把门顶得死死的，打死也不出来，说要补票，要直接乘到终点站乌鲁木齐。

伯富小辫子他们听了哈哈大笑。

乘警赶到的时候，我们这边已经硝烟散尽了。几个女孩在给我包扎伤口。我这时候才知道我的脑袋开花了。列车员大妈贡献了不少草纸，按在头上的伤口上。列车员大妈的证词非常有力，她躲在休息室观看了全过程，这让我免去了不少麻烦。

我说，下火车的时候，我听到一个奇怪的声音，你们猜是什么声音。小辫子说，鼻毛和黑皮他们讨饶的声音。子良说，那几个女孩叫你过去。伯富说，乘警叫你过去做笔录。我笑着说，都不对。我听到我师父在棺材里笑。嘿嘿，老家伙对我的拳脚功夫很满意。

第十二章

我要是能预见到，若干年后，英雄救美会成为电视剧的老梗，一个用烂了的俗套，我宁可跳火车，宁可当缩头乌龟，也不会去管那些女孩的死活，省得今天说出来被人说三道四。不过，那样一来，我就和丹娘擦肩而过了，也是桩遗憾。

回到板桥，师傅叫我不要上班，先在宿舍里休息几天，养养伤。师娘每天中午给我送饭菜过来。师娘在炼焦分厂看露天堆场，防止附近农民来偷焦炭。真的有农民拎着篮子来偷焦炭，师娘他们也慈悲为怀眼开眼闭，除非你开着拖拉机来偷，就打电话报告保卫组。好几个人一起看仓库，互相打掩护，随时随地可以溜，几乎就是板桥最自由的工作。快到中午的时候，我会充满了期盼，师娘每天调花样，鸡汤鸽子汤河鲫鱼汤小排骨海带汤，轮流上，而且味道好。每个月的肉票鱼票不够的，何况你有了肉票也买不到老母鸡和鸽子。师娘都是在农贸市场里买的黑市。我过意不去，有次拿出二十块钱给师娘，被师娘劈手打掉。师娘说，你跟师傅师娘客气什么。我就当多生了一个儿子。等你有出息了，赚大钞票了，先孝敬你爷娘，再来孝敬师傅师娘。血流掉太多了，这段时间好好养身体，不要跑东跑西。以后出门不要硬出头。还好那几个强盗没有带刀，否则一刀戳过来，你这点三脚猫功夫有啥用场啊。记牢了吗？我说记牢了。

每天除了到职工医院换纱布，就是盯着对面女宿舍的走廊，等着红肚兜主人的出现。但令人懊丧的是，哪怕盯得再紧，总有懈怠的一刻。不知道什么时候，原先那块红肚兜被收走了；再一抬头，湿漉漉的红肚兜已经晾出来了。我失望透顶。天天看红肚兜，时间长了也会审美疲劳，缺乏刺激。那个神秘女人似乎知道我的心思，某一天居然晾出来一块艳丽的绿肚兜，带来一股新的冲击波，那种新鲜感是无与伦比的，简直妙不可言。

子良中午在食堂里搜罗骨头剩饭，送到大五金仓库去喂阿三，然后就来宿舍陪我。师傅晚上也会到宿舍里来看我，带小师妹一起过来，坐一歇。伯富和小辫子下了班就过来陪我聊天。小辫子说这段时间他云片糕不卖了，全部归你。他带了两条多云片糕过来，让我补身体，很讲义气。有时子良坐到七点半，就坐立不安了。我轧出苗头，就说，你可以去了。子良就去了。用不着点穿的，彼此心照不宣。我们都知道他去找杨彩芹。子良和杨彩芹处于不公开半透明的阶段。作为兄弟，我们能说什么，说杨彩芹是在进补，补他的血，劝他不要理睬杨彩芹？万一传到杨彩芹的耳朵，我们几个人被杨彩芹吃耳光。

回到板桥的第二天晚上，小辫子问我，那几个小姑娘怎么啦？没和你说什么？到了金陵就这么分手啦？

我躺在床上，小辫子坐在床沿，嘴巴凑过来，热气哄哄。我说，你吨位太重了，张卵毛不在，你坐到对面张卵毛的床上去，把他的床坐坍和我没关系。小辫子很听话地坐到对面,继续不依不饶地问同一个问题。小辫子的智力还停留在十年以前,听故事必须听到水落石出为止。其实伯富和子良对此也很感兴趣。我本来还不想说,肚子里应该藏些东西的,但谁叫我是个坦坦荡荡胸无城府的人呢,何况是在最要好的兄弟面前。我从枕头底下拿出一张纸,给他们看。那张纸似乎是临时从笔记本上撕下来的,上面写了六个阿拉伯数字:

7、8、0、3、2、1。

他们看看数字,又看看我,不知道什么意思。

走出金陵火车站,我去赶金板线。回板桥只有这一班车,停在秀才巷那里,走过去要走一刻多钟。路上的行人见到我都带着惊惧厌憎的神情,远远绕开。我的脸上有未擦干净的血污,衣服上也有血,头上不伦不类包着块花绸巾,上面渗了不少血。当时找不到绑带包扎伤口,有个女孩从脖子上解下绸巾包上了,里面垫了几层草纸。怎么看,我都像个逃犯。距离火车站十多公里,有个采石场,关的是劳改犯,我就像是从那里逃出来的。我还背了个新的灰色马桶包,是这次回上海买的,搭配在一起很突兀,不协调,像是刚刚偷来或者抢来的。其实我和那些躲避我的人一样害怕,怕碰到警察来盘问,一时三刻说不清楚。能为我作证的列车员大妈在去乌鲁木齐的路上,五个女孩也回家了。那几个浦口小杆子被移交给车站派出所,呆不长的,说不定已经放出来了,难保他们不追上来再打一场。一天打三场,胃口也太好了吧。我一边警觉地回头,一边加快脚步。此时一声喇叭,一辆车疾驰而来。我一看,不是普通的车,是辆挂白牌照的军用大吉普。军用大吉普开到我身旁居然停下了,车门一开,走出个年轻的军人,身上的军服有四个口袋,是个当官的,他面无表情地朝我走过来。

我有点慌,看了看他的手上,还好,没有手铐,不是来拘捕我的。我呆呆地看着那个军人,想不明白,火车上很寻常的打架斗殴,好像没有理由惊动到部队呀。那年轻军人看样子资格很嫩,在向我行了个军礼后,有五秒钟没有说话。我猜想他是在组织词句,在想该怎么称呼我。于是我帮他一起想。终于,他开口说,

同志,请上车,我们送你回家。

我受宠若惊,慌忙摇手,语无伦次地开国语,不,不要惊动首长。不能影响首长的公务。我不要紧,轻伤不下火线,我能坚持住。谢谢首长的关心。

我想这么大的吉普车,肯定坐着位级别很高的首长,说不定是军区司令员,开国上将。一时间我浮想联翩,就像英雄欧阳海在推开受惊的军马的那一刹那。一刹那很短促,根本来不及想什么的,但有个作家却说欧阳海在那一刹那上天落地想了很多。其实英雄并没有想很多,是作家想多了。不过这一刻,我倒是真的想了不少。这时候我已经确定,车子里坐的是开国上将了。开国上将派副官来请我上车,并且要送我回板桥,这桩事情太大了,传开来不得了啊,我风头出足。要是传到板桥指挥部,指挥副指挥要轮流请我吃饭,还要上酒,上洋河大曲。我把师傅师娘一道请去,把小辫子伯富子良几只拖油瓶一道请去,让他们开开眼界。军代表前段时间调走了,否则也要请我吃饭。军代表算什么,说不定以前是上将的勤务兵,帮上将洗脚洗袜子的。

我不相信别人就从来没有过神经错乱的时候。一个人,一个凡人,一生中必定会有几次突然短路,突然脑子就坏掉了,脑子里的两根筋搭错了。我这时候就处于这种状况。事后要是有人问我,为什

么这么确定吉普车里坐着的是开国上将,开国上将和你有什么渊源,要派副官来请你上车,我肯定羞愧难当无言以对。后来我把这事说给丹娘听,丹娘笑得花枝乱颤,指着我的脑门说,你发痴哦。我恍然大悟,她说对了,我当时就是在发痴。发痴肯定是有诱因的,就好像有人发花痴,要么是想女人想疯了,要么是看到了一个特别漂亮的女人受刺激了。我这趟发痴,估计和头上被鲜橘水瓶子敲了一记有关系,那阵悠远绵长的回响还在脑子里震荡。

我沉溺在愉快的想象中,几乎要笑出声来,抬起头,发现那个年轻军人不见了,又回到车上去了。我看向车后座,想给上将鞠个躬。我看到贴着车窗玻璃的,却是火车上的那五个女孩,笑脸灿烂,有的还在向我招手。我从来没有认真看过她们,看到的是她们五个人的群像,这时看到的还是群像。我有点失望,并不全是失望,还有几分喜出望外。我也笑着向她们扬了扬手。这时年轻军人又回来了,递给我一张纸条。

我说,喏,就是这张纸条。

小辫子说,后来呢?

我说,后来,大吉普就开走了。

我们几个聚在一起分析,这张纸条上的数字是什么意思。小辫子说,大概就是大吉普的车牌号码。子良说,你外行吧,车牌号码只有四位数好吧。我倾向于是个电话号码,正好六位数,金陵的电话号码就是六位数。他们几个便鼓动着我赶快打电话,门房间就有电话,现在就去打。伯富说,门房间是内线电话,不好拨外线的。小辫子说,那就乘晚上,下班了,撬开车间办公室的窗子,溜进去打电话。不复杂的,卸掉一块玻璃就可以了,手伸进去拉开插销。子良说,现在基本可以吃准大吉普是部队的车子了,白牌照嘛,牌照前面应该有一个或者两个红字的。国钧你看清是什么字了吧?我说我没注意。子良说,吉普车开过来的,那五个小姑娘应该是部队里的女兵,只不过在火车上穿的是便装。国钧你讲过的,危急关头,五个小姑娘手拉手,挡了前面。如果不是女兵,没有这种素质的。大家都点头。子良继续分析说,可能是卫生兵,也有可能是通讯班接线员,也可能是文工团的。她们长得好看吧,长得好看的就是文工团的。我还没开口,小辫子抢着说,肯定好看的,否则国钧不会为她们拼命的。伯富思路开阔,说,没有你们想的这么简单,说不定是一串音符,作为接头暗号,见面的时候唱出来,唱错了,对方就知道你是假的。我说,零呢,零怎么解释,零是什么音符,你唱唱看,唱得出来吧。小辫子嗤了一声说,照伯富这种讲法,也可能是某个保险箱的密码。五个小姑娘看国钧拳脚功夫好,叫他去盗银行的保险箱。可能吧,不可能的。子良说,说不定这六个数字是日期,年,月,日,现在看不出奥秘,到了那一天也许一切就明白了。大家算了算,那个日子还有好几年,也不可能。

我说,我被你们吵得头也昏了。想得这么复杂做啥,讲穿了,就是个电话号码,有机会试一试就知道了。伯富说,这会不会是个圈套啊?小辫子想不通,说,为啥会是圈套啊?国钧救了小姑娘,小姑娘感激也来不及,为啥还要害国钧啊?子良说,国钧你的意思是,五个小姑娘里有一个看中你了,要和你谈朋友是吧?我知道又要开始新一轮没完没了的假设和猜想了,索性闭起眼睛,装睡。

那六个阿拉伯数字,是我和五个女孩的唯一联系了,包括马丽华,包括丹娘。电话号码是肯定的,不过我现在还没有做好准备,还不想打,或者说还不敢打。

　　我一个星期没有上班,考勤表上写的是出勤。我曾经问过师傅,要不要去开病假单,或者交几张调休单。师傅说用不着的。师傅说我出勤那就是出勤,反正考勤员是师兄,师兄听师傅的。有次杨家将在班里嘀咕,说国钧这只小卵皮,和人打相打,头被人敲破了,睡在宿舍里,又不交病假单,又不交调休单,为啥考勤表上考他出勤啊。其他老师傅不接腔。师傅听到了,说,杨家将,你要有点是非观念的。国钧不是普通的打相打,是奋不顾身救人,和五个歹徒英勇搏斗,救了五个女兵,属于见义勇为。国钧这次流了不少血,是英勇负伤。我家主婆是心疼得不得了。警备区首长也心疼,本来要派吉普车送国钧回来的,被他拒绝了,他不想麻烦部队的同志。国钧还是有一定思想觉悟的。我本来打算考勤表上给他考工伤,这样每天有两角五分营养补助,不过毕竟是自己徒弟,不好意思,另一方面对他也要严格要求,不许他翘尾巴。不过,工伤不算,先进事迹还是要报上去的。到时候钳工一班每个人都要签名的。

　　师傅是零零碎碎听我们说的,空白的地方被他补上了,经过他的整理归纳,说出来完全就是铁板钉钉的事实,一点疑问也没有。

　　老约克倒是说得很诚恳,说,不要看国钧平时有点吊儿郎当,基本功好像也差一点,不过这都是小节,无所谓的。要看关键时刻,关键时刻冲得出吧,冲得出就是英雄,冲不出就是缩卵。国钧这小家伙经得起考验的,这也是钳工一班的光荣。板桥这么多年来,还没有出过像模像样的先进人物。卸克算啥,卵也不懂的起重工,算他运道好,钢丝绳绷断,卸克飞出来把他脚骨敲断,居然就提拔当车间主任了,现在去当保卫组组长了。笑话吧。国钧苗子好的,关键时刻,显出工人阶级英雄本色。这桩事情可以搞搞大的。老许,你尽管写材料报上去,写好了我第一个签名。

班里其他老师傅一起点头呼应。杨家将也只好跟着点头。

当时正好在开展"学英雄,见行动"的活动。学哪个英雄有点忘了,反正那个年代英雄很多,层出不穷,来不及学习。班里的大学生自告奋勇,说他听了国钧的英勇事迹已经受感动了,而且感动蛮深刻的,说国钧的先进事迹材料由他来写。师傅谢谢他,好言相拒。师傅不敢叫他写,知道这家伙思路不清。师傅叫师兄写我的先进事迹材料,写好了报到厂部去。师兄不情愿,但没有办法回绝,师傅的话他不敢不听,不想写也只好写。不过,在他写的材料里,没有提到文工团女兵,没有提到白牌照军用大吉普,没有提到警备区首长。整篇材料看上去不像是见义勇为,感觉上是两帮流氓火拼,为了几个不正派的女人争风吃醋,斗殴中双方都流了不少鼻血。其中一方使诈,以少胜多,虽然打赢了,但是胜之不武。最后一段呼吁加强社会治安,加强政治学习,加强对青年职工的思想教育,杜绝流氓斗殴等等。

还好这份材料我没有看到,否则卵也气爆了。

话说回来,这种材料送上去也没有人会认真看的。

师傅那时候还没有出工伤,在车间里说话很有分量。师兄材料写好以后,车间就报到厂部去了,没有任何人质疑。车间主任老秦说,这又不是评劳动模范,评技术标兵,学英雄见行动嘛,拳头硬也算的。叫小卵皮到医院里去配点药水,面孔上涂涂,万一评到了,立在台上,一面孔骚粒子,卖相太难看了。

这天中午师娘烧的是黑鱼汤。师娘说黑鱼力道特别大,吃下去帮助伤口收口的。回来当天,在职工医院缝过几针,这几天头上的伤口开始发痒了。师娘说，伤口发痒，说明已经收口了，快好了。关键是你体质好。我说下个星期就上班去了，整天待在宿舍里太无聊了。师娘点点头。临出门师娘又说，你师傅这几天特别开心，在家里有说有笑。他福气好，一共只带了两个徒弟，一个会写歌曲，一个会打人，他面子上有光彩。师娘也很开心，格格格一路笑出门。

我也自我感觉良好。

朝对面看过去，走廊里的绿肚兜收进去了。这个女人的作息时间毫无规律，不像是上常日班的，也不像是三班倒的，随时随地消失，又随时随地出现，捉摸不透。明天早上应该会有块红肚兜晾出来。我计算过，神秘女人不是每天换肚兜的，两天换一次。今天晚上要换肚兜了。我不知道她怎么换肚兜。大概是睡觉前躲在蚊帐里换的。肚兜是贴肉穿的，先把红肚兜的带子解开，带子是在后背腰上的，解开带子脱下肚兜，放在枕头边上。这里漏掉一个动作，她在脱下肚兜以后，会凑到鼻子跟前闻一闻，然后再放下。就像很多男人在脱下袜子后，也要放在鼻子前闻一闻。这个时候，女人浑身雪白，肚皮是白的，两坨肉也是白的。这时她会朝蚊帐外面看看，看是否有同宿舍的人在偷看她，然后会在皮肤上搔几下，东搔搔，西搔搔，不是皮肤痒，而是一种习惯性动作。接下来或许还会用两只手托住两坨肉，抖一抖，检验一下是否依然坚挺饱满。接着脸上会漾开笑容，说，好看吧。不是对别人说的，是对自己说的，在心里说的。随即像是受惊了一样，飞快地换上干净的绿肚兜，反手系好带子，钻进被窝。带奶罩的女人，外面会套一件低胸汗衫，戴肚兜的，用不着套汗衫，滑溜溜睡觉，睡得香。女人的最后一个动作，应该是在被窝里用手把肚兜撸撸平。

我给神秘女人换好肚兜,兴奋异常。

这天晚上,小辫子说,国钧的材料报上去好像没有回音嘛。伯富说,刚刚报上去两天,没有这么快的。听说烧料车间和辅料车间各报了一个,后勤部门也轧闹猛,也报了一个,一共四个人。最后向总厂推荐的只有一个人,厂部还要平衡的。小辫子说,国钧应该是最硬档的。伯富说,厂里还要看平时表现的,这方面国钧吃亏的。其他几个人都评到过先进的。我说,我知道自己多少分量的。打相打打出一个先进来,我想也没有想过。评上评不上都无所谓的,又不加工资的。伯富说,你错了,这趟评上了是加工资的,加一级工资。总厂特批的。子良说,就是厂里报到总厂去了,也不一定就评上,总厂还要再平衡,最后整个板桥只能评出一个人来,号召大家学习。要各方面都过得硬。国钧好像蛮悬乎的。小辫子说,国钧,你评到了要请客的,同意吧,同意我去想办法,把你推上去。我们几个听了都当小辫子是讲笑话,谁都没有在意。

我说,今天板桥有什么新闻吧?伯富还没开口先笑了,说,今天都在传,炼铁分厂的主任,被姓鲁的副指挥打了两记耳光。昨天半夜里打的,今天吃好午饭整个板桥都知道了。我说哪个姓鲁的副指挥?副指挥里好像没有姓鲁的。伯富说,军代表离开后,指挥部缺一个副指挥。你在上海的时候,新调来一个副指挥,就是这个姓鲁的。据说以前当过江苏哪个市的副市长的,三八式干部,行政九级,厉害吧。老革命,犯过政治错误的,现在重新起用。宣布任命的时候明确的,鲁副指挥配合指挥工作,在所有副指挥里排名最靠前。昨天半夜里高炉出事故,铁水潽出来,把一个炉前工烧伤了,估计要截肢,一直截到大腿根,否则命就保不牢了。鲁副指挥半个小时赶到现场,生产大组和总调度室的人全部到了,炼铁分厂的领导一个都没有到。打电话给那个主任,在睡觉,吵醒他还发火了,说明天再说。鲁副指挥不开心了,亲自打电话,报了自己的名字,那个主任拖延了一个小时才来,一路走还一路打呵欠。鲁副指挥上去就是一记耳光,问他,现在瞌睡醒了吗。那个主任捂着脸说,你敢打我?你大概糊涂了,看不清形势。这个主任在上海有后台的,后台蛮硬的。鲁副指挥说,打的就是你。不懂生产,不把工人师傅的生命当回事,出了这么大的事故你还睡得着觉,你配当领导吗。说着又加了一记耳光。鲁副指挥是山东人,模子大,像座塔一样,后面一记耳光更加重,直接把那个主任扇倒在地。我连声叫强大的,强大的,这个姓鲁的副指挥太强大了,有性格的,大伯服帖。板桥这个地方风气有点特别,流行打耳光。我师傅轻易不发火,一发火就打人耳光。杨彩芹平时看上去也蛮文雅的,一发急也扇人耳光。现在三八式老干部也扇耳光,扇得好,那个家伙活该。后来怎么样了?

  伯富说,这个副指挥蛮强硬的,今天已经放出话来了,要开展安全生产大检查,还要开展技术练兵活动。技术工人技术不过硬的,统统去当操作工。看样子要开始收骨头了。子良说,技术不技术,和我没关系的。看仓库要什么技术,也不需要技术。停了停他又笑嘻嘻地说,其实大五金仓库夜里没有人值班也没关系,只要阿三在就够了,阿三一夫当关,万夫莫敌。伯富和小辫子一起朝我看,我知道他们想什么。伯富不怕的,他技术好。小辫子也不怕的,他是靠蛮力生存的,两只肩膀,一边是一大捆白铁管,一边是绞管子的三角架子,照样健步如飞。他们觉得,我应该怕的。笑话。我怕啥。技术练兵这种调头以前也唱过的,后来就不了了之了。

子良说,年初就讲起过,山鹰之国要派几个实习生到板桥来,看样子真的要来了。公园旁边小白楼造好了,外宾招待所。我说,滑稽吧,弹丸小国,他们国家又没有钢铁厂的,来板桥实习个毛啊。亚洲最大的国家,和欧洲最小的国家手拉手,就好像张大维搀了只小猴子。子良说,山鹰之国不算欧洲最小的国家,梵蒂冈比它还要小,整个国家一千个人还不到。又问我,张大维是谁啊。小辫子说,张大维你也不认识啊,你是上海人吧。张大维呀,上海篮球队的中锋,现在到国家队去了,一米九五,比我高半只头。飞身投篮,"唰"一记穿过去,就像是老鹰捉小鸡,漂亮得不得了。伯富说,国钧,讲话注意一点,不要乱讲好吧。报纸上讲,山鹰之国和我们是同志加兄弟,你说像只小猴子,传到外面当心有人扣帽子。小辫子说,伯富你这么一本正经做啥,兄弟之间有什么讲什么,胡天野地随便讲。要是兄弟在一道,还要想想,什么可以讲,什么不可以讲,这还叫兄弟啊,这种兄弟当了有啥意思啊。伯富说,我不是讲我们四个人之间,我是怕外头人听到。师兄和阿彪不在,宿舍里除了我们四个人,还有一个人,张卯毛。张卯毛坐在窗口写信,这时回过头来说,国钧,你放心,你就当我耳朵聋的。我不是特务,我不会去告密的。我说,谢谢张师傅。

　　我们都觉得,山鹰之国来实习生这件事,和我们一点关系也没有。后来证明,和我们还是有点关系的。

　　小辫子说,山鹰之国香烟抽过吧。商场里铺天盖地,还不要凭香烟票买。我说,我在商店里看到的,一角五分一包,比浦江牌还便宜。小辫子你记牢,便宜不会有好货,好货不会便宜的。再讲我欢喜国货,外国香烟我不抽的。小辫子说,我买了一包尝尝味道。包装好看,硬壳子,外面还有一层玻璃纸,拆开来,带海绵头的咬口,烟丝蜡蜡黄,烟丝看上去比牡丹牌中华牌还要好。我点好吸了一口,册那,一股狐臭味道。整包香烟丢掉,损失一角五分,心痛。

我们听了哈哈大笑。

我们谁都没有料到,就在第二天,小辫子做了一件神出鬼没的事。小辫子用半条云片糕,把厂里看大门的老丹阳买通。老丹阳不知道什么事,居然傻乎乎地站在门房间门口望风。小辫子关好门,躲在里面给厂工会打电话,厂工会负责"学英雄见行动"评选的具体工作。内线电话,一打就通。小辫子卡着喉咙开国语,说自己是警备区的参谋,首长很关心这次评选,希望国钧同志能评上。厂工会主席唐九松接的电话,开始不知有诈,还很重视,一边诺诺一边记录,说要是警备区能开个证明过来,会对国钧同志的评选十分有利。临了问,参谋同志,你贵姓。小辫子就憋不住笑了,把电话挂上了。小辫子意犹未尽,如法炮制,给总厂工会也打了个电话。这次他记取教训,使劲掐自己的大腿,防止自己再笑场。总厂工会的人比较警觉,问小辫子姓什么,是哪个警备区?小辫子倒是没有笑场,但是慌了,不知道怎么编下去,赶紧挂电话。

因为小辫子的这两个电话,我提前出局了。我倒还好,本来就没有抱什么希望,师傅好像很失落。

第十三章

纸条上的那串数字我已经背得滚瓜烂熟了。我把纸条烧了,免得被人看到。我不能给别人留机会。那串数字把板桥和金陵联系在一起,把我和五个女孩联系在一起。除了电话号码,不可能还有别的解释。我设想了无数种可能性,是传呼电话还是部队电话还是私人电话,给我留这个电话号码的目的是什么,电话拨通后会发生什么,对方是谁,会说些什么,接下来会怎样发展,我都不知道。这才有劲啊,生活里要是没有悬念,一目了然,一览无余,那活得一点意思也没有了。有一点可以肯定的,那个号码和五个女孩里的一个有关系。究竟是那个手上有熟荸荠气味的女孩,还是马丽华,还是丹娘,还是别人,我一点也不在乎。

当一个人"潮"到一定的程度,"潮"过头了,再"潮"下去就浑身湿淋淋了就要发霉出霉斑了再下去就要烂了,你还会在乎她的手好看不好看,背后是不是有块骨头。那个后背突出块骨头的女人,要是师娘留到现在才介绍给我,情况可能就不一样,也许会有一个新的结局了。老婆是给自己看的,不是给别人看的。真的做了夫妻,谁会盯着老婆的后背看,肯定是以正面为主的。即使你在意那块骨头,也不是因为是否雅观,而是出于另外的考虑:在做那个事情的时候,那块骨头垫在下面,女方能不能躺平,会不会硌事。有了女朋友,不会再"潮"了,太阳出来了,天气晴朗了,"潮"前面要加一个高字了,高潮,人生的高潮来了。用不着再去看肚兜。红肚兜绿肚兜,和我有什么关系。赤橙黄绿青蓝紫,就算是七种颜色的肚兜一起晾出来,和我有什么关系。不是贴肉系在女人的身上,在走廊里随风飘荡的,没有手感的,闻不到气味的,只不过是一块布而已。为了一块空荡荡的布发花痴,传出去一点腔调也没有。

　　促使我打那个电话的,是山鹰之国的实习生要来了,实习生来之前,总厂要给板桥的每个职工做一套西装。听上去这里面好像没有逻辑关系,其实是有的。我这种两只肩胛一高一低的朋友,穿西装不会好看的,就是叫上海培罗蒙的裁缝师傅来,做出来的西装肩胛也是斜的,除非做西装之前先带我到医院里去做矫正手术。我不适合穿西装,不等于我女朋友也不适合穿西装。我可以报女朋友的尺寸,做好西装送给女朋友,让女朋友开心。谈朋友,男人不可以小气的,要有见面礼的。杨子荣送座山雕的见面礼是一张联络图,再加一只死老虎。我送女朋友的见面礼是一套西装,这种出手算是蛮大方的。以前有人说谁谁没有女朋友,比喻蛮促狭的,说他的女朋友还在天上飞,说他丈人丈母娘还在谈恋爱。我的女朋友现在也像风筝一样在天上飞,但是风筝线的另一头捏在我手上,这根线就是那串数字。

　　一开始传说,总厂要给每个职工做一套西装,大家都以为是谣言,说这个玩笑开得蛮高级的,也蛮野豁豁的。不要说板桥,不要说谷里和金陵,就是在上海,外国人也看不到几个。马路上有几个人穿西装的？西哈努克亲王到了中国也入乡随俗，跟周总理学样，穿中山装。以前在上海滩，男人穿长衫，女人穿旗袍。现在男人和女人穿的衣裳没有什么区别，中山装、军便装、青年装、学生装、两用衫、工作服，天冷一人一件中式棉袄。要么就是像仪表班的文工团这种怪女人，穿列宁装，冒充文工团出来的。一人做一套西装，听上去就像是一千零一夜，天方夜谭。

一切都和山鹰之国的实习生有关。山鹰还没有飞过来，准备工作先做起来了，先要给山鹰做窠。在人民公园旁边，造了幢小白楼，算是外宾招待所。不知道要来几只山鹰，所以设计图纸一直在改，从一开始的三层加到五层，后来改成七层，最后结构封顶是十二层，装了电梯。就算山鹰之国的总书记恩维尔霍查和总理谢胡还有国防部长巴卢库一起带代表团过来，也住得下了。设计标准是一个人一间房间，配抽水马桶和浴缸。抽水马桶是坐的，不是蹲的。这点比较气人，工人阶级这么辛苦，抓革命促生产，宿舍里的厂里的厕所全部是蹲坑，一排蹲坑。两个人要是面对面蹲坑，中间那块挡板横下来当棋盘，可以一边出恭一边下象棋。册那，外国人来为啥不让他蹲，要让他坐啊？外国人屁股特别大啊？

小白楼造好以后，有两个副指挥去视察验收。总厂除了指挥，还有十一个副指挥，正好一个班，所以称领导班子。姓袁的副指挥向来喜欢开玩笑，看到房间里摆的是一张三尺半的小床，笑着说，外国人比较浪漫，要是夜里有女人留宿，翻身也翻不过来，一翻就翻到床底下去了。三尺半的床太小了，换一张五尺的。陪同的人一起笑，在笔记本上记下来。另一个姓方的副指挥板着脸说，外国人是来实习的，不是来浪漫的。女人留宿？女人什么地方来的，什么人提供的？老袁你说话注意身份,不要乱开玩笑好吧。袁副指挥笑着说,你看你你看你,一说话就要发急就要跳,青筋也暴出来了。有男人的地方,就会有女人。翻译啊,女服务员啊,一起过来的女实习生啊,还有从山鹰之国来探亲的女朋友啊,女人多得是。方副指挥说,翻译和服务员,我统统换成是男的,可以吧,不让小赤佬钻空子。袁副指挥笑着说,老方,你这就不对了,你骂兄弟国家派来的实习生是小赤佬,这有点过分了,这是要犯错误的。方副指挥这下真的发急了,知道说不过姓袁的朋友,一气之下朝袁副指挥吐了口唾沫。袁副指挥也还他一口。方副指挥手就上去掐住对方头颈,袁副指挥反应快,也伸手掐他头颈。这种时刻最容易看出一个人的修养,两个副指挥只用一只手掐对方头颈,另一只手没有挥上去,更没有用脚顶对方裤裆,相当克制,脸上也没有凶相毕露,仅仅是用指甲狠狠地抓挠对方皮肤,表现得很有分寸。后来方副指挥说了声,一、二、三,两个人就同时把手松开了。袁副指挥掏出手绢,给方副指挥擦脸上的唾沫。方副指挥没有手绢的,用袖口帮袁副指挥擦脸。然后两个副指挥相视一笑,就像什么事也没有发生过,头挨着头商量工作。商量的结果是,小床不换了,翻译和服务员也不换了,对有可能发生的事情,不鼓励,也不制止。如果实习生有女朋友过来探亲,招待所负责加一只小床,两只小床拼成大床。

　　这件事情后来传开了,大家都啧啧赞叹,说到底是领导干部,涵养功夫好,和工人不一样:换成是两个工人,早就打得头破血流了;人家领导干部,客客气气,只不过脖子上留了几道血痕,而且动好手以后还打扫战场,帮对方擦唾沫,人文精神。比较起来,大家对鲁副指挥反倒是印象不好。尽管炼铁分厂那个主任有缺点,但是将心比心,半夜里把你从床上喊醒,难过吧,昏头六冲的。第一记耳光打就打了,有可能出于好心,让他瞌睡醒一醒,不过也属于过激了,完全可以采取其他温和的方法,比如给他搽点清凉油风油精,搬只凳子让他坐下来继续打呵欠慢慢醒,或者朝他泼点冷水,都可以;而且后来一记耳光完全是多余的。说到后来,大家都说,山东人凶。

具体负责实习生接待工作的是总厂接待组。这个组本来的工作十分无聊,兄弟单位来学习参观,负责接送住宿餐饮。上级领导来视察要订计划,制订具体视察路线,接待标准,宴请几次,宴请陪同人员的范围,有一套讲究的。有时全国行业性的会议安排在板桥召开,接待组忙得天昏地暗。板桥没有宾馆,晚上宴会以后要把与会人员送到谷里金陵去住宾馆,大领导乘小车,小领导乘大巴士,次序尊卑不能搞错的;第二天一早再接过来。有次部里一个副厅级领导,前列腺发炎,在厕所里多磨蹭了一会,出来一看,车子全部开走了。安排他在地区招待所凑合一晚上,他不肯。此时板桥的小轿车面包车大巴士全部放出去了,只好派一辆运矿粉的五十铃载重车送他到谷里去。这件事情,接待组组长吃批评的,严重失职。小白楼造好以后,这个问题就解决了,上级领导和兄弟单位的领导,可以安排到小白楼住宿,准星级宾馆标准。

接待组是第一次接待外宾,打报告给指挥部,意思是,这次来的不光是外国同志,还是外国兄弟,不好让兄弟看了太寒酸,接待人员要穿西装,否则不像样。接待组一共十二个人,要做十二套西装。接待组下面有小车班,小车班有十几个司机,得知此事后表示,我们也是有尊严有国格的,我们也不想在外国兄弟面前灰头土脸太寒酸,我们也要穿西装。于是又增加了十几套,一共三十套西装。加上总厂领导，铁矿和各大组各分厂的领导，再加一百套，总共一百三十套。当时正好在开职工代表大会。报告递上主席台，分管副指挥看了以后，觉得合乎情理，批示同意，又传给指挥；指挥看了以后，把总厂和铁矿大组分厂的领导圈掉，只批了三十套。要是这个事情到此为止，什么问题都没有，后来的故事也没有了。接待组组长接到批示，开心死了，本来只是试试看的，并不抱太大希望，想不到来得这么容易，早知道就在报告里写一人两套西装了。组长贪心不足，又打了一个补充报告，说是西装必须配皮鞋和领带，还要增加三十双皮鞋，三十条领带；为了仪容整洁，再配三十罐金刚钻发蜡。会议要开三天，第二天报告再递上去，分管副指挥把握不定，递给指挥看，指挥看了脸色就不太好了，把报告搁在旁边，还用手在上面拍了一下。指挥觉得这个口子不能再开了，再批同意，还会来一份补充报告的补充报告，要买袜子买衬衫买皮包买墨镜了，没有底了。会议结束，指挥没有把那份报告带走，服务员收拾桌子的时候发现了。当天晚上，这件事就在板桥传遍了。大家都很气愤，说这是搞特殊化，是什么阶级的法权，不正之风。职工有意见倒也算了，主要是老工人有意见。老工人不一定是具体的人，就像电影里，农村题材的，必定有个老支书；战争题材的，必定有个老大娘；工厂题材的，就必定有个老工人。这是种象征，是种权威，代表某个阶层。

老工人不同意，问题就严重了。

这天下午，本来是职代会的闭幕式，走个流程，就散会了。现在会议继续开下去，分组讨论西装的问题。职工代表非常通情达理，说，只给一小部分人做西装，属于搞特殊化，是什么阶级法权，是不正之风；如果给所有职工都做一套西装，阳光普照，甘霖撒遍大地，就属于带职工福利性质的劳防用品，一点问题都没有，而且还能在山鹰之国兄弟面前展现板桥人的精神风貌。

最后那句话，让指挥眼睛一亮。指挥当场就拍板了：所有职工，包括下属集体所有制的五七大队和地区福利工厂，一人一套西装。同时明确，本来一线职工每年发一套工作服，二线职工两年三年发一套，发了西装，下一年度的工作服就不发了。

指挥以前是地下党，掩护身份是上海一家中药店的账房先生，一年到头穿长衫的。长衫袖口长，还不能卷起来，卷起来就不像腔了，又不是打短工做粗活的伙计。打算盘的时候，另一只手要过来帮忙的，撩起这只手的袖管，打多少时间算盘，就要撩多少时间的袖口，这也是派头。指挥办公室的抽屉里，现在还有一只十三档的算盘。西装袖子短，比里面的衬衫袖子还短，衬衫袖子要露出来，穿了比较精干，不拖泥带水。不过指挥从来没有穿过西装。

宣布决定的时候，全场欢声笑语，喜气洋洋，把闭幕式推向高潮。

板桥有个被服厂，厂里有二三十个职工。板桥的劳防用品是有专门的渠道进的，被服厂的主要业务是缝制职工医院的被套床单枕套病号服，还有福利工厂和五七大队的袖套围兜，还有些零零碎碎的加工活，业务吃不饱的，大部分时间，职工坐在厂门口孵太阳。被服厂厂长是个麻皮女人，很有事业心，几次打报告要转产，上面不理睬她。曾经，谷里有一家织布厂，织出来的中长纤维卖不出去，上门来推销。黄蓝灰三色的直条纹的中长纤维，等于半送半卖。麻皮女人买了一批，做成工作服，混了劳动布工作服里，供大家挑选。结果没有人欣赏，觉得中长纤维没有劳动布牢，还有静电，几套样品到最后还是几套样品。麻皮女人很苦闷。这次听到做西装的事情，觉得机会来了,跑到后勤大组组长的办公室,主动请缨,要把这批业务统统接过来。大组长问她,你吃得下来吗?会不会撑死?麻皮女人拍胸脯说,吃得下来的,撑死也要吃下来。就用谷里这家厂的中长纤维做西装面料,直条纹的,蛮好看的。我电话打过了,这家厂的中长纤维仓库里堆满了,要多少有多少,什么时候要就什么时候送货过来,价格还可以再便宜。大组长就带了麻皮女人去向指挥汇报。指挥摸摸大组长的额头,说,发高烧脑子烧坏了是吧。一万五千套西装,被服厂那几只小猫小狗吃得下来吗?猴子骑大象是吧。你讲话之前先把下巴托托牢好吧。大组长就不响了。麻皮女人看到指挥的威势,屁也不敢放。

指挥把麻皮女人的成本核算单摊在桌子上,从抽屉里拿出十三档算盘,一边看,一边算。大组长和麻皮女人在桌子对面,头也候过去看。西装不是普通的衣裳,西装要大做的,肩胛上要有肩垫,前披要有衬垫,要用专门做西装夹里的黑炭衬,上好浆,样子就出来了,所以说西装笔挺,就是这个原因;后披和袖子里还要有羽纱。指挥先把黑炭衬划掉了,又考虑了半天,把羽纱也划掉了,保留了肩垫,两边袖口的三粒纽扣也保留,看上去还是像西装的。算下来,中长纤维的进货价格又很便宜,一套西装和一套劳动布工作服的差价其实很有限,皆大欢喜。

最后,大部分西装还是送到外面服装厂去加工缝制,给被服厂留了一千套。麻皮女人开心死了。

十多年后,农民工兄弟也是一人一套西装,甚至穿着西装拌水泥筛黄沙爬脚手架。在上海的七浦路市场,一套西装比一套劳动布工作服还要便宜。不要忘了时代背景。这是踏入七十年代才过了没几年啊,这绝对是不得了的大事。各种风言风语传进板桥,有说是划时代的创举的,也有说是滑天下之大稽的;有说别开生面的,也有说崇洋媚外的;有说是充满工人阶级的主人翁姿态的,也有说穿新鞋走老路的,我们不管别人说三道四,我们只知道板桥钢铁厂是最早普及西装的,一人一套。这让邻近一些厂家的职工嫉妒得发疯,哇哇乱叫。

因为以前也吃过空心汤团,一些说得好好的事情,后来没有下文了。对西装这个事情,大家依然满心疑惑。一直到几个脖子上挂皮尺的老阿姨老男人到车间里来量尺寸,才相信这不可能的事情居然变成事实了。第一天没有几个人去量尺寸,说要好好想一想。

大家都需要好好想一想。

老法师觉得自己比较吃亏,人长得矮小,老婆也矮小,用的布料只有别人的一半,所以电话打到上海去,最后报的是上海的儿子媳妇的尺寸。我师傅也矮的,但师傅是矮胖,身坯宽大,很费料子的,师傅心里很平衡。不过师傅尺寸刚刚量好,师娘赶过来了,拿师傅量好的尺寸推翻,上装尺寸加大三档,下摆加长一寸,说要给师傅天冷的时候罩棉袄的。我是拖到最后一天才去量尺寸的,这时候电话已经打过了,是按照纸条上的数字拨过去的,而且电话打通了,也打对了,不过局势依然不明朗。就算局势明朗,对方是个女孩,我能问她胸围臀围腰围的尺寸吧?可以问吧?敢问吧?看来西装只好自己穿了。我问量尺寸的裁缝师傅,可不可以把左面肩胛的衬垫垫得高些,多垫一层,借点平衡,看上去肩胛不会一高一低。裁缝师傅不肯,说不可能的。他说不是针对你的,在此之前木模分厂一个驼背,也提过无理要求,也被他拒绝了。那个驼背比我还要过分,要求在衣裳后披做夹层,将来可以在适当的地方塞点棉花进去,借掉一点,使驼背看上去不明显。裁缝师傅说,他们派出来之前专门开过会的,讨论过的,做西装就是做西装,量尺寸就是量尺寸,额外的要求一律拒绝。

后来西装陆陆续续发下来了,只有老约克穿了像样子,还配了条红白相间的斜纹领带,比女人还要风姿绰约。没有办法的,老约克就是老约克,老约克就是穿件和尚领,那种马路上随处可见的圆领白汗衫,也能穿出小开的风度。哪怕白汗衫上面都是破洞,你也不会当这是件破汗衫,还以为是老约克有意撕破的,是时髦。老约克要是把破汗衫连续穿三个星期,那事情就搞大了,车间里可能有一半以上的男人回去拿香烟火在新汗衫上烫洞,再撕撕破,第二天得意洋洋地穿出来。

杨家将脑子活络,跟老约克学样,用青壳纸做了条领带。轴瓦的两哈夫合拢的时候,中间要垫青壳纸的。杨家将用青壳纸的边角料,划了一条领带的样子,也就是领带前面那一条,回去叫老婆加工。老婆原来在生产组就是踏缝纫机的,心灵手巧,用做女式棉袄多下来的织锦缎包在青壳纸外面,上面做了个可以松开收紧的环,瞥眼一看,一条蛮像样的领带。先前老约克教过大家怎样戴领带,打领结,教了几次教不会。杨家将这条领带不用打领结的,只要套上去收拢就可以了。于是车间里的男人都去抢青壳纸的边角料。以后的几天,车间里出现了不少稀奇古怪的青壳纸领带。找不到边角料,有人就把大张的青壳纸裁开来,套裁,大家排队领。本来这股歪风邪气可能会蔓延到整个板桥,保卫组组长卸克出场了,及时阻止。卸克是从检修车间出去的,念旧情,没有对涉案人员做处理。

那些日子,一到休息天,马路上到处游荡着穿西装的男男女女,尝新鲜,招摇过市,但因为是同一种颜色同一种条纹的,看上去不像是西装，更加像是病号服，而且是从同一家医院出来的。可能是第一次穿西装的缘故，一个个好像路也不会走了，僵手僵脚，连脖子也是僵的。因为只有肩胛部位有衬垫的，每个人都像是扛着肩胛走路，耸着肩膀走路，而且有些个想着能春秋两用，到了冬天还能罩在棉袄外面，都做得很宽大松弛，所以你要是在比较高的地势看下去，那种成群结队脖子僵直肩胛高耸飘飘荡荡的感觉，十分怪异，很容易联想到什么。后来就没有人穿西装了，这种大场面太吓人了，互相看来看去，看到别人怕，看到自己也怕。

当然这些已经是后话了。

接待组的三十套西装是赶工赶出来的。那天，接待组的几个家伙穿着中长纤维条纹西装到禄口机场去接机。等了半天，只等来了三个实习生，都是男的，而且衣着都很随便，没有一个穿西装的。去接机的人觉得很尴尬。翻译说，山鹰之国一共有三十个实习生，但是其他人觉得板桥是小地方，条件太艰苦，不愿意来，留在首钢了。到板桥来的这三个实习生，是不怕吃苦、思想作风各方面特别优秀的。

第十四章

  我爬进车间办公室，很顺利。用不着砸窗子玻璃，里面插销没有插住，一拨就开，跳进去也悄无声息。
  车间办公室里有一门外线电话，就在桌上。我不敢开灯，把点燃的香烟头凑近了，影影绰绰能看清拨号盘。这种镜头有点像特务窃取秘密图纸。窗子外面是一条通往浴室的泥路，偶尔会有人经过，这让我分外小心，甚至带点兴奋，很刺激。夜色的笼罩下，周围太安静了，拨号声显得特别刺耳，拨零的时候，我心都提起来了，从左到右要转整个一圈，也要响一整圈，我只好把手指继续插在里面，跟着一起倒退，本来是一长串的嚓嚓嚓，现在变成一声声短促的嚓、嚓、嚓，就像是寂静里突然响起的脚步声，更加增添了紧张的气氛。电话拨通后，我捧着电话翻身钻到桌子底下，一屁股坐在地上，心里一阵狂跳。
  是个女人接的电话，四川口音：你是哪一个啰？我报了自己的名字。四川女人说，不认识。你打错啰。我赶紧说，阿姨不要挂电话，你听我说。于是接下来我结结巴巴说了一个冗长的故事。四川女人问我，你的脸是不是红彤彤的，有很多好可爱的小豆子的？我说是的。对我脸上的青春痘,这是迄今为止我听到的最温情脉脉的比喻。我对四川女人充满了敬意。四川女人让我等一会。我贴紧话筒,听到不远处似有两个人在窃窃私语。然后我又听到了四川话,这个星期天下午,一点钟,怎么怎么怎么。我不知道怎么怎么是什么意思,那些话我一点听不明白。我让她慢点讲。四川女人又重复了几遍,我还是听不明白。四川女人耐心很好,还打算继续说一遍,但她旁边的那个人没耐心了,一把夺过电话,莺声燕语连珠炮似的轰过来,你是真傻还是装傻啊,还是你的耳朵有问题啊。四川话又不是外国话,有那么难听懂吗?我就知道你是个胡搅蛮缠的人,坏人。我再说一遍,不会多说一个字了,你听清听不清自己负责。星期天下午一点钟,美龄宫对面,找一个长辫子穿军装的女的。别想歪了,让你来,是要你把丝巾还我。我一时没有控制住,欢呼起来:丹娘,你是丹娘,你是丹娘啊。是的,隔着火车车厢的椅背,我入神地听了几个小时,这是那个叫丹娘的女孩的声音,在所有女声里,这个声音最柔和清丽。她似乎吓了一跳,愣了几秒,口气不再像先前那样凶巴巴,而是柔声说道,你头上的伤口好了吗,没事了吧?我笑着说,早就没事了,我的头是铁做的呀。她嗯了一声,没再说什么就把电话挂了。

　　我欣喜若狂,完全没想到电话的那头是丹娘,更没想到丝巾的主人也是她。丝巾洗干净后,我放在箱子里。我不知道丝巾的主人是谁,但我对她心怀感激。那块丝巾已经无法物归原主了,上面的血迹渗入纤维,大片和小块的血迹依然清晰可辨,只是颜色变淡了。我一路猛踩自行车,一路高唱"长鞭哎,那个一甩哎,啪啪地响哎"。跑回宿舍,我从箱子里拿出丝巾,紧紧地贴在脸上,拼命地嗅,血腥味和少女的体香都被洗掉了,闻到的只是丝绸的本色的气味,但我依然深深地陶醉。师兄和阿彪还有张卵毛都惊诧地看着我,我一点不在乎。活到现在,我总算有一件女人的贴身用品了。这条丝巾我不会还给她的,想都不要想,这是信物。我把丝巾系在脖子上,嗲悠悠地问师兄,师兄,好看么?师兄骂了声:神经病。

  好不容易熬到星期天。赴约前,我才发现没有什么好衣服,只有一件蓝颜色的青年装,颜色已经洗得败掉了,皱巴巴软塌塌,穿出去不像样。子良皮子挺,行头多。我向子良借了件九成新的咖啡色军便装。军便装和中山装都是四开袋,唯一的区别是,前者的四个口袋是翻盖暗纽,中山装是翻盖明纽。跑到宿舍对面的裁缝铺去照了照镜子,蛮神气的。小辫子要陪我一起去,我朝他磕头。小辫子的拿手绝活就是好心办坏事,随便什么事情,哪怕已经铁板钉钉了,只要和小辫子沾边,小辫子都有本事把它黄掉。临出门,想了想,我脱掉了老开皮鞋,换上七六五。七六五不是手枪代号,而是猪皮皮鞋,海豹式,七块六角五分一双,又便宜又耐穿,上海一半男人都穿七六五。这双皮鞋买来以后我还没穿过,今天穿它出门,有点壮行色的意思。子良追过来,把手上的灵瞳解下来给我戴上。

  我拐弯前一回头,子良小辫子和伯富还在向我招手。

  我们都知道,这是一次不同寻常的约会。

  我在中山门下车,看看时间尚早,在中山门外面的小摊上吃了碗馄饨面。沿明陵路一路过去,绿树如盖,浓荫密布,空气比板桥新鲜得多了,板桥的空气里始终有一股硫磺味道。先前和伯富他们一起来玩过,知道梅花山下面有条幽静的小路,可以一直穿到美龄宫。美龄宫就在明孝陵东面的小红山上。远远看过去,黄颜色的外墙,红颜色的立柱,屋顶覆盖着绿色的琉璃瓦,据说屋顶上面雕着一千多只凤

第十四章 / 157

凰,你想数是根本数不过来的。这应该是一座极其富丽堂皇美轮美奂的建筑,只是现在看上去就像一个迟暮的美人,饱经沧桑,头上的纱巾和一袭华服早已破敝,而且落满了灰尘,落满了寂寞。上次来,没能进去,现在依旧不对外开放。

隔开马路那片空地上,坐了不少人,来聊天的,结绒线的,下棋的,都自带竹椅板凳,也有摊张报纸席地而坐的。几经观察,终于看到一条粗黑油亮的长辫子,垂在肩后,穿的是洗得发白的旧军装。金陵城部队多,民间也有尚武的习气,男女老少都爱穿军装。我在长辫子身后几米远的距离,游移不定。事先没有商定接头暗号,直接过去打招呼就可以了,但我觉得这女人的形象怎么也和丹娘联系不上。伯富曾经用过一个词,说和子良一起看电影的那个女人很壮。这个壮字用得是惊人的准确。眼下的这个长辫子就很壮,无法和火车上那五个女孩中的任何一个联系在一起。而且长辫子脚上穿了双草黄色的军用跑鞋。除了那些极其武锵锵极其狂野粗放的女孩,谁会穿这种跑鞋。

我看了看手腕上的灵瞳,一点钟过了。顺便啰嗦一句,灵瞳就是手表。我们喜欢把手表叫灵瞳,就像喜欢把衣服叫皮子,把面孔叫番水,把警察叫条令,把时髦叫约克一样,这是切口。我又扫视了一遍四周,确定再没第二个穿军装的长辫子了,便走上前去。长辫子似乎有预感,回过身来,同时把她坐着的竹椅子也一起转过来。她抬头看着我笑,露出眼角细密的皱纹,那种笑容含义丰富,深不可测,笑得我后背有些发凉。还好她只笑了几秒钟,站起身说,对头,跟我走撒。她提着竹椅走在前面,我跟在后面,她时不时地回头看我一下,好像是怕我逃走。这时我已猜出来了,她就是在电话里和我说话的四川女人。

我们来到一片草地前。火车上那五个女孩在草地上围成一个半圆,那个空着的位置似乎是留给我的。五个女孩笑盈盈地看着我。随着一步步走近,我只感觉到手足无措,脸上火烧火燎,四川女人所说的那些"好可爱的小豆子"霎时间膨胀起来,仿佛随时随地都会爆炸,喷溅出鲜红的汁水。我只觉得两腿发软。

我把那张虚弱胆怯的底牌露出来了。

我只会偷偷意淫,却上不了台面。

朝思暮想能与女孩子短兵相接,油嘴滑舌一番,但一旦真的面对五个女孩,还没开口就已经溃不成军了。

长辫子笑着说,害羞啥子呦。一看就是个好娃子。又拍拍我的肩膀说,莫害羞,一块坐下耍耍。说完提着竹椅走了。

五个女孩都站了起来,七嘴八舌地笑着说,怎么害怕成这个样子了,我们又不是吃人的老虎。你在火车上这么勇敢,一个打五个,那时候的威风到哪里去了。火车上还自称是大伯呢,哈哈,大伯怎么不说话了,还脸红了。请你来又不是想看你发抖,是要当面谢谢你的,玻璃瓶把你头打破都没见你发抖,现在发什么抖啊,奇怪吧。你不是还用鼻子蹭人家手的嘛,胆子还挺大的,现在要是给你机会,敢不敢再蹭一下啊?

最后一句话不知是谁说的,说完五个女孩笑得前俯后仰娇喘吁吁,笑到后来,几个女孩都对着其中一个不怀好意地笑。那个女孩此刻故意板着脸,对我伸着手说,丝巾带来了吗,还给我。我没敢细看她的脸,只是低头瞥了一下她的手,艳光四射,太刺眼睛了。火车上蹭过的那只手,就是丹娘的手。似乎冥冥之中,一切早有安排。现在,人,名字和手,合而为一了,都对上了。我说,丝巾没法还你了,洗不干净了,再说我也没打算还你,要留着做纪念的。我带钱了,想去新街口买条新的给你,不知道你喜欢什么花色,待会我陪你去买,买了赔你。女孩们又疯闹起来,说,起先看着像个老实人,小脚女人一样,一步一步地挪过来,还害羞,还发抖,可怜兮兮的,其实都是装的,装得像咪,像个纯洁的中学生。就觉得奇怪了,现在还有这么老实的男人吗?外星球来的吗。这不,才几分钟,花花心思就露出来了,原来是只装成小白兔的大灰狼。什么去新街口买丝巾,还不是想牵着我们丹娘逛马路吧。还老实人呢,要真是老实人,问问他这一脸的青春痘怎么来的。于是又是一阵疯笑,完全是火车上的场景再现。丹娘娇嗔地说,谁要你赔啊。那块丝巾我也不要了,你要是拿我丝巾擤鼻涕,我可饶不了你。我说我不舍得擤鼻涕的,我会珍藏起来的。

一个皮肤白皙的猫脸女孩说,姐妹们别闹了,人家工人叔叔到这里来,不是来让我们欺负的。又是一阵叽叽喳喳的说笑,说你叫他叔叔好了,我们可不叫他叔叔。他算什么叔叔啊,和我们差不多一般大。他穿得这么整齐,难道是来相亲的啊?问问丹娘答不答应。他就是送上门来让我们欺负的。又是一阵疯笑。这时候我已经完全放松了,甚至很享受这样被欺负,这样的笑声里,所有的尴尬都会被融化。我只是觉得好奇,她们怎么知道我是个工人。丹娘说,你那天穿那么厚重的大头皮鞋,你还能是干什么的呀。又说,谢谢你那天保护我们。碰到那几个流氓,我们都很害怕,突然你就冒出来了,像个古代的侠客。女孩们都收敛起笑容,关切地问我的伤口好了吗。我撸撸头说,早就好了,工人阶级的头都是钢铁做的。女孩们围着我在草地上坐下,纷纷把零食苹果往我身边堆。

猫脸说,一晃都一个月过去了。这些日子我们都很记挂你,几乎天天问丹娘,你来没来过电话。你一直没来电话,我们都急死了,不知道你怎么样了,说也许火车上一别,就再不相见了。那次在秀才巷那边追上你,傻乎乎的没有下车对你说声感谢,我们都很后悔。姐妹们第一次出门,回来时碰到坏人,吓傻了,那时候有点惊魂未定。还好你今天来了。请教好汉尊姓大名?她最后突然冒出句书上的话,还双手相握拱了拱手,把大家都逗乐了。我本来想接着她的话茬,来一句"谢谢姑娘记挂,在下姓甚名谁";觉得不太好,便老老实实地说了自己的名字。我说,不要放在心上。我最恨欺负女孩子的流氓,见到了,忍不住就要出手。女孩子是用来保护的,用来疼爱的,不是用来欺负调戏的。此话一出,女孩子的脸上都写满了感动。我趁热打铁,又大义凛然地加了一句,这事让我遇上了,不能不管,否则就对不起工人阶级这个光荣称号。我以为这种豪言壮语最能打动人心,只有电影里才能看到的英雄人物,让她们在生活中遇到了,女孩子们肯定会忍不住鼓掌,没想到这一句的效果明显不如前面那句,有点遗憾。

丹娘把削好的苹果递到我手里,说,工人叔叔的名字我们知道了,我的名字你也知道了是吧。我嚼着苹果说,很甜,嗯,丹娘,那天在电话里我已经认出你的声音了。有个下巴尖尖的女孩说,你怎么不说在梦里已经喊过这两个字了啊。又激起一片笑声。尖下巴女孩落落大方地伸出手说,我叫艳红,周艳红。我和她握了握手。周艳红又指着她身旁的女孩要给我介绍,我说,等等,你别介绍,我来猜。我喜欢做这样的游戏。在火车上的时候,我坐在你们后面,听到你们互相叫名字,现在我来试试,看能不能把名字和人对起来。她们都觉得很有意思,饶有兴趣地看着我。我指着猫脸说,这个是马丽华,对吗?她们惊奇地看着我,又看看丹娘。丹娘说,我没说过。我也是第一次和他见面。马丽华特别惊奇,说,你怎么猜到的?周艳红说,别忙,还有两个人呢,你都猜对了才服你。我胸有成竹,说,这个是亚萍,这个是春琴。她们的神情告诉我,我全猜对了。丹娘说,瞎子算命,靠蒙的,除非你说出道理来。马丽华说,靠蒙,哪有三个全蒙对的。周艳红兴奋地说,别卖关子,快说,你怎么猜的。

  我说,我也说不出什么科学依据,以前试着玩试过几次,都蛮准的,只能说是一种直觉。其实瞎子算命也不全部靠蒙的,里面也有学问的。小孩生出来,和父母很像,这个好理解,有血缘关系,遗传的。但是有的夫妻在一起生活的时间长了,也会长得很像,就是老人们说的夫妻相。夫妻之间没有血缘关系的,为什么会像,因为天天生活在一起,天天睡在一张床上,转个身,就面对面了,一夜到天亮,我的气呼到你的脸上,你的气呼到我的脸上,偶尔还会打呼噜,呼出来的气更粗,慢慢的,我的五官就印到你的脸上,你的五官也印到我的脸上,就越来越像了。你们去看看那些做了几十年夫妻的老头老太,都瘪瘪的,都圆乎乎的,你都分不出哪个是老头,哪个是老太。马丽华笑着说,对呀,我们家隔壁那老头老太,真长得挺像的,老头长得比老太还要像老太,老太反倒像个老头,说话挺威武的。丹娘说,回到正题好不好,装神弄鬼干嘛呢,真是的。你就说说你怎么蒙的。我被她这么一说,有点扫兴,但还是不屈不挠地继续编下去,说,名字就是个记号,和胎记一样,一落地就跟着我们了,到哪儿都跟着我们,别人喊这个记号,就是喊我们。时间长了,这个记号就印上了我们的气息。所以,听到名字,大半能想象出叫这个名字的人长什么模样。马丽华拍手笑着说,要是别的地方也有个叫马丽华的女孩子,是不是长得和我一模一样啊?我说,那倒不会。那个马丽华,她的名字接收的是那个马丽华的气息,那个马丽华本来就和你不一样,她名字上的气息也和你不一样。不过,要是两个马丽华混在人堆里让我猜,我很可能就搞糊涂了。

丹娘没有反驳我。几个女孩似乎觉得我这番话蛮有道理的。我趁机大口嚼苹果,连芯子一起嚼,最后只剩下几粒核和一根梗子。马丽华说,工人叔叔不是大老粗,还蛮有学问的,能文能武阿是啊。叫亚萍的女孩说,工人叔叔打人这么厉害,是不是到少林寺学过武的啊。我说,我没有,不过我师父是从少林寺逃出来的。我师父是酒肉和尚,和鲁智深一样的。后来我师父被他师父吊起来毒打一顿,我师父就逃到上海了。到了上海,师父碰到一个独眼女人,两个人打了一场。独眼女人功夫比我师父好,我师父拳头硬,独眼女人拳路变化多,腿功好,一脚把我师父踢出去三丈远,爬也爬不起来。师父打不过她,被她收伏了,后来就只好和她结婚了。独眼女人脾气怪,比水泊梁山的顾大嫂孙二娘还要怪,她不收徒弟的,我要是跟独眼女人学功夫,比现在还要厉害。我师父一直被独眼女人欺负,心里闷,最后喷了一大口血就死了。我上次在火车上碰到你们,就是到上海给我师父落葬回来。我信口开河,到这个时候,这里已经变成我的主场了。女孩子们托着腮帮听我讲故事,我随便说什么,她们都会相信的。归根结底,小姑娘还是比较容易骗的。

又说笑了一会,马丽华站起身,拍了拍裤子说,会不会看脸色啊,人家早就嫌弃我们了。把工人叔叔留给丹娘一个人吧,我们考察过了,工人叔叔挺不错的,让丹娘继续考察。然后几个女孩一起说,哦,走啰走啰,工人叔叔再见。边走边回头朝我们扮鬼脸。我觉得那几个女孩在把我和丹娘朝恋爱的路上推,心中不禁暗喜,嘴上却说,可不可以换一个称呼,不要再叫工人叔叔好吧,叫我国钧好了,我好像没有那么老吧。丹娘说,你的年纪是不老,但是你的脸皮很老。刚来的时候还装小脚老太婆呢,后来就数你话多,夸夸其谈。你嫌工人叔叔不好听,那你在火车上还自称大伯呢。怎么会有这么难听的说法啊,你是大伯啊?我只好傻笑。

我们那时候在弄堂里,都是这么说的。大伯陪你下两盘象棋。大伯没有空。大伯请你吃拳头。到了板桥一时改不过来。丹娘说,我以后不叫你别的,就叫你工人叔叔。我说好的,叫一辈子。丹娘有点嗔怪地说,是想占我便宜是吗?我慌忙说不敢。

秋阳暖融融,草地看上去不是绿茵茵,而是被阳光随手那么一抹,涂了一层金色。这时候我已换了个方向坐,本来在丹娘旁边,现在和她面对面,这样她看不到我侧面的凹面,显得英俊些。这时候,我才得以仔细地端详丹娘的脸。她不属于那种明艳惊人,一眼望去惊为天人的女子,但绝对是百看不厌,经得起挑剔,看上去特别顺眼。你能感觉到造物主在制作她的脸时的小心翼翼,不敢有半点差池,以致她的五官是如此的精致,无可替代,也无须再雕琢。那还是在静态的状态下,要是她绽开笑容,似乎阳光就集中投射在她一个人的身上了,周围的一切都黯然失色。

远处是紫金山脉,低矮的云层里,可以看到天文台的白色圆顶。

丹娘从包里拿出梳子,把原先在脑后扎成一把的马尾解散了拉到胸前,那只好看的手像握小提琴的琴弓那样虚握着,略略歪着头,一下一下地梳理着乌发。她的身上脸上手上,跳跃着透过树枝洒下来的光点。我几乎看得发痴了。我从来没有想到过,一个女子梳头,可以梳出这样美妙的画面。

此后,我也经常看到女人梳头,也是长发,也几乎是这个动作,无论逆光还是正面光,无论野外还是灯下,我都觉得这些女人梳出来的是恐怖片的情调。不是随便哪个女人可以这样梳头的,你有那种韵致吗?你有那种风情吗?

丹娘把梳子咬在嘴里,双手在脑后,用皮筋束头发,我看着她的手绕来绕去。她看着我定漾漾的眼神,笑着说,你发痴哦。我说,你真好看,比以前上海月份牌上的美人还要好看。她手回到前面,用梳子指着我说,说,为什么在火车上用鼻子蹭我的手。我说,我闻到你手上有一股熟荸荠的气味,很好闻。她说,你看到其他不认识的女孩,也会去碰她的手吗。我说不会,除非那双手和你的一样好看。她嗔骂了一声,流氓,说,我就知道你是个坏蛋。我说,知道我是坏蛋,为什么要留电话号码给我。

她放下梳子,看了我好一会,说,在火车上,看看你蛮坚强的,可后来我们开车来追你,在秀才巷那边追上你,看着你头上包着块染满血的纱巾,肩膀一高一低地走着,背了个灰颜色的包,很孤独很可怜的,好像就是个没人疼没人爱的孩子,突然就很想抱抱你。如果不留这个号码,也许我们这辈子再也不会见面了。茫茫人海,上哪儿去找你啊。

我忽然觉得心里酸酸的,看看她,她的眼睛里也是怔怔的。

第十五章

丹娘说，暂时不见面了，见到你了，知道你一切都好，放心了。丹娘说以后就通信联系。丹娘要我信封上不要写她的名字，写陈山凤收。陈山凤是她家的阿姨，也就是保姆，我见过的那个四川女人。丹娘要我每星期至少给她写两封信，而且必须写满一张信纸。丹娘说，两个人想互相了解，通信是最好的方式，人的本性会在信里自然而然流露出来的。丹娘说，有些心里话，当面说不出口，可以在信里说。

子良说，好了好了，你们算是谈恋爱吧，就算是谈恋爱，也只不过见了一次面，怎么一点主见也没有了，一点点男人的味道也没有了，开口闭口丹娘说丹娘说。怎么有了女朋友了，就和伯富一副腔调了。国钧，我看你以后情况不妙，女朋友要朝东，你不敢朝西的。我说，按我的心思，最好每个星期天见面，看到她心里就开心。她说暂时不见面，就不见面，我听她的。丹娘看上去年纪比我小，但是实际上比我成熟，我觉得我应该听她的。

其实我很想驳斥子良，同女孩子谈恋爱，和同大娘子谈恋爱，性质不一样的。这种话说出去痛快，但是伤人，子良会翻脸的。

子良说,天下的女人都有同样的毛病,欢喜管男人。你和她好了,她就觉得有权利管你了,管头管脚。

我觉得子良这句话讲得非常正确。本来我要送丹娘回家的,丹娘说她就住在中山门这带,很近的,还是她送我到车站吧。她说你走我前面。我就在她前面走,不料她几步赶上来,在我肩上狠狠拍了一下,说,怎么还是肩膀一高一低的,放平好不好。下次看到你,你这个毛病还不改过来,我就不理你了。我听她说还有下次,心里一阵狂喜。回来后,我就在右肩贴了张伤湿止痛膏,以便提醒自己把这边肩膀朝下压。

小辫子说,丹娘有没有借书给你看,要你写学习体会。我说没有。伯富说,那你现在知道她是什么兵啊,文艺兵还是通讯兵,还是卫生兵?我说我没问,第一次见面就调查户口,好吧。伯富说,其实应该问的。我觉得丹娘这个名字蛮怪的,像是苏联人的名字。苏联好像有个女英雄就叫丹娘的。子良说,这很正常的,以前苏联是老大哥,女孩子起个苏联名字蛮时髦的,我们班里不就有个叫娜佳的,李娜佳,你们忘啦。我大舅舅的女儿就叫米拉,也像苏联名字。还有叫卓娅的,叫娜莎的,不稀奇的。一般部队里的军官,要是生女儿,喜欢起苏联名字。我大舅舅转业之前就是军官,大尉,厉害吧。我说,听你讲过几遍了,大尉大尉,大尉又不是大校,有啥好多吹嘘的。而且不好一概而论的,李娜佳的爸爸是军官啊,酱油店里拷酱油的。小辫子说,不过丹娘的爸爸肯定是军官,而且是高级军官,否则怎么会派大吉普来追你啊。

我到这时候依然不清楚我和丹娘的关系发展下去,会不会谈恋爱,但是至少开局像是谈恋爱。如果只是因为我在火车上帮了她们,那么我去了金陵,见了面,她们当面说过感谢了,我苹果也吃过了,可以拉铃了结束了。还通什么信啊,也用不着说下次见面了。

我去向老约克讨教,怎样给女孩子写信。老约克女朋友多,但是老约克有情有义,新的不断加入进来,老的那批他依然保留。老约克如果是一片桑叶,旁边一定围满了白白胖胖的蚕宝宝,而且全部是雌的。老约克如果是一块油菜地,那么这块油菜地肯定比其他的油菜地蜜蜂蝴蝶要多得多。老约克天生有女人缘,我相信他发育还没有发好,已经有女人盯他了。

老约克说,你找我,算是找对人了。给女孩子写信,不叫写信,叫写情书,里面学问蛮深的,花头蛮浓的。不过我从来没有写过情书。他看我有点失望,说,进攻女人俘虏女人的办法很多的,不一定就靠写情书,有种朋友不会写信的,文化低,你叫他一生一世讨不到老婆啊。有的人会装半导体收音机,有的人会做木匠活,有的人肯起五更到小菜场里排队,有的人有路道能搞到自行车票缝纫机票,照样可以讨好女方。所以讲虾有虾路,蟹有蟹路,各人有各人的特长。不过有文化,会写情书,总是占便宜的。你不要看一个个字排列起来死板板的,要是排列得好,一行行字会活起来的,会发烫的,女人看了会心跳加快耳朵发热的。几封情书写下来,女人就跟你走了。法国有个伯爵,为了给情人写情书,特地离开巴黎到外地去,再一封封情书寄给情人。愚蠢吧,迂腐吧,一点不愚蠢,不迂腐,这叫有情调。有些话,写出来给你看,比当面对你讲,效果好,味道浓,而且可以反复看,反复尝味道。你师兄会写诗的,诗人在古代的时候叫什么你知道吧,骚客,翻译成白话文,就是发骚的朋友。这种骚客,天生骚,一发骚就写诗,越写越骚,越骚越要写。这类朋友写出来的情书,所向无敌,就像一把杀手锏,凡是女人,通吃通杀。

我不想听老约克兜圈子,我问他,情书到底怎么写。老约克说,以前专门有书的,教你怎么写情书,现在估计这类书"扫四旧"全部烧光了。不过不要急,写情书有格式的,照格式写。比如你要给行车班的牛玉芬写情书,这是打比方啊,不是真的要你给牛玉芬写信,我估计这女人从来也没有收到过情书。给牛玉芬写情书,你不可以称呼她牛玉芬,玉芬也不可以,称她玉芬同志更加不可以,她和你不是同志关系,是男女朋友关系,要叫她芬。信的开头就这样写:芬,我暗室里的台灯。第二封信,不好再开台灯了,要换一个比喻,芬,我黑夜里的月亮。要让女孩子知道,碰到她之前,你的心里墨赤乌黑,她出现了,你就从黑暗里走向光明了,这就是爱情的力量。第三封信,不叫她芬了,叫亲爱的芬。再换一个比喻,亲爱的芬,我稻田里的太阳。稻田里的太阳好像有点牵强,毕竟你不是农民。就写,亲爱的芬,照进我宿舍窗口的太阳光;或者写,照亮我台虎钳的太阳光。这样比较符合你钳工的身份。情书主要是开头比较重要,要有感情色彩,后来就无所谓了,谈谈国内外的大好形势,再谈谈厂里的工作生产情况,就可以了。情书就这样写,懂吧。

按照老约克的模式,我应该在信的开头叫丹娘"娘",后来叫她"亲爱的娘",这也太怪了,叫得出口吧。老约克的话只能做参考。

我信里开头的称呼是,丹娘同志。称同志比较稳重,目前的阶段必须称同志。等局势明朗了才可以加温,才可以逐渐亲热,才可以自由发挥。接下来我说了板桥的天气情况,有点细雨,我说金陵有细雨吗,如果有细雨,你出门要打伞,否则衣服会淋湿的。我说还好我来的那天金陵没有下雨,要不我们就不能坐在草地上了。然后我就说我是个钳工,我们的钳工岗位责任制是很严格的,要是违反一条要受处分的。然后我就抄了一大段的岗位责任制。抄完了再在下面写,你仔细看了吗,是不是很严格的。限于篇幅,我就不再多抄了。以后写信,我会把我们车间的责任手册和安全作业流程分几次抄给你看看,以便你更多地了解我的工作性质。此致敬礼。然后署上姓名和日期。

师兄这几天到上海去了,参加一个歌词创作班。我就在师兄的写字台上写信。师兄现在名气越来越响,经常有人请他出去参加活动。他要是在宿舍里,我们都不自在。师兄坐在窗口涂涂划划,我们不敢发出大一点的声音。师兄说灵感来了,不能受到干扰,必须马上记下来,否则灵感就溜走了。我猜想师兄的记性不是太好。我本来不知道灵感是什么东西,以为是和跳蚤差不多的小虫,会逃来逃去的,只不过这只跳蚤钻在师兄的脑子里,时不时地叮咬他一口,师兄痛了,受到刺激了,就想出一句比较妙的话,类似"炉火熊熊像礼花""铁水奔流似火龙"那样的,他那一百多首歌词就是这么来的。后来我总算领教灵感是怎么回事了。那天在宿舍里,他在读一本新出的叙事诗,描写西沙之战的,一边读一边拍桌子。拍桌子拍得不过瘾,回过头来和我分享阅读心得,说,国钧你听听,这句诗写得太精彩了:水兵们恨不能倒提大海当灭火器,浇灭舰上的火焰。简直是神来之笔啊。我不懂诗,也听不出这句诗妙在哪里,只是不愿扫了师兄的兴,便随口应和道,妙是蛮妙的,不过,要是把"当灭火器"四个字去掉,好像念起来更加顺口一些。师兄试着念了一下:水兵们恨不能倒提大海,浇灭舰上的火焰。师兄摇摇头说,你不懂诗的,这句诗妙就妙在"当灭火器"这四个字,去掉了,就不是诗了,就没有诗的味道了。顿了顿师兄又说,国钧,我本来是想培养你的,你是我师弟,又住在一个寝室,近朱者赤,近墨者黑,再怎么样,我也能把你熏陶成诗人。现在看起来你不是这块料。师兄长叹一声说,你知道我在板桥最痛苦的是什么吗?我说,和我一样,找不到女朋友。不过师兄名气这么响,迟早会有女朋友的。师兄说,你层次太低,不懂的。我最痛苦的是,在板桥找不到懂诗的知音。没有人可以和我谈谈诗。

后来我在外面转了一圈回到宿舍,师兄笑嘻嘻地对我说,国钧,你刚才出去的时候,我灵感来过了,想出一句极妙的歌词,你听听:炉前工恨不能倒提一炉通红的铁水当燃烧弹,狠狠泼向帝修反。灵吧。我说,灵是蛮灵的,不过好像句子长了一点,谱曲的人要伤脑筋了。

我终于搞懂灵感是什么了。灵感和女人的月经差不多的,来是肯定要来的,只不过女人的月经一个月来一次,而灵感你不知道它什么时候来,一个月究竟来几次。

我写信的时候,小辫子在一旁含情脉脉地看着我,还带了一条云片糕过来,时不时地喂我吃一片,吃一片。开始我还没有意识到什么,只是觉得哪里不对头,但又说不出来哪里不对。后来我去上厕所,小辫子也陪我一起去,踏上一步台阶,一起对着池子哗哗哗。整个过程他一句话也不说,我就觉得他不正常了。这两天只要下了班,小辫子就如胶似漆地和我形影不离,夜里也不回自己的宿舍,睡在师兄的床上。我觉得这也没什么,我以前也曾在他宿舍过夜。问题是,小辫子看我的眼神不对了,一直默默地看着我,等到我的目光和他对接,他又把眼神躲开。我倒希望他还是像以前那样傻乎乎地单纯加天真,傻话连篇,百无禁忌,他一下子变得这么深沉,我有点吃不消了。我说你怎么啦,我知道你肚皮里几根肚肠的,有话就说,有屁就放,闷在肚皮里难过吧。小辫子吭哧吭哧吭了半天,我才听懂,他要我把马丽华介绍给他当女朋友。他说也不一定非要马丽华,周艳红也可以的,亚萍也可以的,春琴也可以的。我曾经提到过几个女孩的名字,想不到这家伙记得比我还牢。我拍拍他肩膀,说,我和你什么关系,兄弟呀。我有的,你肯定也会有的。我放在心里,下次和丹娘见面,我会说的。小辫子一下子眯花眼笑,跳跳蹦蹦要走,又回头说了句,写字台上还有半条云片糕,留给你了。以后我的云片糕对你长期供应。

过了几天收到丹娘的信,我迫不及待拆开来。信的开头称我工人叔叔。她说你写信的那天,金陵没有下细雨,艳阳天。谢谢工人叔叔的提醒,下雨天我会撑伞的。她说我对你们的岗位责任制和安全手册什么的不感兴趣,希望你以后不要再抄了。工人叔叔要是继续这样敷衍搪塞,投机取巧,我会不开心的。我只好挖空心思凑字数,在信里拉扯上其他人,说我师兄是板桥文化名人,会写歌词;说老约克和他的紫砂茶壶,说到杨家将的绰号的由来,说和我一个宿舍的张卵毛,说我的三个赤膊兄弟,每封信一个人物。等到周围的人写遍了,我准备把笔触伸展出去,写医务室的老宁波和苏医生,还有卸克,还有食堂里一帮老阿姨,这样算下来,可以应付半年左右。丹娘说,你观察人物还是很细致的,说不定将来可以去写小说的。你写的那些人物很有趣,但也流露出一些不健康的思想意识,要警惕。我知道你是在凑字数,难为你了,不过我更想知道你的情况。你应该多说说你自己。我说总厂新调来一个姓鲁的副指挥,山东大汉,蛮严厉的,样样管,也不怕别人说三道四。现在我们每星期一三五晚上要去总厂培训部补课,语文数学还有化学什么的。我说教化学的老师是个湖南人,他的话听不太懂。他要我们背化学元素表的前面二十位,我们跟着他用湖南话背,要是不用湖南话,就背不下来。过些日子要考试的,考试不及格,不能干技术工种;考试成绩好的,可以推荐上大学,去当工农兵学员。丹娘说要给姓鲁的副指挥写封感谢信。还好你进厂当了工人,有人管,否则很可能像浦口那几个小流氓,走歪路了。能学点文化读点书总是好的,当不当工农兵学员其实无所谓,不要给自己压力,考试及格就可以了。当工人挺好的,平平安安过一生。

我说读书读得头昏脑涨,可不可以把每星期两封信改成一封信。这个提议毫无悬念地被丹娘否决了。她说我每次都算着日子等工人叔叔的信,收到信就很开心,看信的时候心情就像小时候过年穿上新衣服一样。要是一星期只有一封信,太漫长了,我会想工人叔叔的。我说我很想见到丹娘,想一个人却见不到,心里很苦的。我们还可以到草地上坐坐,手牵着手去爬紫金山,去登中山陵。我说板桥到金陵只有一个多小时的车程,让我过来看你吧。丹娘说,不是我不想见到你,我也想的。金陵最美丽的景色是在紫霞湖,我想和你手拉手,沿着紫霞湖走一圈。走累了,就躺在草地上看白云慢慢地飘,这时候你会感觉到你的身体也飘起来了。会有这一天的,不过暂时还是不见吧,以后告诉你原因。到了见面的时候,我会约你的。我说,下次来信,能不能附一张你的照片,想你的时候我就看看你。她说,心里面要是住着一个人,有没有照片都一样的。

丹娘的信里很少流露出女孩子的娇态,更像是个大姐姐,至少比我大五岁以上。她从来不说自己的情况,我也不问。我觉得女孩子就应该保持神秘。像伯富的徐巧灵那样,睡也被人睡过了,身上什么地方有粒痣,什么地方最敏感,伯富知道得一清二楚,一点神秘感也没有了。索性结婚倒也算了,生个小孩,两个人齐心协力洗尿布烧奶糕拖地板,换一种生活过过,偏偏还不结婚,吊在那里,还有什么味道啊。

这个星期天,我们四个人在伯富的宿舍聚餐。伯富的宿舍也住四个人,但是两个老师傅是长病假,在上海不过来的,还有一个上三班,所以大部分时间宿舍里只有他一个人。兄弟四个人一起逛农贸市场,买了一只盐水鸭、五斤螺蛳、十斤河蚌、一大把大蒜,又买了两瓶双沟大曲、两瓶丹阳封缸酒。在食堂里买了一斤饭、几盆炒青菜,待会可以烧一大锅菜泡饭。小辫子烧的菜泡饭特别好吃。回到宿舍剪螺蛳屁股,开河蚌的壳。小辫子起油锅,炒螺蛳,河蚌炒大蒜。香味传出来,我们都有点猴急了。后来我发觉,烧菜烧得好的厨师,面孔长得都不聪明。拼好桌子,菜端上来,依次落座。伯富和小辫子喝白酒,我和子良喝封缸酒。老家伙曾经提醒我们,练功夫的人最好不要喝白酒,伤肝,会发不出力。他只喝五加皮和绍兴加饭酒。

我说过,大家工资一样的,亲兄弟明算账,聚餐钞票平摊。所以就做下规矩,凡是四个人聚餐,费用一律平摊。有时子良有点钞票了,皮肤发痒,吵了要请客,就让他请客一次。

小辫子攘了一块河蚌,嚼了几下嚼不碎,囫囵吞下去。他问我,国钧,什么叫处女膜啊。我觉得小辫子开始成熟了,问出的问题有深度了。我说,我是童男子好吧,从来没有碰过女人。这种问题你应该问伯富。伯富闷头嗦螺蛳,不回答。小辫子看伯富一眼,嘀咕了一句,死样怪气。回过头来继续问我,国钧,你懂的,你看书看得多。子良笑道,国钧没有实战经验,但是理论功底蛮强的。我说,子良你嘲我是吧。我也想嘲嘲子良,但是那些话到了嘴巴边上又咽下去了。子良现在交往的杨彩芹,阿姨级别的离婚女人,我们也不知道子良是不是知道我们已经知道他和杨彩芹的事情,所以说话都小心翼翼,免得触他的神经;而且杨彩芹是离过婚的女人,子良也没有机会见识那块处女膜。我说,处女膜就是一层塑料薄膜,这层塑料薄膜是天生的,就在女人身上最重要的部位。就像商店里的商品,每样商品都有封条的,开过封了,封条就没有了,商品就卖不出去了。以前新婚之夜,老公都要把煤油灯捻到最亮,拎过来照,如果塑料薄膜还在,就说明新娘子是处女,否则就是处理品。伯富你说对吧。伯富不响,自顾自倒酒,喝了一大口双沟,啃鸭翅膀。子良说,你和你们班里的老约克走得蛮近的,讲话的腔调也和老约克蛮像的。小辫子露出牙床笑道,是的是的。我笑笑。我问伯富,上次给你的那本《新婚必读》还在吗,给小辫子看,让他增加点知识。伯富不动。我推他一把,说,去拿呀,我把塑料薄膜的位置标出来,指给小辫子看。伯富这才起身,在箱子上面的一堆杂物里翻找了一会,拿给小辫子。小辫子接过册子朝裤袋里一塞,说,回去看。真以为我样样不懂啊。找个话题讲讲,逗逗你们开心。

　　我说,我蛮苦恼的。和丹娘见了一次面以后,她就不肯再见面,不知道什么原因。我其实是想听听伯富的看法。我一直觉得,凡是头型像把铲刀的,还有头型像只六角螺帽的,或者头型像牛头刨床的,这种概率很小,这种头型的人绝对比其他人聪明。伯富不接腔。我发觉伯富这段时间有点提不起精神。小辫子说,可能丹娘的爸爸妈妈看得比较紧。有家教的人家,把女儿都看得很紧的。子良说,也许是部队集训,没有空。最近部队调动蛮频繁的,像是要打仗了。

伯富喝醉了,菜泡饭也没有吃,直接上床了,头一碰到枕头就打呼。本来聚餐以后,都是他收拾的,现在只好我们三个收拾。吃剩下的菜和菜泡饭,小辫子端回宿舍,说他晚上吃。我和子良出门逛一圈。子良说,你看出来了吗,伯富不对头了。我听说徐巧灵有新的方向了,和伯富不谈了。我说,怪不得。板桥特殊情况,女人少,女人吃香,猪头肉也可以卖到叉烧的价钱,女人随便甩甩男人。子良说,伯富蛮可怜的,他是一门心思跟徐巧灵好,打算到了年纪跟徐巧灵结婚的。你看到吧,伯富床底下全部是木板木档子,准备叫木匠做大橱五斗橱的。我说,什么叫到了年纪啊。现在他这个年纪还不可以结婚啊。子良说,你自称童男子倒也对的,你还不到关心结婚的时候。板桥土政策,晚婚晚育,男的必须廿六周岁,女的必须廿三周岁,才可以结婚。如果要生小孩,女方必须廿五周岁,到了廿五周岁也不一定就可以生出来,还要排队等生育指标。我说,你厉害的,打听得清清楚楚。

走到大世界,觉得口干。子良买了两瓶汽水,一人一瓶,就站在店门口喝。我说,不对呀,徐巧灵已经和伯富睡过了,到谷里打胎也去打过了,这种开过封的女人也有人要的啊。子良说,国钧你太天真了。你以为是古代啊,女人裹小脚的,小脚粽子不出门的,出门也走不远的。现在不一样的,现在的女人心思越来越野,一男一女随便朝什么地方一钻,就开封了。你是打如意算盘,噢,女人守身如玉,包装也不拆,蜡封也不拆,等你来开瓶盖头,来开封,这种女人还有几个啊。二十几岁的女人,大部分谈过恋爱的,有的中间转过几次手了,随时随地会被人开封。老古董为啥值钞票啊,打仗、逃难、天火烧、抄家,几千几百年过去了,能够完完整整保留下来的少得可怜,总要缺只角的,总要留道裂纹的。女人也一样的。就算有的女人想清清白白到结婚,走夜路,冲出来一个色狼,就把女人糟蹋了。还有的女人嘴巴馋,当赖三,一碗小馄饨,一碗阳春面,就跟男人跑了。所以讲,现在不管的,不要说开过封的女人,就是打过胎的女人,有小孩的女人,离过婚的女人,也有人要的。现在行情不一样了,除非你到外地去找,到山区去找,你肯吧。

子良属于比较实际的人,杨彩芹离过婚,比他还大了十几岁,他也照样要。至少他也算有女朋友了。我猜想子良和杨彩芹两个人是临时搭伙,不过是互相取取暖,取好暖以后还是要分开的。我说,我算有福气的,认识了丹娘。这个小姑娘我看中的,不舍得放手的,要死死抓牢的。我师父死得真及时啊,否则就不会在火车上碰到五个小姑娘了,就不认识丹娘了。我要是在板桥找女朋友,尴尬了。

第十六章

我给丹娘的信里写到,新近认识了三个外国朋友,是山鹰之国来的,一个叫阿戈利,一个叫罗什,还有一个叫巴沙,都是金发碧眼的美男子。我说英语只有二十六个字母,但山鹰之国的语言有三十六个字母,比英语发达,所以很可能有一天,英语会被山语淘汰,山语成为全世界的通用语言。我说我和阿戈利他们现在成了同志加兄弟,我也学会了这五个字的山语发音。我想把这句山语的读音用汉语标注出来,让丹娘感受一下异国风情,但写信的时候一时想不起来怎么说,只好用了个比喻,说这串话说出来就像拖拉机的轰鸣声。

我没告诉丹娘,我们其实一开始是去挑衅的,我也不知道,阴差阳错,事情怎么就演变成后来的样子了。我也没告诉丹娘,我在板桥派出所被关了一夜。

子良偷偷告诉我,他可能要结婚了。他用了可能两个字,意思还有点不确定。我有点突然,因为在此之前,子良一直对他和杨彩芹的关系遮遮藏藏,企图瞒着我们。我说,是和杨彩芹结婚?子良看了我一眼,点点头,说,还会和啥人啊。其实杨彩芹和小姑娘也没有多少区别的,她也没有生过孩子,她也生得出孩子的。我说,区别还是有的,年龄大了些,身体壮了些。子良说他不在乎,说壮有壮的好处。我不知道他说的好处是什么,没问。子良似乎很看重我的意见,问我,你觉得好吧。我说,我觉得好有个屁用啊,关键是你妈妈觉得好不好。我本来以为子良和杨彩芹不过是临时抱团取暖,想不到他们要把抱团取暖推到一个更加高的层次,我又能贡献出什么意见,就没说下去。

说到后来,就说到了伯富。我们都很担心伯富,因为他下了班就把自己关在宿舍里,不出来,怕他会出什么事。我们叫上小辫子,一起敲门进去。房间里一股焊锡的气味,伯富之前在用电烙铁焊零件,桌子上摊了一些铁片线圈还有电阻电容,还有只小马达,还有一只铁箍、一只铁皮罩子。小辫子说,伯富你犯不着的,你把徐巧灵炸死了,你也要吃官司的。子良说,伯富你不要冲动,你真的要报复徐巧灵,我可以帮你一起想办法,办法很多的,坏她名声,让她活着比死了还难过。我们都认为伯富在造土制炸弹。我忽然说出了一句非常有哲理的话,我说,一个男人投胎到这个世界,不是只有找女人一件事情,还有其他更加重要的事情。女人走掉一个,还会再来一个的。小辫子说,国钧你倒是讲讲看,还有什么更加重要的事情,比找女人还要重要。我被小辫子将了一军,回答不出。

伯富说他已经调整过来了,现在一点也不恨徐巧灵,为啥要去炸死她啊。伯富说着笑了笑,他的笑和哭差别不是很大。伯富说认识徐巧灵之前,男女之间的事情他一点都不懂,小男人一个,现在彻底变男人了,他还要谢谢徐巧灵呢。

伯富这个态度是比较端正的。进厂的时候,我们填过一张表,其中一栏是"婚配与否",但却打印成了"交配与否",也没人指出来,大家都填了"否",伯富也填了"否"。过了几年,重新填表,发下来的还是那张旧表格,那个错误依旧没有改过来,还是问我们"交配与否"。我填的还是"否",伯富老实,觉得情况已经有变化了,实事求是,填的是"与",表示这个事情他已经做过了。谁给他做的?徐巧灵给他做的。他确实应该感谢徐巧灵。

伯富说他关在宿舍里,是在搞一个发明,自动理发机,只要把头伸进去,开关一揿,两分钟,头就剃好了。如果他发明成功了,肯定要轰动全国。将来每户家庭买一只机器,就在家里剃头,不用出门了。所有的理发店全部关门打烊,所有的剃头摊全部收摊改行。我摸摸伯富的额头,倒是不烫。

我说,难得今朝天气特别好,出去走走。我们就推着伯富出门。子良说,晚饭我请客,到后勤小食堂去吃。后勤小食堂不是大锅菜,是小锅菜,现炒的,品种多,买饭也不需要粮票,议价的,饭菜比其他食堂要贵很多。我们就是再馋,也不敢去那里,吃不起。当下便欢呼着,簇拥着大阔佬去小食堂。坐下以后,小辫子朝旁边努了努嘴。我们看过去,刚刚是背影,现在看清楚了,居然是杨玲玲。坐在她侧面的是个山鹰之国的实习生。果然传言不虚。板桥最好看的女人跟了外国人,来实习的外国人抢了板桥最好看的女人。就凭这两点,我们很恼火。

杨玲玲是板桥文艺小分队的女高音,根据我们的评分标准,可以打到四分半,差半分就是绝色了。杨玲玲一直没有男朋友,不是没有人追求,但是一批批冲上去,一批批败下来。曾经有过一个阶段,我也把她当做夜深人静时遐想的对象。小辫子曾经说过,杨玲玲假使到了四五十岁,和男人离婚了,肯嫁给他,他也要的。像杨玲玲这种女人,到了四五十岁,是另外一种味道,照样有气质有风韵,就像邻国某个亲王的夫人一个什么什么公主,还有隔壁再隔壁的总统夫人。杨玲玲眼界太高了,板桥的男人都不在她的眼睛里。大家倒也心平气和,反正她不会在板桥找对象,对大家都是公平的。不过现在情况不一样了,她在板桥找对象了,找的还是个来实习的外国人,这就激起众怒了。所以后来文艺演出,只要杨玲玲上台独唱,大家就吹口哨,敲椅子背,而且有意在她演唱的时候在剧场里走来走去,互相打招呼,吆五喝六,还约好一起去上厕所,隔了一会回来还通报,说厕所客满,在排队,待会再去。于是继续在剧场里闲逛,看到熟人打招呼。那种气氛就像是在赶庙会,一点不严肃。本来杨玲玲上台,至少唱四首歌,下场了还要把她请出来,加唱一首,否则后面的演员根本就没法上台演出,上了台也要被轰下去。现在杨玲玲能够唱完两首歌已经不错了,因为干扰的因素太多,她时常合不上节拍,还忘歌词,没有一次不是流着眼泪下场的。

我们一搭一唱,开始浪声浪气,有意刺激杨玲玲,反正山鹰听不懂。我说,找个外国男朋友有什么意思啊,不实惠的。小女人千万不要上当。小辫子说,外国人白天看上去蛮文明的,到了夜里,月亮一出来,外国人眼睛就发绿了,看上去就像一只狼,吓人哦。我说,外国人不一定有钞票的,何况是这种小国家来的,本身就是山区,穷地方。一样要找山区来的男朋友,倒不如找我们伯富,他就是山区出来的。他和女朋友不谈了,现在正好是空当,而且这方面的经验相当足,不会让你失望的。卖相长得好有屁用啊。子良说,黄种女人配白种男人,吃不消的,生理结构不一样的,不可以通婚的,通婚生出来的小孩就是杂种。小孩大点了,上学去,被同学指着鼻头骂杂种,杂种,难听吧。关键还不在这里,结婚不是一天两天的事情,一辈子,每天夜里像是上刑罚,感觉就像是被人强奸,比被人强奸还要痛苦,又不好喊,被隔壁邻居听到了,面子夹里都没有了。伯富以前碰到这种场合,从来不会应和我们,现在失恋了,本性好像恢复过来了,也学会了帮腔,说,外国人身上有股怪味道的,每天洗澡也洗不掉的,就像是阿摩尼亚气体。哎,怪了,他们国家的名字就和阿摩尼亚蛮像的。假使不知道阿摩尼亚气体是什么味道,到男厕所闻闻就知道了。男厕所的小便池要是一个月不冲洗,就是这股味道。伯富意犹未尽,继续发挥,我是冷作工,要是跟我结了婚,白天我在车间里敲钢板,晚上我就在家里为你敲后背,保证把你服侍得适适意意。我们听了狂笑。

杨玲玲开始不理睬我们,后来实在憋不住了,回过头来骂我们,十三点,神经病。山鹰好像意识到什么,问杨玲玲,怎么啦,玲玲,是不是他们说你什么了?我们都很意外,山鹰说出来的是一口纯正的汉语。杨玲玲用普通话跟他说,别理他们,就是几个小流氓。我说,也不知道谁是十三点,神经病。不学好,好端端的中国女人,要送上门去被外国人欺负。我当时说的其实不是欺负这两个字,是另外两个字,意思也差不多,但是听上去十分促狭,恶毒。

杨玲玲终于崩溃了,趴在桌子上哭了,长头发披在刚刚端上来的一盆爆炒腰花上面。

山鹰站了起来,显然他很愤怒,说,我不会掺和中国人的家务事,但欺负女人不行。有本事,把你们刚才说的话再说一遍,用普通话对我说。我说,我没说什么呀,刚才我说什么了吗。山鹰说,你这是,这是。子良提醒他说,这是抵赖,又叫耍无赖。山鹰说,对,抵赖,耍无赖。谢谢。你们四个人,必须道歉,向杨玲玲道歉。我们说我们是来吃饭的,不是来道歉的。山鹰说不道歉就不能吃饭。争执了一会,从里面出来个大块头师傅,举着把勺子说,吵死了,要吵出去吵。我们就走到外面,山鹰跟着出来,不依不饶地拦着我们,说,你们要是男人,就道歉。我是个友好的人,不要逼我动粗。我说,那好啊,打一架吧。我们人多,不欺负你,我和你单挑。他问,单挑什么意思。我说就是我一个人和你打,其他人不会帮忙的。他说,哦,君子的打法。来吧。我也很久没打架了,正好练练。他说着双拳对击了几下,又把脖子转了几圈,发出几下格格格的声音。

我说我不和你开博克辛,我不用手,只用脚和你打。他说那他也不用手。我用手护着头,他把手叉在脑后,姿势明显比我优雅。我用脚踢,想不到这一招不管用,没有优势,那只山鹰穿的也是圆头厚底的工作皮鞋,而且他又来自一个能歌善舞的国度,对跳舞的动作一点也不陌生。他们的国家建在山上,娱乐活动除了爬山,还能干什么,只能跳舞了。我踢他,他也踢我,我们的皮鞋经常撞在一起。我试图踩他脚,但他的腿长,躲避得十分灵巧,反倒是我的脚背被他踩了一下。我觉得抱着头缺乏风度,就把两只手叉在腰上。他也把手叉在腰上。大家都手叉着腰,用脚踢,踢的速度很快,踢出节奏来,到后来有点像美国黑人跳踢踏舞。旁边围观的人一点看不出我们是在打架,以为是在表演,还给我们打节拍,气氛十分热情洋溢。他的皮鞋是新的,我的皮鞋是旧的,鞋底已经磨损了,踩在地上的声音远没有他的铿锵有力,节奏感强。我长得不如他英俊,身材不如他挺拔,姿势也不如他潇洒,明显吃亏,感觉就像一个面孔长得像茄子的家伙不自量力,要和一个美男子比试舞艺,而且这样跳下去没完没了。这家伙没有看过《庖丁解牛》,但他的一招一式,却完全可以用"肩之所倚,足之所履,膝之所踦,砉然向然,莫不中音,合于桑林之舞,乃中经首之会"来形容。

就在他十分陶醉之时,我一个矮身,给他来了个扫堂腿。外国人不练马步弓步的,下盘很虚,一击之下,就像一头关节被卸掉的牛一样,轰然倒在小食堂门前的泥地上。杨玲玲披头散发冲出来,头上还沾着一块腰花,抱着山鹰哭喊,阿戈利,阿戈利,你快醒醒。我这才知道这只山鹰叫阿戈利。我们过去看了看,阿戈利眼睛睁开了,只是有点迷茫,估计没什么事,就走了。伯富说,算了,回去吃菜泡饭。我说,你们先回去,我去买香烟。小辫子要陪我一起去,我叫他回去烧菜泡饭。

买好香烟出门,我就被七八个联防队员带走了。我知道有人举报了,那时候还不知道事情后来会闹得那么大。联防队的独门大院我很熟悉,我曾经在这里呆了一个月,专业捉奸。进院子的时候,我和老苏北打了个照面,老苏北一闪身不见了。我叫了几声老苏北,老苏北躲在办公室不过来。我又看到了一张熟面孔,是长豇豆,是我们厂原来的保卫组组长,现在在这里当联防队副队长。我忘了他叫什么名字,只好叫他长豇豆,长豇豆听到就像没听到。

我被押进小房间。我看了看那些家伙,都是生面孔,没有炼球分厂的人,一个都不认识。有个连腮胡子手里拿根皮带,说,这家伙头皮蛮撬的,先抽一顿再说。说着朝我逼过来。我退后几步,贴墙站好,说,谁敢动我一下,我记住你的面孔的。算你们人多,我打不过你们,你们可以随便打,打断我几根肋骨也没关系,不过你们不敢把我打死的是吧,明天后天还是要放我出去的是吧。出去以后我会一个个来找你们算账。给你们个机会,先去打听,炼球分厂的国钧。第一个动手的,我叫他下半辈子就躺在床上起不来了。你们去问问老苏北,我们走的那天发生了什么,他为什么不敢露头。你们先去问问他。

我吃准连腮胡子是只软脚蟹,听我说话这么横,他肯定不敢动手了。想不到一帮人一起涌过来,地方小,我根本施展不开手脚,还没还几下手,头上已经被套上麻袋。这只麻袋大概就是套过老苏北的那只。紧接着一阵拳打脚踢。我倒在地上,尽量蜷缩起身子,护着腰和前胸。打了一阵,我听到老苏北的声音,说,教训过了,意思到了可以了。那些人这才停手。

我把麻袋挣脱开。流了不少鼻血,其余都是皮外伤。

过了一会,来了几个警察,其中一个眉毛浓得像把刷帚,把我带走了。警察出面,我知道事情有点搞大了。那几个警察把我带到派出所,关在一个小屋子,门上包铁皮的,窗子都有铁栏杆的。浓眉毛非常严肃地看看我,说,你事情严重了,竟敢打兄弟国家的实习生。我说,什么时候提审我?他不理我。我想伸头一刀,缩头也是一刀,说,我还没有吃晚饭,有点人道主义好吧,拿碗白饭来吃吃。浓眉毛说,你可能要到牢监里去吃了。

大概到了晚上八九点钟,有警察给我端来一锅青菜烂糊面。我吃得出是师娘的手艺,挑起一筷面,下面卧了好几个荷包蛋。师娘在露天堆场的同事,正好是浓眉毛的老婆。那老婆带着师娘来送面条,顺便打探消息。浓眉毛说,放心,到了这里没有再打他。小赤佬糨糊脑子,一点没有心事,在长凳上睡着了。师娘就放心回去了。

没想到,第二天早上,我就被放了。走出派出所大门,师娘和师傅还有小师妹就在门口,伯富小辫子和子良也都在,车间主任老秦也在。

师娘看到我就哭了。我从来没有看到师娘哭过。师娘冲上来,一边哭一边打我耳光,一记连一记,说,你闯祸闯大了你知道吧,你差点就抓进去判刑了你知道吧,你差点就被开除出厂了你知道吧,你知道我和你师傅一夜没有睡你知道吧,你被打成这副样子师娘要心疼的你知道吧。我直挺挺站着,避也不避,任凭师娘打耳光,打得半边面孔都肿起来。小辫子和伯富还有子良都不敢上去劝。师娘打好,师傅上来打,踢我,一脚连一脚,骂道,小赤佬,我管不牢你了,你翅膀硬了,一次次闯祸,祸越闯越大。从今以后不要叫我师傅,我叫你师傅。我和你断绝师徒关系。小师妹看来也是一夜没有睡好,红肿着眼睛抱住师傅的腿,大哭大叫,说,不要打国钧哥哥呀,不要打国钧哥哥呀。老秦上来拖开师傅,说,老许可以了,不要再踢了。国钧本质不坏的,苦头也吃过了,会吸取教训的。

师娘说的没有错,我这次的祸闯大了,本来真有可能吃官司的。阿戈利起身后,头有点晕晕乎乎,杨玲玲把他拖去医院检查,会不会脑震荡。事情传到后来就走样了,说板桥一个青工争风吃醋,把山鹰之国实习生打成严重脑震荡。事情一级一级汇报上去,分管副指挥怕闹出外交事件,批示,从重从快严肃处理。于是打算第二天把我送金陵公安局。后来总厂保卫组的人到医院去,把处理结果告诉阿戈利,问他是否满意。阿戈利说,怎么会这样啊,这是误会,年轻人大家闹着玩的。阿戈利想离开医院来看我,几个人按着他不让他走,一定要留院观察一夜,怕有后遗症。阿戈利口气强硬地说,必须马上放了那个青工,而且板桥方面绝对不能处理那个青工,否则他就提出强烈抗议。情况汇报到副指挥那里,副指挥说,处理就算了,先不要放人,关一夜再放。

第二天晚上,阿戈利来宿舍里看我,山鹰之国的另外两个实习生也一起来了。伯富子良和小辫子也在。这时候我已经知道前因后果了。我们几乎没有什么犹豫,就亲热地拥抱在一起。陪同山鹰来的总厂保卫组的两个家伙看得目瞪口呆。张卵毛和阿彪知趣地走了出去。我们互相做了介绍。另外两只山鹰,一个叫罗什,一个叫巴沙。他们三个人同样英俊挺拔,比较起来,我们四个人和他们站在一起,特别猥琐,就像是某篇外国小说里说的那种陪衬人。阿戈利说,哥们儿受委屈了,脸都被打肿了。阿戈利说话带儿化音,后来知道他们在北大读了四年书。我说,没关系的,都是皮外伤。阿戈利问我,厂里不会处分你吧?我说,不会的,事情过去了,多亏你为我求情。阿戈利说应该的。要有什么事,你跟我说,我说话还是管用的。我们都笑了。他又问,你踹我的那一脚叫什么,是什么厉害功夫,好像叫什么腿,是不是叫罗圈腿。我们又笑了。我说,这叫扫堂腿。我学武功学得比较杂。罗什和巴沙吵着说昨天没看到,一定要我再表演一下。我推脱不过,只好让他们站得远一点,腾出地方,我对着张卵毛的双人床来了一脚,把张卵毛搁在上铺的箱子震了下来。他们几个齐声喝起彩来。

我到这时才想起还没有给客人倒水。我们宿舍没有茶叶的,伯富他们几个也不喝茶的。我到几个宿舍转了一圈,没讨到茶叶,却看见隔壁老丹阳的桌子上有一大堆药,其中有十几袋脉安冲剂,是吃高血压的。老丹阳曾经给我尝过味道,有点甜的,像是麦乳精的味道。我后来偷过一袋冲水喝,当麦乳精吃。我找了三个杯子,怕不够甜,不够浓,每个杯子里放了三袋,尝了尝,不错,只是有股中药味。我搅匀了给阿戈利他们端了过去。阿戈利几个喝了一口,说,好喝。问我这是什么。我说是自己调的咖啡。他们又喝了一口,咂咂味,说,好像和以前喝过的咖啡味道不一样,很特别,但是特别好喝。

阿戈利拿出两条山鹰之国的香烟,算是见面礼,很自豪地说,我们国家的,好烟。我说以前抽过,不习惯,有股怪味。我不好意思说是狐臭的气味,我想当然地以为他们来自山国,山区缺水,一定难得洗澡,所以会遗传某些暗疾,譬如狐臭之类,我怕说出来伤害到他们,就换了个比喻,说有股阿摩尼亚的味道,不习惯。罗什笑着说,对对,阿摩尼亚气体,氨、氮和氢组成的化合物。我们就喜欢这股味。伯富说,每个民族的风格不一样。我们喜欢抽烤烟型的香烟。罗什说,这就是烤烟型的。阿戈利说,你们不喜欢这个味,我有办法去掉。有饭盒吗。我说有的。他说,拿出来,一定要洗干净,不能有油腻。我们把饭盒洗干净,擦干。阿戈利拆了包烟,整齐地铺在饭盒底部,上面再垫一张白纸,盖上盒盖。又找了个锅子,里面放了个碗,饭盒就放在碗上面。公用的盥洗室里有煤气灶,就把锅子放在上面,蒸。

我们几个继续在宿舍聊天。阿戈利问我,你们为什么这么恨杨玲玲。我说,板桥的男人都喜欢杨玲玲,杨玲玲太漂亮太高傲了,看不上板桥的男人,但男人还是喜欢她,就像癞蛤蟆想吃天鹅肉。现在板桥最好看的女人被你抢走了,我们妒嫉。阿戈利点头表示理解我的意思,但他不理解癞蛤蟆想吃天鹅肉这句话。他说癞蛤蟆那么小,怎么能吃掉天鹅。我说这是中国的俗语,是种比喻。解释了半天,阿戈利终于懂了,说,就是鲜花插在牛粪上的意思。牛粪想让鲜花插在自己身上,鲜花不肯插在牛粪上。说得就像是绕口令。我们都笑着说,对,就是这个意思。我说约个时间一起吃饭吧,把杨玲玲也叫来,我们向她赔礼道歉。阿戈利说,不不,玲玲不喜欢和小流氓打交道,她说一辈子也不想再见到你们几个小流氓。不过,我喜欢小流氓,小流氓能调出这么美味的咖啡来。

看看时间差不多了,阿戈利去把锅子端了回来,叮嘱道,千万不要开盖子,让锅子自然冷却。然后打开饭盒,把烟一支支拿出来,晾干。就好了。

这个事情自然就交给伯富去做了。

又说笑了一会,他们告辞了。我们几个送他们到楼下,见他们走路走得歪歪扭扭。看他们走远了,我才把脉安冲剂的事说了。伯富他们几个笑了个半死。小辫子说,国钧你太狠了,每人喂了三包,也许走到外宾招待所,血压就没有了,死了。我说,中药效果慢,要死也最起码到明天再死。我们大笑着,勾肩搭背上楼去。

第二天一早,伯富来敲我门,大声喊叫道,奇迹发生了。我以为徐巧灵和他和好了。他给我点了一支烟,说,你闭上眼睛抽。我吸了一口,醇香无比。我说,什么好烟,中华还是牡丹。伯富说,你睁开眼睛看看。我一看,愣住了,居然是山鹰之国香烟。我又抽了一口,那种狐臭气味没有了,显现出烟丝的本色的醇香,简直妙不可言,十分过瘾。

第十七章

  我指着橱窗里一只色泽金黄的圆家伙，禁不住叫起来，哇，上海的油墩子只要五分钱一只，这里卖得这么贵，而且还没有上海的大，扁了许多，只不过在外面加了一层蜡纸而已。丹娘慌忙上来捂我的嘴，说，工人叔叔声音轻点可以吗，你看别人都在看我们。你看看清楚，这不是你说的什么油墩子，是椰丝挞，不一样的。我去上海的时候吃过油墩子，很好吃，里面是萝卜丝，这里面是椰丝。我傻笑道，怪不得扁了很多。

  我买了一个椰丝挞，给丹娘吃。丹娘咬了一口说好吃。她只用拇指和中指捏着蜡纸托杯，不像旁边那个女人，用整只手托着椰丝挞，把嘴埋下去啃。我想丹娘哪怕是吃油墩子，也会吃得温润如玉。她问我为什么只买一个。我说我不喜欢吃甜食，而且我很迷信的，这名字起得不好，椰丝挞，听上去就像是"噎死他"，不吉利。丹娘捶了我一拳，说，噎死你。又隔着小圆桌把椰丝挞伸到我面前，让我咬一口。我咬了一小口，很好吃，奶味很浓，还有椰香，嘴上却说，太甜太腻了。

我口袋里只有十五块钱,这是全部家当了,我想给丹娘买一件礼物,还有两个人吃饭的钱,还要剩下回去的车钱,必须算着用。刚才看过价目表,其实也吓不倒我,要是丹娘喜欢吃西餐,我也就豁出去了。

丹娘约我在这家西餐店见面,就在秀才巷的巷口。金陵人不如上海人洋派,好像不喜欢吃西餐,这大概是金陵唯一一家西餐店,名字起得很怪,居然叫卫岗联谊社,光看名字,感觉上是个马路清扫工的休息站。你从门前走过,门面也灰扑扑的,再也想不到里面在烧黑椒牛排奶油蘑菇汤葡国鸡什么的。我远远看过去,丹娘在店门口左顾右盼,忽然涌出想飞奔过去拥抱她的冲动。她看到我,瞳仁闪闪发亮,有种掩饰不住的欣喜。我说我是不是通过考验了,你才同意和我见面了。丹娘说,再让你写信,也太难为你了,周围的人都让你写完了,你已经开始编故事了,说什么认识了三个外国人。你整天待在车间里,怎么会认识山鹰之国来的人。尽是瞎编。我说这是真的。丹娘说,你要说是真的,那就一定是打架认识的。

我张口结舌。

丹娘问我,吃过西餐吗。我说吃过的。

过年回上海的时候,子良说请我们吃西餐,说要么去德大,要么去红房子。我说算了吧,和一帮装模作样的家伙坐在一个房间里吃饭,难过吧。我有一次路过德大西餐馆,从窗子看进去,里面的人不像是在吃饭,胸口系一块白布,搞得像是在理发店里剃头。盘子里一块牛排,其实筷子攒着咬两口就完事了,偏偏装秀气,用把刀咕吱咕吱切成小块,再塞进嘴里。有个女人,长着张血盆大口,浅浅的一盆汤,一仰脖就喝完了,却噘着嘴一调羹一调羹地啜,看得肚肠根都痒了,恨不得冲进去替她一饮而尽。我讨厌西餐,不是西餐好吃不好吃的问题,而是这种装模作样的吃法的问题。如果必须这么装模作样地吃,我宁可不吃。后来一路闲逛,看到一家叫淮海西餐社的,也在淮海路上,开在马路转角处,装修得就像是厂里的食堂,我说这才是为工农兵服务的西餐馆。我们就在那里吃了顿西餐,四个人点的都一样,鱼排猪排罗宋汤和面包。子良说为他省了一大半钱。子良问服务员,怎么没有刀叉啊。服务员说,被人偷光了。我们就用筷子夹着吃,吃得十分爽快,不过出门的时候都说没吃饱。

丹娘问我,喜欢吃西餐吗。我说,不喜欢吃,再说我也不会用刀叉。丹娘说,你不喜欢吃,我也不喜欢吃,又贵又不好吃。走吧,既然不在这里吃,就不要占着人家的位子了。

我们一起走出西餐店。

我说那你怎么约在这里见面。丹娘说,你从板桥过来,就不用再转车了。我说你从中山门过来就不方便了。她说,我乘五路汽车,几站路就到了。我说猫脸和尖下巴她们最近好吧,你们常在一起玩吧。她说,谁是猫脸,谁是尖下巴。我说,猫脸就是马丽华呀,马丽华有点婴儿肥的,笑的时候很像猫的脸,对吧。尖下巴就是周艳红,她是瓜子脸呀。丹娘一下子不开心起来,说,另两个你给她们起了什么绰号啊,你在背地里又叫我什么啊。我说我是说着玩的,我怎么会给你起绰号啊。她说,你知不知道你很讨厌,你和我的好朋友都不怎么熟,你就给她们起绰号,像话吗。我说,我没恶意的。她说,你要是恶意的,你敢吗,我还会理你吗。

我点了一根烟,刚吸了一口,就被她夺过去掐了,丢了,说,在我面前不许抽烟。我说好的。她说,以后也不许在我面前抽。我说知道了。我问她是不是生气了,她说没有。我说直接乘车去新街口,我要给她挑一块最漂亮的丝巾。她说家里还有好几条呢,别乱花钱了。我说你别板着脸吓唬我,能不能笑一笑啊。她说笑不出来,不过脸色明显缓和了,说,别在我身边挤挤挨挨的,走到我前面去。我只好走在她前面,她又赶上来,在我肩上拍了一下,说,肩膀怎么还是一高一低的,我的话你就根本没有往心里去。我说我已经在很努力地改正了,我在肩上还贴了块伤筋膏,时时刻刻提醒自己。她说,比以前是好点了,但还不够好。我说请丹娘同志放心,我会继续努力的。她这才扑哧一笑,说改不改是你的事,和我有什么关系。我说现在没关系,将来说不定会有关系的。她说你再瞎说我就不理你了。隔了一会又说,马丽华她们对你印象挺好的。说完,忽然就蹲在地上捂着脸,肩胛不住地抽动。我被她吓了一跳,赶紧蹲下去问她,怎么啦?趁机把手搭在她肩上,却发现她其实是在笑,笑得花枝乱颤,上气不接下气。她点着我的额头说,怎么让你想出来的,猫脸,你这么一说,还真是的,马丽华长得还真有点像猫脸,笑的时候特别像。说完又是一阵抑制不住的笑,一边笑一边捶我,说我讨厌,犯嫌。她的笑容特别好看。

我说,你们五个要好的小姐妹,我们四个好兄弟。我们四兄弟里,有个绰号叫小辫子,很魁梧强壮的,人也忠厚老实。我们介绍小辫子和马丽华周艳红她们认识好吗,如果觉得哪个合适,让他也像我们一样谈恋爱好吗。丹娘说,我说过我是在和你谈恋爱的吗?我说没说过呀,我觉得我和你就是好朋友关系。她说,那你为什么刚才说,让他也像我们一样谈恋爱?我说,我说错了,口误,好吧。她说,那么我和你仅仅只是好朋友关系啰?好吧,就一直这样下去,你永远不要想入非非。我说,我要是想入非非也是正常的,好朋友关系也可能发展成恋爱关系的。她说,好朋友就是好朋友,谈恋爱就是谈恋爱,当了好朋友就不能谈恋爱,谈了恋爱就不会再当好朋友。我说,那我不想和你做好朋友,我想和你谈恋爱。她说,那你有没有问过我同意不同意。我说我现在就问你。丹娘,请你郑重地回答,你同意和我谈恋爱吗,同意还是不同意。她说,我要是说不同意呢?我说你要是不同意我也没办法,喜欢一个女孩,再喜欢,我也不会强迫她。她说,喜欢和爱不是一个意思。你可以喜欢一个人,但你不一定就爱上她。我说,我喜欢你,也爱你。她说,那说明你根本就不是真的爱我,要是爱我,爱到骨子里,你不会轻易放弃的。我说,那好,丹娘我告诉你,我爱你,我愿意为了你去死,除了你,我不会再爱上别的女孩。你要是拒绝我,我就出家去当和尚。她说,现在还能出家当和尚吗,和尚都还俗了。我说,那你要我怎么做。她说,不是我要你怎么做,而是你自己拿主意应该怎么做。别人怎么能强迫你啊。我说,好,你不同意,我就赖在你家门口不走。不洗脸,也不吃饭,也不喝水,像个叫花子一样,躺在你家门口,你赶也赶不走,轰也轰不走,你用冷水浇我用开水烫我,我也不走。她说,这不叫谈恋爱,叫耍无赖。我说,那我就把你抱起来,直接抱到我宿舍,把你摔在床上,强迫你和我谈恋爱。她说,你忘了有句话,叫做强扭的瓜不甜。再说,有这么蛮横无理地对待女孩子的吗?这算是强盗抢压寨夫人吗?我说,我只是比喻,不会真的抢的。她说,你不抢,说明你爱一个人爱得不够深。

我看准一棵树,就想一头撞过去。

她在后面搂着我说,只有最没出息的男人,没词了,就要去撞树。我可不舍得让工人叔叔变成傻子。你们上海话怎么说的,哦对了,戆徒,哈哈,傻子就是戆徒,戆徒就是傻子。我现在要工人叔叔陪我去吃旺鸡蛋。她拉着我的手,蹦跳着向旺鸡蛋的摊子那边过去。我跟着她走。这一辈子,我都会心甘情愿地跟着她走,不会犟一下,不会做任何反抗,哪怕她打我,我也会笑脸相对。我没谈过恋爱,也不知道该怎么谈恋爱,但我知道对心爱女人的最好方式,就是顺从。

金陵人喜欢吃旺鸡蛋,大街小巷到处都有卖煮熟的旺鸡蛋的摊子,也有人称之为活珠子的。这玩意上海也有,叫法不同,叫喜蛋,就是养鸡场里孵小鸡孵不出来的蛋,而且要到四五月份的时候才有,也只有熟食店里有卖,喜欢吃的人也不多。金陵不一样,一年四季都有,男女老少都喜欢吃,再漂亮的女孩,见了旺鸡蛋就走不动了,也就不顾形象了,在马路边蹲着吃。于是,养鸡场不再是把那些孵不出小鸡的蛋拿出来卖,而是专门生产旺鸡蛋。本来孵到二十天出头,小鸡的羽毛长好了,嘴上的尖喙也长硬了,自己会啄破蛋壳钻出来。现在不一样了,孵到十七八天就把灯光掐断了,阻止小鸡继续发育,上市卖了。这时候的小鸡基本已经成型了,但还属于胚胎,羽毛没有长好,还是茸毛。丹娘说,茸毛也可以吃下去,吃在嘴里像是一丝丝的鸡肉。

几个小凳子都被别人占了,我们就坐在街沿上。金陵的街沿出乎想象的干净。丹娘剥开蛋壳,里面还有层蛋衣,她把蛋衣揭了个口子,能看到里面净亮黏稠的汤汁,她凑在嘴边吸吮,露出十分满足的神情。吃旺鸡蛋也是有讲究的,先喝汤,再吃肉。她剥下蛋壳,然后一样一样解剖给我看,这是头,这是翅膀,这是腿,这是肚肠,这是小爪子,好玩吧。换个别人这样做,我会觉得非常恶心残忍,但丹娘不一样,这样娇憨可爱的女孩,做任何事情都是美丽可爱的。我看着她好看的手指在蛋上指来指去。她还是只用两个手指捏蛋,宁可让另几个手指闲着。我怕蛋会掉下来,随时打算用手去接,乘机显示一番敏捷的身手,可惜没机会显示。剥蛋壳,她也只用拇指和食指,有一种说不出的闲适优雅。有汁水要从她的手背滴下来,我凑过去吸掉了。她给了我一个嗔怪的眼神,但却带着笑容。我忽然忍不住说,我怎么会有这么好的福气啊,怎么就认识了你,我到现在还觉得像是在做梦。她怔怔地看了我一会,扯开话题说,你也吃一个呀,很好吃的。我问摆摊的女人要了一个,如法炮制,那股汤汁黏稠但却透明,入口有一种奇特的异香。我不敢像丹娘那样细细分解开来吃,而是整个塞进嘴里,在嘴里盘,在嘴里搅拌翻动,细细咀嚼品味,我尝到了混合着鸡肉和鸡蛋的味道,那种鲜香难以形容。

这东西要么不吃,吃过以后会上瘾的。

我们各自吃各自的,时不时地相视一笑,分外满足。偶尔丹娘会喂我一条鸡腿。

丹娘吃了四个,笑着说吃撑了,再也吃不下了,不用再吃午饭了,说我给你省钱了。我吃了六个,也觉得饱了。我们的手都是腻乎乎的,要去找地方洗手。卖旺鸡蛋的女人舀了一勺水,让我们把手放在下面,一点一点淋下来。我给丹娘洗,每个手指都轮番洗一遍,丹娘也给我洗,我们两个人的手紧贴在一起,就像黄金和白金缠绕在一起,准确点说,像是生铁和羊脂白玉搁在一起。我拿起她的手闻了闻,说,没有腥味了。丹娘掏出手绢擦干净自己的手,又给我擦,又在我嘴上擦了擦。

我付了钱,觉得自己非常猥琐,第一次请心爱的女孩吃东西,不是在像样的饭店里吃,而是坐在街沿上,吃旺鸡蛋。我攥着她的手,郑重其事地说：

等我以后有钱了，我带你去吃上海最高级的西餐，德大，红房子，国际饭店，和平饭店，锦江饭店，随便你挑。就算不喜欢吃，我们也去装模作样，像别人一样围一块白布，小口小口地喝汤，咕吱咕吱切牛排。装腔谁不会装啊。我们班里的老约克样样都懂的，吃西餐规矩很多的，我先让老约克教会我，我再教会你。我们也去浪漫浪漫。

丹娘也充满了向往，说：要是我们有钱了，还是坐在马路沿里，吃旺鸡蛋，你一个，我一个，那才真的叫浪漫呢。

我说，我们去紫霞湖好吗，现在去，那里一定很安静。你说过的，绕着湖走一圈，走累了，就躺倒在草地上看蓝天白云。她说，今天不去了。我说，那我们去夫子庙，你喜欢什么我就给你买什么。或者，让人给你剪个黑白剪影，你的眼睫毛这么长，侧面剪影肯定特别好看。她摇摇头，忽然说，要是有一天，我失踪了，你找不到我了怎么办？我笑道，怎么可能啊，金陵就这么大点地方，我一寸一寸搜索，也把你找出来了。她说，要是我不在金陵呢。我说我就在全国找，总有一天会找到的。她说，有些地方你进不去的。我说，进不去我就在门口等，我喊你的名字，你就出来了。丹娘抚摸着我的脸，说，送我回家吧。

我们乘上了五路公交车。在车上，她无力地靠着我，又仰起脸，静静地看着我，眼神里意味深长，欲言又止。我看着她，却发现两道泪滑落她的脸颊。我用手抹去，又有新的泪水滑落下来。我要为她抹去，她摇摇头，把头埋在我胸前，让泪水流在我衣襟上。良久，她幽幽地说，工人叔叔，给我讲个笑话吧。我说没有情绪讲笑话。我说不想看到你流眼泪。我说我只想一辈子都让你开开心心的。她说，讲一个吧。我的情绪无法一下子转换过来,我的脑子里此时没有笑话,只有疑问和担忧,但她的话对我来说就是圣旨,我不能不听。我附在她耳边,轻声说,也是发生在公交车上。有人放了个闷屁,悄无声息,却臭不可闻。满车厢的人都骂,说谁这么缺德,就不能在家里把屁放完了再出来啊。大冬天的,车窗都不能开,臭气也散不掉,太缺德了。一个胖女人骂得比谁都狠。有个男人就站在那胖女人身边,听到那声轻微的哧溜声就是从胖女人身上传出来的,觉得这女人贼喊捉贼,特别可气可恨。正巧售票员在说,还有哪位乘客没有买票,请招呼一声。这男人就高声说道,放屁的人没有买票。那胖女人不知是计,脱口而出,我买了,票根还在呢。于是全车厢的人哄堂大笑。

丹娘说,一点不好笑。不过她还是忍不住笑了。站在我们旁边的几个乘客也被逗笑了。有个老太婆说,小杆子,笑话讲得不错,胖女人自己打自己脸。再讲一个,让老太婆再乐一乐。我没理那老太婆。

我们下了车。默然无语。我能看出丹娘有心事。我说,我再讲个笑话。她说,你就会讲屁的笑话。话一出口,她自己也笑了。我说我还真有几个和屁有关的笑话,比刚才那个更好笑。她说不想听。

一路无语。她忽然说,你抽烟吧,我想看你抽烟。我说我答应过,不在你面前抽烟的。她说她现在改变主意了,想看我抽烟。她说在火车上见过我抽烟,烟雾缭绕里,男人会显得很神秘。我抽着烟,她看着我。路上的行人经过时会好奇地看看我们。行道树开始发黄了,偶尔会有一片枯叶飘落下来。我和丹娘,彼此注视着对方,都在笑,但是眼睛很空洞,毫无神采,这样的笑不是从心里溢出来的,笑得很僵硬,像是戴上了一个笑容的面具。出生的时候我们就带了很多面具一起投胎。小的时候我们不会做选择,心里在笑,就戴上笑的面具;心里在哭,就戴上哭的面具。成熟点了,人就学会伪装了,心里在哭,戴的却是笑的面具;心花怒放,让人感觉像是痛不欲生;明明内心波澜壮阔,千转百回,别人却以为你平静如常,闲看风云;你表面上不动声色,内心却是心猿意马,甚至欲火焚身;你张牙舞爪不可一世,其实内心虚弱不堪一击。一切都是面具在作怪。

烟抽完了,似乎到了告别的时候了。她指着前面说,那条路进去,还有一条小路,穿进去,走几分钟就到我家了。我看着你离开吧,好吗。我说我看着你走,等你转弯了我再走。她说,你再抽根烟吧,抽好再分手。你点燃烟,我有一种心很定的感觉,觉得你抽烟的这几分钟,时间很漫长,我们可以继续在一起待好久。我又点燃一支烟。她却说,以后再也不要这么一支接一支地抽烟,好吗。我说好的。她说以后不要老是和人打架,好吗,我会不放心的。我说好的。她说,本来不想叫你来的,可就是忍不住想见到你。你说想我想得很苦,我能体会到,我也一样的。说完,丹娘扭头就跑。

我呆立在原地。

在岔路口,她回头看了一下,又发疯似的跑了回来,看了我一眼,钻进路边的树丛。我跟了进去。她颤声说,抱抱我。我抱住她。刚才是在马路上,此刻是在树丛的掩映下。一男一女是不能在马路上相拥的,用不了几分钟就会惹出麻烦的。她说,抱得紧一点。我紧紧地抱住她。她说,抱得再紧一点。我却不舍得把她娇弱的身子抱得更紧。我有预感,只要松开手,我就再也见不到她了。

她抬起脸,我发现她早已是泪流满面。她说,我要离开金陵一段时间,也许几个月,也许几年。本来想在信里告诉你的,但我怕收不到你的回信了。以后你不要再给我写信了,我不知道该告诉你什么地址,我也不知道还能不能收到你的信。又说,你就不想问点什么。我说,你不说,我不会问的。你要是想告诉我,你自己会说的。她挣脱开我的怀抱,像逃一样地跑了。

过了一会,从远处传来带哭音的叫声,工人叔叔,再见。

女人的面具总是很容易脱落。

以前给她写信的时候,我觉得是在受折磨,绞尽脑汁地应付差事。从今以后,我不需要给她写信了,我应该轻松了,欢呼了,怎么就轻松不起来欢呼不起来,倒像是自己的权利被活生生地剥夺了。我躺在树丛里,迷迷糊糊就睡着了。醒过来的时候,天完全黑了。外面的脚步声很稀落。我以为自己会肚子饿,却感觉不到饿。我以为自己应该伤心,好像没怎么伤心。这时候,丹娘大概在整理行李。我不知道有没有那个四方正正的背包,我觉得应该有一只深棕色的皮箱,角上包着铜皮的,有些年代了,丹娘把叠好的衣物放进去。好像还应该有只老式的樟木箱,否则东西带不多。不过要是只去几天而不是几年,不用带樟木箱的。梳子倒是一定要带的,她梳头的样子很好看,关键是她的手好看,一手拿梳子,一手托长发,长发飘飘,妩媚动人。

有个男人跨过栏杆,进来小便。他离开我有两步,我怕他一时兴起,像花洒一样左右转着喷洒,我就喜欢这样做,我怕这样一来会殃及到我,就咳嗽了一声。花洒的声音停止了,那男人四下张望。我又咳嗽了一下,提醒他这里躺着个人,不用害怕。谁知这反倒让他害怕了,叫了一声转身就逃,在跨栏杆的时候绊了一跤,摔得很重,爬起来继续逃。这很好笑,我以为我会大声笑出来,不过我没笑。

天蒙蒙亮的时候,我向秀才巷那边走去,去赶到板桥的头班车。我点烟的时候,似乎觉得自己一脸憔悴。想不到我的面具库里居然有憔悴这副面具,想了想不妥当,换上了一副笃定自如的面具。

第十八章

  我和伯富还有小辫子都失恋了。伯富是真的失恋了。小辫子是因为我失恋而失恋了,他认识马丽华她们的可能性要无限期拖延下去了。其实我没有失恋,我更加愿意相信丹娘只不过是暂时离开金陵,随时随地要回来的,不过这种遥遥无期前途未卜的等待和失恋的区别并不是很大。我顾不上去细想丹娘离开的原因,还会不会回金陵,一个人要是过于忙碌,就没空东想西想了。我们三个人在伯富的宿舍里。忙着改良加工山鹰之国香烟。阿戈利教会我们的方法非常实用,蒸过晾干以后的香烟,几乎就是化腐朽为神奇,入口醇绵,回味无穷。抽这样的烟,好像生活水平一下子就提高了好几个档次,感觉上天天在抽中华牡丹。
  我们觉得排除失恋烦恼的最好方法,就是化悲痛为力量,努力提高产量。伯富以大局为重,把他的自动理发机暂时搁在一边。
  子良专门负责进货,第一笔生意就出手阔绰,从商店里把大半箱斯库台搬来了。山鹰之国香烟有几个品种,我们看中的是一角五分一包的斯库台,名字喊出来响亮,翻盖带海绵头的。那时叫海绵头,后来叫过滤嘴。从这天开始,我们就不抽别的烟了,只抽斯库台。加工好的香烟,不光是我们四个人抽,还要提供给我们的师傅。伯富的师傅不抽香烟的,所以实际上我们要满足七个人的需求量。我师傅,子良的师傅苗发,小辫子的师傅温吞水,三个师傅从此以后也不再抽别的牌子香烟了,认准我们加工好的斯库台。便宜有好货,谁还会抽别的牌子啊。我们一天至少要加工出一条烟,才能满足需求。起初是小打小闹,有点供不应求。后来我从师傅家里拿了只大的锅子,这样可以同时蒸两个饭盒,产量增加一倍。但仍未解决供需矛盾。香烟只能在饭盒底部铺一层,要是铺两层,容易粘结在一起,损耗很大。我们试着在两排烟之间垫一层纸,开始是用我师兄的报告纸,效果不理想,烟和烟是不粘了,但烟和纸会粘在一起。不过,我们还是找到了合适的垫纸,那就是车间布置检修任务时用的派工单,一种两面光滑的竹叶纸,解决了这个问题。几经试验,最终形成的工艺是,先在饭盒底部放几根竹签,形成架空,然后依次放三层烟,每层烟之间垫一张竹叶纸。大火煮开后,小火再煮二十分钟,再自然冷却。这样处理后的香烟,呈现出最好状态,色香味俱佳。

等到伯富把和他同宿舍的鲍牙拖下水,我们的产能一下子过剩了。伯富睡觉了,鲍牙闲得无聊还意犹未尽,还要再蒸几锅。我经常表扬鲍牙,鲍牙积极性空前高涨。鲍牙是三班倒,空闲时间比我们多,有时我们下班回来,鲍牙已经蒸了好几锅了。蒸好的香烟没有地方晾晒,只好把两个长病假师傅的床铺清空,铺席子,在上面阴晾。

每个星期要结一次账,根据香烟抽多抽少,把钞票收拢来。伯富有记录的,账每次都轧平的。

这天上班,我在班里发了一圈香烟。我说新产品,请老师傅尝尝味道。杨家将接过来一看,说,册那,山鹰之国香烟,一股狐臭味道,这种香烟好抽的啊,你害人是吧。我说周师傅先不要下结论好吧,你先闻闻,狐臭味道有吧。杨家将点好吸了一口,说,出怪了,狐臭味道没有了,抽起来蛮适意的。老约克也抽了一口,说,不比大前门差,烟丝比大前门好,黄澄澄。国钧,你讲讲看,啥个路道。我说,花了点功夫,加工过了,味道好吧。加工起来蛮复杂的,有配方的。杨家将说,小卵皮不要花头花脑,我问你买,肯吧。其他老师傅也纷纷响应。我心里其实已经有想法了,不过表面上还是假装有点犹豫。杨家将说,我出两角一包,问你买,可以吧。我说,我不会赚自家人钞票的。要的话,还是原价,一角五分一包。班里有十个人举手。我说,事先讲清楚,说是一包香烟,其实里面只装了十五根。装十五根已经到极限了。香烟抽出来容易,装进去难,而且山鹰之国的香烟是扁圆的,加工过以后,胀开来了,不及以前紧密,手工装进去,最多只能装十五根,硬塞进去就破相了。而且加工的时候,损耗也蛮大的。大家要的话,我明天带来。我算免费为老师傅服务。老约克说,这是合理的,国钧讲了,他不赚大家钞票,即使他要赚一点,赚的也是辛苦铜钿。而且配方听他讲蛮复杂的,估计要调药水的,药水也要成本的,加在一起,一角五分十五支,等于一分一支,不算贵。和大前门比起来,味道差不多,想想看,钞票省了大半。就是有了钞票,没有香烟票,你还是买不到大前门。大家要谢谢国钧。

我回去和伯富他们商量。伯富坚决反对,说这种投机倒把的事情他不做的,会惹出麻烦的。小辫子说,我们到点心店买油条,点心店卖给我们的是面粉价钱还是油条价钱啊。我觉得小辫子的话没有说在点子上,我说这怎么叫投机倒把,我们赚一分钱了吗,只不过付出辛勤劳动,自己不用花钱买香烟了。子良说,只要不是在马路上摆摊卖香烟,只是在厂里卖给老师傅,不算投机倒把的。伯富不响了。

在此之前,抽好香烟,壳子我们都留着的,几个师傅那里的香烟壳子我们也回收回来的。我装了十包,卖给班里的老师傅,说下次再买,壳子要带来的。

几轮过去,壳子就富余了。

我们根本用不着刻意出去推销,只要发一圈香烟,就像用丝草引引蟋蟀,蟋蟀牙齿就发痒了,就开牙了,就都来向我们买香烟了。后来龅牙说他也要加入,我同意了。龅牙贡献大,所以我们给他的是批发价,一角三分一包,这样他每包可以赚两分。龅牙拼命了,一天可以卖掉十几包,而且他卖一角八分一包,等于一包香烟他要赚五分。我不得不把给他的批发价调整到一角四分。龅牙紧接着把这一分钱转嫁到客户头上,卖一角九分一包。龅牙这种长相恶形恶状,说话结结巴巴的人,给人童叟无欺的印象,特别容易让人上当。

龅牙太招摇了,上班的时候在岗位上穿来穿去,推销香烟,有人汇报上去,保卫组的卸克找上门来了。

我对卸克说,你应该知道的,我和山鹰之国的实习生,基本上已经是结拜兄弟了。卸克打断我说,我知道,你们好像是打了一架以后才认识的。我说是的,从某种意义上说,是鲜血凝成的友谊。我说山鹰之国的香烟摆在橱窗里,卖不出去,我们就买来抽,不光自己抽,还带动周围的老师傅一起抽,为两国的友谊做贡献。我们好像没有做错什么吧。卸克说,说是这样说,但是你们短斤缺两,一包少了五支香烟,这就有投机倒把的因素在里面了。我说我给你一只空壳子,你要是能装进去二十根,我算你本事大。卸克说,我理解你们不是为了钱,你们是在为两国的兄弟情谊做贡献,但别人不一定理解这一点的。检修车间是我老娘家,我对老娘家的人总是客气的,不过你也不要让我为难好吧,省得以后再有人汇报到我这里来。我说我知道了。

卸克走了以后,师傅也叮嘱我太平点,不要惹麻烦。所以以后我们就不再张扬了,压缩生产规模,以自己抽为主,多余的,只做关系好的熟人,而且坚决不让龅牙加入。龅牙怀恨在心,就把我们的加工工艺流传出去了。我们拉他入伙的时候没有付工钱,也没有签订保密合同,奈何不了他。我只是掐着龅牙的脖子威胁他,说你不能再出去卖香烟了,流出去一根,让我知道了,我就叫你趴在床上起不来。你只能蒸你自己抽的那份。龅牙连连点头,以后还是勤勤恳恳地帮我们蒸香烟晾香烟。每隔一段时间,我们也会给他点好处。再以后,加工香烟的任务我们就放手交给龅牙一个人了,我们自己乐得清闲。

前段时间因为加工香烟,我们没有去夜校。车间主任老秦把我们三个人叫去,叫我们手撑在墙壁上,在每个人的屁股上踢了一脚,踢好叫我们滚,说要是再不去上课,上班也不要来了。所以这以后,我们一三五晚上还是到培训部去上课,听得进听不进是一回事,至少点名的时候要应一声。

后来反馈回来的消息是,那些学着自己蒸香烟的人,掌握不好工艺流程,蒸出来的香烟结成一大块了。这个消息令我们很开心。

这天夜校读书回来,我说我去睡觉了,明天要起早的,轮到去陆郎支农。伯富没有轮到,他说他还要继续发明自动理发机,已经胜利在望了。小辫子也轮到的,我和小辫子就先去睡了。上楼的时候,小辫子说,他去打听过了,在联防队带头打我的连腮胡子是木模分厂开模具的,还是副班长,宿舍住哪里也打听清楚了,要不要哪天过去打他一顿。我说算了,不打了,师傅讲过的,再打人,他就不认我这个徒弟了。最主要的,丹娘也讲过的,叫我不要再打人,她会不放心的。小辫子说,丹娘对你影响蛮大的。我说,讲到底,男人在外面再狠,回到屋里总要由女人管的,男人必须听女人的。小时候听老娘的,结了婚就听老婆的。不知道丹娘最终会不会做我老婆。小辫子也装出一副沉思的样子来,说国钧你讲得对的,我以后也听老婆的。

第二天醒过来晚了,赶到厂里,队伍已经在集合了,来不及去食堂买早点,慌忙跳上卡车。几辆卡车朝铁矿后面的陆郎开去。去支农。

当地种的是双季稻,是籼米。我们在食堂里吃的就是这种籼米,不抗饿的。八月初"双抢"的时候我们去支农的,收割晚季稻也去支农。当地农民很狡猾,知道工人老大哥好商量,经常来求援。拖拉机没有油了来讨点柴油,要修路了来讨炉渣,要开河了来借挖掘机。到后来就有依赖性了,连挖垄沟挖河泥砖瓦厂打砖坯也到板桥来拉伕。板桥钢铁厂财大气粗,基本上是有求必应。这次是去相帮挖垄沟的。

铲了半个钟头泥,肚皮咕咕叫,泛酸水。反正战线拉得很长,看看没有人注意,我就溜了,想到附近农民家里讨碗粥讨只山芋吃。不是白吃的,口袋里带钞票的。哪知道这里农田连成片,田埂和机耕道横七竖八纵横交错,走着走着就没有方向了,爬了一座土丘,看到土地庙了,才知道方向走反了。看看下面倒是散落着几十家农舍,便走了下去。村口有十几株槐树和罗汉松,还有块歪倒在地的长条石碑,我看了看,刻着"古庙村"三个字。

我听说过古庙村。古庙村下面是铁矿最早的采掘区,斜井打下去,底下三百米深都是富矿,现在下面等于全部掏空了。这里被标注为危险区域,随时有可能塌陷。原来的村民大部分都迁移到陆郎去了,好像还剩了十几家,是搬走以后又逃回来的,至今不愿离开。村子里人口寥落,所以看过去有点死气沉沉。

最先经过的几家,屋顶都坍了,显然没人住。绕过去,又是一家,土坯垒的院墙也坍了好几处,院子中间的大块泥地不知何故拱起了,屋子也有点倾斜,但屋檐上却垂挂着辣椒玉米,地上有十几只鸡,台阶边还晒着咸菜,有人气。我走进院子,喊了几声老乡,没人应。我走上台阶,在门口继续喊老乡,每喊一声老乡,都觉得自己像是《智取威虎山》里的少剑波,很想接下去唱:我们是工农子弟兵,来到,深山。喊了几声,还是没人应。我便掀开那块破旧的毛蓝布门帘,走了进去。这是堂屋。窗子玻璃破了,用好几层报纸糊着,屋子里显得很暗,墙壁都开裂了,屋梁椽子也是歪斜的,但感觉这屋子一时半会不会倒,咬合支撑得很死。也没多少摆设,中间是一张方桌,两边两条长凳。角落里放着些农具笸箩之类的。左边是堆杂物的像是仓库,右边的侧屋,门虚掩着。另有一条黑黢黢的走道通向后面,后面应该是灶屋。我注意到墙上挂了幅领袖的画像,领袖的画像下面,桌子上靠墙搁了幅小的画像,是个女人,还很年轻,头上梳着发髻,穿的是斜襟衫,是过去年代的女人。桌子上摆了只小香炉,里面的香灰是满的,说明是经常上香的。这个女人眉眼非常秀气和善,活着的时候一定是个贤淑亲切的人。我朝女人拜了拜。我进村的时候就发现这个村子过于安静了,又身处这样昏暗静寂的环境,后脊背有点发毛。只想赶紧离开。此时走道那里有轻微的声响,回过身去,我的寒毛都竖起来了。

一个年轻女人,站在黑黢黢的走道口,盯着我。我看看她,又看看画像,分明是同一个女人,难道是画像上的那个女人,从画上走下来了。

这太吓人了。我惊叫一声,扭头就逃。跳下台阶,跑了几步,一个急刹车,院子门口一条大狗龇牙等着我。我扎了个弓步,摆开架势迎战,我不知道这条黄狗能不能看懂这个姿势。黄狗嘶嘶地龇了龇牙,便要飞身扑来。只听一声口哨,黄狗呜噜了一声,趴在地上不再进攻。身后响起女人沙糯的声音:你是谁,来干什么?那声音似曾相识。那女人就站在屋子门口,身披阳光,小麦色的脸上带点红晕。我自报家门,说是到陆郎来支农的。我做了个铲土的动作。我说,出门早,没来得及吃早饭,想问老乡买点吃的。那女人打量了我一番,说,你等着。隔了一会,女人端了个碗出来,说,还没点火烧灶头,冷的,将就着吃。别进屋了,看你刚才吓成什么了。就在这院子里吃吧。我不好意思地挠挠头,说,你,画像上的,那是你妈妈吧。女人点点头。我去接碗,如遭雷击。我看到一只好看的手,手上横着一条浅红的疤。女人说,认出来了?我傻笑着说是的。这就是我在农贸市场用粮票跟她换鸡蛋的那个女人。她认出了我的脸,我认出了她的手和声音。女人嘲弄似的说,是不是觉得我还欠你一个蛋。喏,给你,隔夜用稻草煨的,还热乎呢。

我感受到了羞愧的味道。我记得当时我很无礼。

女人沉静地说,傻愣着干什么,吃吧。我接过那只蛋,果然是热的,没舍得吃,放进口袋。粥是用苞米和山芋熬成的,我喝了一口,说,香,呼噜呼噜喝粥。那大黄狗看着我吃。我说,老乡,它怎么不叫啊,没听它叫过。女人说,它不喜欢虚张声势。我好像听谁说过,庄稼人节约,吃了饭不洗碗的,把碗舔干净,下顿继续用。我出于礼貌,也把碗舔得干干净净，不留残渣。女人说，你和大黄挺像的，它吃完饭也喜欢把碗舔干净。我觉得女人话里句句有刺，我都无法接腔。我拿出一块钱，说，老乡，这是饭钱，谢谢你了。女人说，别老乡老乡的套近乎，我没去过上海，和你不是老乡。你不嫌弃乡下人脏，该我谢你。我不收钱。女人的态度始终冷若冰霜，说完便收了碗进屋。相比之下，那条叫大黄的狗和善许多，一直送我到村口，还朝我摇尾巴。

回来后，我一直惦记着那双好看的手，想再去看一眼。牛玉芬曾经说起过，说她在上海蓝棠皮鞋店看中一双皮鞋，宝蓝色的相拼式一脚踏，非常漂亮，非常昂贵，她非常喜欢。那时她在电器厂当学徒，买不起，每个星期天都去看，就站在橱窗外面看，一看就是一小时。她不敢奢望那双鞋有朝一日穿在自己脚上，她是肉脚，一脚穿进去，脚上的肉就潜出来了，她只想着能端在手里抚摸一番，就满足了。我的心情，大概和牛玉芬当时的心情差不多。

几天后的傍晚，我骑车去了古庙村。我进院子的时候，看到她坐在一把竹椅上看书，大黄趴在她脚边。很恬静的画面。大黄朝我蹿了过来，尾巴摇得十分欢快。我摸出一只肉馒头，给大黄。大黄嗅了嗅，摇摇尾巴，咕噜了一声。她说，你又来干什么？我说，我来看看你，看看大黄。她"嗤"了一下。大黄盯着肉馒头，看得出它很馋，却依然不吃。她说，它不吃陌生人的东西，要不，早就给你们打死了。她说得没错，板桥盛行打狗吃狗肉。通常在垃圾箱的洞口四周布下绳套，用胶布固定，里面放些肉骨头。一旦野狗进入，便收起绳套，把狗拴在树上，活活打死。非常残忍。我没有参与过打狗，但我参与过吃狗肉。我无言以对。大黄鼻子已经碰到肉馒头了，但还是顽强地抵御诱惑,不吃,却不时地回头看女人。女人说,吃吧。大黄等的就是这句话,叼了肉馒头,躲到一边去享用了。女人说,就为了送这个馒头来,报答大黄不咬之恩？我说,我也给姐姐带了东西。但是看她这副拒人以千里之外的姿态,"姐姐"两个字说不出口,临时换成"你"。我不知道还能称呼她什么,大姐？大姐倒是叫村姑的,但她像村姑吗。一般的村姑小腿健硕粗壮,她坐在椅子上,裤腿有点往上缩,露出大半截小腿,线条非常柔和纤秀。庄稼人不穿袜子的,因为随时随地可能要赤脚,她穿着双布鞋,露出的脚踝也很好看。城里女人也未必有这么顺滑柔美的小腿。如果她伸出手来,更是足以睥睨绝大部分城里女人。

我拿出四副手套,两副是沙线的,两副是帆布的,放在台阶上。我说,单位里发的劳防用品,多余下来的,不值钱的。你的手很宝贵,以后干活,戴上手套,可以起保护作用。她又"嗤"了一声,说,你是我什么人,轮到你来关心我。庄稼人,风里雨里水里火里,什么粗活不要干,什么粗活不要靠手,哪有那么金贵。我在心里说,你的手就是很金贵。她说,今天没有多余的饭给你吃。我说我吃过了。我问她,你看的是什么书。她说,路边捡的破书。要没什么事,你回家吧,孤男寡女的,省得被人说闲话。我说,你喜欢看小说书？她嗯了一声,再不理我。我就回家了。大黄很好客,一直送我到土地庙,我骑远了,还见它在小丘上用尾巴向我致意。

第三次,我背了马桶包过去。我没有别的企图,就是想看看她,看看她的手。她在喂鸡,哆哆哆地呼唤,一群鸡围着她转。她还是那句话,你怎么又来了。我说我来看阿姐。我拿出肉馒头给大黄,大黄欢快地呜噜了一声,叼走了。她说,你找错地方了,这里没有你阿姐。

大黄倒是，每天在土地庙那里等你，要不，你认它做兄弟吧。我说我是来认阿姐的。她说，不要牛皮糖，我不做别人阿姐的。我在台阶上坐下，把马桶包放在边上，说，这是带来给你的。她说，我不要别人的东西。大黄吃了我带来的肉馒头，趴在我身边，翻起白肚皮，表示对我完全臣服。我说，那就算了，你不肯做我阿姐，又不要别人东西，我只好带回去了。我把马桶包的拉链拉开，把口掰开，她正好拿着扁箩要进屋，扭头看了看包，里面是一摞小说，最上面一本是巴尔扎克的《贝姨》，《贝姨》旁边露出来的是《敌后武工队》。她的眼睛一下子亮了。她说这些都是拿来给我的？我说你不是喜欢看小说吗，我在两幢宿舍楼上楼下转了个遍，都搜刮来了。你慢慢看，看完了我再还人家。她欣喜地翻着书。我欣喜地看着她的手，珠圆玉润。

这时远处传来一阵嘈杂的争吵声。我和她互相注视了一眼，她摇摇头，表示不知道发生了什么。我便寻声找去。

靠近村子另一头的一个农家小院，十几个联防队队员和一男一女在对峙。我吃了一惊，男的居然是和我一个宿舍的阿彪。女的看着有点脸熟，后来想起来了，曾经在照片上看到过，阿彪藏在棉花胎夹层的那张照片，照片上的女人反而显老，现在看着不会超过三十岁，红润而秀丽。我听了一会，听出了大概。阿彪用自行车驮着一麻袋东西，鬼鬼祟祟过来，被巡逻的联防队盯上了，一直盯到这里，人赃俱获。麻袋里的东西被抖落一地，成捆的铁丝、橡胶皮带、螺栓螺帽、砂皮锯条和铁钉。院子的角落里，堆了不少长条木板和钢筋角铁扁钢圆钢，还有几桶油漆。

此处的院子，院墙虽然也是泥垒的，但倒塌的地方又垒上了，大门也修过，看上去比其他农家小院显得整洁许多。那个秀丽的女人说,阿彪,是我要你偷的,和你没关系,要抓就把我抓走吧。阿彪拦在女人面前说,被你们活捉,是我运气不好。要抓就抓我,和我女人没关系。

阿彪居然说那农妇是他女人。奇怪的是,整个过程,村子里没有其他人出来看热闹。

那些东西都是阿彪从厂里偷来的,他用蚂蚁搬家的劲头,偷了将近一年。那女人是个寡妇。他搭识那个寡妇后,答应要给寡妇翻修房子,要给寡妇新的人生。现在,阿彪不可能再完成他的允诺了。那些东西被卡车运回板桥,办了个"失窃公物展览",组织职工去参观,受教育。阿彪低着头站在旁边。后来厂里把阿彪发配到露天料场去监督劳动,阿彪不去,说你们开除我吧。厂里就把他开除了。问他户口迁到哪里去,阿彪的户口显然不能回上海了。阿彪说,户口迁到古庙村去。严格来说,古庙村在地球上已经不存在了,当然不可能在那里落脚。阿彪的户口此后就一直装在他口袋里,正规的称呼是"袋袋户口",阿彪从此就黑掉了,变黑人了。很多人为阿彪觉得惋惜,说他被农村寡妇不知用什么招数迷住了,执迷不悟。我倒觉得阿彪十分硬气,像个男人。

阿彪和那个女人一起被押走了。

联防队经过她的家,连腮胡子认出了我,说,这里最好也搜一搜,看看有没有赃物。我拦在前面说,这是我亲戚的屋里,不可以搜。连腮胡子回头对其他联防队员说,现在啥个路道,厂里小伙子都朝乡下钻,大概乡下女人容易上手。一帮人一起哄笑。我说,骚毛胡子,讲话之前先把下巴托牢,不要肮三,再讲下流话,我不客气。连腮胡子说,识相的,就让开。我说,上次的账还没有和你算,要算吧。我也当过联防队的,我当联防队的时候比你还凶。我不多讲,你在木模分厂开模具的是吧,宿舍的门牌号要我报出来吧,我要打你是分分秒秒的事情。不过我现在学好了,不想打人了,不要逼我动手。我顺手拿过一把钉耙,在手里晃了晃说,看看清楚,这把钉耙几根齿,五根,我一钉耙下去,叫你头上五只血洞,血从五只洞里一起潽出来,你相信吧。连腮胡子看看我,知道我不是开玩笑,有点抖豁,挥挥手叫联防队的人走。我说慢一步走,我招呼打在前面,这次你们走出去,要是下次再踏进来,五只脚趾头斩掉;头伸进来,五只血洞。我说话算话。

　　我和大黄又玩了一会,说,阿姐我走了。她过来把马桶包递给我,里面的书已经拿掉了,说,叫我名字。我叫李三妹。我说,我叫沈国钧。我叫你阿姐。她说,叫我名字。我说,我叫你阿姐。她说,叫我名字。我说,我叫你阿姐。她就不再坚持了,说,阿姐是穷人,没有糖给你吃的。走吧走吧。

第十九章

阿彪从宿舍里搬走了,不知道搬到哪里去了。阿彪前脚刚走,小辫子就想搬进来,行李铺盖也抱来了。我坚决不同意。我说我吃过你苦头的,你继续去害你宿舍里的那几只老梆瓜。我说不要说我不同意,张卵毛和师兄也不会同意的,张卵毛还想把他徒弟小搭佬弄进来呢。我说你一夜打呼到天亮,一歇开拖拉机,拖拉机开好开小火轮,再开火车,轰隆轰隆,还拉汽笛,还拉风箱,还磨牙齿,牙齿磨好再吹口哨,别人吃得消吧,不要睡觉啦。小辫子只好作罢。

阿戈利来电话,打到车间里来的,说上次喝的咖啡特别好喝,好像上瘾了,还想喝。一般的咖啡是提神的,这种自制咖啡喝了有点晕晕乎乎的,有喝醉酒的感觉,而且是七分醉,躺倒在床特别舒服。我估计他这种醉酒的感觉和血压降低有关系。我骗他,说这种咖啡原料是从黑市搞到的,很难搞到,要等机会,等搞到了通知他们来喝。挂了电话,我只好去医院向大头求援。我向门房老头打听大头,老头让我去太平间找。我很恼火,以为老头是在触我霉头,后来才知道大头是在太平间里抬死尸的。大头见了我很亲热,得知来意,问我要多少。我说你能弄到多少。他说你别管我能弄到多少,你只要给我个数字就可以了。我狠狠心说了个天文数字,三十包。大头一口答应,好。当天晚上,大头就给我送来一个长条形的小纸箱,封条还没拆,五十包脉安冲剂。大头说,国钧,我看你蛮稳重的,所以也不多问,不过提醒你一句,你要是想给人下毒,这个办法太笨了,没有用的,就是一下子五六包下去,也不会毒死人的。我说我不是去害人的,工人阶级这点思想觉悟还是有的,我是招待客人的。大头听不懂。我说你就不要管了,保证不会出人性命的。我送了大头几包加工好的山鹰之国香烟,作为回报。大头是把药送到我宿舍里来的,小辫子也在,两个人身高差不多,只是头的形状尺寸有点不一样,两人互相打量了一下,像是难兄难弟,都笑了。

我先前已经向厂里的后勤组打了个报告,说我经常要在宿舍里接待外国兄弟的,从某种角度是代表国家形象的,涉及到两个国家的亲密关系的,所以需要特别照顾,给我一个人住一间宿舍。我觉得理由蛮充分的,想不到报告打上去,没有人理睬我。我后来在路上碰到后勤组组长,问他事情怎么样了。他不认识我,问我是谁,什么叫事情怎么样了。我说,我打上来的报告你们商量得怎么样了,就是给我配一间单人宿舍的事情。我要经常接待外国朋友的。他想起来收到过这个报告。他说,小赤佬要一间单人宿舍是吧,我现在当场答复你,放你的狗屁。走了几步这家伙好像还不解恨,又回过头来补了一句,热你的大头昏。

我觉得这家伙的涵养功夫很差,不同意就不同意好了,难道不能说得婉转一点嘛。

这天,厂里发生了一件大事。谁都没有想到,本来是一场几乎陷入绝境的事故,居然绝处逢生,最后演变成一场令人眼花缭乱的精彩表演。我们又一次见识了老法师的英勇神武。这也证明了那句名言,火车不是推的,牛皮不是吹的。这个死样怪气的矮老头,总是在关键时刻爆发出耀眼的光彩。

烧料机停机抢修以后再启动,点火器打不着火。以前碰到这样的问题,都是把整个点火装置更换掉。总库传过来的消息是,没有备件,加工单早就发给生产厂家了,一直没有送来,刚才又打电话去催了,上海方面讲马上加工制作,第二天下午可以送到板桥。

分厂的几个领导全部脚发软了。因为临近年底,要放高产,停产一天,可以折算出来要少生产多少吨生铁。当时好像马上要开一个什么会,很重要的,当然不是在板桥开的,是在北京开的,板桥钢铁厂的生铁产量要送上去报喜的,所以总厂鲁副指挥也到现场来压阵了。我们分厂的主任黄坤山吓得脸都发白了,毕恭毕敬站在一旁,惟恐说错什么话,被鲁副指挥扇耳光。鲁副指挥看着黄坤山,黄坤山看生产组的几个家伙,生产组那几个家伙搔头皮装糊涂,黄坤山只好转过头来看我们车间的老秦,老秦马上去把老法师请来。老法师分析下来,点火装置里面的撞针断了。频繁启动,属于金属疲劳,断裂。点火器的撞针和手枪里的撞针一样,没有撞针,就不好开火了。老法师说,去档案室把点火装置的图纸调出来。于是一大帮人浩浩荡荡朝厂部办公楼走去。鲁副指挥听说过老法师的名号,慌忙拿出香烟,一路走一路给老法师点香烟。这种场合,分厂和车间一级的领导轮不上给老法师敬香烟。

档案室管图纸的矮女人看到一下子涌进来这么多大人物,翻找图纸的时候手都发抖了。几个人围着图纸看。老法师抽出其中一张图纸，上面标明撞针的形状尺寸和材料。看上去比一支老式钢笔略长，但前半部分是扁的，有只肩胛，后屁股是一个方榫，插在卡座里的。老法师说，图纸上标的是高碳钢，硬度够了，韧性不足。告诉上海的厂家，以后撞针的材料不用高碳钢，用弹簧钢。周围的人一起点头。

老法师抬头看日光灯，大家跟着他的目光一起看日光灯。老法师看日光灯足足看了一分钟，说，给我两个钟头，我来做。

老法师向来是言出如山。所有人都松了口气。

老法师在车间里找了一截钢轨，敲了敲，说，现成的，用不着再去领材料了，就用这块。你先去做，抓紧时间，帮我做掉点。叫别人做我不放心。尺寸看好，放点余量。老法师这番话是对车间主任老秦说的。老秦也是钳工出身，多面手，拿了老法师丢给他的那段钢轨，先到锯床，锯断；又到刨床，上好夹具，四面刨平。老秦交到老法师手里的，是一块两百毫米长的长方形的弹簧钢。我师傅已经把老法师专用的那张工具台揩干净了。老法师说，把小太阳架起来。小太阳是两千瓦的白炽灯，夜里检修时用的。师傅雷厉风行，找了根长的角铁，把小太阳绑在上面，竖在旁边一台台虎钳上，夹紧。电源接通，贼亮。做这样误差在几丝之间的精密加工，工作场地必须亮。老法师把各种型号的锉刀一字排开，把游标卡尺分厘卡摆在边上，在加工面上划尺寸。

车间里的人奔走相告，老法师要动锉刀了。老法师向来是指点江山的，还从来没有动过锉刀。人都聚拢来，里三层，外三层，还有爬到行车天桥上和阶梯上的，还有不少站在工具箱上面，都屏声静气，充满期待。

老法师右手握着大板锉的手柄,左手三指捏锉刀的顶端,一锉刀出去,从头拉到尾,居然是拉长锉。有人忍不住惊呼了一声,不得了了,拉长锉。旁边的人慌忙捂他嘴巴。一般的钳工不敢这样锉,控制不好平衡,锉刀要两头翘的,锉出来的平面是两头塌陷的,只能锉半把锉刀。师傅教徒弟,向来是说,用半把锉刀,不要拉长锉。拉长锉几乎就是钳工的禁忌,想不到今天开眼界了,老法师艺高胆大,拉长锉开场,锉刀推出去刷刷平,要是在锉刀上面搁一架水平仪,那颗气泡一定是在最中间的。老法师一锉刀出去,刷刷有声,钢屑纷纷掉落。锉刀锉到底,就像突然断开吸力,一个顿挫,水平上升几迷离,拉回来的时候,似乎紧贴着那段弹簧钢,一来一回,十分的平稳,纹丝不晃,你不会感觉到那是锉刀在来回移动,就像是刨刀在刨床的轨道上来回,或者说,更加像是一艘气垫船贴着水面走,轻巧,轻灵,轻松自如,游刃有余。老秦在旁边打下手,乘老法师换锉刀的时候,用毛刷把台虎钳刷干净。老法师粗齿锉刀换中齿锉刀,又换细齿锉刀。这时老法师的锉刀速度明显放缓了,不再是大刀阔斧拉长锉,而是正反左右绞花锉。

外围的人群发出一阵压抑不住的惊呼,绞花锉。

领导们围着工具台,算是第一排观众。钳工一班的人得天独厚,围在第二排。我问师傅,什么叫绞花锉。师傅也不明所以。杨家将说,他听上海老厂的师傅讲起过,以前是有一种绞花锉的,不过他师傅也只是听说,他师傅也不会,说是失传已久了。我对老法师刮目相看,想不到这老家伙除了收藏脚趾甲耳屎,还留了这套本事。只见老法师左面一锉刀,右面一锉刀,又把锉刀横过来平推一刀,轮番交替,说不出的挥洒飘逸。老约克说,人毕竟不是机器,老法师水平再高,手工还是有误差的,老法师这是用绞花锉在修正四只角的误差。到后来老法师不再左右开弓,而是用两只手捏着锉刀中段,留出最中间那截锉刀,快速平推。此时他不像在锉,像是在磨,就像马路上削刀磨剪刀的朋友,在磨刀石上磨菜刀。杨家将懂的,说这是在修精度。这时撞针前面的肩胛已经锉出来了,老法师用游标卡尺量了量,点点头,又取出一捆小的什锦锉,从中挑出一把,在手中掂了掂。

接下来的一幕堪称石破天惊,匪夷所思。

老法师单手捏锉刀,不是锉,而是把那截小锉刀朝已经修出来的肩胛上劈,使出的完全是刀法,仿佛他拿的不是什锦锉,而是一把寒光凌厉的袖刀,连劈带刺,迅疾如飞,令人眼花缭乱。就是离老法师距离最近的老秦,也未必能看清老法师的手法。车间里起先是一阵静默,继而响起抑制不住的惊叹。杨家将叹息一声说,我十四年的钳工白当了,今天才知道山外有山,人外有人。我现在就想跪下来朝老法师磕头,拜他为师。叶师傅泪花晶莹地说,不要讲你十四年的钳工白当了,我廿一年的钳工也白当了。早先听我师傅的师傅,也就是我的祖师爷讲起过,锉刀锉刀,之所以叫锉刀,是除了锉法,还有一套刀法的。可惜的是,我祖师爷对锉刀的刀法也讲不出什么名堂,只知道可以劈、可以削、可以铲、可以刺、可以砍,专门对付形状特别的工件。随便什么零件,到了钳工的手里,没有做不出来的,所以就叫万能的钳工。后来有了刨床铣床冲床车床磨床钻床镗床,钳工的手艺就退化了。老法师深藏不露,今天露了这一手,真正是让我开眼界了。服帖,服帖。

老法师一番劈刺,撞针肩胛的倾角修好了,于是速度放缓,一边修,一边量尺寸。快要到深秋了,老法师依然大汗淋漓。老秦替老法师揩揩汗,说,老法师抽根香烟,休息一下再做。老法师推开香烟,说,抓紧时间。

还有撞针后面的那个方榫要加工。我们以为老法师又要开始拉长锉了,想不到他拿出一把小的冲头,在加工面上冲了密密麻麻的小眼子。杨家将毕竟钳工出身,看得出门道,说,看来老法师要用凿子批了。先冲点小洞,透点气,材料不会爆。果然,老法师拿出把精巧的小凿子,轻轻地批,弹簧钢一层一层卷起来,批下来,先凿出方榫的大概样子,再锉。所有人都连声赞叹,这样一来,省了不少工夫和时间。都知道可以这样做,先凿再锉,但是谁敢这样做啊,谁能把凿子控制得恰到好处啊,稍不小心,凿过头了,或者凿得重了爆掉一块,前功尽弃。老法师用粗齿锉刀拉长锉,再用中齿锉刀拉,再用细齿锉刀拉,拉好用什锦锉修角。老法师取过游标卡尺量了量,又用精度搁尺搁了搁,眯着一只眼看四个角,点点头。老秦接过游标卡尺量了量,也用精度搁尺搁了四只角,也点点头。

老法师对老秦说,倒点机油,用金相砂皮再抛抛光。说完他就到旁边休息去了。老法师脱力了,瘫倒了。老秦应声把活接下去做。鲁副指挥上去说,谢谢姚师傅。姚师傅辛苦了。老工人就是老工人,关键时刻发挥先进模范作用。老法师说,工人来上班,就是来出力的,厂里付我钞票的,有啥辛苦不辛苦的。废话少讲,点根香烟。老法师不认识鲁副指挥,但看出这是个大人物,不过他大人物看得多了,当初在上海机床厂,陈毅市长也给他点过香烟的,所以一点不把鲁副指挥当回事。鲁副指挥赶紧给老法师点香烟,又看了看手表,从老法师说他来做撞针到现在,过去了一个小时四十分钟。

老秦又加工了十分钟左右,用回丝擦干净做好的撞针。这时候我们也已经拿好工具了。我师傅接过撞针,就朝现场冲。一大帮人跟着朝现场冲。争分夺秒。

到了现场我们才发现,刚才都在为撞针的事情奔忙,有件事情被耽搁了。换点火器撞针,要切断煤气,通风至少半个小时,再封盲板,然后才可以施工。师傅说,不管了,抢时间。半个钟头要少生产多少吨生铁啊。说着凛然无畏地就朝上爬,去封盲板。我一把拖住师傅说,师傅我去,我练过功的,屏气屏得牢。我爬进管道的时候,回头看了一眼小搭佬。小搭佬是张卵毛的徒弟,以前每次封盲板,他都要和我抢的。我发现小搭佬和张卵毛缩在人堆后面。我深吸了一口气,钻进管道。虽然开了拔风机,管道里煤气味道依然很浓,辣眼睛。最早的工作流程是,停机以后,先通风,然后安全组会放两只鸽子进去,过几分钟看看,鸽子没死,说明里面没有煤气了,工人就可以进去抢修了。当然那两只鸽子也被安全组收回去了。工人就有意见了,说虽然鸽子没有死,但只能说明这两只鸽子抵抗力强,久经煤气考验,已经练出铜头铁胆了,并不说明里面就没有残存的煤气,工人还是吸进不少煤气的。你们安全组不是管安全的嘛,以后封盲板的事情就由你们安全组的人来做吧。安全组的几只老梆瓜都是缩卵,当然不敢来,就退了一步,说,凡是封盲板的工人,奖励两只鸽子,作为营养品。所以后来封盲板成了谁都要抢的美差。

屏一口气,并不如想象中那样,可以屏很长时间。屏到后来,我觉得眼珠快要凸出来了,恍惚中以为自己是在水下潜泳,朝上伸了下脖子,感觉是钻出水面换气,深吸一口,却不料吸进去的全是浓烈的煤气,全吸到肺里去了。封好盲板,我赶紧逃出来,深吸了几口新鲜空气。然后又跟师傅和杨家将钻进去换点火器撞针。一切都收拾妥当,试车一次成功。现场所有人都鼓起掌来,说老法师到底是老法师,八级钳工到底是八级钳工,姜就是老的辣。鲁副指挥也在现场,说,像姚师傅这样的老工人,是板桥的国宝,要好好珍惜,要好好保护。

这时候,我就开始恶心呕吐了。师傅和杨家将没什么事,他们吸进去的煤气不多,而且我估计我的肺还比较嫩,他们的肺老。安全组的一个老梆瓜说,小卵皮估计煤气中毒了,快点送医院灌肥皂水。另一个老梆瓜说,怎么能灌肥皂水呢,小卵皮是煤气中毒,又不是喝农药吃敌敌畏自杀的。于是七手八脚叫来车子,把我送去医院。

我在病房里睡了一觉,醒过来后,一个大眼睛的小护士来给我量体温测脉搏,说,刚刚鲁副指挥来看过你了,见你睡着了,说不要吵醒你;还对旁边一个领导说,这个小青年很勇敢的,有奋不顾身的工人阶级主人翁精神,要重点培养。我差点把体温表咬碎,说,你们应该叫醒我的。大眼睛眨着大眼睛说,你还说梦话呢。我一下子慌了,我不记得刚才睡着了做过梦,要做也只会做那种旖丽的春梦。我紧张地问大眼睛,我说什么梦话了。大眼睛说,你在梦里喊,不要管我,救同志们要紧。快,快,快去救同志们。我一下子呆住了,我怎么也想不通自己竟然会说出这样惊心动魄的英雄壮语。大眼睛扑哧一声笑出来了,我才知道她是在逗我。我说,那么鲁副指挥来看我,也是假的了,都是你编出来的。大眼睛认真地说,鲁副指挥来看你,还有他说的话,都是真的。陈老师,你来证明一下,刚才鲁副指挥是不是来看过十七床的。门口正巧经过个三十出头的老护士,大眼睛这话是对她说的。那老护士板着脸说,有什么好证明的,来个领导来探望,有什么稀奇的,要是死了,领导还会送个花圈呢。大眼睛伸了伸舌头,朝我扮了个鬼脸。我说刚才这女人怎么这么凶啊。大眼睛把食指竖在嘴边让我噤声,快步溜了出去,到了门口又走回来几步说,送你进来的时候,说是煤气中毒,我们还以为你开煤气自杀呢,没想到你是个英雄。刚才又送进来一个,倒真的是开煤气自杀的,女朋友不要他了,他就想不通了。幸好被人发现了。

我忽然福至心灵。大眼睛说我是英雄,点醒了我。所以晚上小辫子来看我,我让他明天一早把妇女队长留下的那本书带来。小辫子一下子没反应过来,问我哪个妇女队长。我说就是后背有块骨头突出来的那个女人,你太薄情薄义了,你还在她家吃过烤土豆呢,这么快就把人家忘啦。小辫子露出牙床大笑起来。所以小辫子要是去看口腔科,医生要检查他的牙床很容易,只要叫他笑就可以了,上下牙床袒露无遗。

说到底,谁不想当英雄啊,英雄也不是谁都可以当的,当了英雄就意味着你已经牺牲了,死了,挂墙上了。我不想当死了的英雄,我还够不到这么高的境界,我冲进去吸煤气不是去送死的,只是不想让师傅吸煤气,既然吸也吸了,又碰巧没死,我当然想当活着的先进。没有女朋友,当了先进就会有女人找上门来。有了女朋友,先进这块招牌可以为自己的形象增添光彩,让爱情的齿轮像加了润滑油一样飞速运转。要是某一天和丹娘重逢,丹娘知道我成了板桥的先进,名气比师兄还响,还加了工资,丹娘一定会很开心的。一个先进的称号,抵得上一百个旺鸡蛋,抵得上一百封情书。上次评先进,其实有点勉强,是师傅硬推推上去的,开局还不错,到了中局阶段,就被小辫子搅局搅黄了。这次不一样,鲁副指挥也来医院探望我了,我等于是在总厂领导那里挂过号了,腔势很浓,苗头很足。卸克当初砸断一根腿骨，这是意外事故，但是后来就不是意外了，他发挥主观能动性，开始装了，装到后来就当了车间主任，保卫组组长。装模作样谁不会啊。伯富装高营长，师傅装赵四海，老约克装小开，画眉毛装西施杨贵妃，都在装，都装得有模有样，都是无师自通。我从现在开始也可以装了。

我冲出病房，看到一个清洁阿姨在拖走廊，上前一把抢过拖把，从走廊的这一头开始拖，一直拖到走廊尽头的楼梯口。师傅师娘送饭来的时候，我正被那个搞清洁的阿姨指着鼻子骂，身体这么好，有力气拖地，还赖在医院里干什么，医院里伙食好是吧。说是帮忙，帮倒忙，就知道拖拖拖，拖到现在拖把也不洗一次，越拖越脏，我还要给你擦屁股。清洁阿姨劈手夺过拖把，气呼呼地走了。

师傅和师娘都笑了。师娘说，该骂，骂得好。不在病房里好好躺着，还逞能，拖地拖给谁看啊，拖给清洁阿姨看还是拖给小护士看啊。不动好脑筋。

我问师傅，两只鸽子拿到了吧。师娘说，喏，就是你现在吃的鸽子汤。我说鸽子是我要给小师妹吃的，让她补身体的。师娘说，先管好你自己。又对师傅说，国钧面色倒蛮好看的，平常看上去灰扑扑，今朝倒有红晕了。师傅说，这是煤气中毒的现象。医院有什么治疗措施吧。我说，听小护士讲，明天早上要进高压氧舱。师傅点点头，说，老法师可能要调到培训部去了。老法师也不想走，他走了，钳工一班靠山没有了。鲁副指挥说，这样的老工人，贡献这么大，板桥应该善待他，把他养起来。将来调到培训部去，可以给板桥的青年工人上上课，传授传授技术。鲁副指挥后来还特别提到你，对黄坤山说，这个小青年苗子好的，关键时刻冲得出，要培养。听说鲁副指挥和黄坤山来医院看过你了。我一边啃鸽子一边随口应了一声,来过了,不过我睡着了。师傅说,要珍惜这次机会,好好表现。表现好不是叫你在病房里拖地板,还有其他方式的。我说师傅放心好了,我晓得的。

  第二天一早,小辫子就给我送书过来。因为不是探视时间,不让他进来,他是硬闯进来的。我还没和他说几句话,走廊那头哭声骤起,惊天动地。那边有个老太死了。半夜里哭声也响起过,陪夜的家属以为老太死了,哪知道老太后来又活过来了。我和小辫子走出病房去看,那边冲过来一个人,一把拖住小辫子,要把他拖出去。原来是看门房间的老头一路追来了。这时我看到大头拖着副担架过来,见到我十分诧异,说,国钧你怎么在这里啊。我说煤气中毒进来的。大头说,不会吧,昨天送来的开煤气自杀的人是你啊。我说大头你的头这么大,装的是糨糊是吧。你不会分析的啊,我是像自杀的人吧。抢修设备中的煤气。大头不好意思地笑笑,回过头来和小辫子打了个招呼,两个人握了握手。大头还想和我握手,我逃开了。

  大头回过头对门卫说,老甲鱼你吃错药了是吧,拖牢我朋友做啥,再不放手,我一把抱你到太平间去。看门的老头听了拔脚就逃。我问大头,你今天是早班啊。大头说,半夜里就被喊来了,以为老太死了,想不到老太不想死,还讲要吃红糖粥。半夜三更,家属到哪里去弄红糖粥啊。估计这次是真的死了。我说万一你抬到太平间,老太又活过来了,问你讨红糖粥吃,你吓吧。大头哈哈大笑,说,国钧你不要吓我,我不怕的,我从小胆子大。当初分到医院里来,没有人肯到太平间去,我本来分在石膏间,我就讲,没有人去,我去。院长还表扬我了。太平间的尸体要是活过来,不叫活过来,叫诈尸。真要是碰到诈尸的,我两记耳光扇过去,叫他再死一次。

我们一起哈哈大笑。

　　大眼睛走过来说,那边的病人刚刚去世,你们在这里笑,礼貌吧。大头,抬尸体去。十七床,跟我下楼做高压氧舱治疗去。

第二十章

大眼睛把我带到高压氧舱那里,交接了一下就走了。

那里已经聚了五六个人,大都是煤气中毒的。有个五大三粗长得很生猛的老工人,是炼焦分厂的,苯中毒。还有个五十来岁的农村老大妈,自称是在农贸市场里卖鸭血鸭肠的。我不知道她是为了什么来的,农村又没有煤气的。后来听她说是在自家挖的沼气池里中的毒,还好她老公发现了,那时她已经一头栽倒在沼气池里了,晚发现几分钟就一脚去了。

管高压氧舱的是个五十出头的老护士。老护士叫我们把口袋里的火柴和打火机都交出来,说化纤的衣服不能穿,的确良衬衫也不能穿。我们互相看看,没有谁长得像是穿的确良衬衫的,一个个都不像是穿得起的确良衬衫的。我们换上医院的棉布拖鞋,每人还穿上了一件灰扑扑的棉布大褂,看上去就像马路上看管自行车或者在门房间值夜班的人穿的那种大褂。老护士警告我们说,高压氧舱里面是高浓度的氧气,不要说抽烟了,就是有一点火星,就会爆炸。到了里面就老老实实地坐着,不要走动,不要说话。有个年轻女孩说,看书可以吗。老护士点点头。我也问了一句,打喷嚏可以吧。老护士瞪了我一眼,说,不可以,呼吸也不可以。我们听出她说的是反话。那个生猛的老工人也问了一句,放屁可以吧。我这几天肠胃不好,容易放屁。老护士明显不耐烦了,说,你这把年纪的人了,说点正经的话好吧。我说,老爷叔,你放屁的时候屁股里会冒出火星吧,要是会冒火星的就不要放,憋一憋。我以为这话说出去,大家会笑,却没有一个人笑,估计都吃不准放屁会不会冒火星,都在思索这个问题。

又等了一会,还是没有让我们进高压氧舱。农村老大妈就耐不住了,说她还要赶到安德门去进货,去晚了就进不到鸭血鸭肠了,时间耽搁不起。老护士说还要再等一个人。大家就不满了,说谁这么大的架子,让这么多人等他,肯定是个当领导的,太不把工人农民当回事了,来了就给他提意见。老护士说,不是领导,是个开煤气自杀的年轻人,昨天送来的。待会大家不要盯着他看,也不要用言语刺激他。这下便有点群情激奋了,说这家伙自杀过一次,说不定还想来第二次,他要是带个打火机到高压氧舱里去,我们这些人就陪葬了。那个生猛的老工人说自己还没活够呢,不做了不做了。农村老大妈也说不做了,要去进鸭血鸭肠。老护士拖了这个又拖那个,安慰大家说不会出事的,好不容易才把大家安抚住了。

这时不知谁说了一句,来了来了。我们朝楼梯口那里看过去,一个护士陪着个年轻人走过来。那年轻人面色苍白,眼神空洞。大家看着他换衣服换鞋子。年轻人倒是很配合,说自己不抽烟的,身上没有火柴和打火机。不过我们看过去,他的裤袋里鼓鼓囊囊的,不知装着什么东西,都有点提心吊胆。老护士开了高压氧舱的门,让我们进去坐好。高压氧舱里面对面有两排位子,像是小飞机的机舱。大家都站着不动,眼睛都看着那个自杀的青年。自杀者以为像看电影一样要对号入座的,也站着不动。直到老护士说了几遍大家随便坐,他才第一个坐下了。他一坐下,大家就像得到了特赦令,朝他对面的那排位子涌过去。我和生猛的老工人抢到位子了,农村老大妈和年轻女孩也抢到了,另两个人想和我们挤在一起,我们不让,事实上也挤不下,只好嘀咕着坐在自杀者那一排,不过尽量离他远远的。老护士又说了一遍注意事项,舱门就关起来了。舱门一关,恐怖的气氛就蔓延开了。我觉得好像不是来做治疗的,倒像是执行空投任务的敢死队,我们现在坐的是一架军用飞机,时刻准备着跳伞,到了指定的地点就得跳下去,有去无回,壮烈牺牲。

时间一分一秒地过去。

高浓度的氧气,照道理吸进去会非常畅快舒适,但不知为何,每个人的呼吸都有点急促。氧舱里的气氛紧张又有点怪异,都有种命悬一线的感觉,都有种不知道什么时候就会出事的感觉。我这方面也没什么经验,只是凭直觉,如果自杀者有什么异动,我就冲上去制服他。我发现别人比我更紧张,年轻女孩也没心思看书,生猛老爷叔额头上汗都冒出来了,我判定他肛门的括约肌也收紧了,不必担心会有丝毫泄露。自杀者在众目睽睽之下,也显得很紧张,坐立不安,低着头看自己的手指甲,看了这只手又看另一只手,然后两只手对搓。这时每个人的神经都绷紧了,氧舱里紧张的气氛已经到临界状态了,我们怕他两只手一直这样搓下去,时间久了会搓出火星来。自杀者开始摸大褂的口袋,摸了上面摸下面。大褂其实没有口袋的。他的手犹犹豫豫地伸向了裤袋,那里鼓鼓囊囊的。后来分析,那只是他掩饰尴尬的下意识动作,并不存在什么危险性。其他人还没反应过来,农村老大妈就扑上去了,就像老虎扑食一样地扑上去,就像扑炸药包的壮士一样地扑上去,就像奋不顾身掩护战友的英雄一样地扑上去。大妈还喊了一声,快来,按住他,不能让他动。这时只听得一声凄厉的惨叫,是那自杀者发出来的。生猛的老工人以为自杀者这一声叫喊,是打算发力反抗了,也毅然决然地扑了上去,不过他是扑在农村大妈的身上,而且动作和身形很猥琐,不断地朝前拱,一下一下地拱。

这次治疗提前结束了。

那个自杀的小伙子第二天没来,手臂骨折了,转到骨科去了。

吃了午饭,我去找大头。这段时间不会有人来探望,用不着装,装了也白装。

太平间旁边有间小房子,是大头的休息室。大头的师傅退休了,大头现在是太平间间长,另外两个临时工都听他调遣。大头说,你送我的香烟不错,以后再给我搞点。我说,一句话。我说医院里有那么多小护士,哪个是你女朋友啊。大头叹息了一声说,哪个都不是。小护士都想嫁给医生,不肯嫁给我这种工务员的。我说大家对你都很客气的,我叫你搞的药,你一下子搞来一箱,说明你在医院里兜得转。大头笑着说,那是因为看到我都有点害怕的。我要什么药,只要开了口,没有打回票的。有次我问小儿科的小男人讨药,小男人不肯给,我不和他多啰嗦,直接一把拎起来,把他扛到太平间门口,要关他进去,他吓得都傻掉了。不要说医生不怕死人的,也有医生怕死人的。那小男人现在看到我服服帖帖。我哈哈大笑。大头问我,国钧你有女朋友吧。我说,有的,不过和没有女朋友也差不多,现在到外地去了,不知道什么时候回来。大头说,我谈过一个女朋友。这小女人盯牢我问,问我在医院做什么的。我瞒不过,只好告诉她。册那,面孔还没有香过,这小女人就逃掉了。我哈哈大笑。我说我到现在也没有香过女人面孔。大头说,所以讲,男人必须结婚,结了婚,老婆的面孔随便你香,香一夜也没有关系,只要老婆肯给你香。我说,老婆肯定肯的,老公香她面孔,女人也适意的。

有关香女人面孔的问题,我们两个人交流得十分投机。

说到后来,就说到大眼睛了。我说,大眼睛看上去天真无邪,皮肤也蛮好的,手也长得蛮好看的。大头说,国钧你不懂女人的,看女人不看手的,看手就是洋盘。看女人我先看屁股,屁股大的女人,骨盆大,生小孩比较顺利,而且怀孕容易怀男孩。接下来,要看胸脯,胸脯大吧,胸脯大,将来奶水足,小孩生出来营养好。我看女人只看这两个地方。瘦精精的女人我不喜欢的。大头毕竟是在医院里工作的,说出来的话比较有科学性。我说大眼睛的师傅蛮凶的。大头说,你说的是陈佩琴是吧。我说大概是的吧,大眼睛叫她陈老师的。大头说,陈老师其实蛮可怜,她脾气不好不能怪她的。不过最可怜的,还是她老公。我说这个陈老师看上去凶,其实长得蛮好看的,她老公讨了这样的老婆,有什么可怜的。大头说,这里面有故事的。顿了顿,大头又补了一句,这女人被男人强奸过的,强奸她的男人就是她现在的老公。我的胃口被大头吊上来了,急于听下去。

大头说,被男人强奸的女人,和轧姘头的女人不一样。女人轧姘头,说出去难听,但只要女人自己不在乎,你拿她一点办法也没有,她照样活得神气活现。被强奸过的女人,面子夹里全部没有了,心里的阴影散不掉,被人指指戳戳,一生一世抬不起头来。陈老师还算好的,想开了,不过心理还是有点变态,对男人凶,对所有的男人都像是有刻骨仇恨,对女病人还是蛮好的。我说,不要岔开去好吧。大头说,陈老师是被肛肠科的男医生强奸的。我刚才说过,小护士都想嫁给医生,所以那个男人很容易就把陈老师骗到野地里,把她揿在地上。陈老师不知道要发生什么,还笑着说,不要开玩笑了好吧。她到这个时候还以为男的在和她开玩笑,只是觉得玩笑有点开过头了。那男人当时说了什么,没有人知道,反正,他把她强奸了。陈老师那时候年纪还轻,挣脱不了,也不反抗了,只是不停地哭。那个男人开始的时候色胆包天,发泄完了,害怕了,跪在陈老师的面前哭,求她原谅。陈老师这时候反倒不哭了,看着他,一言不发。他也不敢走,怕自己一走,陈老师就跳河自杀了。他问了,说你会不会想不开,去自杀啊。陈老师说,我不会自杀的,但是我会一直跟着你。她的脸色煞白,透着一股冰霜一样的寒气。他起身走了,她在后面跟着他。他回到宿舍,她也跟着进去。那男人问陈老师,你想干什么。陈老师回答他,你把我弄龌龊了,你要负责的。后来两个人就结婚了。

我打了个呵欠,说,这个故事一点意思也没有。

大头说,精彩的在后面。结婚的时候,陈老师没有什么嫁妆,除了随身衣服,就是一把大剪刀,是在张小泉买的,最大号的剪刀,那种剪刀,把人的手都剪得下来。新婚之夜,陈老师把剪刀压在枕头下面。那男人要碰她,她坚决不让,说,你要是再碰我一下,我就等你睡着了,把你那个害人的东西剪掉。这番话她是笑着说的,那男人听了却是汗毛凛凛,知道她说得出也做得出。那男人说,你不让我碰,我就去碰别的女人。陈老师还是笑盈盈地说,一样的,我只要知道了,也是咔嚓一剪刀,省得你去祸害别的女人。

大头说的时候神色平静,我却听得惊心动魄。我说,你把肛肠科那个男人指给我看,我去打他一顿。大头说,没有必要了,你看到那个男人就知道了,一副样子像赤佬一样,像鸦片鬼一样,一点血色也没有,就是个活死人。他已经付出代价了,没有必要再去收拾他了。我说,与其这样过日子,两个人都不好过,陈老师干脆离婚算了。大头说,离婚不是这么容易的,法院不会爽爽气气同意的。

看看时间差不多了,我就回病房去了。经过护士值班台,我朝里看了一眼,陈老师在整理病案,神色平静。我忽然涌出一种很难形容的情绪,说不清是对这个女人肃然起敬,还是可怜同情。

爬上病床,我不能睡觉,眼睛看着书,其实也看不懂,耳朵竖着,听外面的声音,有人来了就装模作样地看。而且不能老是看第一页,要翻过去几页,从二十多页开始看,显得好像很专注,已经看了不少了。鲁副指挥没有再来,但是黄坤山来看过我,看到我在看的书,十分赞赏。厂里其他的领导也都来探望过我。我不能想象,还有比这个更加好的开局了。我觉得我是在把当年卸克演过的场面再度排演一遍,说不定演得比卸克还要好,当然我也不指望会有比卸克更加好的结果。我们车间主任老秦来的时候,我也在装,聚精会神地看得很入神。老秦上来就抽了我一记头皮,说,小卵皮,我还不知道你几斤几两啊,在我面前你也敢装啊。说着夺过书就要朝地上摔,一看封面,慌忙还给我。

这天晚上,小辫子和伯富刚走,我就睡了,到了半夜里被下腹一阵绞痛痛醒,开始还能勉强熬住,后来一阵阵绞痛席卷而来,像是抽筋剥皮一样,痛得我几乎要在床上打滚。邻床的老山东赶忙打铃叫夜班护士过来,夜班护士又去把值班医生叫来了。值班医生见我痛得满头大汗,按了按我腹部,说,急性阑尾炎,记下来,明天早上安排手术。我说我不开刀的,我是练功夫的,开了刀肚皮里的元气要漏掉的,十年功夫白练了。值班医生笑着说,不开刀也可以的,你熬得住痛你就熬,急性阑尾炎也是有危险的,阑尾穿孔弄不好是要送命的。你自己选,要功夫还是要命。我说要命。

这以后便再也没有睡着过,一阵阵绞痛,撕心裂肺的痛。刚刚有点缓解,蒙蒙眬眬想睡了,又被痛醒了。护士给了我几片止痛片,吃下去一点没用。好容易熬到天亮,乘着绞痛的间隙,赶紧起床漱洗一番,然后继续躺好,等着挨刀。病友们都起床了,在外面走来走去忙忙碌碌,一片嘈杂。我忽然觉得疼痛减轻了,一阵倦意袭来,居然睡着了。

我是被大眼睛推醒的。大眼睛笑着说,睡得这么熟啊,听说你半夜里喊过救命的,现在不痛啦。我说你推醒我干什么。大眼睛说,给你备皮。我说备什么皮啊。大眼睛说,待会要给你开阑尾炎,手术之前要刮毛的,否则容易感染的。刮毛难听吧,所以我们就说是备皮。她看我还在发呆,命令道,把短裤脱掉。以前好像听谁说起过,开阑尾炎要刮毛的事,我知道这下在劫难逃了,说,能不能换个男的过来。大眼睛说,你还想挑挑拣拣啊,告诉你,我们这里没有男护士的。我说我去把大头叫来,叫大头给我刮。大眼睛说,不可以的,这是有规章制度的。你不刮,待会发作起来痛死你。要不要我去把陈老师叫来。我连忙说不要。陈老师来了,那就不是刮毛的事了,按她的秉性,说不定阑尾还没切除,先把别的切了。

我只好乖乖就范。

大眼睛的手皮肤白皙,手指纤细,很好看。其实年轻女人的手大多都很好看,只要手上没有长白癜风鹅掌风鸡爪疯,都是赏心悦目的。那双手温暖柔软,触感很好。我不敢继续看,更不敢体会,不体会已经心猿意马了,再细细体会就要爆炸了。

　　有一阵凉意传上来,我猜想是在涂肥皂沫,师傅在浴室里刮胡子,总是先涂肥皂的。蘸肥皂的刷子在敏感部位来来回回,有点痒。我害怕的不是这个,害怕的是一时憋不住,丧失了男人的尊严。大眼睛把我底下的命根子按住,先刮上面的毛。我拼命抵御,想严肃的事情,想孔老二周游列国处处遭冷遇,大木桥的隔壁邻居阿毛娘说的十八层地狱下油锅剥皮抽筋,想我在东安公园被老家伙用树枝抽屁股,想周剥皮为了剥削长工半夜里学鸡叫,想世界上还有三分之二的人生活在水深火热之中,想自己在金陵有个阿妹,在古庙村有个阿姐,已经有女人了,不可以再花头花脑了。甚至想到小时候出痧子,一张英俊的脸差点变成麻皮。不过,想象力再充分,还是没有用,我还是无法抗拒底下的刺激,有股热流在周身蔓延,我把嘴唇咬破了,没有用,只好狠狠地抽自己耳光,抽了好几下。大眼睛厉声呵斥,不要动,你还让不让我刮毛了,刮破皮我不负责的,刮断动脉大出血我不负责的。大眼睛手套也不戴,捏着命根子随意摆动,沙沙沙刮毛,就像杀好鸡褪毛,还翻过来刮毛。我想喊救命,我想逃,不过已经来不及了。我去抓大眼睛的手,叫她不要再刮了,我受不了了,再刮下去要闯祸了,我的一世英名要断送在她手上了。我刚刚碰到大眼睛的手,下面就像破土而出的春笋,蓬勃而起。

　　大眼睛哭了,掩着脸逃出去,一路哭一路叫,陈老师快来救我呀,小流氓调戏我。我这时候已是羞愧难当,但我没想到大眼睛变脸变得这么快。陈老师闻声赶了过来,手里拿把橡皮榔头,说,好哇,你不老实,我立时三刻叫你老实。说罢朝春笋的头上敲了一下。那里是软档,用不着敲第二记,我已经老实了,就像一盆冷水泼上来,马上疲软了,太监附身了。后来有段时间我情绪低落,哪怕是在给三妹的手涂抹防裂油时,哪怕是在面对丹娘赤裸的身体时,我也一点不兴奋,我觉得是被橡皮榔头敲坏了。刚刚听大头讲过故事,我完全理解陈老师为什么敲我敲得这么狠。

我听到护士值班台那边传过来的声音,陈老师在训斥大眼睛,骂她工作的时候为什么口罩也不戴,橡皮手套也不戴,滑溜溜软绵绵的手上去,还面孔笑嘻嘻,不是有意刺激小青年嘛,这种二十岁出头的小青年经得起你这样刺激的啊。

陈老师过来,刷刷刷几下,把大眼睛未完成的工作收尾。这时候我已经心灰意冷麻木不仁了,一点感觉也没有,陈老师就是把我闯祸的那玩意即刻处决了,我也不会有感觉。

病区里所有的人都知道这件事了,男男女女在病房门口探头探脑看我。他们不知道具体发生了什么,但大眼睛的呼救却是听得清清楚楚,我对大眼睛耍流氓了。这种事情传得很快的,说不定明天全板桥的人就都知道了,我也解释不清了。我对邻床的老山东说,我真没有对大眼睛做什么,你可以证明的。老山东说,不能怪你,俺都看到了,是那闺女在戏耍你。不过,俺也看到后来你去抓她手了。我只好苦笑。

我觉得用不着再看书了,用不着再装了,再装也不会有人相信了,我的政治前途彻底完结了,要想复制卸克的神话根本不可能了。假装成一个不是你自己的人,假装成一个其实离你很远的人,很痛苦的,就像演戏一样,我天生就不是演戏的料,在舞台上出洋相也是迟早的事。

想到以后不用再装了,我反倒一下子轻松起来。

那以后,再没有领导来看望我。本来说好的,板桥炼铁报有个记者要来采访我,还要给我拍照片。那个记者在板桥名气很大,号称"铁笔阿五"。有一次,一个当地农民被厂里运煤的货车压死了,他写的新闻的标题是:《中年农民与火车相撞当场死亡》。你看了标题会很兴奋,以为那个农民像西班牙的斗牛一样,红着眼睛毫无惧色地去撞火车,火车也不买账,和农民对撞。最终火车赢了。标题居然可以这样起,厉害吧。出了这个事情以后,"铁笔阿五"也不来了。大眼睛也不来了,估计换到别的病房去了。负责我们病房的,是个脸上长雀斑的小护士。一般来说,长雀斑的女人都是有点风情的女人,但这个小护士一脸严肃,属于那种男人不能跟她开玩笑的女人,风骚风情风韵什么的和她完全不沾边。我都不敢跟她说话,随便说什么,她都会认为我是在调戏她。

后来我对我几个兄弟说了这事。大头说他宁可阑尾穿孔,也不刮毛。这太不人道了,太欺负人了。没有一个男人挺得过这关,这明摆着就是让男人出丑的。伯富说他扛得住的。我也相信他扛得住,他吹过小号,又用热水浸过蛋,他已经百毒不侵了。子良说,他会事先想好一些很恐怖很恶心的事情,闭着眼睛轮流想这些事情,估计能逃过这一劫。小辫子说,国钧,我可能比你还不如,你好坏还和丹娘有过一定接触,我这方面完全是空白。我害怕的不是架起高射炮,而是害怕一时失控,还开火了。

伯富和子良狂笑。我不敢笑,一笑,伤口缝合的线就绷开了。

这天和邻床的老山东下象棋,棋盘搁在我床上,老山东坐在椅子上。我听到护士值班台那边有人说话,好像提到十七床什么的。十七床是我的床位和代号。果然,隔了一会,雀斑护士提着一个网线袋走进来,说,十七床,有人给你送吃的来了。说着把网线袋朝我床头柜上一放。我说,是谁送的。雀斑目不斜视地说,不知道,是放在门房间的,刚刚门房送上来的。网线袋里面还包着一块棉垫,是用来保温的,里面是只粗陶罐。盖子还没揭开,鸡汤的香味已经出来了。这不是师娘的风格,师娘不会把鸡汤搁在门房间一走了之,而且师傅家里也没这种乡土气息很浓的粗陶罐。我实在想不出会是谁送的。

第二十一章

出院那天，我特意走到护士值班台那里。我不是去告别的，那里的人谁都不想再看到我。我看到陈老师在，雀斑也在，所有人都在。我对大眼睛说，你把我的名气搞坏了，你开心了吧。我现在来和你说声再见，不过等你结婚那天，我还会出现的。我会告诉你老公，你看过我下面，还碰过我下面，那个地方只有我老婆才可以看，才可以碰的。我倒要看看你老公会说什么。他知道这个事情以后，很可能就不要你了。当然，解决的办法还是有的。大眼睛看着我，等我说下去。我嬉笑着说，你那个地方，也让我看一下，碰一下，我们就两清了。否则，你最好的结局，就是嫁给看太平间的大头了。唯一不会嫌鄙你的，大概只有大头了。

我说完就走。我在楼梯转角处等了一会。果然，不一会，那边传来大眼睛的哭声，哇哇大哭，嚎啕大哭。

我觉得很有快感。

这个时候，板桥有两个女人怀孕了。当然这期间板桥怀孕的女人肯定不止这两个，但唯有这两个女人的怀孕，在板桥是被写入历史的,以至很多年以后,还被人津津乐道。

小辫子说,你住院的这些日子,错过了两场好戏。一场好戏是,阿三带着一群野狗到炼球分厂的食堂扫荡。另一场好戏是子良的老娘和杨彩芹的对决。我说怪不得,后来几天,子良没有来看过我。小辫子说,这两场好戏互相之间是有联系的。其实前面那场戏他也没有看到,也是听食堂里的一个老阿姨说的。小辫子说后面那场戏他就在现场,子良的老娘和杨彩芹吵相骂,简直不能用精彩来形容,只能说是经典。我白了小辫子一眼,说,你这段时间长进蛮大的嘛,形容词学了不少,经典也讲出来了。你懂什么叫经典啊。小辫子被我冲了一句,闷掉了。对一个喜欢凑热闹的人来说,没有亲眼目睹这两场戏,只是听别人的转述,内心是有深深的遗憾的。

在此之前,子良的师傅苗发回乡下老家了,是去造房子的,要去几个月。苗发走了以后,杨彩芹每天夜里到大五金仓库陪子良。杨彩芹讨厌狗的,特别是阿三这种面目狰狞嘴角上一直有白沫的狼狗,所以进了值班室,就把门关起来了。值班室是在仓库里面的,里间是休息睡觉的,外间有煤气灶水池桌椅电话,一应俱全。子良和杨彩芹躲在里面,烧夜点心吃,听听收音机,说说笑笑,小日子过得十分满足。

这下阿三不开心了。本来值班室的门是从来不关的,要关也是关里间的门,阿三是可以随意进出的,阿三的狗窠就在外间。听到什么声响,阿三随时随地要冲出去,叫几声,把贼喝退,再回来睡觉。现在值班室进不去,阿三只好趴在门口。偏偏阿三是条自尊心比较强的狼狗,觉得被人嫌鄙了。它是老土地,到大五金仓库比子良早,子良是后来才来的,阿三不知道那句"烧香赶出和尚"的俗语,不过它心里清楚,自己是被欺负被羞辱了。阿三忿忿不平,就在外面叫,声音高高低低,起起伏伏,发泄不满。开始子良和杨彩芹不理它,以为叫几声就不叫了。想不到阿三有股韧劲,你不开门,就不停地叫,翻花样叫,叫得你一点耐心也没有。看看光是喊叫没有效果,阿三就撞门。值班室的门外面是包了一层铁皮的,时间长了,铁皮有点脱开了,阿三撞一下,铁皮会忽啦啦抖动,抖几秒钟,隔一会,还会有一声"嘣",铁皮又重新弹回去复原了。刚刚太平下来,阿三又撞了。杨彩芹发嗲了,说你不管管它啊,我要是夜里睡不好,眼泡浮肿,皮肤会松的,会变得难看的。子良就开了门冲出去,踢阿三,乱踢,踢到哪里算哪里,阿三只好逃。等到上了床,阿三又来撞门。这下子良火气上来了,找了根粗木棒,抡起来就朝阿三劈过去。阿三惨叫一声,绕着堆放槽钢角铁电缆圈的场地逃,子良在后面追,追出一身汗。刚刚回到房间里,阿三继续撞门。双方形成拉锯战。子良追了几次,天也亮了。杨彩芹说,今天夜里阿三再捣蛋,我下次不来了。子良说,不会的,今天饿它一天,叫它没有力气撞门。

果然,这天子良没有拎着铅桶去食堂收剩饭骨头。

这天夜里,阿三也没有来撞门,也没看到它,不知道躲在哪里。

睡到半夜里,子良忽然觉得哪里不对,披好衣裳出去看,电筒照遍所有角角落落,没有找到阿三。子良开了铁门,出去找,一路喊,没有阿三的踪影。子良觉得心里有愧,觉得对不起阿三,坐在外间一支接一支抽香烟,没有再睡。子良和阿三是有感情的,为了杨彩芹,自己发疯一样踢阿三,用木棒打阿三,还饿阿三肚皮,做得太绝了。这天早上,杨彩芹起来,漱洗好,直接去上班。杨彩芹会赶在上早班的人来之前离开。临出门的时候,杨彩芹说,我老朋友不来了,已经超过两个多月了。本来以为这几天会来的。以前也有过这种情况,老朋友晚来半个多月的时候也有的。这次可能是怀孕了。子良还在想阿三的事情,听到嗯了一声,其实没有听进去。他希望阿三是饿了一天,出去打野食了,一早会回来的,想不到阿三没有回来。要是阿三真的不回来了,师傅要伤心的。师傅脾气再好,也要骂的。师傅苗发养阿三养了六七年了,感情特别深,阿三不见了,师傅肯定要发火的。杨彩芹看他这么迟钝,哼了一声走了。

  子良到后来才反应过来,连忙赶到食堂里,对杨彩芹说,我和你结婚,办喜酒。杨彩芹说,不要发疯,你不怕别人看笑话,我怕的。过几天我到谷里流产流掉。子良说,赵家门的骨血,我要的,不流的。我赵子良向来不惹事情,但是事情真的来了,我不怕的,我要担肩胛的。子良打电话回去,告诉老娘自己要结婚了,叫老娘多寄点钞票过来。老娘说,这也太突然了,事先一点风声也没有的。老娘第二天就从上海赶过来了。到了以后问子良,小姑娘规矩懂吧,怎么不来接我。子良说她在上班。老娘要看照片。子良从皮夹子里抽出杨彩芹的照片给老娘看。老娘说,照片拍得不好,以后拍结婚照到上海王开去拍,或者到万象去拍。板桥这种乡下地方拍照拍不好的。蛮好看的女人,照片看上去老气,显得胖咪,好像有三十多岁。子良说,她就是三十多岁,还离过婚的。老娘笑着打儿子一拳,说,不要瞎讲。子良说是真的。接着把大概情况说了说。老娘看儿子不是开玩笑,就发胃气痛了,睡在招待所的床上起不来了。陪老娘过来的戴鸭舌帽的男人说,子良你先回去,我来劝劝你娘,劝得好的。叫女同志晚上也不要来了,来了肯定碰僵。我来做做工作。子良说,谢谢爷叔。

  就在这天夜里,炼球分厂食堂出事情了。

食堂里做夜班的几个人供应好夜点心,在门口闲聊。忽然听到东南方向一片纷杂,隐隐约约像是潮水奔流,间或还有狗叫声。厂区的马路上全是散落的矿粉,一时间烟尘滚滚,众人看过去,但见黑鸦鸦的一片朝这里奔突过来,仔细一看,是群野狗,大概有二十几条。一下子涌出这么多狗,大家都有点奇怪。那些狗在距离十几米的地方停住了。为首的是一条身形雄壮的狼狗,其余都是乡下的草狗,但是这么多狗排列在一起,自有一股凛然的杀气。有个眼睛尖的认出来了,说是阿三。其他人也认出来了,那条狼狗确实是大五金仓库的阿三。众人纷纷和阿三打招呼,叫阿三,叫阿三过来。有个家伙还站起身,打算上去撸撸阿三的毛。阿三抖了抖毛,仰起脖子吼了一声,像是下命令,狗群就朝这里冲过来了。食堂职工以为是来咬人的,慌忙逃开,找地方去躲。有个老阿姨工作积极性高,别人聊天,她还在里面忙,抬头看到这么多野狗冲进来,脚一软,瘫倒在地。老阿姨成了这场灾难的唯一目击者。

野狗冲进食堂以后,那种大开杀戒的欢呼雀跃,充满了感染力。好几笼屉卖剩下来的馒头还是热的,还没来得及收进去,野狗上去推倒在地,大快朵颐,觉得趁热吃味道好。后来就挑剔了,先嗅一嗅,是肉的,才吃,而且只吃馅子不吃皮。有一大块咸肉也被从架子上叼下来了,是带半片猪身的整条的猪腿,几条狗围着啃,还互相礼让。有七八条狗窜来窜去,在库房里乱翻,翻出不少好货,诸如香肠、白糖、面包,还有鸡蛋。狗知道把鸡蛋用爪子踩破了吃。有条黑狗叼着一长串香肠在前面逃,后面好几条狗追。阿三威风凛凛地站在高处,警觉地扫视四周,看着同伴吃,自己不吃,好像很有成就感。灶台上有半锅卖剩下的肉丝菜汤面,有条大狗用头一拱,连锅子一起拱到地上,几条狗在地上舔着吃。那些吃咸肉的看到这里有汤水,也过来舔汤,顺带着吃些面。先前吃馒头的那几条狗过去啃咸肉。大家换着吃。阿三看到咸肉还剩下好多,也跳下来撕扯着吃了不少,吃好继续跳上灶台守望四周。本来只是损失些食物,问题出在那片咸肉上,野狗吃得口干舌燥,纷纷找水喝。水池里放满水的,都争抢着跳上去喝水。灶台旁边那只大口甏,是装料酒的,都以为是水,头伸进去喝,这条喝好那条去喝,有七八条野狗喝醉了,跳来跳去,还拉长声音叫,就像人喝醉了要吟诗一样。有条土狗在离开老阿姨三步远的地方撒了泡尿。老阿姨躺着的地方地势低,那股水流顺势流淌下来,老阿姨动也不敢动,鞋子和裤腿全部浸湿。还有条狗在老阿姨面前转圈,老阿姨起初以为它是喝醉了跳舞,后来看到狗的后半身拱起来,才知道是屙屎,屙了一大摊狗屎,臭不可闻。老阿姨就开始吐了。有好几条狗喝醉了,一路走一路打嗝,喷酒气。其他的狗打的是饱嗝。都摇摇晃晃地出门去。阿三最后离开。灶头上竖着一只空瓶,阿三后腿一翘,一泡尿撒得淋漓尽致,几乎都撒在瓶子里。

第二天打扫战场时,有个家伙说,破坏得太厉害了,所有的东西都完蛋了,不能用了,奇怪吧,只有这瓶醋还是满的。

早饭开不出了,只好打电话叫隔壁的木模分厂和机修分厂送早饭过来。尽管如此,还是有不少人没有吃到早饭。一方有难,八方支援。中饭和晚饭都是叫兄弟单位的食堂送来的。分厂所有的组室干部一起到食堂帮忙,搞卫生。角角落落冲洗一遍,所有的锅子笼屉还有搅拌机绞肉机全部搬到门口冲洗,泡碱水冲洗。有些瓶瓶罐罐干脆就丢掉了。有几袋堆在外面的面粉被污染了,也只好丢掉了。这边搞卫生,另外派人开车出去采购。

第二天才开始正式供应饭菜。不过职工普遍反映,饭菜里仍然有股臊臭。估计是心理作用。

后来隔个两三天,阿三都带着这群野狗找一家食堂扫荡。有时是炼铁分厂,有时是炼焦分厂,有时是后勤食堂,有时是木模分厂,轮流扫荡,防不胜防。大家都说阿三发疯了,突然之间变疯狗了,被它咬一口不得了。所以野狗一来,食堂里的人就逃,保命要紧。野狗来过以后,第二天这家食堂就开不出伙仓了。只好请兄弟单位的食堂支援。总厂领导发火了,说再这么搞下去要影响生产了,责令总厂武装部和保卫组协同合作,三天之内摆平此事。于是武装部和保卫组的人全部出动,骑着自行车四处侦察,终于搞清楚,阿三和一帮野狗的大本营是在铁矿附近的土地庙里,基本作息规律是白天睡觉,晚上出动。于是调动队伍,还从各个单位抽人,一共抽调了一百多个人,带好麻袋麻绳木棍铁锹圆钢,朝土地庙进发。一百多个人四散开来,先把那座土丘团团包围,把麻袋口张开,等野狗逃出来时套一只是一只。然后保卫组组长带了十几个精壮男子,举着铁锹圆钢一路呐喊着冲进去,声势极为豪壮。进去一看,土地庙里面空无一狗。据附近的古庙村里一个叫李三妹的村姑说,大部队开到之前几分钟,有条狼狗带着一群土狗撤离土地庙,走得不慌不忙。她养的那条叫大黄的土狗还去送行的。后来阿三和那群野狗再也没有在板桥出现,估计是逃到陆郎那边的山里去了。当然这些都是后话了。

这天,食堂里的卫生工作一直搞到下午三点多,才总算搞停当了。一大帮人站在门口休息聊天。

这时,远远走过来一男一女,男的年纪稍微大一点,好像五十出头了,头上一顶鸭舌帽,戴了副金丝边眼镜,手插在口袋里,看上去腔势蛮浓的。有个老阿姨说,滑稽吧,又没有落雨,穿件雨衣,掼派头不是这种掼法的。旁边一个男人说,你就不懂了,这件不是雨衣,是风衣好吧,国外流行的。众人再看旁边的女人,四十多岁,保养得好,皮肤还是紧绷绷的,雪白粉嫩,眉毛也修过的,不是画上去的,是用镊子精心拔的,细细弯弯的;头发做过的,反翘式;米色裤子配朱红的烧麦式皮鞋,脖子上系了一条白底印花的丝巾,一路走过来,派头十足。杨彩芹说,我特别欢喜她身上的这件衣裳,肩胛有衬垫的,下摆收进去,这种式样一般的裁缝师傅做不出的,而且这种轧花的面料,布店里好像没有卖的,是外头带进来的。

那个女人走近了,笑眯眯地问,哪位是杨彩芹同志啊。杨彩芹上前一步说,我就是。杨彩芹伸出手想和那女人握手。那个女人依旧笑眯眯说,握手就不必了,这记耳光是一定要打的。说完撩起就是一记耳光,杨彩芹白皙的脸上立刻几只手印子。杨彩芹一点不尴尬,也笑着说,是赵子良的妈妈对吧。听说你来了,想不到你的见面礼是打耳光啊。好的,再打几记。你是长辈,我礼让三先,先让你打三记,三记以后我再还手。子良的老娘面孔板下来了,说,我不是你长辈,我和你是平辈。这点年纪的女人了,也不照照镜子,什么男人不好去找,来勾引我儿子,要面孔吧。我可能同意吧。杨彩芹说,男女之间的事情,究竟啥人勾引啥人,说不清的。我和赵子良要好,要好就要好了,好像不要别人批准的吧。子良老娘说,勾引别人我不管,勾引我儿子就不可以。说着一把揪住杨彩芹的胸口。鸭舌帽在旁边说,不要动手不要动手。不过并不去拉劝。杨彩芹穿的饭师傅的白衣裳被拉开了,露出里面的衬衫,雪青色的府绸面料,领口绣了几朵白花,十分雅致。子良的老娘说,我就晓得你是只狐狸精,来上班还穿这种衬衫,不过这件衬衫倒是蛮别致的,颜色也蛮好看的,淡雪青,皮肤白配淡雪青的衣裳最好看了,这几朵花绣上去格调就不一样了。买现成的还是叫裁缝做的。杨彩芹说,谢谢你夸奖。狐狸精嘛,要花男人总归要打扮打扮的。不是买现成的,是我自己裁自己做的。子良的老娘鼻子哼了一声,说,手倒是巧的,而且府绸洗过以后要缩水的,这种小方领蛮难裁的,这件衬衫手艺一点不比裁缝师傅差。不过手再巧,狐狸精还是狐狸精。

此时已经围了不少人,看热闹,没有人上去拉劝。

杨彩芹笑着说,你叫我狐狸精,说明我还有女人的吸引力,还能够花男人。我看你年纪比我大,打扮得这样招摇,走在马路上回头率肯定蛮高的,我也可以叫你狐狸精的。子良的老娘说,这点被你讲对了,我只要走出去,男人都朝我看的,廿年之前是这样,十年之前是这样,现在还是这样。杨彩芹说,这要恭喜阿姐了,一棵常青树。我到你这个年纪,肯定不及阿姐。其实你用不着和我来吵,你只要管好你儿子就可以了,你儿子不来找我,我不会去找他的。子良的老娘说,阿妹,儿子大了,老娘的话不听的,只听外面烂糊三鲜的女人的话,就像你这种女人。你讲过我可以打三记的是吧,还有两记。说着就一把揪住杨彩芹的头发,准备朝她挥拳头。手挥到一半,收住了,说,你这点头发生得好唻,比我年纪轻的时候还要密,这么黑,这么亮,这么厚实的头发,我也不舍得拉。这记不算,我重新打一记。说着眼睛朝杨彩芹的胸口看。杨彩芹说,阿姐,你要打胸口可以的,你打任何地方都可以的,我讲出去的话算数的,我不避的,不过不要朝我肚皮打。到这个地步了,我索性也不要面皮了,就讲出来了,反正你这样来闹一闹,我面子夹里都没有了。我怀孕了。子良讲过的,赵家门的骨血他要的,阿姐你打坏了,赔不起的。

子良的老娘眼睛一下子瞪圆,说,阿妹,你再讲一遍。杨彩芹心灰意冷地说,我还有什么话讲啊,要讲的都讲过了。你打吧,出出气,我这种烂糊三鲜的女人勾引了你儿子,只配被人打。子良的老娘说,阿妹,你刚刚讲,你怀孕了。杨彩芹点点头,眼泪出来了。子良的老娘说,阿呀阿妹啊,你早点讲呀。阿姐不好,阿姐脑子发昏,阿姐不应该打你。来,你打回我。老屈西,你还发呆做啥,快点打电话叫车子呀。鸭舌帽说,美珍你搞搞清爽好吧,你以为是上海啊,打只电话四零零零到强生公司,出租车马上开过来接你。这种乡下地方,啥地方去喊出租车啊。

本来围观的人是等着看戏的,看两个女人大打出手,想不到剧情峰回路转,以喜剧收尾。小辫子说,子良的老娘和杨彩芹是手拉手离开的。

后来几天,老娘和鸭舌帽一对,子良和杨彩芹一对,一起去金陵玩,去谷里玩,去谷里西面的马鞍山玩。我出院的第二天,子良的老娘请我们吃饭,在外宾招待所里的餐厅,规格蛮高的。他们四个人刚刚从金陵回来。老娘说,金陵一点花头也没有,想买点东西,样样要凭票,气人吧。老顾,以后再有人问你讨侨汇券,一律拒绝,不要做老好人,侨汇券统统留给子良和彩芹。要结婚,东西一样一样要置办起来的。又回头对我说,国钧,你住院,阿姨没有来看你,不好意思哦。不过我先要敲你头皮,还有小辫子,还有这只扁头。子良有女朋友了,还瞒我,你们也不讲,一起瞒我,懂道理吧。老顾,来认得认得。鸭舌帽说,不用介绍的,子良的三个好朋友,国钧、小辫子、伯富,听子良讲起过的。来,一人十块见面礼。鸭舌帽从皮夹子里抽出三张大团结,给我们。我们不好意思要,一起推辞。鸭舌帽说,是不是嫌鄙少,那么再加十块,一人廿块。他那只皮夹子里一厚刀大团结,又抽出三张。我们又假惺惺推辞了一番,才收下,说,谢谢爷叔。

我们在潜意识里有点鄙视子良,就因为这个男人。子良的老爸生肺痨以后,子良的老娘就和鸭舌帽好了。有时这对野鸳鸯没有地方幽会,子良就把老爸搀出门去,说到外面孵太阳,对身体好;等这边事情结束,再把老爸搀回家。这是子良的污点,擦不掉的。鸭舌帽有海外关系的,钞票多,早就已经把子良收买了。后来子良老爸死了,鸭舌帽就和子良老娘同居了。不过有一句说一句,鸭舌帽也算有情有义,对子良母子是很好的。

子良的老娘说,彩芹,我给你透个底,结婚风光不风光,在自己心里,不在排场上面。我向来不搞虚的,你和子良的事情,我和老顾心里有数的,所有结婚用品都会办舒齐的,不会亏待你的。喜酒就不办了,你同意吧。杨彩芹听出她的意思,说来说去,还是嫌鄙她比子良大了十几岁。子良的老娘已经算豁达的了,办不办喜酒其实无所谓,只会给来吃喜酒的人看笑话。女人的年纪是瞒不住的,臀围和腰身和姑娘是不一样的,手伸出去也是看得出的,脖子上的纹路也是看得出的。杨彩芹说,我也是这样想的。老娘脱下手上的戒指说,这是老顾给我的,这颗蓝宝石蛮吃价钿的,给你了。杨彩芹有点为难,接也不好,不接也不好。老娘说,自家人了,用不着客气的。现在可以改口了,在外面,叫我阿姐。私下底,按规矩来,叫我姆妈,叫老顾爷叔。杨彩芹也乖巧,接过嵌宝戒说,谢谢姆妈,谢谢爷叔。子良替杨彩芹把戒指戴上去,居然正正好好。大家喜笑颜开。子良特别开心。我说,子良妈妈。我们是不是也要改口了。子良的老娘说,国钧你凑什么热闹,你改什么口呀。我说,现在开始,我们叫杨彩芹是不是要叫她阿嫂了。子良的老娘笑着说,这是应该的。我就是欢喜国钧,这小鬼头脑子活络,会看山水。于是我和伯富还有小辫子一起对着杨彩芹叫,阿嫂。叫得杨彩芹面孔也红了。子良的老娘说,今天就算是办喜酒了。老顾,去搞点酒来。于是叫来服务员,要了两瓶白瓷瓶的茅台。外面商店里是八块一瓶,外宾招待所里反而便宜,七块五角一瓶。我说,我不喝白酒的。子良的老娘说,瞎三话四,今天啥个日子,好朋友结婚,你不喝酒。不要装小脚好吧。今天我也要喝几盅的。

那天晚上,除了杨彩芹因为怀孕了,滴酒不沾,其他的人都喝醉了。老顾和子良的老娘因为没有结婚证明,不能开一间客房,开了两间,本来就多了一间,所以那天晚上我们四兄弟就没回宿舍,挤在一间客房里。杨彩芹把我们照顾停当,独自回去了。

后来子良和杨彩芹去厂部开结婚证明,起先说子良不符合年龄,男方至少要廿六周岁,这是板桥的土政策;但是板桥的土政策里又有一条,说,一方年龄超过另一方十岁以上,另一方年龄超过二十周岁,可以成婚。本来这条规定是针对男方说的,但是用在杨彩芹和子良身上,也完全可以,所以证明就打出来了。据说厂里开始要处理杨彩芹的,未婚先孕,也算罪孽的,要扣工资,记大过的。后来倒是厂工会主席唐九松为她求情,说,这点年纪的女人了,能够怀孕也不错了,也是最后一胎了,保得牢保不牢还难讲,下次再叫她生也生不出了。放她一马算了。于是杨彩芹逃过一劫。

第二十二章

子良和杨彩芹结婚的时候,杨彩芹三十八岁,子良二十三岁,被人戏称"3823 夫妻"。夫妻俩人前背后一直被人牵头皮、嚼舌头,走在路上也被人指指戳戳。夫妻俩一点不在乎旁人的目光,一起买菜,一起逛大世界,晚饭后手牵手散步,恩爱无比。我很欣赏子良的定力。本来这件事情已经算是极致了,想不到几年以后,板桥又出了一对"4526 夫妻",也是倒大,女的四十五岁,男的廿六岁。年龄差距比子良和杨彩芹还大。不过那个时候人也变得开通了,不当一回事了。再后来,男女之间相差四五十岁的也出现了,没有人再觉得稀奇了。所以说世界很奇妙,只有不敢想的,没有不敢做的。

杨彩芹怀孕了,另一个女人也怀孕了。那女人是板桥历史上年龄最大的孕妇,四十八岁了,怀的还是头胎。在板桥职工医院做产前检查的时候,医院里很多护士涌过来看,像看怪胎一样看那个女人,弄得那女人羞愧难当,觉得自己都这么大年纪了还做这种事情,还怀孕,太不正经了,太下作了。那女人是劳防仓库发货的,稀松平常,不过她老公非同小可,是总厂计生委下面婚姻工作协调组的组长陈老三。读者应该还记得他,一开始是骟鸡的,后来开配种场,后来写了一份报告,差点被军代表枪毙。陈老三觉得苍天有眼,菩萨显灵了。他的老婆怀孕四个月就见红了,一直吃保胎药。陈老三认为上天还在继续考验他,必须更加努力地工作,于是又搞了个大动作。

陈老三把报告打上去,整个联谊活动的安排如此如此,这般这般。指挥当场批示,此人能干,花小钱,办大事。其他的副指挥看到指挥已经同意了,纷纷圈阅同意。

上次调来五百多个农场女职工,盛况空前,不过对板桥单身男职工的婚配难问题并没有实质性的改善。这次动作更加大,要来六百个纺织女工,是从金陵几家棉纺厂织布厂选出来的,都是未婚单身的,不过吸取了上次的教训,不是直接来落户,是到板桥来搞大型联谊活动。如果两情相悦,等确定关系后可以调来板桥。大型钢铁企业的福利待遇还是比纺织厂好一点的,所以板桥对那些纺织女工还是具有吸引力的。那边的纺织女工似乎也有相同的苦恼,所以陈老三去联系,双方一拍即合。邀请来的纺织女工的人数,是根据板桥电影院的座位确定的。板桥电影院有一千两百个座位,根据一对一的比例,正好。换句话说,板桥将有六百个幸运者,获得一次面对面的相亲机会。

大家都在抢这张电影票。我一点兴趣也没有。车间里分到两张票,几十个男青工去摸彩。车间工会主席摇着个布袋,里面有几十张小纸条,只有两张写着"有",其他都是空白的。大家排着队去摸,只能摸一张,车间几个头头在旁边监票,怕有人作弊。小辫子摸到一张空白的,一脸懊丧。

我没有去,我弃权了。伯富也没有去。伯富说,他现在对女人不感兴趣,看到再漂亮的女人也没有反应,已经有几个月没有硬过了,可能硬不起来了。我说,你清醒的时候不硬,做梦的时候也会硬的。伯富说,没有印象,好像也没有。我说,要么就是,你和徐巧灵谈恋爱的时候,做得太疯狂了。一个男人一生里面,和女人做这个事情不是无止境的,是有定额的,可能你已经把定额全部用光了。伯富说,要是这样讲起来,老天爷有点不公平,有的人定额多,有的人定额少,我肯定属于定额少的。我说,不是定额多少的问题,定额都是一样的。关键你不懂细水长流,你龙头开得太大了,流光了。有的人细水长流,流到七十岁滴滴答答还在流。伯富说,大概是的吧。

有两个家伙摸到写着"有"字的,兴奋得发疯了,大声欢呼,把纸条紧紧贴在胸前,就像是把女朋友搂在胸前一样,还喜极而泣,蹲在地上长时间掩面痛哭。我隔着玻璃窗看着这一幕,觉得好笑。

师傅说,国钧,这段时间你好像有点消沉。不要想不开,刮毛那件事不能怪你的,这是正常的生理反应,大家都是过来人,能理解的。再讲,你又没有扑上去,只不过拉了拉小护士的手,不算什么的。我说那件事对我没有影响,我已经忘记了。师傅说,那你为什么不去摸彩。我说,我有女朋友的,我不要。师傅说,你女朋友呢,带来给我看看。不要自暴自弃,振作点好不好。师傅说着从口袋里摸出一张票子,偷偷塞给我,说,我问唐九松开后门开来的,外面不要张扬。工会的唐九松和师傅是一个设计院出来的,关系还不错。我说我不想要。要么给师兄,要么我送给小辫子。师傅抽了我一记头皮,说,你以为这张票子来得容易啊。你想一辈子打光棍啊。告诉你,回收车间十几个小青年抢一张票子,打得头破血流。有了这张票子,就有希望。去见见面,看不中我不勉强你。我已经把你名字报上去了,不可以转让的。

我不敢违抗师傅,只好把票子接下来。

这天早上,我们八点钟就等在风雨操场,等金陵那边的人过来。八点半的时候,十几辆大巴士终于开过来了。这边的人群欢呼起来。这样的场面很容易让人想起半年多前,大陆农场五百多个农场女职工来板桥时的盛况。不知哪个部门的一个豁嘴站在高台上点名,其实是报电影票座位号码,一次报两个座位号。事先已经把电影票发给纺织女工了,每人手里有一张,我们手里也有一张。豁嘴报到几排几座,报出两个连在一起的座位号,那边便有个女的羞羞答答地走出来,我们这里也走出去一个兴高采烈的家伙。于是两个人就站到另一边去。板桥出去的那个家伙一般会迫不及待地去拉那女人的手,那女的不让,手躲来躲去。整个点名的过程,板桥的男人都显得很猴急,饿狼一样。比较起来,金陵的纺织女工很矜持也很大气,有些女的你去拉她手,她就让你拉,还抿嘴一笑。豁嘴说话时嘴巴漏风的,三、四、七、十,都说得很含混,分辨不清,所以有时一下子走出去好几个,有时一个人也不出去。后来换了个人,换上来个大舌头,依然口齿不清。后来只好又换人,耽误了不少时间,所以光点名就花了一个小时。我观察了一下,发现这次来的纺织女工身材都很壮,好像不是很年轻了。

报到我的座位号时,我走出去,那边也出来个女的。我只觉得她很壮,但是看不清她的脸,她一直很害羞地用把折扇遮挡着脸,而且还不是女人用的那种纤巧的折扇,是把男人用的大折扇。她的额头部分看上去很宽很白,不过我也没有兴致细细看她。我觉得这个月份还拿把大折扇,不仅增加不了女性的妩媚,还有点怪异。我们站到队列里去的时候,她像是不经意间碰到我的手,然后就把我紧紧地捏住了。我发现碰到同道了,那只手有相当大的握力,而且手掌非常肥厚,像是练过绵软化骨掌那一路北派功夫的,我挣脱了几下没挣脱掉。我总不能为了挣脱把她放倒吧。

上午的活动是到铁矿,下井参观。车子坐不下,分两批去。我们是第一批,把我们送到以后再回来接第二批。坐到车上时,我按捺不住好奇,侧脸看她,谁料她早有准备,把折扇转过来了,我还是没看清。到了铁矿,大家都等在副井井口,这里是上下人的,等着乘罐笼下去,一次只能乘二十几个人。放了几批下井,第二批人也接过来了,一千多个人都挤在副井前面的空地上,场面很混乱。而且井底下传来的消息是,下面接待能力有限,不能再放人下去了,进到采掘面是有危险的。要是提一罐笼人上来,再放一罐笼人下去,一千两百个人这么来一遍,至少两个小时,时间来不及,下午还有下午的活动。于是带队的临时决定,第二批人到铁矿的生活区去参观,不下井了。我们这一批还没下井的也不下井了,继续等着,等下去的人乘罐笼上来,就离开。运了几次,人都上来了。这期间我转了几个角度,想看和我配对的女人究竟长什么样。每次我转好角度,她都及时地变换位置,依旧用折扇挡着脸,挡得严严实实。我觉得非常有趣。不过她的身材我基本看清了,属于大头欣赏的那类女人,臀部大,胸部大。我已打定主意,把她介绍给大头。我问她,你叫什么名字。她在折扇后面格格格地笑了,却不说话。

没有下井的人羡慕下井的,发牢骚,说这么好的机会错过了。乘罐笼上来的那些人,说到了下面被叮嘱不能随便走动,灯也很暗,没看到什么,就像在防空洞里的感觉,没什么意思。我看到一些配成对的男女已经很熟悉了，有说有笑的。人到齐了，就上车回厂区了。大巴士把我们放在大世界，就开走了，去接丢在矿区的那批人。

根据事先的安排，我们要把各自的女伴带到自己的厂里去吃饭，伙食费由各单位负责。据说这也是陈老三获得指挥大加赞赏的地方，办这样规模的联谊活动，总厂用不着花多少钱。炼球分厂这次来了六十个男青工，加上金陵的纺织女工，一百多个人，浩浩荡荡地向厂里走去。路上要走二十分钟。我又问身边的女人，你叫什么名字。那女人把我拉到一边，有意落在最后面，看看人走远了，忽然收了折扇，抚掌大笑道，小伢子，不瞒你说，我是混进来的。本来这张票子是给我们小组的李翠凤的，她不想来，给了我。我想，有车接送，还能参观，看电影，有饭吃，不来白不来。我年纪大，上了车就怕被人识破，只好拿把扇子遮住这张老脸，一路提心吊胆的。后来我拉你手，不是我老不正经，我是害怕啊，拉你的手是想壮胆。你可别笑话我。

我笑了。她合上折扇的那一刻，我就将把她介绍给大头的念头打消了。我说，大姐没事的，反正也不要花钱，既然来了，就当是来玩的。她说是的，就是让你看笑话了，说金陵人怎么这么贪小便宜。我说不会不会。她说，听说要连放三部电影，不知道是什么电影。我喜欢看打仗的。我随口敷衍了一句，我也喜欢看战争片。

走进食堂，里面空荡荡的，为了接待我们这些人，炼球分厂的职工推迟半小时吃饭。黑板上写着告示，客人和陪同者凭电影票到窗口领取客饭一份。所谓的客饭是一块大肉，底下是芹菜干丝，饭敞开吃，要喝汤，自己去舀大众汤。几乎所有纺织女工的脸上都露出失望的神情，鼻孔里都在哼，说想着就是来改善伙食的，以为到这里是来吃圆台面的，几个冷盘几个热炒几个大菜几道点心，早知道是吃客饭,没意思,不如不来呢。那些纺织女工都板着脸,再不理身边的男同伴,端了饭菜聚在一起吃。

她们不知道,我也不知道,本来按陈老三的意思,中午是吃忆苦饭的,米糠倒是搞到了,苦菜没有搞到,才作罢。

那位大姐比较有情义,还是和我坐在一起,面对面。我看着大姐,发现她面部肌肉已经完全松弛了,至少四十七八岁。大姐抬头一笑,笑出一脸皱纹,说,小伢子,盯着我看干嘛,你别打我歪主意,我家里有老公的。我说怎么会呢,我就是想问你一声,你是不是练过功夫,我发现你手上功夫蛮厉害的。大姐说,小伢子,你眼睛毒的,这也能看出来。我练过功夫的,练了二十多年了。我伸了伸舌头,果然没猜错。大姐接着说,我一分钟能接四十五个线头,在我们车间是出了名的快手。我哦了一声。大姐说,你放心,我回去看看有没有合适的,介绍一个给你。我看我们小组的李翠凤挺不错的,虽说人长得不好看,一口黄牙,但是和你配配也差不多。要不你们处处看。我说谢谢大姐,我其实是有女朋友的。她一边嚼着肉,一边说,那你不该三心二意,既然有女朋友了,就不该再参加这种活动。我装出一副羞愧的样子,埋头吃饭。

去电影院的路上,大姐还在开导教训我,不要这山看着那山高,不要脚踩两只船,不要喜新厌旧,不要引火烧身,等等。我还从来没有遇到过这么苦口婆心的女人,比那个后背有块骨头凸出来的妇女队长还要妇女队长。我一路唯唯诺诺,心里却想着要去看三妹。我想那罐鸡汤会不会是三妹送来的,这种粗陶罐倒像是农村的物品,但是不可能啊,三妹不知道我住院的事,况且三妹一直对我冷冰冰的,这种可能性几乎没有。到了电影院门口,大姐还在抓紧时间对我做最后的挽救,问我,如果今天不是我,是个年轻漂亮的姑娘,你会不会把你现在的女朋友甩了。我没听清她说什么,假装在思考。她又问了一遍,会不会。我含含糊糊地说,会的。大姐冷笑着说,我就知道,你们男人都是这个德性。

凭票入场时,我们才知道今天连放的三部电影,男主角是同一个演员,连女主角都是同一个演员。三部电影依次是,《西哈努克亲王访问西北地区》《西哈努克亲王访问华北地区》《西哈努克亲王访问华东地区》。男主角都是西哈努克亲王,女主角都是西哈努克亲王的夫人莫妮克公主。西哈努克亲王刚刚踏进西北地区,那边宴会还没开始,我旁边的大姐就开始打呼了,而且还把头靠在我肩膀上。西哈努克亲王到华北的时候,电影院里的人基本都睡着了,打呼声此起彼伏,十分豪迈。第二部片子片尾的时候,响起一段优美的旋律,是西哈努克亲王亲自作词作曲的歌曲,《怀念中国》。这下把全场的人都唤醒了,大家跟着一起唱:

> 啊,亲爱的中国啊,
> 我的心没有变,
> 他永远把你怀念——
> ……
> 啊,柬埔寨人民,
> 是你永恒的朋友。

唱完了,大家互相问,这是第几部片子了。也有几个没睡的,说是第二部了。于是都觉得奇怪,说好像放第一部的时候结尾没放这首歌嘛，会不会音响出问题了，要不就是太困了没听到。于是打着呵欠继续睡觉。第三部片子片尾的时候，大家又情绪饱满地把这首歌唱了一遍，然后就揉着眼睛，彻底苏醒了。

　　全场灯亮的时候，有个叫陈老三的家伙走上台，说接下来给每位金陵来的客人发礼品。这话一出，纺织女工才有点笑容，纷纷猜测是什么礼品。忽啦啦一下子涌进来很多工作人员，每个人都捧着一厚沓纸盒，让大家往里传，反复声明，只能拿一盒，不能多拿，这是给金陵来的客人的，男同志不要拿。我身边的大姐拆开纸盒，里面好像是一块塑料布，抖开来，还真是一块一米见方的塑料布，蓝色面子上还印着几个白字：请到板桥来安家。纺织女工们又吵闹起来，说什么意思啊，板桥就这点招待水平啊，当我们是叫花子啊，弄块塑料布铺在地上讨饭啊。想得出的哦，犯嫌哦。陈老三自顾自地说，待会散场后，大家直接去板桥体育场，参加板桥运动会的开幕式。请注意，给大家保留的座位不多，所以进了体育场，手中的电影票第一排到第七排的同志，到指定的看台就座，其余同志要坐在体育场的内场。到时候，这块塑料布可以垫在身体下面就坐，使用完了可以带回家作纪念。

　　陈老三这是婉转的说法，其实就是说，第八排以后的人是没有座位的，摊好塑料布，坐在体育场的地下。

　　有个声音尖利的纺织女工说，然后呢。陈老三不理解她的意思，请她说得明白些。那个女工说，参加开幕式以后，晚上有没有吃饭，请我们吃宴会。陈老三笑着说，本着节约闹革命的原则，晚上不安排宴会。开幕式以后就送大家回家。于是激起一片愤慨，纺织女工都站了起来，嚷道，什么开幕式，关我们什么事啊，参加个屁啊，现在就送我们回家。现在就送我们回家。意见高度统一。陈老三完全没有料到这样的变故,急得汗都出来了,只好妥协,说,好的好的,待会就送大家回金陵。现在请女同志和你身边的男同志交换联系方式,大家经过这半天的接触,想必已经建立起初步的革命情谊,希望在今后的日子里加强联系,最终成为革命的伴侣。陈老三还在声嘶力竭地喊叫着,不过已经没有人听他说话了,都朝出口涌去,椅垫翻起来,一片乒乒乓乓乱响。大姐对我做了最后一番勉励,要我不要见异思迁,珍惜感情云云,说完也朝外面挤去。

那天的场面非常混乱,纺织女工们上了车,纷纷把塑料布从窗口扔出来,地上一片狼藉。也有个别几对情投意合的,女的在车上眼里噙着泪,手里挥动着纸盒;男的踮起脚拼命挥手,拼命喊叫"兰珍不要忘了我""我会来金陵看你的"之类的话,依依惜别。大巴士启动后,还有不少纺织女工不解气,朝车窗外呸呸呸吐痰。车子开走后,工作人员又涌过来,捡塑料布。

第二十三章

因为金陵来的纺织女工都离开了,所以体育场有一个看台空出来了,运动会的现场指挥在引导大家到那里就坐,否则空着一个看台不好看。我赶到那里的时候,看到子良的老娘和鸭舌帽还有伯富和子良都坐在看台的第一排,当即挤了过去。和他们打过招呼,我就坐在伯富旁边。伯富问我,情况怎么样,和你配对的纺织女工长得好看吧。我说不谈了,和我配对的是个老菜皮,拿了别人的票混进来的。我凑在伯富耳朵边上说,这女人壮得不得了,起码比杨彩芹壮一倍。现在回去了。伯富哦了一声,没再说什么。我看到伯富除了耳朵上包着纱布,头上也贴着纱布。我说你那个发明怎么样了,不要搞了,再搞下去你会送命的。伯富说,基本成功了,还要换个变速马达,不过没有钞票买了。他转过脸来看我。我说你不要开口,想也不要想,我不会借钞票给你的。伯富叹息了一声。我说,我也不是泼你冷水,你这个发明不会成功的,每个人的头型不一样的,大小尺寸形状都不一样的,你怎么可能用一只机器给人剃头啊。伯富说,刀架是活络的,可以根据需要调整的。我说,比如讲你,你是只扁头,你后脑勺整个瘪进去的,你怎么调整啊,再调整,后面一块还是剃不到的。伯富说,可以调整刀片角度的,分两步剃,剃好后面再剃其他地方。我昨天就试过了,不过调整得多了一点,头皮削掉一块。我说,买你机器的人倒霉了,要做好准备,头皮可能削掉一块的。机器后面还拖根电线的,弄得不好就触电一脚去了,吓死老奶奶哦。

我觉得伯富就是个悲剧人物,可能一辈子都在把自己当试验品。小时候吃驴球草也是做试验,不过是被动的,后来就变成主动的了,包括吹小号,包括用热水烫两只蛋,现在更加厉害了,拿自己的头做试验。

体育场造在职工医院旁边的空地上。也是在山鹰之国的实习生来之前就规划的。阿戈利他们三个人,给板桥带来了不少变化。按现在的说法,体育场也属于面子工程。这届运动会本来是打算今年春天的时候开的,后来各种各样的事情生出来,一直拖一直拖,拖到现在不能再拖了,已经是深秋时节了,再拖就拖到明年了。年初职代会的报告写明的,运动会今年一定要开的,所以只好硬着头皮上了。

小辫子是分厂篮球队的主力,也是总厂篮球队的主力,待会要参加入场式的。不过我们主要是来为杨彩芹捧场的。杨彩芹是炼球分厂代表队的护旗手。为了看表演,子良的老娘和鸭舌帽推迟两天回上海。

运动会领导小组要求,每个单位队列前面的三个人,一个旗手,左右两个护旗手,必须是女同志,以此强调"妇女能顶半边天"。炼球分厂的工会主席唐九松十分伤脑筋,厂里女职工本来就不多,稍微像样点的更是凤毛麟角,而且大多都有一把年纪了。当初大陆农场倒是来了一批新鲜血液,挑来挑去也挑不出像样的,而且从农场到工厂,还处于适应阶段,那些女职工脸上都在蜕皮,上了班也都在对着小镜子撕皮,脸上一块块将蜕未蜕将落未落的白皮,看上去很不雅观。估计还要蜕几次皮,她们才彻底告别农场的痕迹了。年轻的女职工,剩下来就是六百工分七百工分两百五十工分这帮女的了,总不见得把这些货色推出去吧,推到开幕式去让人看笑话啊。所以最后确定的出场阵容是,旗手牛玉芬,左右两边的护旗手一个是画眉毛,一个是杨彩芹,都是阿姨级别的女人,不过看上去还是比较登样舒服的。后来唐九松为这样的安排懊悔不及,连连打自己的耳光,打了十几记。

指挥一脸慈祥地宣布,板桥钢铁厂第×届运动会,现在,开幕。全场掌声雷动。主持开幕式的是总厂工会主席,接着宣布,运动员、教练员,入场。于是音乐响起,又是一阵欢呼。大家都很兴奋,毕竟平时的生活有点枯燥,不是经常有这样的热闹看的。这时有人来向工会主席汇报工作。开幕式以后,金陵市篮球队和板桥总厂篮球队有一场友谊比赛。来人说,去接金陵市篮球队的大巴士,在米坊桥那边抛锚了。上次大陆农场的女职工来,也是在那边出事的,米坊桥那边属于事故多发地段。工会主席想,十几家单位一家家进场,起码十分钟,就走到体育场的办公室去商量,再派一辆大巴士去接人,时间算算来得及。于是打电话,找人找车,又和金陵体委方面联系,说这边马上发车,请他们派人去现场安抚,要求运动员原地等候,不要急躁等等。这一来,耽误了不少工夫。他一离开,出事了。

音乐一响,六个青壮男人就扛着大木牌出场了,上面写着"发展体育运动,增强人民体质"十二个金光灿灿的大字。扛着牌子在前面走的是阿戈利、罗什和巴沙,三个山鹰之国实习生是特意邀请来撑门面的。我们这个看台就在主席台旁边,阿戈利他们经过的时候,我喊他们名字,向他们招手,他们也向我笑。我觉得很有面子。

接下来应该是炼铁分厂的方队出场了。哪知道其中一个护旗手刚才候场的时候互相拥挤推搡,鞋后跟被人踩了,鞋子不知哪去了,急着找鞋子。还有一个护旗手从来没有经历这样的大场面,临出场说心慌,要吃麝香救心丸。领队是个女的,赶紧给她揉胸口,派人去找药,又安排换人。这时举着牌子在前面开路的阿戈利他们已经走了小半圈了,放慢脚步,频频回头看入场口,奇怪后面怎么还没跟上。按照出场顺序,炼铁分厂在最前面,然后是炼焦分厂,再是炼球分厂,再是铁矿,再是其他单位。炼铁分厂搁浅了,炼焦分厂只好按兵不动,炼球分厂也不能动,所有人都不能动,只能等。牛玉芬画眉毛杨彩芹三个老娘等得不耐烦了。三个老娘都是爱出风头的女人,自作主张把运动裤脱了,上面是蓝色拉链大翻领薄绒运动衫,下面是白色平脚裤,露出白晃晃的大腿,说了声"不等了",就抢先出场了。后面炼球分厂的人还在犹豫要不要跟上去,三个老娘已经走远了。三个女人规矩还是懂的,走正步,三条白晃晃的腿一起踢出去,收回来的时候,换三条白腿踢出去。

全场的人都看呆了,倒不是说从来没有见过这么白的腿,而是没有同时见过三条这么白的腿,而且还是毫无赘肉纤秀柔美的三条白腿,齐刷刷地出去,齐刷刷地回来,换三条再齐刷刷地出去。三个女人凹凸有致,风情洋溢,笑不露齿,春色绽放。前面是六个体态健美的青壮男人扛着大幅木牌,隔开十米,三个半老不老的女人兴致盎然地走正步,一走就绕着场地走了大半圈,没有人喊停,也没有人跟上。不知道什么时候,三个女人的后面跟了一头驴。场内笑声四起,已经有人起哄了。

伯富说,这头驴子我认识的。这头驴子智商蛮高的,经常在厂区里混的,现在能够混进体育场,说明它的智商真的蛮高的。没有人理他,都在看热闹。伯富又说了一遍,这头驴子我认识的,喷过我白沫的,喷出来的白沫黏答答的,真的。我被他说得烦了,冲了他一句,你怎么不讲你被这头驴子踢过一脚啊,就踢在你头上。

指挥和副指挥们,还有邀请来的各方面领导,坐在主席台上,看得很高兴,有好几个领导还放声大笑,觉得体育比赛虽然没有开始,这样的开幕式倒也别具一格,很有观赏性。子良的老娘笑得没合过嘴,鸭舌帽看得眼都直了。我们都觉得太好笑了。不过到这个时候,大家都意识到有点不对头了,这不像是刻意这样安排的,一定是哪里出错了,但是都希望这个错误延续下去,实在是太好看太有趣了。

阿戈利他们扛着牌子经过入场口的时候,炼铁分厂的方队乘机就插进去了,接着是炼焦分厂。牛玉芬她们十分灵巧,原地踏步,看看炼焦分厂的方队走完了,跟在后面,炼球分厂的方队看准时机涌了出去。小辫子也在里面,很得意地向我们招手。那头驴子一看势头不对,就逃走了。然后各个方队依次出场,顺序一点没有搞乱。等到总厂工会主席把事情处理停当回来,整个入场式刚刚进行完毕,时间一点没耽误。

很多年以后,大家依然在说,这届运动会是办得最成功的,开幕式简直是别出心裁,光彩夺目,有外国人来助阵,还有三个中年妇女露大腿走正步,还专门训练了一头驴子上场亮相,前无古人,后无来者。

开幕式结束以后,工作人员把两个活动篮架推出去,线是事先已经画好的。那场篮球表演赛很精彩,小辫子也上场了。这场球最后比分是42比37,板桥队赢了,普遍认为小辫子居功甚伟,虽然他一个球也没投进,问题是他也没去投篮。他跑步跑不快,所以什么攻防转换和他一点关系也没有,他就待在篮板下面。金陵队推进速度很快,过来投篮,小辫子就仗着虎背熊腰推人撞人,或者就迎面抱住对方,把球抢过来,投给自己人。裁判是板桥方面出的,判罚的尺度很松,只当没看见。金陵队的教练提抗议,裁判根本就没朝他看。那个教练气得脸都发青了,喊暂停,面授机宜,要金陵队的队员也动粗。后来金陵队就学样了,也在篮下推人撞人,裁判马上就吹哨,判金陵队防守犯规,罚球。金陵队的队员得了球,看到小辫子像座铁塔一样守着,根本就不敢朝篮下运球,只能远远地投篮,命中率很低,那时还没有三分球的说法,投中了也只有两分,大部分球都没投中。到后来金陵队一点士气都没有了,教练和队员都不时地看体育场里的大钟,盼着比赛快点结束,也好结束这场噩梦。等到终场的哨声吹响时,板桥队的队员拥抱在一起,欢庆胜利,金陵队的队员也热泪盈眶地欢呼起来,欢呼声比板桥队还响亮,欢呼他们终于熬过了这难熬的时刻。

  指挥看到板桥队赢了,十分高兴,对身后的工会主席说,以后板桥篮球队要多吸收身体强壮的大个子队员,就像刚才那个扎小辫子的队员,敌人来进攻,下手要狠,一推就把对方推倒在地,半天爬不起来。打篮球,我看投篮投得准不准还在其次,关键是要会推,会撞,会抢,不让对方得分,我方就立于不败之地了。工会主席不好解释什么,只是一个劲地点头。指挥说,人家远道而来,又输了球,也不能让他们太委屈,晚宴规格要高一点,好好招待他们,临走再让他们拎点东西回去。工会主席连声称是。

那天晚上的酒宴上，板桥队队员和金陵队队员欢聚一堂，互相敬酒，亲如兄弟。小辫子很晚才回来，说他一个人喝了一瓶茅台，太爽了。临走的时候，板桥方面还送了金陵队的每个人两只金陵板鸭。金陵队的教练很真诚地表示，这次来，虽然输了球，输得心服口服，但是也很有收获，学到了板桥篮球队的好思想和过硬作风，希望以后能经常来板桥切磋球艺。

我参加的是第二天的太极拳表演。排练的时候，总厂工会的一个家伙说我虽然打得很流畅，但是动作是反的，和其他人站在一起表演显得不协调。他说反正老栾不在，你就站在前面，面向大家，作为领操。我说，好的，又问他老栾是谁。他说老栾你也不知道啊，他是板桥的太极拳宗师，这次参加太极拳表演的，至少一半人是老栾带出来的。

这天下午表演，上午还要再排练一次。打到一半的时候，过来一个穿一身宽松练功服的中年人，在旁边看了一会，举手喊停。我不知道怎么回事。那人走过来说，你是谁，怎么站在我的位置上。我说是工会的同志让我站在这里的。这时参加表演的很多人都亲热地叫起来，栾老师，栾老师。我这才知道这人就是老栾。工会的那个家伙也过来了，说，栾老师你来啦，我们一直都等着你呢，还以为你不来了。又对我说，栾老师来了，没你什么事了，你回去吧。以后如果有太极推手比赛，我再叫你。我觉得很没面子，本来就没有报名参加表演，是分厂工会的人硬把我拉来的，现在又不要我了，有点捉弄人的味道。我打算走了，却听老栾在教训总厂工会的那个家伙，说你怎么把不懂太极的人拉来凑数，还让他站在我的位置，笑话。那小青年打拳的样子太难看，而且是反的，开玩笑，怎么让他混进来的。我又走回去，说，你没看出来吗，我练的就是反式太极，师父就是这样教的。现在练反式太极的，全国不会超过十个人，练到我这种程度的不会超过五个人。老栾鄙夷地笑着说，你就吹吧，再怎么吹，我也不会要你的，空架子。你师父肯定也不怎样，就是那种欺世盗名之辈。我说你看不起我没关系，但你不能污蔑我师父，师父他老人家已经去世了，你这么说，缺乏道德。我要为我师父讨个公道。老栾爽朗地哈哈大笑，说，怎么个讨法。我说我和你推手较量一番。我没说切磋，我知道这里的规矩，不能说较量，只能说切磋。不过我这时候很看那个老栾不顺眼，想教训他一番。

老栾倒也不是只缩卵，说，好吧，来吧。参加太极表演的都围过来看热闹。老栾做了个推手的起式，说，推手八法听说过吧，掤、捋、挤、按、采、挒、肘、靠，什么意思你懂吧。我说，你推手之前还要先给人上课的啊。推手八法谁不懂啊。他左手在前，我也只好把左手靠上去，这让我觉得很别扭。推了没几下，他一拈一带又猛一发力，我一下子摔了出去。这个老栾确实是有点功底的。我爬起来说，重来。老栾说，我不欺负小孩子的，不来了不来了，抓紧时间排练要紧。我说再来一次，要是我输了，我拍拍屁股走路，以后见了面我喊你师父。老栾笑道，我不想当你的师父。刚才我手下留情了，这次让你长点记性，摔下去可能会很疼哦。他的那帮徒子徒孙都笑起来。这次我不和他近身相贴，我绕着他转圈。老栾像是圆心，移动的幅度小，始终面带微笑。我转了几圈不转了，在他面前左右晃动。不仅仅是身体晃，两只手举过头顶，两只脚轮流跳，像只钟摆，或者说像是只蛤蟆，亮开空当，勾引老栾来打我。老栾不上当，警惕地看着我。我继续晃。旁边有人打抱不平，说，什么意思啊，分明是耍赖皮嘛，打不过别人就晃,晃来晃去,晃到栾老师头发昏,这小子钻空子。我突然欺身向前,老栾退了一步。我继续晃。旁边的人继续骂我。我晃到老栾左面时,猛地向前一蹿,老栾慌忙后退,但我比他快,左脚踩上他的右脚,另一个膝盖就顶上去了,他还在想那些"掂连黏随不丢顶"的口诀,我两只手已经双鬼拍门拍上去了。老栾反应也快,往后一纵,但是右脚被我踩住了,于是左腿后撤,身子后仰,试图化解我的重击。谁料我双鬼拍门只是个假动作,刚刚沾到他胸口,我就向一边轻盈地跳开了,脚后跟顺势拨了一下他的右脚,他失去重心,顿时仰面一跤。我上去把他拉起来,我说,栾老师,我只不过点到为止,并没有打到你,你怎么倒下了,说明栾老师下盘功夫还是不扎实。你只知道掤捋挤按采挒肘靠,只会背口诀,没有卵用的,变通你懂不懂,学拳的时候你师父没有教过你变通吧。老栾被我说得满面通红,羞愧不已。

我扬长而去。

我没有到厂里去上班。工会开给我公假单的,都知道我下午要太极拳表演的。要是回到班里,师傅问起来,我怎么回答啊,说被人开除了,赶出来了。

吃好午饭,在宿舍里十分无聊,刚刚想去看龅牙加工香烟,有人敲门,却是总厂工会的那个家伙。那人说,小沈,快快快,到体育场去,下午两点钟要太极拳表演的,你还是领操。大家都在等你,再去排练一遍,免得上台出洋相。我说,你们已经有老栾了,还来叫我做啥。那家伙说,老栾罢工了,不来了。我说,老栾来不来和我没关系,我不去的,回汤豆腐干我不吃的。那家伙说,老栾被你打倒后,觉得没有面子了,据说回上海去了。集体表演必须有人领操的,除了你没有别人了。下面那帮朋友都是老栾带出来的三脚猫功夫,只好混在一起滥竽充数,要想找个人上去领操,找不出来的。我说,我不去。那家伙说,运动会结束,我推荐你当板桥体育积极分子,有证书有奖品的。我笑了,我说,我命中注定的,评不到先进评不到积极分子的,每次都是空欢喜一场。那家伙说,这次肯定评得到,我打包票。我说,评得到我也不去。那家伙又劝说了一会,看我态度坚决,摇摇头出门了。

隔了一会,那家伙居然把唐九松找来了。唐九松说,国钧,救场如救火,看我面子好吧,我和你师傅是老朋友,帮帮忙,去吧。我说,唐师傅,不是我不买你面子,实在太气人了,我开始领操领得蛮好的,后来来了个叫老栾的,这位师傅就不要我了,把我踢回来了。唐九松说,还有这段故事啊。我们推荐上来的人,你们说不要就不要了,这叫我们以后还怎么开展工作啊。体谅体谅基层工会的难处好吧。这桩事情我不管了,你自己解决。唐九松说完气呼呼地走了。

那家伙搔搔头,说,小沈,这桩事情其实你也有责任的。你不把老栾打倒在地上,老栾也不会掼纱帽。去好吧,帮帮忙,算我求你了。我不睬他。这家伙急了,说你有什么条件可以提出来。我说,你把我当成什么人啦,我不会提条件的,提条件变成敲竹杠了,这种趁火打劫的事情我不做的。他说,不算敲竹杠的,你是帮工会挑重担。我没理他。他说,奖励你一只金陵板鸭,好吧,还是一等品的。我不响。他说,奖励两只板鸭,好吧。我说,四只,给我四只金陵板鸭,我就去。否则,谈也不要谈。他也回答得爽气,说,四只就四只。送金陵篮球队多下来的,一共就剩下来四只,我做主,全部给你了。

后来那四只板鸭,两只送了子良的老娘,还有两只我给了师傅,过年的时候师傅拎到上海去了。

第二十四章

  大年夜晚上,我们就在三妹的灶屋里吃年夜饭。靠近灶洞的地方摆了一张矮桌,我们坐在稻草堆上。小辫子时不时地朝灶洞里塞麦秸和树枝木柴。灶洞口的火光映出来,是暖色调,还有点跳动,灶头上搁了一盏煤油灯,这点光亮足够了。我和三妹喝的是丹阳封缸酒,小辫子喝的是洋河大曲。三妹喝了一小碗封缸酒,脸已经红了,说不能再喝了,再喝下去就醉了。我说阿姐你多吃点菜。三妹搛了一筷什锦菜。大黄趴在小辫子边上,刚才我们给它吃了两块肉,吃了鸡汤拌饭,小辫子又放下碗,让它舔了舔白酒,大黄也有点醉意醺醺,露出惬意满足的神态。大黄和小辫子很亲热。小辫子第一次来的时候,送了三妹两条云片糕,还有零零碎碎的大约小半条,给大黄吃。这条草狗居然特别欢喜吃云片糕,吃了就朝小辫子翻白肚皮,邀宠。
  乡下的灶屋是没有门的,直通后院,通里屋的那个门洞也是没有门的。后来我对大头说起此事,大头说,是你的什么人,要你这么关心啊。我说是我新认的阿姐。大头就不问了。大头跟医院的后勤组说,太平间要挂块棉的门帘,就像门诊间急诊间大门口挂的那种。后勤组的人心里是有疑问的,一房间的尸体还需要挡风啊,但是不敢责问大头,乖乖地就把棉门帘给了大头,也没管他究竟挂在哪里。大头晚上把棉帘捆成一团,仗着一股蛮力,把棉帘丢过围墙。我在外面接应,用绳子绑在车后的书包架上,骑到三妹家里去了。棉帘上本来印字的,板桥职工医院。大头粗中有细,事先用白漆涂掉了。棉帘有两米多宽,三妹一剪二,用布缝了下,一块挂在前院门上,一块挂在灶屋门洞。为了吃年夜饭,把前院那块取下来,挂在过道里,灶屋里顿时暖意融融。

大头回上海了。要是不回上海,我也把他拖来了。

矮桌上菜基本堆满了。一碗水笋烧肉,一碗白斩鸡,一碗什锦菜,里面是胡萝卜金针菜黄豆芽豆腐干千张面筋白芹冬笋,一碗糖醋拌的小萝卜,还有一砂锅鸡汤,里面是白菜粉丝土豆肉皮和蛋饺。除了水笋烧肉是师娘烧的,其他的都是三妹弄的,蛋饺也是她包的。我说,阿姐,你怎么这么能干,弄了这么多菜啊。三妹笑着说,有句俗话说,傻子过年看隔壁。傻子不懂怎么过年,就偷看隔壁的,隔壁人家挂春联,他也挂春联;隔壁人家掸灰尘,他也跟着掸灰尘;隔壁人家烧什么菜,他也跟着烧什么菜。我说,阿姐不是傻子,阿姐是天底下最聪明最好看的女人。小辫子十分感慨地说,活到现在,今年过年过得最开心了。菜也丰盛,酒也喝得适意。要是回上海,过年轮不到喝酒的,只有老爹可以喝酒。菜也没有几个,菜场里配给的菜少得可怜,鸡蛋还是冰蛋,年夜饭的菜一家人筷子伸几下,就光了。晚上睡觉还要可怜,连阁楼也轮不到睡,只能在门背后搭地铺,门缝里风吹进来,冻得刮刮抖。旁边就是一只马桶,半夜里有人起夜,马桶盖一开,每次都把我熏醒。我和三妹哈哈大笑。小辫子说,明年也不回去了,还是到阿姐这里过年。国钧,明年你也不要回上海,我和你还是到阿姐这里来吃年夜饭。我说好的。我说我给家里寄了五块钱回去。我们弟兄五个,三个在外地,一个在崇明,还有一个留上海。其他几个今年都回上海的,我就不去凑热闹了,回去了也是打地铺,一点意思也没有。我不回去,他们也不会想起少了一个人。说到这里,我忽然觉得有点伤感。

三妹说,好端端的吃年夜饭,怎么伤心起来了。三妹给我们倒酒,说,喝了酒,多吃点菜。要是不嫌弃阿姐,阿姐明年欢迎你们来。其实我也不懂过年的规矩,小时候看大人做,看在眼里了。往年过年,都不当回事,懒得做什么。今年你们来了,才有心情烧什锦菜、包蛋饺。阿姐是苦命人,但是阿姐不喜欢提伤心的事情。愁眉苦脸也是过,开开心心也是过,一路苦过来了,习惯了。我和小辫子向三妹敬酒,三妹浅浅地抿了一口。

出院后,我又去医院打探线索。第一次去,门房间的老头说,不记得有这桩事情,估计是别的班头的人碰到的。第二次去,换了个老头,就是一路追小辫子追到病房里来的那个老头。那老头说,记得的,是个女的送来的,说是一锅鸡汤,叫我送到内科病区,好像是给十七床。那个女人年纪不大,三十岁不到,听口音不是上海人,当地口音,我叫她留张纸条,她不肯,急匆匆就走了。那女人看上去倒也不像普通的乡下女人,长得蛮清秀的,穿也穿得清清爽爽。

我猜出是谁了。

我骑车过去,没有忘记给大黄带只肉馒头,另外给三妹带了一袋厂里食堂做的面包。我在院子里停车的时候,大黄就冲出来了,扑我舔我。三妹听到声响掀了门帘出来,看到我手里的网线袋和粗陶罐,笑着说,想到来还我啦,我还以为你和鸡汤一起吃了呢。我说我来谢谢阿姐的。三妹接过网线袋和面包,说,我好像还没有同意做你阿姐吧。我说,阿姐其实老早就已经同意了,否则不会给我送鸡汤的。她去屋里放好东西又出来,说,屋里憋闷,还是坐在外面吧。我说,阿姐,你怎么知道我住院的啊。你不可能知道的啊。三妹笑着说,那你是怎么知道鸡汤是我送来的。我说,我是福尔摩斯,我会推理的。三妹带点调皮地笑着说,那你就继续慢慢推理吧。

　　大黄吃了肉馒头,还是用老一套报答我,朝我翻白肚皮。我在它肚子上摸了几下,这狗东西居然适意得把眼睛眯起来了。我说,阿姐,你为什么对我这么好啊。三妹说,不要自作多情好吧,我怎么对你好了,只不过是给病人烧了一锅鸡汤,鸡是自家养的,也不用花钱。不过我倒是一直想问你,干嘛来这里来得这么勤,又是送我手套,又是借书给我看,这次又送面包来,还不忘讨好大黄,还死皮赖脸地要认我当阿姐。要是动歪脑筋,觉得乡下女子孤身一人,好欺负,我劝你趁早打消这个念头。我说,阿姐不要想得这么复杂,你也知道我不是这样的人,我也真的不是这样的人。就是,第一次见到阿姐,我觉得特别亲切,就想和阿姐亲近,就想对阿姐好。我妈生了五个和尚,我也没有姐姐妹妹,阿姐长得清新脱俗,我就想认你当阿姐。她怔怔地看着我,好一会才说,那些书都看完了,待会你带回去还人家。要是还有,再给我借些来。我说那么多书你都看完啦,速度这么快啊。三妹说,现在是农闲,也没什么活要干,就整天看书。我说,我再去宿舍里搜,搜来了给阿姐看。等到搜完了,再也搜不出什么小说了,我就去哪个牛棚绑架个作家来,把他关在阿姐的猪棚里,拿刀逼着他写,写了给阿姐看。三妹嗔怪地说,说着说着就不正经了。

春节留在板桥,倒不是为了三妹。春节三天加班,可以拿双工资的,穷人不会放弃这种赚钞票的机会的。伯富回上海了。子良和杨彩芹也回上海了。师傅师娘带小师妹也回上海了。师傅临走把房门钥匙给我,叫我住到他家里去。知道我和小辫子不回上海,师娘烧了一砂锅水笋肉留给我们。我把砂锅端到三妹家里去了。厂里发的年货,我和小辫子也都拿到三妹家里去了。三妹到现在还是一个人过,我和小辫子的婚事也没有着落。用句文绉绉的话,我们三个就是天涯沦落人,同病相怜。不过我们并不怨艾,很快就开开心心地说笑起来。

三妹说,白天拎着鸡蛋去市场里卖。明天就过年了,就没人摆摊了,摆了摊也没有人来买了。一直要到正月十五,农贸市场才开始正常。农贸市场进口那个水泥墩子上,有个女人在唱歌,唱的都是老歌,寒风里,我看她冻得簌簌发抖,穿了件两边都有扣子的衣服,很单薄的。我说,那叫列宁装。三妹说,对,列宁装,就像志愿军文工团穿的那种。我说,那女人就是我们车间仪表班的,我们就叫她文工团,她平时打扮得就像是文工团出来的,谁知道是真是假。小辫子啃着鸡爪子,说,肯定是真的,不是文工团出来的,不会唱那么多歌。我上次在边上听了半天,没有一首歌重复的。三妹说,我就把蛋摊摆在离开她不远,唱得挺好听的,蛋卖完了,歌也听了十几首。我们都笑了。我说,得了精神病,也有得精神病的好处。三妹说,你说说,都这么倒霉了,还能有什么好处啊。我说,现在的人还能唱什么啊,要么样板戏,要么语录歌,要么就唱《地道战》插曲,你唱老歌试试看,马上就有人去汇报了。得了精神病,你随便唱,《莫斯科郊外的晚上》《红河谷》《老黑奴》《三套车》,歌剧《江姐》《洪湖赤卫队》,你想唱什么就唱什么,没人管你的。三妹白了我一眼说,你就喜欢瞎说。到了外面,记着管好你的这张嘴。又对小辫子说,你和他是好兄弟,要提醒他。小辫子点点头。三妹又说,那个女人年轻时一定很漂亮的。我说,是的,其实就是现在也不难看。

要是文工团不发精神病,运动会出场式里的三个女人,有一个肯定是她。估计画眉毛要被替换下来了。

文工团发精神病了,车间里的人其实都挺惋惜的。

文工团来板桥的时候,单身一人,据说她老公跳河死了。过了一年,技术组的陶宏海看中她,托人去说媒,两个人就结婚了。先前文工团一直冷若冰霜,结了婚,渐渐变得开朗了,笑容也多了。这天,文工团下了班去农贸市场买菜,总觉得有人在盯着她看。人的脑后其实也是长眼睛的,只是不常用,功能就退化了。文工团被盯得后脑发烫,猛一回头,发现不远处盯着她看的居然是她前夫,那个跳河自杀的男人居然没死。她愣了一分钟,突然丢下菜篮就扑了上去,蹦到前夫的身上,又哭又笑又喊又叫,还拼命地撕扯前夫的脸,在那脸上留下一道道血痕。

前夫背着她回家,回她和陶宏海的家。陶宏海回来的时候,看到她和一个陌生男人搂在一起,抱头痛哭。陶宏海关好门,出去买熟菜、买酒。那天,两个男人默默无语,喝了一夜的酒。这期间,文工团一直坐在前夫的腿上,不时地在他脸上亲一口,还疼惜地抚摸那些先前被她抓破的血痕。她对前夫说,你不该来找我的,你死了该多好啊。前夫去上厕所,她赖在前夫身上不下来,要他抱着她一起去。前夫小便完了,她解裤带,说,我也要小便。前夫说我出去等你,她不让他走,说,不许你再撇下我走。前夫说我不走,我就在厕所外面。她说,不可以。前夫就在一边陪她,听着淙淙的流水声。小便完了,她搂着前夫的脖子,让他抱着回餐桌。两个男人继续喝酒。天快亮的时候,她在前夫的怀里睡着了,脸上带着笑意,偶尔还发出格格格的笑声。前夫把她抱到里间的床上,替她脱掉拖鞋,给她盖上被子,轻轻地合上房门。他返身朝陶宏海点点头,提着个破包走了。陶宏海头也没抬,朝他挥挥手。那男人就此消失了,再没在板桥出现。这以后,文工团就发疯了。文工团发疯发得很文雅,不是那种武疯子,打人骂人还朝人吐口水,文工团只是找个人多的地方,安安静静地唱歌。她要真是从文工团出来的,估计也是跑龙套的角色,轮不上她独唱的,现在她终于可以独霸舞台了。

三妹擦着眼泪,说,大年三十,说来说去说的还是个伤心的故事。

我和小辫子说,喝酒喝酒。小辫子舌头都大了,喝了碗里的剩酒,就靠着墙睡了,合上眼睛就打呼。大黄趴在小辫子的身边,也打呼,不过呼声淹没在小辫子的呼声里。我说,现在是拖拉机声音,待会要开火车的,还要拉汽笛的。他打呼能打出花样来的。这还不是最吓人的,他磨牙齿的时候,那种声音,听了会起鸡皮疙瘩的。三妹抿嘴笑。我说,阿姐,我看你手指开裂了。怎么会开裂的啊。三妹说,这也值得大惊小怪的啊。乡下女人,到了冬天手指开裂是正常的。今年还不算冷,往年这个时候河里都结冰了,要敲开冰去舀河水。其他地方借板桥钢铁厂的光,都接通自来水了。我们这里没人管的,还是要靠河水的,挑回来用明矾沉淀一下喝。我说我都忘记了,我把防裂油给你带来了。防裂油是厂里发的劳防用品。

我把三妹的一只手拉过来,朝上面涂抹防裂油。三妹说,待会还要洗碗的,擦了也白擦。我说待会我来收拾,我来洗碗。她任我摆弄

她的手,一阵柔腻绵软的感觉传过来,分外令人陶醉。三妹靠在草垛上,轻声地哼唱起来:

> 快乐童年,如今一去不复返,
> 亲爱人儿,都已离开家园。
> 离开尘世,到那天上的乐园,
> 我听见他们轻声把我呼唤——

她唱到这里不唱下去了,问我,好听吗。我说好听的。阿姐的声音有点沙,还有点糯,唱得特别好听。这首歌也特别好听。她说,我也觉得这首歌特别好听,特别符合我的心境。我问她为什么不唱了,她说这首歌她从来只唱四句的,后面的从来没唱过,再唱下去会伤心的。我忽然意识到什么,问她,你们家是地主。她摇摇头。我说,是富农。她说别猜了,排在最后一位的。我明白了,地富反坏右,排在最后一位的是右派。我就看出她不像是土生土长的农家后代。她说,我爹是在陆郎那里的砖瓦厂劳动改造。家里房子被收掉了,我娘就带着我跟过来了。那时我也就十二岁。我什么粗活都干过,奇怪吧,我的手还是这么嫩,就不像是农民的手,大概是天生的吧。你说我的手好看,好像除了你,没有人在乎我的手好看不好看。

我给她涂好防裂油,依然恋恋不舍地抚摸着,有点心猿意马,这时把她的手轻轻地放回去,觉得继续抚摸是对她的亵渎。

她轻轻叹息了一声,说,我娘不会再给我讲故事了。家里人都没了,就剩下我一个人了,连张照片都没留下,留给我的就是这个了。一直东藏西藏的,这几年搬到这里来,太平了,才敢戴在脖子上。她从衣服领子里拿出挂件,取下来给我看。这是块晶莹剔透的翠玉,上面刻着四个字,我念了出来,人可为玉。我说这个意思很好,人可以像玉石一样,洁白无瑕,宁为玉碎,不为瓦全。这是句名人名言,可以当座右铭的。三妹扑哧一下笑了,说,念倒了,应该从右到左念的,玉如可人。这是草书的如,如果的如字,不是为字。我尴尬地笑笑。三妹说,不过这四个字的意思,和你刚才说的也差不多少。

我说,阿姐一个人住在这里,有人欺负阿姐吧,要是有人敢欺负阿姐,你告诉我,我去教训他。三妹说,这里很少有人来。大黄在,没有人欺负我的。大黄辨得出好人坏人的。都说咬人的狗不叫的,你听大黄叫过吗。那条草狗在听到提它的名字时,睁了睁眼睛,又继续睡觉。三妹说,前些年,说这里要坍了,人都搬走了,我和春桃姐姐她们就搬过来了。对我们这样的人来说,这就算是好日子开始了。我说,阿姐还是搬离这里吧,毕竟还是有危险的,据说底下都掏空了,说不定哪天就坍下去了。三妹脸上显出决绝的神情,说,我不会搬的。还能搬到哪里去啊。要坍早就坍了,危险才好呢,越危险越好,这里就成了没人来没人管的世外桃源。

我能理解三妹的心意。像她这种经历的女人,到了这里,就是到天堂了。我说,阿姐就没有想过嫁人。她没有回答。

这时外面传来沙沙的脚步声,由远而近。这么晚了,又是这么偏僻的地方,会有谁来呢。我看看三妹,三妹却露出欣喜的神情,说,是春桃姐姐。我说,是两个人的脚步声。三妹说,另外那个人你认识。只听一个清亮的声音说,妹子,是我,春桃,给妹子拜年来了。说着来人就一掀门帘走了进来,手里托了一只盘子,同时一股冷风也吹了进来。三妹早已经迎上去了,亲热地叫着春桃姐姐,说姐姐新年好。春桃说,知道你有客人,蒸了点枣泥糕过来,还是热的呢。我自己用大米煮熟了舂的。以前的主人把石臼和木舂留下了,大概是太重了,没带走。早先没看到,前几日打扫屋子,在猪圈那里发现的,洗了洗能用。这个叫春桃的女人十分豪爽。我也认出来了,就是和阿彪相好的那个年轻寡妇。那女人扫了我一眼,我赶紧说,春桃姐姐好,给春桃姐姐拜年。春桃笑了。我把小辫子踢醒,说,快给春桃姐姐拜年。小辫子不知发生了什么,睡眼惺忪地说,给春桃姐姐拜年。我们都笑了。春桃说,给你们带了个熟人来。对门外说,进来吧。没什么不好意思的。果然是阿彪,阿彪挑着门帘走进来,见了我还有几分尴尬。我上去拍拍他的肩。我们一个宿舍住了四年,关系说不上好,也说不上坏,不过我对他最后时刻宁愿被开除不受屈辱的举动,还是很钦佩的。

　　我心念一动,三妹怎么知道我在医院的,我大致猜到答案了。一问,果然如此。阿彪被开除后,耍了个滑头,没有把病历卡交出去,这样他还是能到医院里去看病配药,享受劳保,前提是不被熟人发现。医院和厂里也没有对账单的,一笔糊涂账。有次春桃发高烧,阿彪到医院配药,正好看到厂里的小三卡把我送过来。阿彪偷偷打听了一下,知道我住在内科病房。回去后他随口对春桃说起此事,说沈国钧煤气中毒住医院了。春桃问他,哪个沈国钧。他说原先住一个宿舍的,就是联防队来抓人那天,在三妹院子里拿着钉耙要敲联防队头头的那个。春桃哦了一声,第二天又把此事告诉三妹。

　　三妹说,也没顾得上看钟,都不知道现在几点了。春桃说,过了十二点了,所以过来给你们拜年了。吃糕吧。来年高高兴兴的。大黄听到吃这个音,一骨碌爬起来。三妹说,我们吃糕,有你什么事啊。大黄喉咙里咕噜了一下,表示很郁闷。我们都笑了。

第二十五章

　　有句俗话叫"一个萝卜一个坑"。不过这句话在板桥行不通。板桥的坑里基本上都有萝卜,很少有哪个坑里没有萝卜,至少是曾经插过萝卜的,但是板桥有很多萝卜是没有坑的。也有一些坑里插过很多萝卜,比如画眉毛;也有一些萝卜不止一个坑,比如老约克。老约克风流倜傥,老婆在上海,可能上海也不止一个坑,板桥的坑更是不计其数。这个大年三十的晚上,他就和一个新挖的坑在一起度过。那个坑里原先插着的萝卜回上海了,坑还在原地,于是老约克这根萝卜就去了。
　　两个人是第一次幽会,充满了新鲜感。不过老约克是调情高手,他不会假装筷子掉在地下,蹲下去摸一把什么的,这不是老约克的风格。他知道菜已经在碗里了,早一刻吃,晚一刻吃,都是吃,用不着猴急。那天晚上喝的是红酒,几杯下肚,女人假装不胜酒力,两只眼睛饱含春水,定漾漾地看老约克。老约克只当没看见。直到外面响起零星的鞭炮声,两个人才搀扶着上床。老约克很幽默地说,这次亲热,一做就要做两年,从大年夜做到年初一。女人笑了,说等了这么长时间,大概把你馋坏了吧。两人又说笑了一阵,才进入实质性阶段。老约克说,大轮船要发动了,要进港口了。那女人欢呼雀跃,说,港口已经做好准备了,欢迎大轮船开进来。老约克是讲究仪式感的,说轮船进港之前是要鸣笛的。那女人便自作聪明地模仿汽笛的叫声,喔喔叫了几声,说,汽笛叫过了,可以开过来了呀。老约克说不是这样的,我还没按汽笛呢。女人说,按哪里。老约克说,就是这里。老约克的两个手指同时在女人胸前的两颗樱桃上按了下去,于是女人就快活异常地叫唤了起来,两个人这才进入正题了。

这时,门那边传来钥匙插进锁孔的声音,还有说话声,钥匙在锁眼里别来别去。老约克问女人,你房门反锁了吧。女人说反锁了。老约克说,你老公没有走,回来了。女人脸色都变了,说不知道呀。这时外面就叫嚷起来,说知道你们在里面的,再不开门就撞门进来了。又说去喊联防队了。听声音不止一个人。后来就开始撞门了。撞了一下倒是不撞了,外面继续在喊,你们以为过年了,就没有人了,就可以躲在这里快活了,为所欲为了。前后左右都有人守着,逃不掉的。这几句话直刺心扉。老约克原来打算攻城拔寨的,这时候彻底变死老鼠了,穿衣服的力气也没有了。那女人把头埋进被窝里,浑身瘫软,只好听天由命了。两个人越听越怕,不敢再听,索性捂起耳朵,束手待毙。

我和小辫子从三妹家出来,冷风一吹,觉得喝多了,都有点醉了。摇摇晃晃地骑车回师傅家,只想倒头便睡。我们互相搀扶着上楼。我叫小辫子拿钥匙开门,小辫子说钥匙在你那里。我说我明明交给你的。小辫子便开始上上下下里里外外地翻找口袋。后来钥匙找到了,在我棉袄口袋里。我抖抖索索地插进钥匙孔,但是插不到底,左右别了一会,还是打不开门。我说,出怪了。小辫子说你喝醉了,我来。他也没打开,把钥匙倒弄弯了。这下我们便觉得有点不对头,酒也有点醒了,猜测出事了,师傅家进贼了,正在里面作案,把锁从里面反锁了,说不定此刻就在门的那一边倾听,等我们离开。我们在外面恫吓他,快开门吧,现在出来,放你们一条生路,否则就不客气了。已经去喊联防队了,联防队马上就来了,到时候就插翅难飞了。小辫子轻声问我,你为什么说你们,不说你,你以为里面的贼还有同伙啊。我悄声说,你脑子坏的啊,这时候说这种话有意义吧。管他一个还是两个,关键是要把里面的人震慑住。小辫子这时就撞门了。撞了一下,我赶紧把他拉住。我说,我们是要抓贼,又不是攻城堡。你把师傅家的门撞坏了,你出钱修啊。小辫子点点头,和我一起喊,要是我们破门而入,把你们活捉,就拉到派出所去了。你们以为过年了,就没人了,就可以躲在这里快活了,为所欲为了。前后左右都有人守着,逃不掉的。有没有去打听一下,我是钳工啊,世界上就没有钳工打不开的锁。我们贴着门听,里面似乎有窸窸窣窣的声音,好像是朝门口过来了。我们赶紧退后几步,摆出一副招架的姿势,谁知差点被绊倒在地。我们划亮火柴一看,发现沿墙摆了一溜瓮啊甏啊,还有乱七八糟的杂物。我们白天走进走出,从未见过这些东西。是不是走错门洞或是走错楼层了。我们看看,墙上写的是三楼,没错,不过从楼梯半中间的镂空花墙看出去,原先正对着公共厕所,现在厕所是在斜对面。我们这才知道走错了一个门洞,去了隔壁的单元,慌忙原路返回。到了师傅家里,我们两个笑了个半死,心想那户人家也被我们吓了个半死。

初一初二初三,三天在车间里加班。今年过年,车间里大约有一半人回了上海。那几天厂里的设备非常善解人意,知道是过年,没有来找麻烦。大家都围着火炉嗑瓜子吃花生聊天。零食都是班里的老师傅带来的。老约克今年很罕见地没有回上海,但也没有来加班。他不在乎这种小钱。老约克不来,就少了很多趣味,大家聊来聊去也聊不出什么名堂。一个姓叶的师傅说,毛主席说的是"一分为二",而有个家伙却说要"合二为一"。那家伙好像姓杨。有个师傅幽默了一句,就是杨家将。另一个师傅说,不要瞎开政治玩笑,是叫杨什么珍的。后来几个人就绕着那个杨什么珍中间那个字到底是什么,绕了半天,最后也没有人说出来。叶师傅说回去翻传单,他收集传单的,可以找出名字的。有个家伙还没说话先笑了,笑得很猥琐,说,合二怎么会为一呢,两个人合起来应该等于三啊。大家听出他的弦外之音,都笑了。我们班的老师傅喜欢谈论政治,谈论小道消息,但谈论的水平都不高,而且随便说什么话题,说着说着就朝阴沟洞里带。

　　小辫子运气没有我好,女浴室外面的蒸汽管坏了,他和他师傅温吞水去修,爬到屋顶的斜面上去换接口。温吞水换好接口,叫他把几只螺丝紧一紧,自己走到一边去抽烟。温吞水站的地方正好对着女浴室的气窗,小辫子看到师傅一边抽烟,一边朝里面做怪腔。小辫子也对着女浴室窗子的,但是朝里面看,什么也看不到,玻璃上都是雾气。小辫子紧好螺丝走过去,朝气窗里面张了张,看到一个胖女人托着胸口的两坨白肉在抖动,似乎在馋他师傅。那女人看到气窗那里多了一只头,慌忙走开了。师傅说,螺丝紧好了。小辫子说,紧好了。师傅说,走吧。路上对小辫子说,有些地方,师傅可以看,你不可以看。你有前科的,当心被人揪小辫子。小辫子点点头。小辫子后来对我说,那两坨白肉,至少比牛玉芬的大一倍。我说,看了不应该看的地方,当心长偷针眼。你师傅讲得对,你有前科的,吸取教训,不要再惹麻烦。

年初三下了班,我在考勤单上夹了两张调休单。加班工资到手了,接下来两天就不上班了,放松放松。我在食堂里买了两饭盒卤菜。小辫子去大世界买酒,约好了在宿舍里碰头。我们把牙刷毛巾都带上了,直冲三妹的家。这是事先说好的,我们这几天晚上就住在那里。三妹的灶屋生火的,比师傅家暖和。

晚饭不只是我们三个人吃,春桃和阿彪也过来了。春桃说她家宽敞,桌子大,但是不如这里暖和。春桃还带了蒸好的香肚香肠过来,金陵特产,香味扑鼻。我不知道春桃是什么来历,不过这女人十分豪爽,喝白酒。小辫子和阿彪也喝白酒。春桃笑我,看你长得蛮结实的,怎么有点娘娘腔啊,喝这种丹阳封缸酒,这是女人才喝的甜酒。我说我喜欢喝这个酒,封缸酒也会上头也会喝醉的。教我练功夫的师父关照过的,练功夫的人不要喝白酒。春桃哦了一声。小辫子说,国钧在火车上一个人打五个人,最后五个小流氓统统被他打倒在地。春桃笑着说,你是蛮勇敢的,上次联防队来抓人,要到三妹的家里搜,你拿着钉耙拦着,说的那番话也蛮有气势的,把那些人都吓退了。说完颇有深意地看了看三妹。

阿彪突然没头没脑地来了句,你偷我女人的照片。我们不知道他说什么,都没接腔。阿彪看着我说,不要装糊涂,我说的就是你。阿彪喝酒喝得急,这时候已经有几分醉意了。我说我什么时候偷过你女人的照片,你有女人照片吗,哪个女人的?我见都没见过,冤枉我。我话说出去,心里其实想到了,我确实曾经把他棉花胎夹层里藏着的春桃的照片撕掉扔了。春桃说,你说什么呢,大过年的,开开心心的,你说什么胡话呢。春桃想拦着阿彪不让他说下去,哪知道这个犟头脾气一甩手把春桃撩开,说,肯定是你偷的,除了你,不会有别人偷的。张师傅不会的,惠明也不会的,只有你会偷女人照片。我说,你有证据吧。他说,证据就是你一面孔的骚粒子。我觉得好笑,阿彪也长了一面孔青春痘,这不是和尚骂别人秃头嘛。但是我意外地发现,阿彪脸上的青春痘不知什么时候已经消退了,平复了,只剩下几许凹凸不平,留着它们曾经来过的痕迹。都说酒后吐真言。这些话大概一直闷在他肚子里,今天终于有机会说出来了。阿彪还没完,又说,不要以为我不知道,你还藏了一张插图,是从书上撕下来的,是画女人小便的那个地方的。

我懵掉了。我不知道酒后吐真言可以吐得这么爽快,吐到完全不必顾及别人的脸面的程度。那天晚上有点不欢而散。春桃和阿彪走后,小辫子说,你为什么不打他。我说我为什么要打他,他说的都是实话。小辫子说,你可以不承认的。我说,去去去去。我独自收拾残局。三妹要帮忙,我把她拖到灶头边,撩点大锅里的热水给她洗手,说,你去擦防裂油去。我把吃剩的饭菜端到堂屋的桌子上,盖上一个大的竹编圆箩。把矮桌抹干净。把碗筷在大锅里洗刷干净,又在桶里的清水里过一遍,放到灶头上面。大锅里的脏水用笤帚撩到灶头沿里,自会顺着斜面流到外面去,再在锅里放上清水。看过三妹做过一遍,我就知道怎么做,就好像已经在这里生活了很多年了。

我用抹布擦擦手,说,阿姐,接下来该怎么做,你说吧。阿彪的话你都听到了,你要觉得我不是好人,我和小辫子现在就走,省得我们睡在这里你不放心。三妹说,他说你什么啦,说你杀人放火还是拦路抢劫了。我没当回事,就当风吹过。你去和一个醉鬼较什么真啊。

她在靠墙那边的地上铺上干净的稻草，又拿来了一床被子，说，晚上就睡在这里吧，往灶洞里添柴禾的时候，火烛小心。又把灶头边上那只粗陶罐拿来，淘了一把米，放进去，加满水，说，有一点点烟的，我拿到堂屋里去。我抢着抱起陶罐，放到堂屋的地上，不知道她要干什么。她把灶屋地上的稻草归归拢，刚才我们坐在上面吃饭，有汤水污渍滴下的。她把稻草粗粗搓成拳头粗细，一段一段接起来，从陶罐底部开始，一圈一圈绕上去，一直绕到盖子那里，又在盖子的凹槽里，放了两只鸡蛋。然后，她在稻草底部那个头，点上火，并不让火烧起来，只是阴燃。我和小辫子都看呆了。三妹说，就叫它慢慢阴燃，明天早上，正好燃到头，到时候粥也好了，蛋也熟了。

第二天清早，我就闻到一股特别的米粥香，还夹杂着稻花的清香。我披好衣服去堂屋里一看，果然，那束稻草正好燃到陶罐顶部。我叫道，阿姐，小辫子，快起来看。三妹挑着门帘从外面进来，说，起来啦。我都喂好鸡了，该喂你们了。我说，阿姐，粥烧好了。这样的烧法我还从来没有见过。三妹笑着说，让你开眼界了吧。我用棉袄袖子托着，把陶罐端到灶屋的矮桌上放好。

我和小辫子漱洗完毕，春桃和阿彪也过来了。春桃嚷着说，叫我们过来吃好东西，是什么好东西啊。三妹说，哪会有什么好东西，就是请你们来喝粥，暖胃的。我只煨了两个鸡蛋，给国钧和小辫子吃。春桃说，没有意见。我和小辫子也不懂客气，把蛋壳磕碎，剥了吃起来。以前也吃过白煮蛋的，但是从来没吃过这么香的蛋，稻草煨出来的，米粥的清香也渗透进去了，比茶叶蛋旺鸡蛋都要好吃都要香。三妹把陶罐盖子揭开，春桃便夸张地叫起来，呦，这么香啊，口水都要淌下来了。三妹一边盛粥，一边说，其实我也没这么煨过几次，嫌烦，一个人吃也没这个心情。我们乡下就是这么煨粥的,我见我奶奶煨过,看在眼里学会了。小时候放假去乡下奶奶家,奶奶天天给我这样煨粥,每次都在盖子上放一个蛋,还必须是用当年的新鲜稻草煨,陈年干草煨出来的粥就没这么香。

  我们每人一大碗,就着咸菜呼噜呼噜吃得不亦乐乎。三妹给大黄也盛了一碗,放了两块山芋进去,在一边凉着。乡下的草狗好养,大黄不挑食的,给它吃什么就吃什么。小辫子喝了一大碗粥,又吃了几块山芋,意犹未尽,问,大家还要吧。大家听不懂他在说什么。小辫子说,要是实在没有人吃,我来吃。三妹说,你吃吧。小辫子就把陶罐抱在怀里,用长柄勺子伸进去刮,刮了直接朝嘴巴里送,把陶罐里的粥刮得干干净净,把饭勺也舔干净。我说,小辫子,吃了早饭我们就回去吧,你这样的饭量,会把阿姐吃穷的。三妹解下围兜,朝我夹头夹脑一顿抽,说,就喜欢瞎说,改不掉的臭脾气。阿姐再穷,养你们几天还是养得起的。正月里说这种话,煞风景吧。小辫子,不要听国钧瞎说,阿姐就喜欢看你吃起饭来津津有味,还吧唧吧唧有声音,阿姐看了胃口也好了,开心。小辫子嘿嘿傻笑。我说,阿姐,我是开玩笑的。春桃说,国钧,你和小辫子在这里,人多热闹,三妹也开心。往常她都不怎么笑的,你们来了,她的笑容也多了。这几天我们也在这里吃的,待会叫阿彪回去拿点大米和面粉过来。三妹说,你再说这种见外的话,春桃,我可就真的要生气了,我们也不要做姐妹了。

  吃过早饭,一起打牌。大家好像都忘了昨天晚上的事,反正没人再提起。

  我们打的是四十分,几乎从早打到晚,打得昏天黑地。有时是我和小辫子搭档,阿彪和春桃是一家。三妹烧饭烧菜。有时是我和三妹是一家,阿彪还是和春桃搭档。小辫子去烧菜。那次我和三妹搭档,一路直冲,居然一直打到A,春桃和阿彪被我们打得脾气也没有了。春桃酸溜溜地说,你们俩倒是天生一对。说者无心,听者有意。我抬眼看三妹,三妹也在看我,见我看她,飞起一抹红晕。

小辫子烧菜有天赋的。春桃说,阿彪搞到一条七八斤重的青鱼,还挂在屋檐下,不知怎么吃。春桃说她烧青鱼总是烧不好,烧出来一股土腥气,不好吃。小辫子就自告奋勇把这活揽过去了。我们打牌的时候,小辫子施展刀工,一鱼四吃,鱼头红烧,加点山芋粉丝,一大锅;青鱼的背做熏鱼,鱼身上拉几刀,切成大块,在油里煎透,摭出来在拌好的酱油糖醋里浸一下,就像烧红的钢块放在冷水里浸一下淬火一样,味道就进去了,冷掉后就成熏鱼了;青鱼的肚皮做红烧肚档,上海本帮菜馆的招牌菜;鱼尾巴换换口味,做醋溜甩水,又是一道名菜。后来还多了一道菜,那条青鱼肚子里塞满了鱼籽,挖出来有满满一碗,放点葱姜酒,撒点盐,喷喷香。那天晚上简直就是全鱼宴,大家一边吃,一边赞不绝口,几乎就把小辫子捧上天了。

阿彪晚上想喝酒,春桃不许他喝,说他喝了酒就要翻老账的,陈年八古的事情都会翻出来。我说我不在乎,他再说也说不出我什么了。春桃说,我不是担心他说你,我是担心他说我。我和他在一起一年多了,什么羞人答答的事情没做过啊,我怕他一样一样说出来,难为情吧。我们都笑了。我说,就让阿彪喝酒吧,我们都有好奇心,想听听你们的故事。三妹推了我一把说,国钧,不要瞎起哄。春桃说,其实说说也无妨。男人女人在一起,都是缘分,要不怎么说月老牵红线呢。这根红线凡人看不见,但你就是会跟着这根红线走,慢慢慢慢,两个原本不相干的人就遇到了。和年龄大小没有关系,和好看难看也没有关系,你想挣脱也挣脱不了,注定要在一起的,哪怕再远,也会朝对方赶过去。你们想啊,阿彪是上海人,我是安徽滁州的,我读小学一年级的时候,阿彪还没生呢,八竿子都打不着的两个人。偏偏阿彪到板桥来了,我跟着老公发配到陆郎了。这还是挨不着啊。谁能想到,大热天,老公打砖坯,一头栽倒就走了。后来搬到古庙村,那根红线就越拉越紧了。我说,那你们究竟怎么认识的。春桃嗔怪地说,是不是还想问我们是怎么上床的。

我尴尬地笑笑。

春桃说,跟了阿彪,我也不后悔。这个男人心眼不多,人也不聪明,家里也穷,指望不上他家里。不过,这个男人肯为了我去偷,肯为了我被开除,也会为了我去杀人,也不嫌我死了老公,也不嫌我老,我也知足了。春桃说着,拉过阿彪,也不避我们,在他脸上亲了一口。

春桃的这个举动蛮打动人的。同样是大娘子小相公,我不看好子良和杨彩芹这一对,我看好阿彪和春桃。我觉得子良和杨彩芹迟早点,总归要分手的。阿彪和春桃,会长长久久走下去的,白头到老。我朝三妹看看,三妹低着头,像是在想心事。

这天刚打算吃午饭,院子外面走进来一个尼姑,来化缘的。三妹见了,拿了刚烙好的野菜饼就要出去。我拦住她说,等等。我见那尼姑的眼神闪闪烁烁,我先去考察考察,看看是真尼姑还是假尼姑。

我迎上去,双手合十念了句阿弥陀佛。那尼姑也还施了一礼,念声阿弥陀佛。我说,请教师父的法号是?她怔了怔,说,贫尼法号圆慧。我笑着说,巧了巧了。请问圆慧师父,你一定认识圆通大师了。那尼姑想了想,摇摇头说,贫尼不认识圆通师兄。我说,那么,圆头大师你总不会不认识吧。她依旧说不认识,眼睛盯住三妹手上的烙饼,咽口水。我又笑着说,那你不会不知道圆脑大师吧。她还是摇头,但眼睛里射出几分愠怒。我说,圆通大师和圆头大师,还有圆脑大师,三人号称三剑客。他们有个师妹就叫圆慧。莫非你是假尼姑,冒充圆慧师父的。小辫子和阿彪起先还憋着,这时忍不住哈哈大笑。三妹在我肩上打了一下,嗔怪地说,冒犯出家人是罪过的,然后笑着把碗给了那尼姑,说,师父要不要进来喝碗热水。尼姑把饼倒进背着的布袋,把碗还给三妹,双手合十谢道,谢谢施主,不打扰了。临走狠狠地瞪了我一眼。我说,阿姐干嘛给她这么多饼啊,我们自己还不够吃呢。谁知道她是真尼姑还是假尼姑啊。三妹说,出家人一路化缘,很辛苦的。谁还会冒充尼姑啊。

那天吃午饭时说起此事,大家笑了好一阵。春桃笑着说,没想到国钧还是个活宝。

快乐的时光总是一晃而过。初五吃了晚饭,我和小辫子要回去了。三妹拿出几块枣泥糕,这是春桃后来又拿来的,还没来得及吃。三妹把糕装在两个饭盒里,说,蒸一蒸,你们两个当早饭吃,吃了去上班就不冷了。她说话的口吻像是姐姐对弟弟说话。我从她的眼睛里看到依依不舍。我和小辫子说,阿姐,有空我们会来看你的。

骑了一段路,春桃从后面追来,说,国钧,我对你说几句话。小辫子说,我在前面树底下抽香烟,等你。我说,春桃姐姐,什么事啊。春桃说,以前过年,就我和三妹两个人,冷冷清清,也没兴致办年货,也没兴致做菜,也没兴致喝酒。事实上是,也没条件这样做。今年多了阿彪,多了你和小辫子,今年过年才像是过年,热热闹闹的。我还从来没有看到过三妹这么高兴。以前,她很少笑的。这几天,你也都看到了,三妹很开心,脸上一直挂着笑。都说是,天底下没有不散的宴席。你们不像农民,农民整个冬天都可以呆在家里,工人要上班的。再热闹,总要散的。刚才吃饭前,三妹在她的屋子里偷偷擦泪。我知道她是舍不得你走。春桃长长地叹了口气,说,三妹还是清清白白的女人。她从来没有喜欢过男人,也不许男人喜欢她。我看得出,你喜欢她,她也喜欢你。不像我和阿彪,三妹和你,其实差不了几岁。我问过她,她说把你当弟弟看待的。女人的心思弯弯绕绕,说一半,留一半的。我不多说什么了,记着,经常来看看她,不要辜负了她。

我说我知道。

我喜欢三妹,我也喜欢丹娘,这两种喜欢没有深浅浓淡之分,但确实是不一样的味道。和三妹在一起的感觉,就像是穿一双旧鞋子,柔软,舒适,合乎心意。和丹娘在一起的感觉,像是穿一双新鞋,漂亮,体面,但有时会硌脚。如果我和三妹在一起,好了就是好了,会很恩爱,爱得也很浓烈,我会一直想着要对她好,不要辜负她,要报答她对我的好,但随着时间的流逝,最终会归于平淡和宁静。如果我和丹娘在一起,好了不一定就是好了,这辈子会过得色彩斑斓,跌宕起伏。我会时时想着不要惹她生气,千方百计顺着她的心思哄她开心,在她面前小心翼翼生怕她讨厌自己,还会担心哪一天她会离开我。

我调转车头,骑了回去。三妹在灶屋里忙碌,见了我,用围兜擦擦手,说,怎么又回来了。我憋了半天,说,阿姐,不要忘记每天用防裂油抹手。三妹笑道,你突突突地赶回来,就为了叮嘱这句话啊。我说是的。三妹在我身后说了句什么,我没听见。她也不是说给我听的,像是自言自语,说,我想不到擦防裂油的,我会忘记的,除非你每天过来给我擦。我不知道三妹有没有这样说,也许又是我的臆想。

第二十六章

　　春节过后,总厂的鲁副指挥调走了。他到板桥来,大刀阔斧,抓生产抓安全抓文化补习抓技术练兵,他管得太多了,他以为他是谁啊,孤胆英雄啊,悲剧英雄还差不多。有的事情他是越位了,有的事情他是犯规了,有的事情他是得罪上面的人了,他这样的理想主义者,不适合生活在这样的时代,所以他必须被调走。本来接下来要技术工种考核的,他走了,考核的事情就按下不提了。我逃过一劫。我对他的离开表示真诚的欢送。据说鲁副指挥走得非常灰溜溜,本来指挥想请他吃顿饭的,意思意思表示欢送,但是鲁副指挥没有来,一问,大清早乘头班车离开了。

　　文化考试因为是事先决定好的,所以就照常进行了。

　　我走进考场就觉得气场不对,我们这间教室的监考老师是一男一女,男的我不认识,女的我一眼就认出来了,那个恶狠狠地瞪过我一眼的女人,她的儿子被我用氯丁胶涂抹过嘴唇,她的老公被我打过,还因此剃了个光头。她也认出我来了,我看到她的嘴角微微露出一丝冷笑。我想你笑什么笑,我又没有打算作弊,我怕你做什么。

开始一切都很顺利,只是在做到后面一题时,我被卡住了。题目要求写出化学元素周期表的前二十位元素。我能背出来,但不是用普通话,也不是用上海话,必须用湖南口音背。因为教我们的老师是从湖南调过来的,湖南口音很浓重,我们念的时候也是跟着老师用湖南话念的。我们给老师起绰号,就用湖南话叫他氢氦锂铍硼。到了考场,我已经忘了湖南话是怎么说的了,只要有人给我起个调,我就能脱口而出了。我希望监考老师里有个湖南人,最好有两个,他们用湖南话交谈,我就能找到那个音调了。这两个监考的,显然都不是湖南人。

我有点躁热,我把工作棉袄脱下放在一边。这个细节很重要,我后来绝地反击,全靠这件棉袄。

我问旁边的那个家伙,我说你会讲湖南话吗?他摇摇头,说他家乡是嘉兴,离湖南很远。他眼睛看着考卷,问我,你会换日光灯的镇流器吗?考卷里有这道题的,我刚要回答,那个监考的女人大喝一声:不许交头接耳,不许作弊。说完那女人就走过来,收走了我的考卷。我说你干什么收我考卷。那女人说,你作弊。我说,我哪里作弊了。她说,你问别人答案。我说,你污蔑我。她说,我不和你在这里吵,影响别人。出去。她扯着我的袖子出教室,到走廊顶头那个办公室。

里面有好几个人在说话。有个领导模样的男人问,怎么回事。女人说,考试作弊,被我当场活捉。我说,我没有作弊,你讲话要负责的。你说我作弊,拿出证据来。她还是一口咬定我作弊。我说你就是打击报复。我对那个领导说,这女人的儿子没有家教的,欺负我小师妹,我去跟他们评理,她老公是烧大炉的,凶得不得了,打我,后来反而被我打了一顿。有个阶段她老公剃光头的,你们记得吧。旁边有个男人点点头,表示记得这件事。我继续说下去,她老公头发被我拔掉一大块,只好去剃光头。这女人看到老公吃了亏,就威胁我,说迟早点要报复我,叫我死在她手里。那个女人叫起来,说她没有这样说过。领导说,停,停停停,我不想听你们讲故事。又对那女人说,你说他作弊,是抄袭书本还是偷看别人。女人说,他问别人答案。我说,我没有问,这女人冤枉我。领导说,去把那个人叫来。于是就去把坐我邻桌的那个家伙找来了,问他,我是不是问过他答案。那家伙说,没有,他只是问我会不会说湖南话,我说不会,他就没再问什么。领导挥挥手说,你回去吧。那家伙说,我被你们从考场里突然叫出来,影响到情绪了,还怎么考试啊。他不肯走。领导说,给你延长考试,一刻钟,够了吧。那家伙这才开开心心地走了。

我说,我就是随便说了句废话,根本不是作弊,这女人为什么把我拖出来啊。领导说,现在事情了解清楚了,你可以回去继续考试了,给你延长半个小时,可以吧。我说,给我扣这么大一顶帽子,考场里其他人都看到我被她拖出来的,我名气也没有了,我还有心思考试啊。我现在浑身发冷,棉袄还在考场里。领导让那女的去帮我拿来。那女人十分不情愿,只好去拿。我接过棉袄,赶紧摸口袋,说,十块钱呢?那女人莫名其妙,说,我不知道什么十块钱。我说我的口袋里有十块钱,你为什么把钱拿走了。那女人脸涨得通红,说,我到了考场就把棉袄拿来了,根本没有翻过你的口袋。我很气愤地说,我一个月就三十六块钱工资,这十块钱是孝敬父母的,考完试我就要去邮局寄钱的。有个家伙说,有没有可能在路上遗失了呢。我说怎么可能啊,十块钱不是小数目,我坐进考场还摸过棉袄口袋,还在的。那女人几乎要哭出来了,说,我真的没有拿你十块钱。我说,你偷了工人阶级的血汗钱,你亏心吗。那领导对那女人说,你要是拿了,就还给他,这样吵来吵去,影响很不好知道吧。那女人说真的没拿,眼泪都要流出来了。那领导气呼呼地走了,走到门口撂下一句话,丢脸。那女人气急败坏地追出去,扯住那领导说,我怎么丢脸啦,我怎么丢脸啦。我不偷不抢,不轧姘头,你说清楚,我丢什么脸了。于是办公室的人都涌出去拉架。

听到声响,考场里的人也都涌出来看,场面很混乱,很多人乘机偷看答案。于是又把考生安抚回去,过了好一会才算太平下来。先前的那些人又重新回到办公室,那个女人也回来了。

领导拿过我的考卷,看了看,说,元素周期表前面二十位元素你也没有写出来,后面还有几道题没做。我说,我都会的。领导沉吟了一会,说,现在再叫你去考试,确实有点不公平。这样吧,你把这道题做出来,把前面二十位化学元素写出来,就算你考试过关。我说,说话算话吧。领导点点头。我说,那就把教我们化学的老师叫来,请他做公证人。领导笑道,我们这么多人作证,你还信不过啊。我说,必须叫他来。领导说,教你们化学的是谁啊。我说,我不知道他叫什么,只记得是个湖南人。旁边有个家伙说,估计是郑浩明老师,培训部就郑老师是湖南人。后来就把湖南老师叫来了。湖南人完全不知道发生了什么情况。别人问他认不认识我,他说不认识。我就说,老师,我是你班上学习最用功的学生,你总记得的吧。他说他就没见过班上有哪个人学习用功的。我说我是你班上的学生,你总不会想不起来吧。他说学生太多了,他还真记不起来我是谁。他走到我侧面看了看,似乎有点印象,说看着好像脸熟。湖南老师一开口,我就把元素周期表上的前面二十位元素记起来了,当场在考卷上写下来,氢、氦、锂、铍、硼、碳、氮、氧、氟、氖、钠、镁、铝、硅、磷、硫、氯、氩、钾、钙,一个都没错。这下,几乎所有人都觉得我是被冤屈的。

领导说,考试通过了,你可以回去了。我看看那女人。那个女人非常灰心丧气,脸色很难看。我说,十块钱的事怎么解决。领导说,这是你们两个人的事,我不管,你们自己解决。

那以后,我只要在路上看到那女人,就问她讨十块钱。后来时间长了,我也以为这女人真的拿了我十块钱,向她讨钱的时候口气十分强硬。那女人只要远远看到我,就赶紧逃。

天气开始转暖的时候,发生了一些事情。

师兄调到炼铁分厂去了。在此之前,有天晚上,我和小辫子在宿舍的走廊里闲聊,看到师兄从外面逃进来。师兄逃到上面,看到我,把我拉进盥洗间,说,国钧,你帮帮我。我发现师兄脸色发白,气喘吁吁,十分慌张,肩膀上还挂了两条咸鱼,用麻绳串在一起的。我说,这是什么。师兄说不知道。师兄说,有个女人追我,一路追过来的,现在大概在下面。你去把她赶走好吧。我朝下看了看,果然有个女人坐在下面的地上,还朝上面看。我说怎么回事,你不说清楚,我怎么帮你。师兄吞吞吐吐地说,他寻找灵感,不知不觉就走到了码头那边。那里有个村庄,属于回龙乡的地盘。师兄走进一家农户的后院,看到屋里有个女的撩起衣服在擦身子。师兄发誓说只看了一眼,就把眼睛闭起来了。女人发现有人偷窥,就走出来了,说,你知道我男人死了,看到我长得俊,就打我主意。说着就把师兄朝屋里拖。师兄害怕了,就逃了,逃的时候碰翻了一个竹竿搭的架子,估计那串鱼就是这时候挂在他肩上的。他在前面逃,女人就在后面追,一直追到宿舍里。码头那边的回龙乡到这里,至少五公里,很难想象,两个人就这么一路跑来的。我说,你以为那女的追你,是要强奸你啊。人家是在追她的咸鱼。你把咸鱼还她,她就不追了。师兄说,我不知道肩上挂着鱼。现在怎么办啊。我说,什么怎么办啊,把鱼还人家。

我到了下面,见那女的还坐在地上大口喘气。我说,大姐,找鱼是吧。小偷翻墙跑了,我把鱼给你抢回来了。那女人感激地说,大兄弟,谢谢你了。你要我怎么报答你啊。说这话的时候那女人眼睛熠熠发亮,吐着蛇信一样的光。我一下子来火了,说,废话少说,拿了鱼快滚。

我帮师兄摆平了此事,师兄很感激我。我替他整理行李打包的时候,他说,你看中什么就拿吧,要不,我把报告纸和圆珠笔都留给你,我到了那边还可以领。我说,把你箱子里的小说都留给我,我女朋友欢喜看小说。师兄有点不舍得,但最终还是同意了。后来我在其中一本小说里翻到一张纸片,是那张女性生殖器官构造图。我原先一直以为是阿彪偷的,错怪他了,却是师兄拿的。我忘了师兄也是男人,不是雌孵雄,他也需要想象需要意淫需要发泄的,只是他拉不开面子,要装清高。我把纸片塞进他的行李,让他需要的时候继续使用。

另一件事是,老约克失踪了。

春节过后,老约克来上过几天班,不过已经不是以前的老约克了,不是那个谈笑自如风流倜傥神采飞扬的老约克了,而是一个面色晦暗眼神空洞死样怪气的男人。大家开始还没有转过弯来,还像以前一样和他开玩笑,向他请教问题。老约克完全答非所问,甚至有点语无伦次。大家偷偷议论。叶师傅说,会不会,老约克和文工团生的是同一种毛病。杨家将说，生这种毛病要有诱发因素的。老约克的老婆在上海，不见得他前面一个老婆突然来寻他了。大家便猜测老约克有没有大小老婆。老约克上了几天班，交出几张调休单，说回上海去了。这一去就再也没回来。师傅叫小搭佬写信，催老约克回来上班，说如果家里有困难，回来办手续，可以请事假。拖了几天，老约克的老婆回信来了，说老约克没有回过上海。这时候大家就开始着急了。到老约克的宿舍里去，也没发现什么异常。师傅向车间汇报。老秦说，老约克女人多，去找两个和老约克关系比较密切的女人问问，看看能问到点什么情况。师傅就派杨家将去医院，找配药间的一个离婚女人打听情况，那女人绰号叫"黑里俏"；又叫叶师傅到木模分厂去，找一个绰号叫"脱脂棉花"的女人打听情况。

杨家将找到配药间的黑里俏，说，借一步说话。黑里俏说，啥个意思，听不懂。我又不认识你，有话就在这里说。杨家将就说自己和老约克是一个班组的，问她这几天有没有见过老约克，或者说，老约克有没有对她说起过，要到什么地方去。黑里俏说，老约克的事情，我怎么会知道。你怎么想到来问我的，还跑到医院里来问，是不是想让医院里的人都知道，我和老约克轧姘头，来坏我名气是吧。杨家将慌忙解释说不是这个意思，这时候那女人手已经伸过来，刮了他两记耳光。

杨家将回来后不一会，叶师傅也回来了。叶师傅也没问到什么情况，遭遇的情况比杨家将还要惨，也被打了两记耳光，脱脂棉花身材健硕，下手更加重，打完耳光还朝叶师傅脸上吐了一口痰。师傅安慰了两人一番。

那段日子，车间里都在议论老约克的事情。各种各样的猜测都有。一直到有一天,有人在雁头矶的断崖边,发现一双三接头皮鞋。那块断崖在雁头矶矶头的侧面,地势有点偏僻,人迹罕至。有对谈恋爱的男女爬下去,是想做不正当的事情的,不料却有了意外的发现。我和师傅还有杨家将叶师傅等人去保卫组认皮鞋,我们都认出来了,这就是老约克平时穿的皮鞋。保卫组在断崖附近搜过,没有发现别的东西。分析下来,老约克有可能投江自杀了。但活不见人,死不见尸,一时很难下定论,只能说是失踪。我们想不出老约克有什么理由自杀,板桥找不出第二个比他活得更潇洒的人了。后来分析下来,除非,老约克的枪坏掉了。对老约克这样的人来说,枪坏了,人生的意义也就没有了。但是,四十岁的男人,枪怎么会坏掉呢。难道说,男人的弹药库真的是有定额的,子弹提前打完了,枪也就发不出火了。还有一种可能就是,因为某种原因,老约克的枪扳机坏了。不过这些也只是大家的胡乱猜测。

厂里打电话回上海,叫老约克的老婆来一次,把老约克遗留的东西整理整理,带走。电话打到居委会的传呼站,去喊人。等了半天,老约克的老婆来了,问清情况,那女人说,我不来的,没有空。这只脱底棺材不会有什么值钞票的东西留下来的,你们随便处理,我不要的。死了好,死了顶好,死了就太平了,这只骚卵就不会再兴风作浪了,我也可以过太平日子了。打电话去的是劳资组的老包,老包挂了电话赞叹道,这个女人硬气的,潇洒的。

到了三月底的时候,厂里要把老约克的宿舍床位腾出来,给新职工住。这个事情总要有个了结,就由车间出面,给老约克搞了个纪念性质的座谈会。不算追悼会,毕竟尸体也没有找到,也不能搞得太正式,毕竟老约克不是什么重要人物。几幢宿舍旁边,有个芦席毛竹搭出来的棚,里面有两只乒乓桌,平时我们在那里打乒乓球的,座谈会就在那里开。钳工一班的人都去了,车间的老秦和劳资组的老包也去了,工会的唐九松到了一到就走了。桌子上放了老约克的一些遗物,一副太阳眼镜、一顶罗宋帽,还有几条领带、一罐上海牌咖啡。我上去摇过一摇,还有半罐咖啡。比较值钞票的是一只英纳格手表,是在老约克的箱子里找到的,不知为什么老约克没有随身戴着走。还有些别的杂物。师傅主持座谈会,说了老约克的一些优点,比如爱整洁,懂礼貌,能说会道,看过的书很多,知道的事情很多,万宝全书缺只角。师傅正说着,突然涌进来二十几个女人,二十几岁到四十岁不等,进来了也不说话,站在一旁擦眼泪。脱脂棉花和医院配药间的那个黑里俏也在。师傅说完后,班里其他师傅也做了补充,比如和女同志的关系相处得很好,肯给大家讲故事,说话很幽默,从来没有和班里同志闹过不团结等等。老秦和老包也说了几句。师傅刚刚打算宣布座谈会结束,那帮女人就扑到乒乓桌边抢东西,事情发生得太快,都来不及上去阻止,那帮女人已经一哄而散,桌子上也空了。

时间长了,也就没人再提起老约克了。不过有个人,大家一直都很记挂他。

老法师到了培训部以后,没有再到班里来过,大家时常会想到他,说起他,人不在了,关于他的神话还在继续流传。欢送老法师去培训部的那天,厂里派了一辆四吨卡车,一辆小三卡,披红挂彩,敲锣打鼓,黄坤山和唐九松等分厂领导都去了,钳工一班全部出动。培训部那边也列队欢迎。排场很大。老法师脸上很有光彩,不过老法师似乎并不开心。他本来不想去的,但又不能违拂了鲁副指挥的一片好意,只好去。这天,班里的老师傅又说起老法师。师傅要我去看看老法师,说回上海时走得比较急,临走之前忘了给老法师去拜年,回来也忘得一干二净。师傅说,跟老法师约个时间,看他有空,班里一起聚餐。大家都很想他的。我说我现在就去。

我骑车过去,问培训部看门的老头,我说老法师在哪个办公室。那老头说,哪个老法师,我们这里没有什么老法师,只有老师,张老师李老师王老师,你找哪个老师。我说炼球分厂调过来的,矮矮的,红鼻头。那老头说,你说的是姚老头啊,还老法师老道士老和尚呢,老饭桶老废物还差不多。调过来以后,一点卵用也没有,又不会上课,又不会写材料,依我看,姚老头连看大门的资格都没有。上次来了一批教材,叫他一起搬,他搬了一箱书就说腰别伤了。这老饭桶也真是,好端端的工人不想当,开后门跑到培训部来,这种地方是你能来的吗,丢人现眼。培训部的人,没有一个给他好脸色看。还好,再过几个月,他要退休了,否则就把他赶走了。

我想一拳头挥上去,把这家伙的鼻子挥出血来,但是硬生生控制住了。我耐着性子问他,老法师在哪个办公室。看门老头嗤了一声,不理我。

我一层层楼面找过去,一间间办公室找过去,一直找到四楼,左面顶头是男厕所,右面顶头是女厕所,在男厕所隔壁的一间小房间里,我看到了老法师。那间房间本来是朝南的,太阳是能照进来的,但窗子被文件柜挡住了,屋子里塞满了橱柜,余下的空隙被叠起来的办公桌塞满了,只有很小的空隙供老法师进出。也许过几天,又塞进来一些杂物,老法师进出只能从杂物上爬过去了。我已经不认识他了,一点也没有精神,坐在办公桌后面打瞌睡,面孔灰扑扑,没有血色,皱纹密布,横一道竖一道,皱纹刻到肉里了。我喊了他一声,他抬起头来看我,眼睛里都是眼屎,眼屎几乎把眼睛封住了。他看了我半天,才认出我来,叫了我一声国钧。我在桌子上撕了一张纸,替老法师擦去眼屎,就像我以前一直替他捡脚趾甲一样。我曾经嫌鄙过这个矮老头,后来对他的只有仰慕、崇拜,现在突然多了几分怜惜,同情。在厂里,所有人都敬重他,把他当菩萨供,到了这里,就像一根稻草。我知道他在这里只是个摆设,没有人在乎他的,没有人会喊他老法师,他也不能像在钳工一班里那样放肆,随心所欲。他还敢在办公室里剪脚趾甲吗?他屁股后面生了疮,会有人帮他贴膏药吧,会有人帮他搭人墙吧。我说老法师,你好吗,我们都很想你的。我师傅说,约个日子,接你过去吃顿饭,钳工一班的人一起聚聚。他说,你师傅他好吧,班里的人都好吧。大家都很忙的,吃饭就不吃了,你师傅的心意我领了。我说,我师傅蛮好的,班里其他的师傅也蛮好的,都好的。我想说老约克失踪了,有可能死了,但最终没说,说给他听也是徒增伤悲。

我说,老法师,回去吧,这里不好,我叫厂里来接你回去。他摇摇头说,鲁副指挥是好人,一片好心,我不想去惊动他。我想说,鲁副指挥已经调走了,没有人为你撑腰了,所以这里的人不把你当回事,欺负你。不过我没这样说,说了也没什么意义。我说,用不着去惊动鲁副指挥的,我回去跟厂里说,跟师傅说,明天就派人来接你回去。他说,来也来了,来了就不回去了,回去就是回汤豆腐干了。他想笑,使劲在皱纹里挤出一丝笑。我说,老法师,我今天就带你回去,我背你下去,用自行车推你回厂里。我要上去背他,他用手霸着桌子,说,国钧,你来看过我了,可以了,回去告诉你师傅,说我一切都好的。过年的时候,鲁副指挥来给我拜年,我也告诉他我一切都好,叫他放心。

叫班里的人不要再来看我。

  我看到门口有人经过,去上厕所的。我说,那我叫他们把这些杂七杂八的东西搬走,把窗口露出来,让太阳光晒进来。老法师说,这里是机关,不是车间里,机关有机关的规矩的,我们不懂的,你不要去讲,讲了就要吵了。我已经习惯了。国钧你走吧,你来看过我了,我蛮开心的。他把我推出门去。我回头看看他,他在朝我笑。

  我走到楼下,听到老法师叫我,国钧,你再上来一趟。我赶快奔上去。老法师把我又拖进去,关好门,说,回去不要乱讲,不要叫你师傅不放心,记牢。我现在真的蛮好,天天一杯茶,报纸看看,从早到夜不出汗,不用力气。我这么高的工资,每个月一分不少。人要知足的。而且再过几个月我就退休了,不要再节外生枝了。我点点头。老法师说,你回去,我在楼上看你走。我骑车出大门的时候,停了停,回头朝上看。老法师踮着脚,倚在栏杆上朝我挥手。我的眼眶有点湿了。

第二十七章

师傅出工伤之前,师娘有预感的。师娘一直说自己眼皮跳。左眼跳,是福;右眼跳,是祸。师娘说她是右眼皮跳。一般来说,眼皮跳几下就不跳了,不会今天跳了明天还跳,后天还跳,但是师娘却是连续跳了很长日子。所以那些日子我见到师娘,不是问她身体好吧,精神好吧,饭吃过吧,而是问,师娘,今天眼皮跳吧。

师娘那些日子心神不定,担心会出事。

师兄调走前,师傅师娘请他吃饭,师娘端出来的菜非常奇怪,一碗乳腐烧黄鱼,不过味道还可以,就是咸了点。一碗芋艿炒蛋,完全烧煳了,不说味道了,菜色就不好看。还有一碗香肠炒萝卜,味道倒不错,但至少我以前从来没有看到过这么搭配的。师娘进厨房的时候,我偷偷问师傅,师娘以前这么烧过吗。师傅摇摇头,说,今天好像有点超水平发挥,想象力特别丰富。师娘最后端上来的一碗,算是压轴戏,一块一块黑戳戳的,根本看不清楚是什么菜。师傅比较有魄力,搛了一筷,才尝出味道,是红烧肉。不过师娘没有放酱油,放的是豆瓣酱,其实是豆瓣酱烧肉,有股焦煳气,还有点黏。师娘用调羹舀了一大勺肉给师兄,肉被豆瓣酱黏在一起,这一调羹有好几块肉。师兄当场流下感激的眼泪,说,谢谢师娘。师兄到了炼铁分厂以后,再也没有写出像样的歌词,估计和这顿饭有关系,和师娘这一大勺豆瓣酱烧肉有关系。

任何事情发生之前都有预兆的。师娘眼皮跳是预兆,这天师娘烧的这桌菜,也是预兆,师傅几天以后就出工伤了。从此以后,师娘烧菜就完全不照套路来烧了,兴之所至,随心所欲。我说过的,师娘人长得难看,但是菜烧得好吃。到后来,师娘菜也烧得难看,而且难吃。过年的时候吃汤团,师娘包出来的汤团没有一只是同样大小的,有几只还长角的,师傅吃了一只,拒绝再吃,说,看了就没有胃口了。

师傅没出工伤之前,师傅和师娘大概是世界上最默契的夫妻。

有次师傅对师娘说,你明天去小菜场,买点那个。师傅说的就是"那个",而不是说某样具体的菜。师娘没问"那个"是什么,居然听懂了,说,那个快要落市了,太老了,烧不酥了。我以为师娘想的和师傅想的未必是同一样菜,谁知两个人想的就是同样的菜。师傅点点头哦了一声,说,那就买点那个吧。师傅说的还是这两个字,师娘就像师傅肚子里的蛔虫,又听明白了,说,可以的,我再放点咸菜一起蒸,咸菜吊鲜味的。师傅说,好的,再挑一撮辣货酱上去,味道还要赞。师娘说,我再买点这个和那个,好吧。师傅说,这个可以买点,那个就不要买了,太贵了,浪费了。师娘说,好的。

神奇吧,听得懂吧,别人肯定听不懂的,只有师傅师娘互相之间听得懂。所谓的心有灵犀,所谓的拾人牙慧,也不过如此了。我希望和我将来的老婆也有这样的默契。

我一直说,那时候师傅还没出工伤,好像盼着我师傅出工伤,当然不是这样的。事实上是,师傅出工伤以后,确实像是变了一个人。

那天,班里其他的师傅都派出去抢修了,我和师傅在车间里加工一副新的轴瓦。师傅钻好下瓦,叫我去绞螺纹,他继续钻上瓦的四个孔。要抢时间,钻好孔马上要浇注铅合金的,那边抽风机房等着的。这时师傅发现摇臂钻床的夹具坏了,夹不紧,滑牙了。师傅脑子里只有时间概念,没有安全概念,师傅有点托大,没有上夹具,就用一只手扶着轴瓦,一只手进钻。还好,师傅经验丰富,进钻的力道速度控制得恰到好处,钻一点,回上来一点,前面三个孔钻得很顺利。钻最后一个孔时,师傅有点大意了。钻头钻通的一刹那,离心力特别大,十八迷离的钻头在轴瓦孔里卡住了,这时钻头还在转动,师傅的手根本按不住那只将近七十斤的轴瓦,钻头把轴瓦带起来一起转动,转了几圈,轴瓦就甩出来了。师傅最后做了个动作,把身体转了九十度,把这次撞击由正面撞击改为侧面撞击。

我听到师傅闷叫一声,赶快奔过去,看到师傅已经被甩出来的轴瓦击中了,正好击中大腿根部的要害位置。撞击的那一刻,师傅的命根子朝一边荡了过去,两只蛋被当场击碎了。如果做个比喻,就是,茶壶的嘴毫发无损,茶壶碎了。师傅还算镇定,忍住剧痛,把双腿扒开,这样,轴瓦掉下来的时候,没有砸中师傅的脚。我扶住师傅说,师傅,要紧吧,我去喊人来帮忙。师傅思路清晰地说,去叫救护车。

救护车开来的时候,车间里外已经拥了很多人,安全组和医务室的人也都来了。师傅没有让别人把他搬上救护车,而是自己迈着英雄般的步伐,一步一步走出车间大门。师傅浓眉紧锁,咬紧牙关,每一步都走得很沉稳,每一步都走得很艰难,每一步也走得很痛苦。我发现师傅走的这几步路,在充分展现赵四海的气度神韵的同时,也适当借鉴了李玉和上刑场时的步态。所有人都以崇敬或者说是吃惊的目光注视师傅。师傅自己爬上担架,一开始是俯卧在担架上,估计下身被压痛了,师傅才示意人替他翻个身,仰面朝天。被抬上救护车之前,师傅强自撑起身子,朝大家挥了挥手。

这是师傅最后一次装赵四海,装得很悲壮,令人荡气回肠。

我一个箭步跳上救护车,送师傅去医院。

那以后,师傅还是像以前一样,站着小便。那两只被打碎的蛋,是被取走了,还是修补好了仍然留着,我不得而知。师傅回来上班以后,再也没有在厂里的浴室洗过澡,哪怕身上再脏,也回家去洗,让师娘烧些热水,蹲在厕所里洗。所以后来出去抢修,那些油污烟尘比较多的地方,班里的师傅都照顾他,不让他去。师傅还是班长,但是不像以前那样杀伐决断了,开班前会时也不再用眼睛直勾勾地逼视人了,大家都觉得老许比以前好相处了。

师傅被推进手术室,我守在外面。不一会,唐九松和老秦也赶来了。过了一会,师娘也赶到了。师娘吓得走路也走不稳了。我上去说,师娘不要急,师傅好像问题不大,能够走路的,骨头肯定没有伤到,是自己爬到担架上去的。师娘说,我就担心要出事,果然还是出事了。老秦和唐九松都过来安慰师娘。我看手术还有一会,就去找大头。本来师傅是要安排进八个人的大病房的,大头去一说,给师傅弄了间单人病房,又去借了一只可以折叠的行军床,这样我晚上陪夜的时候可以睡。小辫子也说,他和我轮流陪夜。但是最终师娘没有让我们陪夜。师傅从手术室出来的时候,因为上的是全身麻醉,还没有醒,脸色灰白,像是死过去了一样。一直到傍晚,师傅才醒过来。师娘叫我们都回去,说你们第二天还要上班的。我说小师妹一个人在家里怎么办。师娘说,已经托了一个要好的小姐妹,这段时间小师妹就住在她家里。

开始几天,师傅只能吃半流质。后来医生说可以增加点营养了,但是不要太油腻,可以喝点鸽子汤。我就到农贸市场去买鸽子。兜了一圈,一只鸽子也没有。我就想到,安全组有鸽子的。安全组在浴室旁边搭了只鸽棚,养了三十几只鸽子,探测煤气浓度的。我特意换了件特别油污的工作服,进去后先发了一圈香烟,说,我是钳工一班许胖子的徒弟。其中一个家伙说,不要自报山门的,认识你的。听隔壁保卫组的卸克讲起过的,说你本事蛮大的,会加工山鹰之国香烟的。就是现在我抽的这支是吧,味道倒真的蛮好的。我说,几位师傅要是觉得好,我明天带几包过来,一人一包。他们就笑了。我说,我师傅工伤住医院了,医生说,最好是用鸽子烧汤。农贸市场买不到,我想问安全组讨两只鸽子。刚才那个家伙说,开玩笑,这是生产上用的,不是给人当补品的。我说,不是白拿的,我付钞票的。我把十块钱放在桌子上说,以后要是农贸市场能买到了,我就不来麻烦各位师傅了。他们互相看了一眼,说,要是农贸市场还是买不到,你的意思还要来讨喏,我们只好继续提供鸽子,一直到许胖子把炼球分厂的鸽子全部吃光为止,是吧。

他们几个哈哈大笑起来。

我说,有点同情心好吧,不要嘲笑工人阶级好吧。你们是坐办公室的,坐到死,也不会出工伤的。工人要爬上爬下的,工人会出工伤的。我也不想和你们多啰嗦,摆句话,肯吧,不肯我就走。他们说,这桩事情没有商量余地的。我说好的。我把十块钱放进口袋,说,临走之前,我和几位师傅拥抱一下。我就上去抱离我最近的那个家伙,那家伙连忙逃到桌子后面去。我假装去追他,另外两个家伙趁机朝门口冲,我一个虎跳拦在门口,他们赶紧逃回去,其中一个要拨电话。我说,你拨给派出所还是拨给隔壁的保卫组。你怎么说,我要拿刀杀你。告诉你们,工人阶级不会做犯法的事情的。我只不过想在临走之前抱抱你们,表示友好,我也不是同性恋,犯法啦。谁打电话的,我只抱他,放过其他两个。有点秃顶的家伙是安全组组长,平时有点蛮横的,说,小赤佬不要无法无天,以为我们见你怕是吧,我警告你,他话没说完,我已经把他抱住了,抱得他气也喘不过来。我说,老师傅,你有点神经过敏了。我在手上用了点劲,说,不过是两只鸽子的事情,不肯就不肯,用得着这么紧张吧。他说,你放开我,有事情好商量。我放开他。他说,给你两只鸽子好吧,算是安全组的慰问品。这几天厂里在抢修,安全组的人走不开,我们就不去看望你师傅了,你回去向你师傅问好。我说好的,谢谢几位师傅。

我也知道这样做不好,很无赖,但没办法,有些习性已经深入到骨髓里了。有些事情你用正常的手段办不到,只好用无赖的手段。

这天我在鸽棚里挑了两只最肥最大的鸽子,给师傅烧汤。第二天,我带了几包香烟,又去安全组要了两只鸽子。师傅说,不想再吃鸽子了,淡刮刮的,没有味道。后来我就没有再去麻烦安全组的同志。

我给师傅买甲鱼,买黄鳝和黑鱼,买蹄髈。买来了,叫小辫子烧。每天上班,我可以晚去一小时,给师傅买菜。小辫子上午可以回去两个小时,给我师傅烧菜。这是老秦同意的。小辫子根据我提供的材料,烧冰糖蒸甲鱼、大蒜烧鳝筒、黑鱼烧汤、蹄髈炖萝卜,每天换花样,再搭些蔬菜。有次买到一只野兔,小辫子烧红烧兔肉,还有一锅昂刺鱼汤。师傅吃得十分满意,说,这么好的菜,不喝点酒可惜了。师娘说,脑子放清爽点好吧,你是住医院,你当是在住疗养院啊。想喝酒可以的,早点好,早点出医院。你住医院,多少人为你在忙啊。国钧和小辫子太辛苦了。我说,师娘从早到夜在医院里服侍师傅,夜里也睡不好,师娘最辛苦。师娘说,国钧,你买菜用了多少钞票,每笔账记一记,师娘到时候一起给你。我说,师娘平时还讲,把我当儿子的,讲出这种话就是不把我当儿子了。再讲,徒弟对师傅好,天经地义的,应该的,要讲钞票就不是自家人了。师娘说,你只有三十几块工资,你师傅住医院,恐怕把你的积蓄全部抖空了。钞票是一定要算的。我说,这些年,师傅师娘请我吃过几顿饭,算得清楚吧。师娘问我算过饭钱吧。师娘再提钞票的事情,倒不如打我几记耳光算了。师娘说,这和打耳光连得上吧。是不是上次师娘打你耳光,你一直记在心里,恨师娘恨到现在啊。我说,怎么可能呢,师傅师娘打我骂我,都是为了我好。

这时大头走了进来,说,要下班了,回去之前来看看师傅。师傅今天感觉好吧。师傅说,蛮好的蛮好的。师娘说,谢谢大头师傅,每天到病房里来看,过意不去。大头说,我和国钧是结拜兄弟,师傅师娘用不着客气的。要是需要什么,跟我讲,没有问题的。师傅师娘连声说谢谢谢谢。大头说,我有只矿石机,自己装的,可以收听到四只电台。要不要我去拿来,师傅住在病房里比较闷,可以听听电台节目。我说,现在半导体收音机也出来了,还有谁用矿石机听广播啊。再讲,你这只矿石机放在哪里。大头说,就在休息室里。我说,你的休息室在哪里。大头笑着说,国钧你不是来过的吗,太平间旁边呀。我说,我师傅胆子小,你把放在太平间旁边的矿石机拿来,是不是想来吓我师傅,叫我师傅夜里做噩梦啊。你刚刚走进来,就带进来一股阴风。我还没说完,已经被师娘踢了一脚。师傅说,国钧,大头师傅一片好心,你不要乱讲好吧。师娘也骂了我几句,说我说话没有分寸,不经过大脑思考。师娘给大头赔礼道歉。大头笑道,师傅师娘不要生气,我和国钧开玩笑开惯的,没有事的。

　　第二天我走进病房,发现师傅师娘对我明显冷淡。我说,师傅,师娘,有什么事吧,怎么板着面孔啊。师傅看看师娘,师娘说,你讲呀,你讲呀,你是师傅,你不讲还有啥人可以讲他啊。师傅虽然两只蛋打碎了,但是威严还在,说,国钧,老实回答我,你是不是在和一个乡下女人谈恋爱啊,这乡下女人还比你大了好几岁,有这桩事情吧。我愣了一愣,说,师傅是从哪里听来的啊。没有这种事情的,只不过是个普通的朋友。这女人出身蛮惨的,我蛮同情她的,她也对我蛮好的,我就认她做阿姐。不是谈恋爱。师娘说,你还要赖,已经在她家里过了两个夜了,已经到这个地步了,还讲不是谈恋爱。开始可能是同情,到了后来同情就变成爱情了。我听师娘这么一说,马上就猜到是小辫子汇报的了。小辫子中午来送菜的时候,多嘴,露出来了。我一下子不知道怎么解释过夜的事情。师傅说,你在板桥,师傅师娘要对你负责的,你现在找了个乡下女人,叫我以后怎么向你爸爸妈妈交代啊。你不要走以前锻工班的阿彪的路,阿彪现在下场惨吧。师娘说,我以前是给你介绍过一个女的,农村出来的,但是后来征地进厂了,当统计员了,情况不一样的。你找个乡下女人,以后麻烦多了。

　　师娘看我闷着头不响,说,上午兰珍来看望你师傅,还讲起你。兰珍你应该认识的,她老公在派出所做的。我说知道的,小师妹这几天就住在她家里。师娘点点头,说,兰珍对你印象不错的,要给你介绍女朋友,约在今天晚上见面。后来我听小辫子一讲,你和乡下女人在搭讪,我就火了。国钧,你也太不争气了,师娘太失望了。你不学好,神仙也没有办法。我也不想管你的事情了,就叫小辫子去约会了。我说,这样安排蛮好的,我也希望小辫子能够有个女朋友。我谈女朋友的事情,师傅师娘就不要操心了。师傅师娘放心好了,我不会做出格的事情的。

我被师傅师娘夹枪夹棒教训的时候,小辫子在和女人约会。约好是在后勤部小食堂。师娘没有空去,兰珍也临时有事情没有去,就叫两个人自己见面,说好的,小辫子请那个女的吃顿饭。兰珍做介绍人比较粗糙,比师娘还差一个等级,所以小辫子不知道那女的长什么样,叫什么名字,做什么工作,多少年龄,一概不知。不过小辫子听说过一句话,介绍人给你介绍什么样的女的,也意味着你在介绍人眼中是什么样的,事先掂过分量的,两个人般配的。小辫子不知道这个女的原来是介绍给我的,是临时转让给他的。

后勤小食堂是小锅菜,厨师当场炒的。小辫子要了两荤一素三个菜,又要了一个榨菜蛋花汤,觉得蛮像样了,然后坐在位子上等女的来。菜上齐了,女的还没有来。约好是五点半,到了六点钟女的还没有来,菜也冷了。小辫子心疼钞票,平时自己是绝对不会这么大手大脚的,只好当是慰劳自己了。刚刚想动筷子,一个女的走过来,也不打招呼,也不自我介绍,坐在对面的位子上。小辫子说,来啦。肚子饿了吧,吃吧。那个女的也不说话,拿起筷子就吃。有盆青椒炒腰花,好像特别对那个女人的口味,女人连续吃了好几筷。小辫子去买了两碗饭,给自己买了四两,给女人买了二两。女人说,这点饭不够的,我平时一顿吃三两。于是小辫子把自己碗里的饭扒了一两给女的。小辫子问她姓什么，那女的说是姓田。小辫子问她在什么单位上班，那女的说在工务部。小辫子看她兴趣全部在吃饭上面，懒得回答他，便不再问什么。那女的后来把饭倒进青椒腰花里面，用筷子拌了拌，直接在盆子里扒着吃，吃得很香。小辫子倒也蛮满意，觉得这个女人不客气，不装腔，直爽。不过，横看竖看，那女人的眉毛特别浓，比男人还要浓，而且皮肤好像缺乏弹性。小辫子觉得这些都不是大问题，眉毛太粗，可以拔掉几根；皮肤太粗，经常搽搽雪花膏，能够搽好的。

吃好饭，走出食堂，女的对小辫子说，你不要跟着我。明天晚上六点钟，我们还是在这里见面。这家食堂的菜烧得不错。

第二天中午，小辫子给师傅送菜去。师娘说，一早，兰珍阿姨来打过招呼了，说昨天女方临时有事情，没有来，以后再约时间见面。小辫子笑着说，是迟到了半小时，后来还是来的，一起吃的饭。她叫我今天晚上还是在老地方见面。师娘说，不会吧。小辫子离开后，师娘就去护士值班台打电话，问兰珍。隔了一会，兰珍电话打过来，说，问过了，小姑娘昨天确实没有去赴约。师娘就说，这就奇怪了，去吃饭的女人是谁啊。你介绍的是不是工务部的，姓田的女的，眉毛浓浓的。兰珍说，不姓田，也不在工务部。小姑娘长得蛮细巧的。隔了一会，兰珍的电话又来了，说，去打听过了，工务部是有个姓田的女人，长相也符合的，是个离过婚的十三点女人，经常在外面七搭八搭的。你关照你老公的徒弟，千万不要和这个女人来往，这女人不好的。师娘说，我没有介绍给国钧，介绍给国钧的好朋友，是国钧的好朋友去赴约的。兰珍说，叫国钧的好朋友不要理睬那个女人，当心湿手沾干面粉，甩也甩不掉。

几个小护士烦死了,师娘把护士值班台当电话传呼站了,要不是忌惮大头的威势,早就翻毛腔了。

我下了班赶到医院,师娘就把这件事对我说了。我说,我怕小辫子上当,小辫子头脑简单,没有接触过女人,经不起这种女人三花两花,说不定就上钩了。我马上就想赶到后勤小食堂去,去阻止小辫子。师娘说,国钧不要冲动。这种事情,别人劝是劝不醒的,要自己意识到了清醒过来。你和小辫子是兄弟,只可以旁敲侧击,不可以来硬的,否则伤感情的。毕竟他也廿几岁了。吃点亏,可能就成熟了。师傅说,怪来怪去要怪兰珍,这个女人做事情一点不上路子,上次弄了个驼背女人介绍给国钧,这次又喇叭腔。师娘说,要你操啥个心啊,你管好你自己,养身体。瞎讲有啥意思啊,兰珍也是好心。也有可能,事情不像我们想的这么严重,小辫子还是有点头脑的。

这天夜里十点半,小辫子还没有回宿舍。我知道,他在外面过夜了。

吃好晚饭,姓田的女人就把小辫子领回家了。小辫子说,你有房子的啊,我还以为你住单身宿舍。那女人说,我离婚了,房子归我的。房间里东西摊得很乱,这女人不像是那种喜欢收拾喜欢整洁的女人。女人歪在一张竹躺椅上,脚搁在小凳子上。小辫子觉得请女人吃过两顿饭了,自己也具备某种权利了,就猴了过去。女人的头发又干又黄,像是一蓬稻草堆了头上。头颈里的皮肤还比较白嫩,有股药水香皂的气味。小辫子吸了几口。女人把小辫子的头推开,说,我不想和你进展这么快,我和你还没有发展到你可以亲我脖子的地步,你最多只能摸摸我的面孔。小辫子就伸手去摸女人的脸。那张脸其实不难看,五官也很端正,只是有点僵硬。他以为会是一种摸树皮的感觉,但是没有,不扎手而且带点弹性,更加像是在触摸橡皮,或者是一块扎得很紧的棉纱。女人说,我是让你摸一下,不是让你摸这么长时间。我不是在和你调情。

女人说着就躺到了床上去,半倚半躺,这个样子倒显出几分风情。

女人说,跟你说实话吧,我对男女之事一点兴趣也没有,我结过婚,知道是怎么回事。我的卵巢摘除了,老公就是为这事和我离婚的。我不会生小孩的,生不出了。以前卵巢在的时候,我对男女之间的事情就没什么兴趣。你不要看我是离过婚的女人,卵巢也做手术摘除了,长得也比较老气,其实我年纪不大的,只有廿五岁,和你也差不多,而且你也长得老相,和你一起走出去,人家不一定会觉得我比你老。看女人不能光看她的面孔,女人的面孔容易老,容易粗糙,风吹日晒,能不老,能不粗糙吗。女人的身体就不一样了,藏得好好的,保存得也好好的。说着那女人撩起袖子,露出一截细嫩的手臂。小辫子就开始咽口水了。女人说,我对男女之间的事情一点兴趣也没有,但有时候,看着男人像绿头苍蝇一样盯着我,我就心软了,就同意了。我和你见了两次面,考察下来,觉得你还不错。你现在有什么歪念头,也是可以理解的。女人叹了一口气,说,你想怎么样就怎么样吧。女人把被子捂住了自己的脸。

这时候,小辫子就上去解那女人的裤带。那女人的腰里系了根很粗的棉线,上面打了一百多个结,而且还是死结,一个连一个,就像是编了一根半尺长的辫子。小辫子解了几个就放弃了,知难而退了,要是全部解开肯定天也亮了,打算回宿舍了。姓田的女人从床头柜拿出一把剪刀,说,用剪刀剪。我自己也解不开的,最后总是用剪刀剪断的。我经常换裤带的。小辫子问她,为什么打这么多死结啊。女人说,我裤带比较松,就多打些结,一方面约束自己,另一方面也考验男人的毅力。一般的男人能解开五只结,耐心就算很不错了,就开始变得暴躁了,就用牙齿咬裤带了。

第二天中午,小辫子把烧好的菜给我师傅送来。他走进病房,师娘看到他满面红光,喜笑颜开,也就把想说的话咽到肚子里去了,不再说什么了。

第二十八章

　　我问师傅,师傅,想吃泥鳅吧。师傅说想吃的。天上斑鸠,地下泥鳅。泥鳅味道最鲜了,比黄鳝鳗鱼还要好吃。已经十多年没有吃过泥鳅了,板桥这地方特别怪,农贸市场从来没有看到过泥鳅,当地人好像不吃泥鳅的,要么就是板桥没有泥鳅的。我说,师傅,板桥有泥鳅的,我前几天刚刚吃过,鲜得眉毛也要掉下来。师傅被我说得口水都要下来了,说,到什么地方去吃,哪里会有这么好的事情啊。我说,我带你到三妹那里去。我去拷浜,捉泥鳅。你也去农村散散心,师傅好吧。师傅说好的。

　　说这话的时候,师傅已经出院了,开了病假在家里休息。师傅之所以对泥鳅兴趣十足,因为太想换换口味了。师傅出工伤以后,师娘烧菜完全不按章法了,天马行空,奇思妙想,食材和配料和调料自由搭配,每天都会给师傅惊奇和刺激。

　　师娘耳朵尖,听见我和师傅的对话,说,国钧,你讲的三妹是不是古庙村的乡下女人啊。我说,师娘开口闭口乡下女人,乡下女人,难听吧。其实三妹也是城里长大的,只不过后来家里倒霉了,跟着爸爸妈妈到陆郎,不是正宗的乡下人。你看到三妹就知道了,蛮文气的。而且,师娘,我也没有和她谈恋爱,是认她做阿姐。师娘说,好,泥鳅我也欢喜吃的,我和你师傅一起去,顺便见识见识三妹。我眼睛毒辣,看到她,就晓得她和你是什么关系。是不是在谈恋爱,是不是和男人发生过关系,看女人的眉毛就看得出来。我说,师娘,你看露天仓库太大材小用了,公安局应该请你去破案的,无头案,碎尸案,公安局破不了,师娘去了一只只破。师娘说,国钧,没有规矩了是吧,连师娘你也敢嘲笑了是吧。我慌忙讨饶。

之前几天,我去看三妹。走进院子,就听到三妹的歌声飘来:

麦浪滚滚闪金光,
棉田一片白茫茫。
丰收的喜讯到处传,
社员人人心欢畅——
……

三妹很少唱歌,现在歌声悠扬,说明她心情很好。我穿过昏暗的夹弄,来到灶屋,闻到一股特别的香气,十分吊胃口。三妹在烧泥鳅,酱油倒下去,翻炒几下盛起来,满满一大碗,看了就刺激食欲。我用手抓了一段塞进嘴里,连呼好吃。三妹笑道,你倒有口福的,早不来晚不来,刚刚烧好你就来了。我说,阿姐,你会拷浜的啊。三妹说,什么拷浜,听不懂。我说,你不是拷浜,泥鳅什么地方来的。三妹说,池塘那边自己爬上来的,我就随便捡捡,就捡了这么多。我说,这也太神奇了吧,泥鳅居然会自己爬上来。后面那条小河浜肯定也有很多泥鳅的。

泥鳅自己爬上岸,其实是很反常的事情,可惜那时候,我和三妹都没有朝深里想。

我和三妹坐在院子里,搭了只矮桌,咬一口野菜饼,吃一段泥鳅。野菜饼是三妹做的,田里挑来野菜,洗净切碎,和面糊拌在一起,在锅里烙熟,也不会坏,可以吃几天,味道非常好。三妹还会做山芋饼,把煮熟的山芋捣成泥,在外面粘上面糊,也在锅里烙一下,又甜又香。我说,阿姐的手不光长得好看,还是双巧手,什么都会做。将来也不知是哪个有福气的人,讨阿姐做老婆。三妹说,你再说这种我不爱听的话,我就生气了。我说,上次让人从上海带来的百雀羚面霜还有吗,用完了我再叫人去买。阿姐洗好脸,别忘了擦,脸上和手上都要擦。三妹说,还有很多呢,不要买了,别乱花钱。我又不是资本家的娇小姐,哪用得着这么讲究。我说,哪个资本家的娇小姐,长得有阿姐这样好看。我看过外国小说的插图,阿姐长得就像希腊美女,鼻子特别像。三妹说,赶紧吃吧,吃了就回去,别给我灌迷魂汤。我说,星期天,我想带我师傅和小师妹过来玩,可以吧。阿姐不要忙什么的,就弄点野菜饼和山芋饼。我叫大头一起来,拷浜捉泥鳅。我师傅肯定喜欢吃泥鳅的。三妹说,这样妥当吗。你对你师傅怎么说,我和你什么关系。我说,我说过的,是我认的阿姐。我师傅很可怜的,下面的两只蛋被轴瓦打碎了,变成流黄蛋了。三妹说,不要跟我说这种话。你们师徒关系好,你要把师傅带来就带来吧,不过我不懂礼节不会招待客人的。我说,我师傅也是大老粗,不讲究的。

我跟大头一说,大头很开心。我没有把拷浜的事情告诉小辫子。这段日子小辫子一直在躲避我。我叫他不要跟姓田的女人来往,他不听。他说他和小田在一起谈得蛮投缘的,就想时时刻刻和她在一起,大概这就是爱情的味道。我说,你和姓田的女人睡过觉了是吧。小辫子笑着说,国钧你不要装纯洁,你要是有这种机会,你也不会放过的。男人女人在一起,上床睡觉是迟早的事情,既然两个人都开心,都想做,为什么不做啊。而且小田的卵巢开掉了,可以放开做,不要担心怀孕的。我说,你也不嫌鄙她离过婚。小辫子说,杨彩芹也离过婚的,子良也不在乎。小田的年纪还比杨彩芹轻了十多岁,我为什么要嫌鄙她。我说,杨彩芹卵巢没有拿掉吧,还怀孕了,姓田的女人会怀孕吧,你以后会有自己的儿子女儿吧。小辫子说,我还没有考虑得这么远,我觉得现在很开心很快活,足够了。国钧,平时,随便什么事情,我都听你的,但是我谈恋爱的事情,你不要管我。你自己的事情也没有着落。丹娘讲得花好稻好,但是她有信写来吧。我的意思,你就和三妹要好吧。三妹长得又好看,也不像农村姑娘,配配你足够了。

我踢了小辫子一脚,走开了。

小辫子得知拷浜的事,说他也要去。我同意了。他说要带小田一起去。我不想和他翻脸,就说,大家都不认识她,她去了会觉得尴尬。小辫子说,我介绍一下,就认识了。迟早点,我总要把她带出来和大家见面的。我说,你自己看着办吧。

我和大头赶到师傅家的时候,师娘买菜也回来了。于是三辆自行车,师娘龙头上一边挂着菜,另一边挂着我买的酒;我的书包架后面坐小师妹;大头载着我师傅,一起向古庙村进发。

我们把车推进院子的时候,三妹笑盈盈地迎出来,说师傅师娘好,大头师傅好,小师妹好。大头说,阿姐好。师傅师娘说,我们来打扰了。三妹说,哪里啊,请还请不到呢。只是乡下地方,没有什么好东西招待客人。师娘说,我买了些菜过来。说着拉住三妹的手,盯着三妹左看右看,把三妹看得不好意思起来。师娘说,只听说国钧在乡下认了个阿姐,我一直想见识见识,想不到生得这样文气俊俏,我看了就心里欢喜。三妹被说得脸都红了。小师妹带了些饼干过来喂大黄,很快就和大黄很熟了,互相追来追去。事先跟阿彪说好的,所以阿彪听到动静就过来了,拿着铁锹和面盆铅桶。阿彪看到师傅叫了声"许师傅",有点尴尬。师傅上去拍拍阿彪肩膀说,蛮好蛮好,自食其力,皮肤黑了一点,健康,蛮好的。

三妹家的后面,有条小河浜,河面不宽,水也很浅,我们就打算在那里拷浜。正做着准备,铃声响了,一辆自行车骑进来,却是小辫子,后面书包架上坐着的,便是那个姓田的女人。那女人跳下车,说:

我还以为你要带我到什么好玩的地方,到这种乡下破地方有什么意思啊。

我说,没有人请你来的,你可以不来的,来了也可以马上就走的。那女人说,你上我腔啊。小辫子,你看着你的女人被人欺负,你不发声音啊。小辫子说,这是我最好的兄弟,国钧,我对你说起过的。国钧,这是小田。那女人鼻头里哼了一声。我说,小辫子,你把这么怪的女人带来,你还好意思讲我是你兄弟。师傅拍了拍竹椅子,说,国钧,今天我们是来做客的,在别人家里吵,像样吧。小辫子打了一圈招呼,把手里的一只盐水鸭交给三妹,说,阿姐,斩一斩,中午可以吃的。又走到我面前轻声说,国钧,给我点面子好吧。我看看他,不能再说什么,他毕竟是我最好的兄弟。我揽着小辫子的肩膀说,走,到后面拷浜去,中饭吃泥鳅。

那条小河浜也就三四米宽,水也很浅。我们赤了脚,只穿了条短裤就跳下去了。五月初的天气,脱光了还是有点凉意。我们赶紧动作起来,先在河浜的一头垒泥筑了个坝,又在相隔二十米远的地方筑了坝。我、阿彪、大头、小辫子,都是年轻力壮的强劳力,用面盆或者铅桶不停歇地往外舀水。小师妹搂着大黄在岸边看我们拷浜,看得出,她很少有这么开心过。大黄那么粗野的草狗,和小师妹依偎在一起,显得十分温驯。小师妹问我们要不要喝水,我们都觉得口干了,于是小师妹用大碗舀来水,轮番地喂我们。舀了大概半个多小时,河底的淤泥露出来了,很多小鱼在欢跳着,还有不多几条大点的河鲫鱼。一堆乱草之下,居然躲着一条黑鱼,至少三四斤重,小辫子和大头费了点劲,才把黑鱼抓到铅桶里。大头和小辫子捡鱼捞鱼,我和阿彪从其中一个坝开始,把手伸到泥里摸泥鳅。摸了几下我抓到一条泥鳅,三个手指夹着,那泥鳅发出很像老鼠叫声的吱吱声。阿彪也夹到一条泥鳅,不过吱吱声响起,阿彪有点害怕,丢掉泥鳅逃走了,宁可去捡小鱼。换了大头过来抓泥鳅。我和大头在泥里掏摸,听到有吱吱声传来,小辫子他们就知道我们又得手了。有个非常奇异的现象,我们的手伸到泥里,那些泥鳅就朝我们撞过来,不是我们在找它们,而是它们自投罗网,所以抓得毫不费力。小辫子和阿彪看着我们抓泥鳅,心里也痒,但又害怕那种老鼠一样的叫声。我说,泥鳅没有牙齿的,不咬人,它要叫你让它叫好了,它又不是老鼠,有什么好害怕的。用三个手指这样夹,它就滑不掉了。我做了一下示范,中指在前面,食指和无名指在后面,抓到泥鳅就这样轻轻地一夹,不能用力,用力泥鳅就滑掉了。小辫子和阿彪也克服心理障碍,学得很快。

小师妹把师傅叫过来。师傅在前院帮三妹喂鸡,喂完了,还饶有兴致地把院子扫了一遍。此时过来一看,我们已是大丰收了,大脚盆里满满一盆小鱼,铅桶里还有黑鱼和鲫鱼,还有一脸盆泥鳅。师傅慌忙去灶屋里报喜讯。三妹和师娘也过来看,看了笑得合不拢嘴,两个人又亲亲热热地回灶屋去忙乎了。

我没看到姓田的女人。后来才知道,那女人吃了几个才烙好的野菜饼,到三妹的床上去睡觉了。

春桃这时候也过来了,去灶屋里盛了一脸盆稻草灰,拿着剪刀,就在现场加工泥鳅,剪去头,破肚拉出肠子,泥鳅吱吱吱地连声惨叫。稻草灰是必须要的,否则根本就抓不住泥鳅,太滑了,用稻草灰一裹,就不滑了。师傅也想帮忙,我让小师妹搀着师傅去前院晒太阳去。四个青壮劳动力一起抓泥鳅,很快就把这片区域的泥鳅捞干净了,一共捞了一脸盆还多。我们把拦筑好的坝拆了,让河浜恢复原样,跳上岸。春桃对阿彪说,这边灶屋忙着呢,别去添乱了。家里烧了热水,你们几个一起去洗干净了,再回来吃饭。

我们在春桃家洗刷干净,又抽烟聊了一会,顺便带了几把椅子回去,那边已经把菜都端上桌了,酒瓶和碗也摆上了。三妹把她妈妈的照片和香炉都撤走了,方桌移了出来。那块毛蓝布门帘取下了,阳光照射进来,堂屋里变得敞亮了。师娘说,喝酒的上大桌,我们就不过来凑热闹了。地下也摆了一张矮桌,几张小凳子,师娘春桃和小师妹在那里就坐。狗不会装假,总是和它最喜欢的人黏在一起,此刻就趴在小师妹的脚边。三妹说,我不上桌了,我给大家添酒上菜。师娘一把扯住她说,三妹,还有两个蔬菜待会我去烧,你累了,安安稳稳坐着吃饭。我们这边的大桌,师傅坐了主位,两边是大头和小辫子,我和阿彪坐在下首。一碗红烧泥鳅、一碗盐水鸭、一碗芦蒿、一碗红烧土豆,一个竹编的箩里放了两摞饼,一摞野菜饼、一摞山芋饼。我能看出今天的菜是以三妹为主导的,由着师娘的性子,很可能就把土豆和泥鳅一块烧了。我看了看矮桌,一样的菜,只是数量少些。师娘说,国钧,看着你师傅,别让他多喝。我说师娘放心好了,我晓得的。

我没有买白酒,买了四瓶封缸酒。我给大家满上酒,说,祝我师傅身体健康,早日重返生产第一线。大家一起祝我师傅身体健康。师傅很高兴,喝了一大口。

正喝着,姓田的女人从三妹的房间里走出来,很不高兴地说,吃饭了,也不叫我,就撂下我一个,真没礼貌。三妹迎上去说,我刚才进来看过你,见你睡着了,就没吵醒你。姐姐过来,到这边坐。那女人一下甩开三妹的手,说,别姐姐、姐姐的,我和你还不知道是谁的年纪大呢,我也不想攀什么乡下亲戚。春桃想起身说什么,被师娘按住了。那女人说,我干嘛上这里坐啊,凭什么我就不能上大桌啊,欺负我是女人是吧。我偏坐大桌。说着就在小辫子身边坐下了。三妹赶忙给她拿过碗筷来。那女人说,我怎么就没有酒啊。谁规定女人不能喝酒啊。三妹忙笑着给她倒上酒。那女人还嘀咕,怎么连个像样的酒杯也没有,拿碗喝酒,真是的。又用筷子在碗里戳来戳去翻找,找出块鸭腿,啃上了。我早就按捺不住火气了,要不是师傅师娘在场,我就要骂了。那女人吃完鸭腿,又在泥鳅碗里翻找,说,连条粗点的都找不到。我说,河浜里大概有粗的,你自己跳下去捞。师傅说,国钧,不要多嘴。

被那女人这么一闹,屋子里的气氛很沉闷。

那女人又拿了块野菜饼,咬了一口,吐在地上,把饼也丢在地上,说,这么难吃的饼,也拿来招待客人,喂狗还差不多。三妹走过来,捡起地上的饼,撕碎了,丢到院子里喂鸡,回头笑着说,乡下人,自然拿不出像样的东西招待客人。我刚才烙饼的时候,你吃了三块,还连声说好吃,香。这东西就是这样,城里人偶尔尝个鲜,换个口味,还不错,经常吃,就厌了。乡下人没这么多讲究,能喂饱肚子就行。师娘说,什么城里人乡下人,都是一样的人。我就觉得这野菜饼蛮香的,上海人想吃还吃不到这种好东西呢。姓田的女人说,乡下女人就是小气,我吃了几块饼你还数着。不要哭穷,我们也不是白吃你的,我们带了只盐水鸭过来的。我到这时候已经忍无可忍,说,小辫子,这个女人是你领来的,你稍微管一管好吧,不要弄得大家都没胃口吃饭。那女人说,小辫子,你平时口口声声说,喜欢我,要对我好,要保护我,你说的话都是放屁吗。你还说,这个人是你最好的兄弟,今天你都看到了,你的好兄弟处处和我作对,处处要我难堪,你就不发个声音吗,你就看着你的好兄弟欺负你女人吗。你要老婆还是要兄弟啊,老婆重要还是兄弟重要啊。

小辫子一口喝干碗里的酒,站起来,眼睛通红,说,国钧,我们当了廿几年兄弟,我一直听你的,不是我怕你,你给我面子,我也给你面子。你认识了丹娘,有了女朋友,我们兄弟为你高兴,帮你出主意。我有了女朋友,你是怎么做的,不是为我高兴,而是叫我和小田分手。今天我头一次把女朋友带出来,和大家见面,想不到你一点面子也不给我,这还算是兄弟吧。师傅师娘、阿姐、大头、春桃姐姐、阿彪,对不起,这顿饭我吃不下去了,我和小田先走一步了。师娘追到院子里,去劝,去拉,没有用,小辫子和姓田的女人执意要走,最终还是走了。

师娘走回堂屋,叹了一声,说,走了好,走太平。师傅说,都是国钧,多嘴多舌,就不能少讲几句。师娘说,不怪国钧,国钧没有讲错。这个姓田的女人,没有人吃得消的。不讲了,我们吃饭。于是重新整理碗筷,把矮桌上的菜并过来,继续喝酒吃饭。师傅和师娘坐一起,打横的,左面是大头,右面是春桃阿彪,我和三妹坐下首。师娘说,我也要喝点酒,春桃三妹也一起喝点。我给大家都满上酒。小师妹和大黄在院子里促膝谈心。师娘说,我不喜欢在背后说人坏话,只是这个小田实在不像话,一点教养也没有,可惜了小辫子,好端端的小青年,碰到这样的女人,要吃苦头了。也怪我没本事,没有早点给他介绍个好姑娘,否则就不会有今天的事情了。国钧不要难过,你也劝过小辫子了,尽到责任了。兄弟之间也讲究缘分的,缘分到头了,兄弟的情分也就没有了。小辫子本性忠厚,就是受了小田的迷惑,一时糊涂。将来他撞了墙壁回头了,你还是要认他做兄弟。

我说知道了。

师娘不能喝酒的,喝了酒,话就特别多。师娘说,我一直在冷眼观察,同样两个人,小田和三妹,年纪相仿,一个相貌恶劣,一个小巧玲珑;一个吃相坐相都难看,讲出来的话不中听,一个举止得体,受了委屈依旧笑脸相对,不亢不卑,有涵养功夫。两个人就是天差地别。国钧,认识三妹,是你的福气,你要珍惜,懂吧。师娘说她是浦东川沙人,浦东人的风俗就是讨大娘子。师娘从"女大一,有新衣",一直说到"女大五,盖新屋",除了中间那句"女大三,抱金砖"我听着耳熟,好像是有出典的,其他几句估计都是师娘现编的。大家都听出来了,师娘不厌其烦地引经据典,都是为了撮合我和三妹。三妹红着脸,都不敢抬头。师娘看来也是有肚才的,只是我们以前都没有真正认识到师娘的实力。师娘擅长即兴发挥,不仅仅体现在烧菜上面,只是在烧菜方面的悟性到了出神入化的地步而已。师傅后来调回上海,师娘也通过关系调入上海某个大学的食堂,师娘的即兴厨艺在那里得到淋漓尽致的发挥,几乎影响到全国的高等院校的料理风格。师娘在说"女大六"的时候,被师傅打断了,师傅要她不要再喝酒了,多吃些泥鳅。

这顿饭吃了将近两个小时,大部分时间是师娘在说话,别人也插不进话。告辞的时候,师娘又把三妹拖进卧室,说了好一会的话。两个人走出来时,三妹脸上的红晕还没消退。还剩了半脸盆的活泥鳅,还有条三四斤重的黑鱼,三妹让师傅师娘带回去,说也不是金贵的东西,就是吃个新鲜,对师傅的身体有好处的。师娘说声谢谢,说那就不客气了。临走,师娘意味深长地要我继续陪陪三妹,好好说说话。

大头的书包架坐师傅,师娘骑车载着小师妹,我们一直把他们送到村口,大黄送得更远一些。把一切收拾妥当,春桃和阿彪也告辞了,只剩下我和三妹。

我们坐在院子的台阶上,此时西边的晚霞非常瑰丽,那样的光晕和色彩就像是随心所欲地泼上去的,明暗对比,枯涩浓淡都恰到好处,一幅非常好看的画。我说,阿姐的脸到现在还很红,是不是师娘对你说了什么。三妹说,你还问呢,还不是你和你师娘事先串通好了的,要不,我就当是你师娘喝酒喝多了,说的是醉话。我说,师娘喝了酒,比不喝酒的时候还清醒。你和我师娘有缘分的,她见了你特别喜欢,我师娘不会装假的。三妹扯开话题说,小辫子和那个小田不合适,你还是要劝劝小辫子,那个女人总不像是个正经女人。我说,他都和我翻脸了,还能怎么劝啊。

我长久地不说话。三妹说,怎么啦,不开心了。我说,我们四个人,我,子良,伯富,小辫子,一起从上海过来的,最要好,就像是亲兄弟。子良结婚了,有了自己的家庭,自然而然地就生疏了。伯富走火入魔了,搞一个自动理发机,前几天刀片扎进耳朵里,把半个耳朵拉破了,进医院缝了十几针,还打了破伤风的针。要不,今天也把他叫来了。小辫子,你都看到了,被那个女人迷住了,劝不醒的。四兄弟,这也就拆散了。还好,我还有阿姐。三妹说,第一次见到你,你看上去就像个小混混,小杆子,怎么看都像是个坏人。我说,阿姐是从什么时候觉得我不是个坏人的。三妹扑哧一笑说,你说,我喜欢看书,要是书看完了,你去牛棚里抓个作家来,关在家里给我写小说。我也知道那是句疯话,可就是听着很温暖的。

三妹又问,小辫子说的那个丹娘是谁。我说,是个非常美丽也非常神秘的女人。我把和丹娘之间的事情大约说了。三妹哦了一声。晚霞照过来,映得三妹的脸特别动人,脸颊上的绒毛都清晰可辨。我猴上去,想在她的脸上啜一口,三妹避开了。三妹说,你应该去找她的。我说,她离开金陵了,不知道去哪里了,也许不再回来了。我和她是两个世界的人,我配不上她。我想和阿姐好。三妹说,我也配不上你。我说,这句话应该我来说,阿姐这么好看,我才配不上阿姐呢。三妹说,我比你大三岁呢。我说,师娘说了,女大三,抱金砖。我忘了师娘说的女大四是什么了。三妹抿嘴一笑说,女大四,有财势。我说,对,女大四,有财势。女大五,盖新屋。女人比男人岁数大得越多越好。三妹说,我的家庭成分也不好。我说,我不在乎,你也不必在乎。我们以后有了孩子,家庭出身就是响当当的工人阶级。我去拉三妹的手,手伸过去,被三妹打掉了。她说,你想对我好,我知道,但你要是想欺负我,我就不让你再来了。我说,我想亲亲阿姐的手,可以吧。三妹说,不可以。又说,该是你的,迟早总是你的,知道吗。今天我脑子有点乱,想早点休息了。你过几天再来。我说"哦"。

第二十九章

以前翻过小说《红楼梦》,我都是挑着看的,比如贾宝玉初试云雨情那一节,还有贾琏和多姑娘的那一段,别的好像没什么精彩的了,要说还有,就是薛蟠写诗的那一节。薛蟠这样的人物要是在板桥,写歌词就轮不到师兄了。女儿愁,绣房里钻出个大马猴。女儿乐,一根鸡巴往里戳。师兄能写出这样生动朴实精彩传神的诗句吗。此外还记得的就是焦大的那句名言,再有就是林黛玉的一句话:我很知道你心里有妹妹,但只是见了姐姐,就把妹妹忘了。这些基本上就是《红楼梦》整本书的精华了。

认识三妹以后,我已经很久没有想到丹娘了。我以为丹娘就是一片云,曾经在我的头顶飘过,停留片刻,又飘走了。谁曾见过飘走的云又重新飘回来的。然而,就在我以为已经忘掉丹娘的时候,丹娘来信了。丹娘说,想不想再见我一面。我当然想的。

我托着纸包,站在卫岗联谊社的门口,左顾右盼。纸包里装着四个椰丝挞,这是丹娘最爱吃的东西。在此之前,我先去新街口,给丹娘买了条蓝色的花丝巾。这个颜色,最衬托丹娘的嫩白的肌肤。我喜欢丹娘,也喜欢三妹。不要说什么脚踩两条船,脚踩五条船也没关系,最终跳上去的只能是一条船。况且,丹娘的那句话,我读出来的意思是,想不想见她最后一面。

我期待着这样的动人场面,丹娘一路高喊工人叔叔,朝我飞奔过来。我笑着迎上去,彼此靠得很近,我能真实地感受到她的体温和体香。五路公交车进站了,下来的人里没有丹娘。我开始幻想另一个场面,我躲起来了,丹娘来了,没有发现我,正着急地四下张望,我悄悄走过去,拍拍她的肩膀,她回头看到是我,惊喜地扑进我怀里,然后用双拳擂我,说,你坏死了,你坏死了。这个场景不错,不妨一试。我看到不远处有棵粗大的梧桐树,那里可以看到五路车进站,也能看到卫岗联谊社。我朝那里走去,发现树后有个人影一闪,便几步赶过去,绕到树后,地上蹲着个女孩,她像鸵鸟一样埋着头,但是那条扎着紫色丝带的马尾辫把她暴露了。我说,起来吧,当心毛毛虫钻到你脖子里去。丹娘起身,满脸含笑说,你怎么发现我的。我笑着说,你不知道吧,我长透视眼的。丹娘嗔怪地说,不喜欢听你说这种装神弄鬼的话。我说,其实我也想躲在这棵树的后面,到时候出来吓你一跳。哪知道你比我先一步抢占了这个位子。丹娘说,是吗。看来你不傻啊,工人叔叔不是戆徒啊。

我有意把肩膀弄得一高一低,我想惹她发火。丹娘果然上钩了,使劲打着我高耸的肩膀,说,下来,下来。怎么回事,怎么又是一高一低的了。你忘了我叮嘱过你的话,把我的话当耳旁风了是吧。又疑惑地说,我记得你以前是这个肩膀高,那个肩膀低啊,怎么现在倒过来了啊。我把肩膀放平,笑着说,我是在试探你呢,看看你是真古兰丹姆还是假古兰丹姆。除了你,没有人在乎我的肩膀是不是一高一低。现在证明,你是真的古兰丹姆。这话又逗得丹娘格格格乱笑,说,我就是在乎。又说,你走几步给我看看。我走了几步。在丹娘面前,我就是个傻瓜,戆徒,准确点说,就像个提线木偶,那根线就在她手上,我不会乱说乱动,只能装得很乖。丹娘笑着说,你把这个坏习惯改过来了,我很开心。工人叔叔是个听话的好孩子。

我说,我给你买了你喜欢吃的椰丝挞。她说,不在路上吃,回家去吃。她挽着我的手臂,我托着椰丝挞,穿过马路,挤上对面的五路公交车。在车上她一直含笑看着我。一晃半年过去了,先前所有的记忆都在一瞬间回来了,我们好像从来没有分开过,没有丝毫的生疏感。她穿了件白底黑点的两用衫,里面的粉红的衬衫领子翻出来,覆盖在外衣的领子上,露出一小截白皙的头颈。女人都喜欢这样,在没有什么色彩的年代,尽可能地增加色彩,打扮自己。丹娘说,你朝哪里看啊,别不动好脑筋。我赶紧把目光移上去。她的眼睛就像婴儿的眼睛那么澄澈。她的双眼皮好像比以前显得更有层次,眼皮出现这样的层次感,要么是她很疲惫,要么是她哭过了,要么是她期待已久的某样东西突然出现在眼前,于是连眼皮也焕发出异样的神采。我说,回家?这点让我很意外。她点点头,别怕,家里没别人。陈妈回家乡了,今天就我们两个人。

我们从一条铺着碎石的路进去。那条路特别幽静,几乎没什么行人。金陵有很多这样的路,闲杂人是不会走进去的。我看到有两个军人站在路边,你都感觉不到他们是在站岗,也没有岗亭,也没有佩枪。一路进来没看到围墙,只是一些低矮的篱笆,透过篱笆能看到里面散落伫立的青砖瓦房。我们推开一道篱笆门,沿着一条鹅卵石铺成的小道走了进去。走不多远,是一幢青砖平房。一进门,丹娘就把我抱住了,贴着我的胸口,抚摸我的脸庞,用纤纤玉手点着我的青春痘,又贴着我的胸口轻声说,我想你。我轻轻地搂着她,想用力,不敢用力,怕弄疼她,只是贴着她的秀发,嗅那股幽香。

丹娘蹬掉鞋子,赤着脚在屋里转了一圈,说,这就是我家,我就在这长大的。丹娘拉着我的手说,去看看我的闺房。我也脱了鞋,跟着她四处转。有两间屋子锁着门,我们没进去。我说,屋子真大。在上海,住这么大的房子,就是资本家了。丹娘说,上海的资本家会住这种平房吗,住的都是花园洋房吧。又歪着头说,我拿什么招待你啊。喝水吗。我给你削个苹果吧。你吃苹果,我吃椰丝挞。我看着她削苹果,看着她的手指灵巧地转动。我说,小心,别削破手。老太婆看到别人端着砂锅,就会说,小心,别摔破了。砂锅摔破就摔破了,丹娘的手必须完美无瑕。丹娘对我抬眼一笑,继续削苹果。

窗外有两棵树,互相倾斜着身子迎向对方,枝干纠缠在一起,就像是搭了一个拱门。我从来没有见过这样奇特的树,居然呈现这样不可思议的情状。我说,这两棵树成精了,树精,像人一样在谈恋爱,在拥抱。这是什么树啊。丹娘说,名字很重要吗,就叫它们情人树好了,只要知道它们生生死死缠在一起,很幸福,这就足够了。我说,差点忘了,我给你买了礼物。我从口袋里掏出丝巾。丹娘说,是赔我的吗。跟你说过,不要乱花钱。不过既然买来了,我还是很开心。我说你戴上试试,好看吧。丹娘笑着说,待会再试。我也给你准备了礼物呢。我问她是什么。丹娘狡黠地说,保密。

我忽然问丹娘,那天夜里你在干什么?我说了那个年份,那个上海气温最低的暴冷的日子。一长列绿皮火车,三十几节卧铺车厢,把我们两千多个中学生拖出上海,拖到板桥。丹娘想了半天,问我,那天上海下雪了吗？我说没有。丹娘说，那天夜里金陵下雪了，雪下得很大。她就趴在这个窗口看雪，看着看着就睡着了，后来就冻醒了。我说，火车经过戚墅堰的时候，我们也看到外面下雪了。我顺便说了伯富的两只白煮蛋被压碎的事情，丹娘听了格格格笑个不停。我要是说了伯富的两只蛋被烫伤的事，不知她会是什么反应，不过我没说。这种事情说给一个女孩子听，有点淫荡。

丹娘说，跟我说说车间里的事。我说了老法师危急关头大显神通的传奇故事，说老法师现在很可怜，本来是万人敬仰，现在被一帮势利小人欺负。这一说，也带出了我冲锋陷阵导致煤气中毒的英勇事迹。我说我差点被评上先进，总厂的鲁副指挥也到医院来看望我。我说住在医院里，我还想着，有一天和你重逢，我告诉你我评上了先进，还加了工资，你一定会很开心的。丹娘欣喜地说，后来真的评上了吗。我当然不能说，因为开阑尾炎，在小护士刮毛的时候出了洋相，事情黄掉了，就说，那段时间出工伤的人太多了，轮不过来，我年轻，就把先进的名额让给老师傅了。丹娘说，是吗？我坚定地说，是的。我师傅以前还把冶金部劳模的名额让给别人呢。我说，我师傅也受伤了，但我避开了某些内容，没有说师傅的两只蛋被打成流黄蛋的细节。后来又说到老约克离奇失踪的事情。她托着腮帮，听得很专注，忽然问道，奇怪呀，你怎么没说你们四兄弟的事情啊。

我无言以对，起身去上厕所。

丹娘在门外说，你饿了吧，我给你下碗面条吧。陈妈不在，我也不会弄别的。我在里面应了一声。我听到丹娘在外面捣蒜。丹娘在面里打了两个鸡蛋，然后把葱花和蒜泥撒下去，又放了盐和醋，想了想，又淋了点麻油和辣椒油。我看着她那种笨拙的样子，觉得特别可爱。丹娘说，没有这么大的碗，不盛起来了，你凑合着，就着锅子吃吧。我问她，你怎么不吃。丹娘笑着说吃了三个椰丝挞，饱了。说话间，她又开了个午餐肉的罐头，放我面前。我说，你以为我在板桥是忍饥挨饿的吗，所以要这么拼命地给我增加营养。丹娘笑着说，别废话，就是觉得你比以前瘦了，让你多吃点。

我吃得狼吞虎咽，满头大汗，十分畅快，连说好吃好吃。我把面汤喝得一干二净，把罐头里的午餐肉也刮得一点不剩。丹娘一直笑着看我吃面，说，有没有人说过，你的吃相很难看。我说，以前在上海，我妈常常骂我们弟兄几个，说我们是饿死鬼投胎。丹娘格格格笑个不停，说，骂得一点不错。

夜色浓重。丹娘说，出去坐一会吧。

我们躺在草地上，躺在那两棵怪树搭起的拱门下面。繁星闪烁。有一颗流星滑落。丹娘说，刚才你许愿了吗。我说没有。我问她许愿了吗。她说许了。又说，你就不想问我点什么，比如我是什么人，前些日子去了哪里。工人叔叔是个没有好奇心的人吗。我笑着点头。我不会问她什么的，除非她自己告诉我。我希望她保持她的神秘，很多空白的地方，就让它继续空白。丹娘说，现在你可以告诉我了，你和你那几个兄弟怎么啦，吵架了？我没有说话。在三妹面前，我说过这个事，那时候，我只是想找个人倾诉。然而此时此刻，我觉得自己特别委屈，我怕我一开口，会流出眼泪。本来是形影不离的四兄弟，现在无形之中散伙了。以前无论走到哪里，我们互相依傍，胆气豪壮，无所畏惧，现在，我孤零零一个人，连最依赖我的小辫子也离我而去了。丹娘支起身子，说，我看得出你有很大的委屈。不想说，那就不要说，好吗。就像华西里同志说的，面包会有的，粮食也会有的,一切都会好起来的。她用柔若无骨的手抚摸着我的脸,喃喃说着,我的心情忽然就平复下来了。

我们手拉手躺着,能感觉到彼此的心跳声。

我们就在草地上躺了一夜,躺了一年,躺了一生。躺到我的胡子都白了,躺到丹娘细嫩紧致的脸上皱纹密布,成为世界上最好看最有风韵的老太太,那双手也成了在所有长老年斑的手里最好看最动人的手。而且,丹娘手上的老年斑形态美丽而规整,和手背上的肤色互相映衬,决不突兀,有一种艳光四射的端庄大气。

丹娘说,我们去拆礼物好吗。说着进了屋。我跟了进去。这样的平房,南北两面都是有窗的。丹娘把所有的窗帘都拉上,说,我先洗个澡。你去我房间等我。

我满心期待着。丹娘这样的女孩,行事做派都和常人不一样,你无法揣度到她的心理,她要送你什么东西,一定是你最意想不到的。

我听到丹娘从卫生间出来,赤着脚,朝这边走来,进门了。我抬起头,丹娘泡过澡了,披着浴巾,秀发上还有水珠,笑盈盈地说:

文艺小分队专场慰问演出,现在开始。

她一敞浴巾,我一阵炫目,只见浴巾在她肩头轻轻滑下,我看到的是白玉一般艳光四射的裸体。丹娘并不是一丝不挂,我送她的丝巾,她系在脖子上。她用脚一缠,把浴巾踢到一边。就在门口到床边的这块空地上,丹娘时而舞姿轻盈,时而激扬跳跃,虽然没有音乐伴奏,但我知道丹娘跳的是什么舞。在全国的舞台上,文艺小分队跳的几乎是相同的舞,板桥文艺小分队跳的也是这样的舞。只是,不会有人,光裸着身子跳这样的舞,而且,只为一个人跳舞。我是个粗鄙的人,我不配享受这样的待遇。我的眼睛模糊了,是的,我流泪了,无声地痛哭流涕,边看边哭。我不记得上次哭是什么时候的事了,至少是二十年前了。这辈子,我不会再收到比这更贵重的礼物了。这个世界上,也不会有谁比我更有福气,能接受这么贵重的礼物。丹娘扑过来,搂着我说,工人叔叔怎么啦,你不喜欢这个礼物吗。我哽咽着说,我喜欢。丹娘为我擦干眼泪,说,你喜欢就好。今天夜里,我整个人都是你的。

丹娘躺到床上,合上眼睛,长而美丽的睫毛就像一道幕布,拉上了,接下来就该我上场了。

老约克教过我,要记住"男子领先"这句话。男人要主动,最先捅开那层纱幕的一定是男人。女人永远是被动的,是跟着男人走的,男人走到哪一步,女人就跟到哪一步。老约克说,这个道理对所有女人都适用。他不知道,世界上有个女孩叫丹娘,与众不同,所有现成的规矩对她都不适用。

我似乎一直在期盼着这一刻,期盼着和我心爱的女人融为一体。

男人和女人要好的时候,就像是大地复苏,万象更新,春暖花开,泉水叮咚。丹娘把我的手按在她的胸脯上,那里有两颗嫩红的樱桃,鲜艳欲滴。我轻轻碰了碰,柔软而坚挺,同时闻到茉莉花的味道。我说,你用茉莉花茶叶泡澡的啊?丹娘诧异地说,没有啊。我就打了盆热水,洗了洗,都没用香皂。我说,你的身体天生就是香的,你的身体就是用茉莉花做的。

如果有人送你一样过于珍贵的东西,你根本承受不起,按古代小说里的用词就是,无福消受。有些女人,比如像白玉兰牛玉芬画眉毛那样的女人,你见到她们就想一把推到床上,那就是一种饿虎扑食的过程,把她的衣服撕烂,然后一番痛快淋漓的狂轰滥炸,让她哭爹喊娘。但有些女人,尤其是丹娘和三妹这样圣洁的女人,你不知道怎么下手,你会舍不得下手,你会问自己该不该下手,你甚至犹犹豫豫不敢下手。丹娘闭起眼睛,面带笑容,一点不放浪,一点不淫荡,弄得你也不敢放浪不敢淫荡。做这种事情,如果不放浪,不淫荡,还做什么做。

我忽然想写诗了。我来灵感了。毕竟和师兄在同一间宿舍住了四年,潜移默化,多少受了点熏陶。我终于知道灵感是怎么回事了,那就是天外飞仙的感觉,那就是懵懵懂懂中突然朝你劈来的一道灵光,那就是让愚蠢的人突然开窍的一个闪念。我的诗是献给丹娘的,只有一句,也就是此时此刻我打算做的:

吻遍你的每一寸土地。

那片土地广袤无垠,绵延起伏,丰沃秀美,芳草萋萋,都是见所未见的异域风情。我不配开垦耕耘这样的处女地,我只是跪倒在这片土地上,一路匍匐,一路亲吻,内心充满感恩。然后,我为丹娘盖上被子,继续匍匐在她的脚边,沉沉睡去。

我醒来的时候,发现身边的被窝是空的。

丹娘已经起来了,坐在床前,没有穿衣服。清晨的阳光透过窗帘,映照在她赤裸的身上,像是打上了轮廓光,身体的四周有一圈光晕,看过去,她的身子是个花瓶的形状,她的臀部就是花瓶的肚子,她的纤秀柔美的身子就是瓶身。我想世界上大概再也找不出这样灵秀精致美轮美奂的花瓶了。

她知道我醒了,说,还和别人打过架吗。我摇摇头。她说,有没有想我。我点点头。她不需要回头看,她能感觉到我的回答。她说,没有男人看到过我的身体,也没有男人亲过我。你是我的第一个男人。我说,你是我的第一个女人,我会记恩一辈子的。她说,不要说这种傻话,什么记恩不记恩的,尽快忘掉我才是真的。以前就怕你误会我,以为我对你不是真心的,以为我一直是在敷衍你,现在你应该明白我的心意了吧。回去找个好女人,好好过日子。昨天夜里流星滑落的时候,我许的愿就是,你会找到个陪伴一生的好女人。我在心里说,你许的愿很灵验,我已经找到了,她叫李三妹。她也有一双好看的手。

丹娘说,我不说再见,也许也再不相见了。我和工人叔叔的缘分,大概早就注定好了的,只有这一点点。

我以为她会哭,但她没哭。她说,去洗洗吧,我给你熬粥,喝了粥再走。

我洗漱完了出来,拿起外套说,我走了,不喝粥了。

她说,抽根烟再走吧。想再看看你抽烟的模样。

我坐下抽烟。她绕到我身后,在我肩膀上狠咬了一口。我能感觉到,血从汗衫里渗了出来。也许,她是要在我身上留个记印。我掐灭烟头,拉过她的两只手,把头埋在里面,深深地吸了一口,然后开门出去,头也不回地一路飞奔。我怕看到她流泪,也怕跑得慢了,听到她在后面喊一声锥心刺骨的"工人叔叔"。那样,我会受不了的。

我知道,这一次,我是真的失去丹娘了。

我和她在一起的时间,加起来不会超过三十个小时,但这三十个小时抵得上三年,三十年。潜意识里,我还留存着一份期盼,某一天,会突然接到她的电话,格格格地笑着说,工人叔叔,我回来了。或者走在人群熙攘的马路上,因为某种心灵感应,猛一扭头,对马路的某棵树下,她笑盈盈地望着我,向我招手,要我过去。

就像是同一块云朵又飘回来,再度停留在同一个人头顶,这种事情发生过吗。

丹娘说过,要是我们有钱了,还是坐在马路沿里,吃旺鸡蛋,你一个,我一个,那才真的浪漫呢。

丹娘说,我不说再见,也许也再不相见了。我和工人叔叔的缘分,大概早就注定好了的,只有这一点点。

余音在耳,回想起来,忍不住心痛。

忘了是哪一年,上海上映一部日本电影,叫《生死恋》。那部电影我看了不下十遍。不是像伯富那样,为了学电影里某个人走路的姿势;也不是像师傅那样,为了学一个横眉竖目的表情,我从头到尾闭着眼睛,倾听里面女主人公夏子的声音。我倾听的其实不是演夏子的那个演员的声音,而是配音演员的声音,那种少女的清纯甜美,就像花蕾绽放的那一刻,花骨朵撑开来时那么鲜嫩甜润。那就是丹娘的声音。陷在这样的声音里,我会回到过去某个熟悉的场景,恍惚中会看到丹娘。这是我真真切切爱过的女人,我的初恋。

第三十章

人是非常卑劣无耻的动物。失去丹娘,我并没有想象中的那么难过,或者说,难过了一阵就过去了。我和丹娘本来就不是同一个世界的人,丹娘是遥远星空中的一颗璀璨,耀眼而夺目,可望而不可即。我甚至有几分窃喜,好像心里的一块石头终于落地了。男人的心胸,就像是备品备件仓库,里面会存放很多品种,比如我的仓库里就曾经住了两个女人,不免有些左右为难,现在腾出地方来了,走了一个,还有一个。我终于可以坦坦荡荡地向三妹表白了。三妹才是适合我的女人。

我赶回板桥,照常上班。谁也看不出我内心的波澜。我打算下了班,在食堂里买点熟菜,去看三妹。我想,今天夜里,说不定就在那里过夜了。

我不知道,这算不算一语成谶。

临下班的时候,车间的厂房剧烈震动了一下。大家以为是地震了,都跑了出去,聚在车间前面的空地上。我们这边不靠近地震带,按理说不会发生地震,但世界上的事情谁说得清呢。去年也来过这么一次,因为是在半夜,大家都没察觉。有个家伙大概属于敏感体质,感觉到了,当即跳下床,也没完全清醒,赤了脚在家属区里奔跑,一路高喊,地震啦,快逃啊。于是大家都狼狈地从家里逃出来,闹得一片恐慌。那家伙后来被抓起来了,罪名是"散布谣言,扰乱社会"。所以当下大家也都不敢说什么,也没人提地震这两个字。叶师傅说,老秦有只半导体收音机的,要不去车间办公室,听听电台里说什么。杨家将说,可能吧,可能听得到什么吧。大家想想也对,即使是地震了,电台也不会这么快就播报的。

又站了一会,看看没什么事,大家就散了。

我洗好澡出来,消息已经传过来了,说是铁矿那边有个村庄倒塌了,沉下去了。

顿时,我的心也沉下去了。三妹住的古庙村,下面已经被开采一空,早就标注为危险区域。

我骑上车子,奋力朝古庙村蹬去。还没靠近古庙村,我就被拦下了。那里已经拉起了警戒线,不放人进去。我看到里面不少人在来来往往,像是在勘查现场。我说,我有个亲戚就住在古庙村,放我进去,我要去救她。守卫的人说,还救什么救,整个村庄都下去了,没有活口了。

我饶了一大圈,绕到土地庙那里的小丘上,朝下看,看到一个巨大的深坑。古庙村不见了,那条我们挖过泥鳅的小河浜也不见了。在此之前,这里有个安详的村落,有个庇护所,有个对三妹春桃她们来说名副其实的世外桃源,现在全都陷到两百多米深的深坑里去了。深坑的形状就像是一只巨大无朋的蛋。塌陷的那一刻,三妹在干什么。在烧饭吗。整个村庄塌陷下去了,到了下边房子会不会坍掉,会不会依旧是个完整的村庄，三妹她们依旧可以在下面生活。我对着深坑声嘶力竭地喊了声：

阿姐——

没有回声。

我跪倒在地，泪流满面。

……

暮色四合。

有一棵枯树横倒在大坑边，一半在里面，一半悬空在外，粗壮的根须大半已经从泥里翻出来了，还有些还在土里。我看到了大黄。大黄就站在悬空的树干的最前面。我听三妹说过，大黄恐高的，有一次她到屋顶上去看书，想把大黄也带上去，大黄死活不去。但是现在，那棵枯树摇摇欲坠，随时都会连根拔起，狗是能预感到危险的，大黄却毫不畏惧地站着，望着深不可测的下面。本来我还心存侥幸，希望村庄塌陷的一刻，三妹不在家，去农贸市场卖鸡蛋了，或者和春桃一起去陆郎赶集市了。但是大黄在这里，说明三妹也在这里，大黄只是出于动物的本能和灵动，在灾难降临的那一刻，逃离险境。如果它有能力，它会救三妹的。我叫着大黄，走过去，让它过来。大黄没有回头，认出了我的声音，摇了摇尾巴，算是打过招呼了，此后我再怎么叫它，它也不再理我。

天色渐渐暗下来，月色昏黄。

昨天这里还是阳光明媚，现在已是漆黑的永夜。昨天这里还如同莺啼蝶舞的农家乐园，现在已陷入死一般的沉寂凄清，状如墓地。

我轻声叫了一声阿姐。

我的心里涌出一句诗。我的诗从来都只有一句：

阿姐,今夜我不在乎天崩地陷,我只想你。

若干年后,有个叫海子的诗人,也写过类似的诗句。我不认识他,他也不会认识我,我们想的不是同一个女人,但这种思念的饥渴程度不相上下。他想的那个姐姐应该活着,而我想的阿姐,死了。

大黄觉得时候到了,开始叫了。

那是我第一次听大黄叫,也是最后一次听它叫。大黄叫了一夜,叫得撕心裂肺,叫得肝肠寸断,叫得天昏地暗。这一夜乱云飞渡,枯叶翻卷。乌鸦成群结队地飞来,似是被大黄召唤而来,它们也以呱呱的叫声回应大黄,随后绕着大坑密匝匝地飞了一圈又一圈,又扑扇着翅膀离去。大黄一直在不知疲倦地唱着高亢的咏叹调。它是以它的方式哭泣和告别。

我在深坑边躺了下去。我的底下是尚未收割的油菜花,一经碾压,清香扑鼻。我闪过一个念头,要是睡着了,一个翻身,我就滚到深坑里去了。

天蒙蒙亮的时候,大黄已经由吠叫变成呜咽,变成诉说,变成轻吟浅唱,这似乎是最后的决绝。我看到大黄抖了抖身上的毛,就像是从水里钻出来时那样抖毛。我似乎预感到将要发生什么了,我在心里呼喊,大黄,不要这样。我在心里告诉它,留下来,我会收养你照顾你的。我知道大黄不会听我的。这样的狗,这辈子,只认一个主人。大黄发出和先前完全不一样的叫声,仰天长啸:

哦——

哦——

声音由低到高,又由高到低,尾音拖得很长,那是一种像狼一样的嘶吼。声音停歇后,大黄跳了下去,跳向深陷的大坑。它的四肢伸展开来,像跳伞员跳出机舱后那样,俯身向下,既像俯冲,又像漂移;既是下沉,又是飞升,极其豪放,极其舒展,极其优美。我以为我会听到最后的绝响,嘣,那是它落地的声音,但是没有,它像是直接融化到地底下了。大黄着地的那一刻,在欢快地摇着尾巴,它看到三妹了。三妹在朝它笑,它也朝三妹笑,本来狗是不会笑的,但它确实笑了。

……

我走回板桥,我把自行车遗落在古庙村了。

大世界那里,画眉毛迎面走来,经过我的身边,朝我看看。她大概夜班下班回家,一夜未睡,脸色有点晦暗,但因为在厂里的浴室刚洗了澡,晦暗里泛出几丝活气,几抹红晕。这个女人,确实长得很妩媚。画眉毛对我笑笑,说,听说许胖子的两只蛋碎掉了,当太监了,是吧。我说,关你屁事啊。她依旧笑着说,你这个小青年,小青年又不像小青年,装成熟,装深沉,装又装不像。我脱口而出,别人叫你画眉毛,你的眉毛画得太难看了,太细太长,像聊斋里的女人,狐狸精。画眉毛说,什么叫画眉毛,啥人敢当面叫我画眉毛,叫他试试看。什么叫狐狸精,狐狸精都是男人勾引出来的,都是男人调教出来的。我不偷不抢不害人,不怕半夜鬼敲门。我说,联防队的人半夜里来敲你门,你怕吧。她一点不尴尬,笑着说,我睡在自己的床上,怕啥。又说,你叫我画眉毛,我叫你浓眉毛。你的眉毛浓咪,像两把刷帚。我听别人讲起过,眉毛浓的男人,男人味道也浓。

我记得一年多以前,她还说我是块嫩豆腐,还没有腌过发过在缸里闷过,淡刮刮的,手一捏,一泡水。

我不再理睬她。

画眉毛说,想不想听我讲个故事。我说,开始勾引我了是吧,是讲搭帐篷的故事是吧。她有点意外,说,你听到过的啊。我没有和你接触过,不记得对你讲过这个故事呀。她说这话时居然显出几分少女的天真和羞涩。我随口敷衍道,到哪里去搭帐篷啊。带瓶酸梅汤,带点面包果酱,到金陵东郊去爬城墙,爬到没有人的地方,一边数星星,一边搭帐篷,是吧。她露出欣喜的神情说,你不上班啊。见我不回答,又说,去我家里吧,很安静的,没人打扰。走吧。

我木然地在后面跟着她。

一进屋子,她就把房门反锁了,把窗帘也拉拢了。房间里顿时显得朦胧而暧昧。搭帐篷的游戏开始了。我们都是主角。我忽然觉得这不是我想玩的那个游戏,至少,女主角不应该是画眉毛。我没料到画眉毛居然会喊叫,而且喊得那么无所顾忌,放肆放荡。她喊着,我要死了,我要死了。这一刻,我也想死了。

女人是一口井,男人跳进去要么快活得要死,要么窒息而死。你在井口朝井里看,井水很平静,纹丝不晃,其实深不可测,暗流涌动。每口井不一样的。有的井,井水清澈甘甜,入口很爽,沁人心脾;有的井,井水是浑浊咸涩的,有土腥气的,喝上一口会呛的,说不定呛得你吐血。跳进井里很容易,如果你打算这么做了,洞口就这么开着,不过下去以后你想爬上来就不容易了,井壁上有青苔,有黑苔,很黏滑,光溜溜的,无处抓手,无处着力,而且身底下的暗流还拖缠着你,把你朝井底的暗洞拖拽。先前的快活已烟消云散,你不再留恋,只想逃离,但感受到的分明是无力挣脱的恐慌。那些黑洞洞或者亮闪闪的井口,是有吸力的,是有魔力的。跳下去的那一刻,你一定是着迷了,入魔了,你十分向往在井水里扑腾的感受,但扑腾过后你就后悔了,觉得不再那么好玩了,没有想象中的那么刺激,新鲜感消失得很快,厌烦很快随之而来。但是,你回不去了,你也无法再跳入别的井,你所有的挣扎都是徒劳的。最可怕的是那种老井,井口围着的那些石板石砖透着岁月的安详和宁静,井水并不枯竭,也不深不可测,看上去毫无威胁,人畜无害,但却可能要了你的命。

此刻,横在我面前的就是一口老井。

在浑水里洗一下,是变得清醒些了还是更糊涂了,是变得干净些了还是更浑浊了。我不知道。

只是,早知道总有一天要落到水里,也应该落到丹娘那样清澈甘冽的泉水里,落到三妹那样甜美纯净的甘露里,而不是这种洗过无数蠢汉俗夫的脏水里。

就这样,身不由己地被一浪一浪的浊水淹没,我甘心吧。

我猛然推开画眉毛,向门口走去。任凭画眉毛在身后喊,促狭鬼,杀千刀,戆浮尸,已经到这个地步了,你不做了,不管我了,你害人啊。你还是男人吧。回来呀,求求你回来好吧。

我推门出去,再不回头。

……

在农贸市场的入口,文工团站在一个水泥墩子上在唱歌,像这样的病人,不是越唱越无力,而是越唱越精神,脸色红润,瞳孔闪闪发亮。有一首歌,她唱得特别好听,《精神病人之歌》。这首歌我也听过别人唱,唱出来没有味道,必须是精神病人来唱,而且必须是在发作期里唱,即使是同一个人,吃药吃好了,病情控制住了不发了,精神正常了,你再叫他唱,唱出来就一点味道也没有了。文工团唱得很有味道:

失去了伴侣的人,灵魂两分离,
眼望秋去冬又来临,雪花飘飘飞。
世上人,耻笑我,精神病患者。
我的心将永远埋没,有谁同情我。
睡梦里看见你,醒来时不见你。
我有话儿要对你讲,但又不能讲。
睡梦啊,带领我,不知多少年,
梦里生活有苦有甜,一年又是一年。
……

  两天里,我失去了两个心爱的女人。我相信她们也认真地爱过我。我想写句诗,写不出来。没有灵感。灵感毕竟不是女人的月经,到了时候就会来的。对我来说,灵感更像是守寡二十年的女人的性欲,不能说完全没有,也不能说一定就有,或许,在某些特别的状态下,会影影绰绰地闪那么一下火花。此刻,我没有火花迸溅。这辈子,我大概再也不会有火花喷溅的一刻了。

  草蛇灰线,伏脉千里。你最终成为怎样的人,都取决于你曾经是怎样的人。

后　记

　　有次在小区里散步,有个点头之交的邻居见我出没无常,一副吊儿郎当的样子,好奇地问我是干什么的。我脱口而出说自己是钳工。话一出口我就后悔了,怕那家伙以后找我配钥匙或者修粉碎机榨汁机什么的。其实我说自己是钳工一点底气也没有,时不时混迹在文艺小分队,写些三句半锣鼓词什么的,都是些不上台面的东西,不务正业。那我还能说自己是干什么的,厚着脸皮说是个编辑,这不是自取其辱嘛,现在谁还把编辑看做是个正经营生。

　　其实不做钳工很多年了,说自己当过十年钳工,有谎报工龄自抬身价的意思在内。就像认识的某位仁兄,去了次新马泰,便大言不惭地说周游世界看遍异国风情。

　　有次外出办事,我喊窗口里的那个家伙"师傅",这在我是传递一份善意或者说是敬意。谁料那家伙一点不领情,反而横眉怒目,觉得我是在侮辱他的人格。我能听出他心底的怒吼:谁是师傅谁是师傅?要么你才是师傅。你们全家都是师傅。

不知何时开始,"师傅"和"小姐"一起坠入风尘了。

曾经,师傅这个称呼,非常神圣。曾经,尊一声师傅,再一根香烟敬上去,没有什么事情办不成的。

至少在我心里,这两个字依然神圣。

两年前,我写了一部长篇小说,后来这部小说进入了两个全国性的评选榜单。其中有个环节是网络投票。我的师傅们,那些曾经和我一起爬高爬低流血流汗的人,那些教会我抽烟教会我骂粗口的人,熬通宵为我拉票。

我很感动。结果如何一点都不重要,我看重的是这份情义。不是说他们觉得这部小说写得有多好,不是说他们觉得我有多了不起,而是他们依然把我看做是他们中的一员,看做是自己人。其实,我的师傅们都已垂垂老矣。哪怕如此,得悉我要在哪里露面,他们依然会冒着三十八度的高温,前去给我捧场。我们都很珍惜当工人的那段岁月,珍惜在那段岁月结下的深厚情义。

不知什么原因,有个阶段,我每天都做梦,几乎每天都在梦里逃亡。有次我和师傅们出去旅游,包了一间石屋,打麻将,到了后半夜不胜其累,都东倒西歪地睡着了。那天我居然没有"逃",那几夜我居然都没有"逃"。和师傅们睡在一起,很有安全感,像是重新又回家了。

我的师傅们也曾年轻过,也有过激情似火的青春和壮年,有过属于他们的传奇。他们都有缺点,但却活得决不苟且,活得坦坦荡荡,活得磊落无畏。我多次说过,要是哪一天落难了,我一定会去向他们求助,他们一定不会拒绝我。

这部小说,背景就放在我非常熟悉的工厂。那种环境,能把一个浅薄无知油腔滑调的青年人,锤打成懂得收敛懂得谦恭懂得脚踏实地的人。写这部小说,我几乎有一种穿越的感觉,那些鲜活的人和事情扑面而来,亲切而生动,感觉很爽。这部小说写得很快,写得也很愉快,写着写着也想偶尔装一下,装深沉,弄点诸如"青春不是用来怀念的,也不是用来挥霍的,而是用来祭奠的"这样的句子。幸好,我的脑子还没完全坏掉,那些装腔作势的句子还没写出来就被我划掉了。

小说写完了,却迟迟没有合适的书名。忽一日,翻阅古籍,看到佛经里有"十地"之说。所谓"十地",也即智慧修炼的十个阶段。第一个阶段,便是"欢喜地"。

开悟之前,寻寻觅觅懵懵懂懂,一心追求光明,追求温暖的怀抱。前途漫漫,几经磨折,终于明白了什么是真心,什么是真情,也了然了世间的真相。生命由此变得辽阔,心里油然生出喜悦和清醒。这样的境界,即为"欢喜地"。

我所工作生活过的那家钢铁厂,就是我走向社会的"欢喜地",我把一生中最值得留恋也最值得痛悔的青涩岁月,永远滞留在那里了。

于是,以此为书名。

有朋友说我的小说情节很夸张。其实夸张这种手法,就像一把放大镜,让我们看某些事物看得更清楚些。

有朋友说我的小说很注重细节。沧海桑田,大浪淘沙,很多杂质湮没了,不见了,留下来的都是细节。真实还原某段历史,某个时代,还是要靠那些具有顽强生命力的,晶莹璀璨的细节。细节就好比得道高僧的舍利子,你捡起来就是宝贝。

我其实不懂小说。我写小说的启蒙老师很大牌,叫恩格斯。他对我说,倾向应当从场面和情节中自然而然地流露出来,而不应当特别把它指点出来。

我记住了。

2018年5月

图书在版编目（CIP）数据

欢喜地/王承志著. -- 上海：上海文艺出版社，2018
ISBN 978-7-5321-6690-9
Ⅰ.①欢… Ⅱ.①王… Ⅲ.①长篇小说－中国－当代
Ⅳ.①I247.5
中国版本图书馆CIP数据核字(2018)第120318号

发 行 人：陈 征
策 划 人：谢 锦
责任编辑：李 霞
装帧设计：储 平

书 　 名：欢喜地
作 　 者：王承志
出 　 版：上海世纪出版集团　上海文艺出版社
地 　 址：上海绍兴路7号　200020
发 　 行：上海文艺出版社发行中心发行
　　　　　上海市绍兴路50号　200020　www.ewen.co
印 　 刷：上海华教印务有限公司
开 　 本：890×1240　1/32
印 　 张：11.125
插 　 页：2
字 　 数：248,000
印 　 次：2018年8月第1版　2018年8月第1次印刷
ＩＳＢＮ：978-7-5321-6690-9/I·5333
定 　 价：45.00元
告 读 者：**如发现本书有质量问题请与印刷厂质量科联系　T: 021-66243241**